EXCALIBUR

Herausgegeben von
Melissa Andersson
und
Gerd Rottenecker

Die Chroniken von Amarid

Band 1: Der Fluch des Magiers
Band 2: Der Kristall der Macht
Band 3: Das dunkle Herz von Lon-Ser
Band 4: Die Retterin des Landes
Band 5: Der Adlerweise
Band 6: Der Frieden von Lon-Tobyn

Über den Autor:

David B. Coe wurde in New York geboren. Er studierte Geschichte und lebt heute mit seiner Frau und seiner Tochter in Tennessee.

David B. Coe

DIE CHRONIKEN VON AMARID V

Der Adlerweise

Aus dem Amerikanischen
von Regina Winter

Knaur

Die amerikanische Originalausgabe erschien 1999 unter dem Titel
Eagle Sage – Part One bei Tor Books, New York.

Besuchen Sie uns im Internet:
www.knaur.de
www.knaur-fantasy.de

Deutsche Erstausgabe 2002

Redaktion: Alexander Groß
Umschlaggestaltung: ZERO Werbeagentur, München
Umschlagabbildung: Attila Boros,
Agentur Thomas Schlück, Garbsen
Die Landkarten wurden unter Verwendung einer Vorlage
von Elissa Mitchell gezeichnet.
Satz: Ventura Publisher im Verlag
Druck und Bindung: Nørhaven Paperback A/S
Printed in Denmark
ISBN 3-426-70233-9

2 4 5 3 1

Für Alex und Erin,
die nicht einmal wissen,
wie viel Licht und Magie sie in meine Welt bringen.

KARTEN

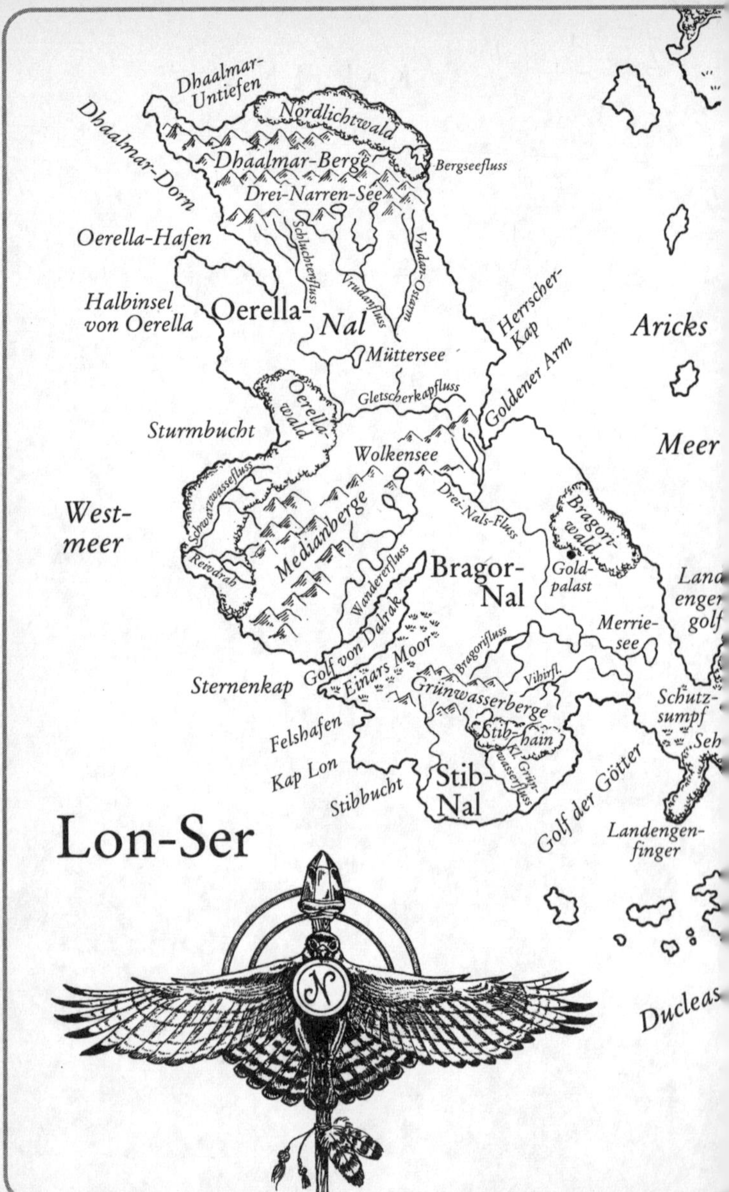
Dhaalmar-Untiefen
Dhaalmar-Dorn
Nordlichtwald
Dhaalmar-Berge
Bergseefluss
Drei-Narren-See
Oerella-Hafen
Schluchtenfluss
Vrudanfluss
Vrudan-Ostarm
Halbinsel von Oerella
Oerella-Nal
Herrscher-Kap
Aricks
Müttersee
Goldener Arm
Oerella-wald
Gletscherkapfluss
Sturmbucht
Meer
Wolkensee
Schwarzwassefluss
West-meer
Medianberge
Drei-Nals-Fluss
Bragori-wald
Reivdrah
Wandererfluss
Bragor-Nal
Gold-palast
Golf von Dalrak
Merrie-see
Einars Moor
Bragorifluss
Sternenkap
Vibirfl.
Grünwasserberge
Schutz-sumpf
Felshafen
Stib-hain
Kl. Grün-wasserfluss
Kap Lon
Stibbucht
Stib-Nal
Golf der Götter
Landengen-finger
Lon-Ser
Ducleas

Aborij
Tobyn-Ser
Meerenge von Aborij
Falkenfinder-
wald
Leoras
Wald
Bergseefluss
Brisalli
Greenbough
Taima
Accalia
Dacia-
See
Parnesheimberge
Larian-Fl.
Amarid
Kleiner
Fluss
Nord-
ebene
Prannai
Vier Fälle
Oberes
Horn
Nordbucht
Dhaalisminfluss
Tobyns Wald
Halcya
Wald-
nebel-
see
Seeberge
Flußdreieck-
Traverse
Aricks
Zorn
Südbucht
Saphirfluss
Lastri
Smaragdhügel
Phelans Dorn
Dünen-
see
Kaera
Wildflut
Unteres
Horn
Sern
Große
Wüste
Tobyns Ebene
Wasserbogen
Lange
Fluss
Moriandralfl.
Lon-Tobyn-
Landenge
Südsumpf
Ducleas Tränen
Feuergrassee
Therons Hain
Schatten-
wald
Flusshafen
Golf von Creyllon
Halsschmuck
Sägeblatt
Ceryllhöhle
Ceryllon
Südarchipel

Bragor-Nal

Aricks Meer
Nord
Goldener Arm
Medianberge
Wolkensee
3. Bez.
2. Bez.
4. Bez.
1. Bez.
22. Bez.
23. Bez.
Cedrychs Herrschaftsbereich
Bragoriwald
Alt-Trestor
Alt-Bragor
24. Bez.
5. Bez.
Gold-palast
26. Bez.
25. Bez.
Wandererfluss
28. Bez.
27. Bez.
6. Bez.
8. Bez.
Cedrychs Herrschaftsbereich
10. Bez.
Der Hof
Drei-Nals-Fluss
Newells Herrschaftsbereich
9. Bez.
Alt-Merne
7. Bez.
11. Bez.
29. Bez.
30. Bez.
Golf von Dalrak
13. Bez.
Bragori-Fluss
15. Bez.
Wildons Herrschaftsbereich
20. Bez.
Merriesee
12. Bez.
Einars Moor
17. Bez.
14. Bez.
16. Bez.
Vibir-Fl.
18. Bez.
21. Bez.
19. Bez.
Grünwasserberge
Schutzsumpf

EINLEITUNG
Das Land der Falkenmagie

Vor langer Zeit entdeckte der Magier Amarid das Geheimnis des Landes Tobyn-Ser: Auserwählte erhalten dort besondere Fähigkeiten, wenn sich ein Vogel – ein Falke oder eine Eule – telepathisch mit ihnen verbindet. Magier und Vogel sind so lange aneinander »gebunden«, bis der Vogel stirbt. Zusätzliche Konzentration erhält die Magie durch den Ceryll. Sobald ein Magier einen dieser zunächst farblosen Kristalle berührt, beginnt er, in einer allein auf seinen neuen Besitzer abgestimmten Farbe zu leuchten. Die meisten Magier tragen ihren Ceryll auf einem Stab, den sie auch als Wanderstab benutzen.

Amarid machte sich auf die Suche nach anderen Männern und Frauen, denen die Götter diese besondere Begabung verliehen haben. Zusammen mit seinem besten Freund Theron gründete er den Orden der Magier und Meister, der tausend Jahre später in einer inzwischen nach Amarid benannten Stadt in der Großen Halle seine alljährlichen Versammlungen abhält. Oberhaupt des Ordens ist ein Eulenmeister, der von den Mitgliedern gewählt wird.
Theron war der Erste, der sich an eine Eule band. Nach einiger Zeit aber kam es zu Rivalitäten zwischen den beiden ehemaligen Freunden, die damit endeten, dass Theron der vom jungen Orden gegen ihn verhängten Todesstrafe zuvorkam und sich das Leben nahm. Dabei belegte er alle Magier, die zu einem Zeitpunkt sterben, zu dem sie gerade

nicht an einen tierischen Begleiter gebunden sind, mit einem Fluch: Sie sind für immer dazu verurteilt, als »Unbehauste« am Ort ihrer ersten Bindung zu spuken.

Die Ordensmitglieder Amarids folgen Gesetzen, die besagen, dass ein Magier in erster Linie dem Volk von Tobyn-Ser dienen soll: Wunden und Krankheiten heilen, Streitigkeiten schlichten, das Land in Kriegszeiten vor Feinden beschützen. Magier lassen sich entweder in einer Gemeinde nieder, oder sie durchwandern das Land und bieten ihre Hilfe an, wo sie gebraucht wird. Zu erkennen sind sie an ihren waldgrünen Umhängen, den Vögeln auf ihrer Schulter und den Stäben mit dem bunt leuchtenden Ceryll.

Was bisher geschah

Der junge Jaryd wird von seinem Onkel, dem Eulenmeister Baden, in die Stadt Amarid gebracht, nachdem der Meister die magische Begabung seines Neffen entdeckt hatte. Jaryd bindet sich an seinen ersten Falken, nimmt an seiner ersten Ordensversammlung teil und erfährt, dass er sein Leben als Magier in einer Zeit der Krise begonnen hat: Berichte von abtrünnigen Magiern, die den Menschen Schaden zufügen, statt ihnen zu helfen, häufen sich. Baden hat den Geist des Ersten Eulenmeisters im Verdacht, hinter diesen Vorfällen zu stecken.

Jaryd, Baden, die Eulenweise Jessamyn und ein paar andere Magier machen sich daher auf die Reise zu Therons Hain, dem verwunschenen Ort, an dem der Geist immer noch spuken soll. Sie ahnen nicht, dass der Verräter mitten unter ihnen ist: Eulenmeister Sartol will dem Volk von Tobyn-Ser nicht mehr dienen, sondern es beherrschen. Verbündete findet er in einer Gruppe von als Magier verkleideten Fremden, auf die er zufällig stößt. Diese Fremden kommen aus dem Nachbarland Lon-Ser, einer technologisch hoch entwickelten Zivilisation. Sie wurden ausgesandt, um den Orden in Misskredit zu bringen, das Vertrauensverhältnis zwischen der Bevölkerung und ihren Beschützern zu zerstören und somit eine zukünftige Eroberung Tobyn-Sers zu ermöglichen.

An Therons Hain angekommen, will Sartol seine Gefährten umbringen und dem Geist Therons die Schuld dafür geben. Fast gelingt sein teuflischer Plan, doch im letzten Moment können Jaryd und die junge Magierin Alayna sich in den

Hain retten. Dank ihrer Aufrichtigkeit gelingt es ihnen, den Geist des verbitterten Ersten Meisters auf ihre Seite zu ziehen.
Schließlich können die Ordensmagier den Verräter in ihrer Mitte entlarven. Der Versuch, die Fremden mit Hilfe der unbehausten Geister gefangen zu nehmen, misslingt allerdings aufgrund der Einmischung Sartols, der vor seinem Tod bewusst seine Eule umbringt und so freiwillig zum Unbehausten wird. Nur mit Mühe können sich die Magier und der unbehauste Geist des Wolfsmeisters Phelan, eines legendären Kriegshelden, gegen die Fremden verteidigen und sie bis auf einen Mann töten. Als Eulenmeister Baden den Gefangenen verhört, wird ihm klar, dass die Gefahr noch nicht gebannt ist. Lon-Ser hat seine natürlichen Ressourcen weitgehend vernichtet: Das Land ist extrem überbevölkert, Luft und Wasser sind verschmutzt. Baden und seine Freunde glauben, dass es nur eine Frage der Zeit ist, bis ein neuer Angriff aus Lon-Ser erfolgen wird.
Der Orden kann sich allerdings über Jahre hinweg nicht dazu durchringen, etwas gegen diese potenzielle Gefahr zu unternehmen. Viele Magier und ein Großteil der Bevölkerung drängen, Baram, den Gefangenen aus Lon-Ser, endlich hinzurichten. Baden und seine Freunde hingegen sprechen sich dafür aus, Gesandte nach Lon-Ser zu schicken, und Baram soll ihnen als Führer in diesem vollkommen fremden Land dienen.
Als der Orden diesbezügliche Vorschläge immer wieder abschmettert, handelt Orris schließlich auf eigene Faust, befreit Baram aus dem Gefängnis und macht sich mit ihm auf den langen Weg nach Lon-Ser. Leider begreift er erst zu spät, dass Baram in der Gefangenschaft den

Verstand verloren hat. Nur mit großer Mühe gelingt es Orris, den Stadtstaat Bragor-Nal zu erreichen, wo Baram schließlich flieht – und Orris in der vollkommen fremden Umgebung allein zurücklässt.
Inzwischen plant Cedrych, einer der Oberlords von Bragor-Nal, einen erneuten Schlag gegen Tobyn-Ser, der von einer Söldnertruppe ausgeführt werden soll. Er hat vor, sich mit der Eroberung des Nachbarlandes einen Namen zu machen und so schließlich zum Herrscher des mächtigen Lon-Ser aufzusteigen. Als Kommandantin der Söldnertruppe wählt er Melyor aus, eine Frau, die sich durch ihren Mut und ihre Fähigkeiten als Kämpferin hervorgetan hat.
Was Cedrych nicht ahnt, ist, dass Melyor von den Gildriiten abstammt, Nachfahren von Schülern Therons, die nach dem Tod des in Ungnade gefallenen Ersten Meisters ins Exil nach Lon-Ser gegangen sind. Diese Gildriiten wurden in den gewaltorientierten Stadtstaaten bald wegen ihre Fähigkeiten, in die Zukunft zu sehen, brutal verfolgt und haben sich in den Untergrund oder in abgelegene Bergdörfer zurückgezogen.
In einem dieser Dörfer hat Gwilym, Erbe des Stabs und des Cerylls eines vor tausend Jahren nach Lon-Ser geflohenen Magiers, eine Vision von einem Falkenmagier, der nach Lon-Ser kommen und allen Gildriiten helfen wird. Gwilym ist kein Kämpfer, und er ist nicht mehr der Jüngste, aber er weiß, dass dieser Falkenmagier in Gefahr ist, und er macht sich auf eine lange Reise quer durchs Land, um ihn zu retten. Dabei wird er vom Netzwerk, der Untergrundorganisation der Gildriiten, unterstützt.
Melyor hat ebenfalls eine Vision von Orris, und zunächst sieht sie in ihm nur eine Gefährdung ihrer eigenen ehr-

geizigen Pläne, denn der Magier könnte sie als Gildriitin entlarven. Ein Anschlag ihres Freundes und Leibwächters Jibb auf Orris misslingt dank Gwilyms Einmischung, und Cedrych erfährt von der Anwesenheit eines Falkenmagiers in Bragor-Nal. Er schickt ausgerechnet Melyor, um Orris in seinen Palast zu holen, denn er will den Magier aushorchen und die Informationen, die dieser ihm geben kann, für seine dunklen Pläne nutzen ...

Das Gespräch zwischen Cedrych und Orris, aber auch der Kontakt mit dem gildriitischen Steinträger Gwilym machen Melyor schließlich klar, dass ihr Platz an der Seite des Magiers und der Gildriiten ist. Sie flieht gemeinsam mit Orris und Gwilym, die vorhaben, Shivohn, die Herrscherin des benachbarten Stadtstaats Oerella-Nal, dazu zu bewegen, im Herrscherrat von Lon-Ser gegen Cedrychs Pläne zu protestieren.

Shivohn erkennt, dass bei einem Erfolg von Cedrychs Plänen das empfindliche Gleichgewicht zwischen den in etwa gleich starken Stadtstaaten zum Nachteil Oerella-Nals gestört würde, aber sie glaubt nicht, etwas unternehmen zu können, da der dritte Herrscher in Rat, Marar von Stib-Nal, praktisch ein Lakai Durells ist, des Herrschers von Bragor-Nal. Aber dann greifen von Cedrych gesandte Attentäter Melyor, Orris und Gwilym direkt vor Shivohns Plast an und töten den Steinträger. Als letzte Geste übergibt Gwilym seinen Stab an Melyor, und tatsächlich wechselt der Kristall die Farbe und erkennt somit Melyor als neue Erbin Gildris an.

Shivohn hat nun einen Grund, offiziell im Herrscherrat zu protestieren, und Herrscher Durell erfährt endlich von den Umtrieben Cedrychs. Marar, der seine eigene Position gefährdet sieht, schlägt sich zum ersten Mal in der Geschichte des Rats auf die Seite von Oerella-Nal, und Durell muss versprechen, seinen Oberlord zur Rede zu stellen und angemessen zu bestrafen. Cedrych kommt dem zuvor, indem er Durell tötet und sich selbst zum Herrscher erklärt. Noch während der danach ausbrechenden Unruhen kehrt Melyor mit Orris nach Bragor-Nal zurück und erobert mit Hilfe ihres alten Freundes und Leibwächters Jibb ihren alten Bezirk zurück. Mit einem Trick verschaffen sie sich Einlass in Cedrychs Kommandozentrale, und in einem dramatischen Kampf, an dem selbst der immer noch verstörte Baram Anteil hat, gelingt es ihnen, den Oberlord zu töten.

Melyor übernimmt die Herrschaft in Bragor-Nal. Das Misstrauen zwischen ihr und Orris ist inzwischen zu Freundschaft, ja sogar zu Liebe geworden. Trotzdem fühlt er sich verpflichtet, nach Tobyn-Ser zurückzukehren, um den Menschen dort die gute Nachricht zu bringen, dass aus Lon-Ser keine Angriffe mehr zu befürchten sind.

Im Orden ist es inzwischen zu heftigen Auseinandersetzungen über Orris' eigenmächtiges Vorgehen gekommen. Der Bruch zwischen jenen, die ihn für einen – wenn auch etwas zweifelhaften – Helden halten, und denen, die ihn wegen Verrats hinrichten lassen wollen, ist nicht mehr zu kitten. Eulenmeister Erland verlässt die Große Halle für immer und gründet mit seinen Anhängern die Liga von Amarid. Die Spaltung setzt sich in der Bevölkerung fort und wird tiefer, als Erland Cailin zur Gallionsfigur der Liga macht – ein kleines Mädchen, das als Einzige das Massaker überlebte, das die Fremden in ihrem Heimatdorf Kaera anrichteten. Cailin wurde seitdem von der Ältesten der Tempel aufgezogen und hatte sich im erstaunlichen Alter von elf Jahren an einen Falken gebunden.

Orris kehrt heim in ein Tobyn-Ser, das er kaum mehr wiedererkennt: Die einzelnen Dörfer und Städtchen bekennen sich entweder zum Orden oder zur Liga und nehmen keine Dienste von Magiern der rivalisierenden Organisation an. Die Liga hat Amarids Gesetze durch eine Zusatzverordnung ergänzt, die Angriffe auf andere Magier nicht mehr vollkommen ächtet, und Orris wird zum Ziel ihrer Verfolgung ...

1

Auch nach dem Beginn von Handelsbeziehungen zwischen unseren beiden Ländern und nachdem sieben Jahre ohne weitere Konflikte vergangen sind, hegen die Menschen meines Landes weiterhin tiefes Misstrauen gegen Lon-Ser. Sie akzeptieren die Waren, die ihr schickt, aber nur, weil sie ihnen ihre alltägliche Arbeit erleichtern. Sie sind neugierig auf euer Land und wollen mehr über eure Bräuche und die Gesellschaft wissen. Sie begreifen sogar, dass unsere Sprachen einander ähneln und dass dies auf eine gemeinsame, wenn auch weit zurückliegende Vorgeschichte hinweist. Dennoch, sie sind nach wie vor überzeugt, dass ein Krieg mit Lon-Ser nicht nur möglich, sondern vielleicht unvermeidlich ist. Viele von uns im Orden haben versucht, sie davon zu überzeugen, dass das nicht der Fall ist, dass wir von euch wenig zu befürchten haben, aber selbst die Menschen in Ordensstädten und -dörfern bleiben skeptisch. Mehr als zehn Jahre sind vergangen, seit die Fremden unsere Siedlungen niedergebrannt und die Menschen getötet haben, aber die Narben sind immer noch frisch.

Falkenmagier Orris an Melyor i Lakin, Herrscherin und Steinträgerin von Bragor-Nal, im Winter des Gottesjahres 4633

Er steht auf einem Feld, in einer Gegend, die er nicht kennt, und schaut blinzelnd in einen strahlend blauen Himmel hinauf. Über ihm kämpfen zwei Vögel, wirbeln umher, stürzen aufeinander nieder, die Krallen ausgestreckt, die Schnäbel weit aufgerissen. Sie sind riesig, und vor der

Sonne und dem Blau sehen sie beinahe vollkommen schwarz aus.
Einen schrecklichen Augenblick lang befürchtet er, dass die Fremden zurückgekehrt sind. Aber die Vögel der Fremden würden einander nicht bekämpfen, und diese beiden Geschöpfe stoßen laute Schreie aus – etwas, das die künstlichen Falken aus Lon-Ser nie getan haben. Also sieht er nur zu und staunt über die Größe und Anmut der geflügelten Kombattanten, aber der Anblick der reißenden Krallen und Schnäbel beunruhigt ihn. Und obwohl er den Blick wie gebannt auf die Auseinandersetzung am Himmel gerichtet hat, spürt er, dass er nicht allein auf dieser Lichtung ist.
Als er seinen Blick von den Vögeln losreißt, sieht er, dass auf der anderen Seite des Felds eine Frau steht. Sie hat glattes braunes Haar und helle Augen und kommt ihm vage vertraut vor. Einen beunruhigenden Augenblick lang glaubt er, seine Tochter vor sich zu haben, die plötzlich zu einer jungen Frau herangewachsen ist. Aber als er ihr boshaftes und verbittertes Lachen hört, weiß er, dass sie es nicht sein kann. Er will sie nach ihrem Namen fragen, aber noch bevor er das tun kann, hört er von oben einen durchdringenden Schrei.
Die beiden Vögel haben sich nun ineinander verkrallt, sie flattern verzweifelt, um sich auch mitten im Kampf noch in der Luft zu halten. Aber ihre Anstrengungen sind vergeblich. Sie überschlagen sich und fallen herunter, stürzen ihm vor die Füße. Sie sind tot, obwohl er nicht sagen könnte, ob es von dem Aufprall herrührt oder von den Wunden, die sie einander zugefügt haben. Und als er sie nun endlich genau sehen kann, als ihre Kadaver von der Sonne beleuchtet

werden und ihre Farbe und ihre Züge nicht mehr vor ihm verborgen sind, schreit er verzweifelt auf.

Jaryd schreckte aus dem Schlaf und starrte einen Augenblick verwirrt ins Dunkel. Dann spürte er Alayna neben sich, hörte ihren langsamen, tiefen Atem. Ansonsten war alles still. Er lehnte sich in die Kissen und holte tief Luft, um sich zu beruhigen, und schloss die Augen wieder. Er wusste, dass es keinen Sinn hatte, wieder einschlafen zu wollen. Sein Herz raste, und sein Haar war schweißnass. Er würde wach bleiben müssen. Er öffnete die Augen wieder und starrte zur Zimmerdecke hinauf, obwohl er wegen der Dunkelheit nichts sehen konnte.

»Bist du schon wieder wach?«, fragte Alayna leise und verschlafen.

»Ja«, flüsterte er. »Schlaf weiter.«

Sie murmelte undeutlich vor sich hin, und einen Augenblick später wurden ihre Atemzüge erneut langsamer.

Er konnte sich nicht mehr daran erinnern, wann er zum letzten Mal eine Nacht durchgeschlafen hatte. Es war nicht einmal so, dass er wirklich schlecht schlief. Die ersten paar Stunden schlief er wie ein Toter. Aber seit Wochen war er nun jede Nacht schon vor der Morgendämmerung aufgeschreckt, manchmal ohne jeden ersichtlichen Grund, manchmal, so wie heute, aus einem Traum. Zuerst hatte er diese Schlaflosigkeit für ein Zeichen gehalten, dass etwas auf ihn zukam, dass er sich vielleicht bald wieder binden und sein langes Warten ein Ende haben würde. Aber mit jedem neuen Tag, der verging, ohne dass ein Vogel auftauchte, akzeptierte er mehr, dass es nichts weiter war als das vollkommen Offensichtliche: Er wachte einfach zu früh auf.

Für gewöhnlich nutzte er diese frühen Morgenstunden, um seine Gedanken zu klären, indem er die Übungen durchführte, die er bereits vor so vielen Jahren gelernt hatte, als er noch Schüler seines Onkels Baden gewesen war. Wenn er schon nicht schlafen konnte, dann konnte er sich zumindest auf seine nächste Bindung vorbereiten. Aber unweigerlich dienten diese Übungen nicht ihrem eigentlichen Zweck – seinen wirren Geist zu beruhigen und zu zähmen –, sondern seine Trauer wurde nur noch größer.
Ishalla, sein Falke, war tot, und das schon seit dem vergangenen Sommer. Er hatte gehofft, dass der Schmerz darüber, diese Vertraute verloren zu haben, im Lauf der Zeit nachlassen würde, aber nun musste er sich eingestehen, dass dies nicht der Fall war. Er hatte ein so schönes Leben: eine Frau und eine Tochter, die er liebte, Bruder und Mutter im Norden, denen er ebenfalls herzlich zugetan war, und Freunde im ganzen Land, für die er gern sein Leben gegeben hätte. Er hatte nun seit beinahe einem Dutzend Jahren den Gemeinden an der Westküste von Tobyn-Ser gedient, und dafür genoss er die Hochachtung und Zuneigung vieler Menschen, die dort wohnten. Und dennoch, Ishalla zu verlieren hatte eine Leere in ihm hinterlassen, die er kaum ermessen konnte. Selbst der Tod seines Vaters hatte ihn nicht so getroffen.
Wieder und wieder hatte er Menschen, die er liebte – Baden, Trahn, Radomil – dabei beobachtet, wie sie mit dem Verlust ihrer Vertrauten zurechtkamen. Orris hatte, seit Jaryd ihn kannte, gleich zwei Vögel verloren, beide durch Einwirkung von Gewalt. Der erste, ein großer, beeindruckender Falke, war bei Therons Hain von der Eule des Verräters Sartol getötet worden. Und der zweite, ein dunk-

ler Falke, war vor über drei Jahren bei einem von Orris' vielen Kämpfen mit den Angehörigen der Liga umgekommen, die der Ansicht waren, der Magier habe für das, was sie als Verrat am Land betrachteten, den Tod verdient.

Erst vor kurzem hatte Alayna Fylimar verloren, den grauen Falken, der Jaryds Ishalla so ähnlich gesehen hatte, dass viele im Orden behaupteten, die Götter hätten Jaryd und Alayna füreinander bestimmt, indem sie ihnen diese Vögel geschickt hatten. Wie Ishalla war auch Fylimar eines natürlichen Todes gestorben, den sie nach einem Leben des Dienstes für das Land verdient hatte. Das hatte es selbstverständlich für Alayna nicht einfacher gemacht. Aber sie hatte schon bald nach Fylimars Tod wieder einen Vogel gefunden.

Und was für eine Bindung das gewesen war! Alayna war früh am Tag ausgegangen und hatte es Jaryd überlassen, sich um ihre Tochter Myn zu kümmern, und als sie am späten Nachmittag zurückkehrte, hatte eine große, gelbäugige Eule mit großen Ohrbüscheln auf ihrer Schulter gesessen. Die Eule war von der gleichen Art wie der letzte Vogel von Sartol, Alaynas ehemaligem Mentor, und sowohl Jaryd als auch Alayna kam es so vor, als hätten die Götter der Magierin eine Gelegenheit gegeben, etwas von dem Schaden, den Sartol angerichtet hatte, wieder gutzumachen. Es war, als hätten sie mit dieser Geste gesagt: »Sartol hat das Land verraten. Nun versuche du, die Wunden zu heilen, die er geschlagen hat.«

Auch die anderen hatten sich wieder gebunden. Trahns Bindung an eine Eule war tatsächlich nur wenige Tage nach dem Tod seines Falken erfolgt, was Orris dazu veranlasst hatte zu behaupten, es hätten schon mehrere Eulen

Schlange gestanden, um endlich Trahns Vertraute werden zu können. Auch Orris hatte schnell wieder einen neuen Vogel gefunden. Er war nun wieder an einen Falken gebunden, einen schneeweißen Vogel, der größer war als sein letzter.

Keiner seiner Freunde hatte mehr als eine Jahreszeit ungebunden verbracht, aber Jaryd war seit beinahe einem halben Jahr ohne Vogel. Alayna versicherte ihm, dass im Gegensatz zu ihrer oder Trahns Erfahrung auch längere Zeiten des Ungebundenseins für einen Magier normal waren. Und Baden, der sich hin und wieder mittels des *Ceryll-Var* mit ihm in Verbindung setzte, erinnerte ihn bei einer dieser Gelegenheiten daran, dass Eulenweise Jessamyn – Myns Namenspatronin –, die Oberhaupt des Ordens gewesen war, als Jaryd seinen Umhang erhielt, einmal länger als ein Jahr ungebunden gewesen war.

Das half, aber nur ein wenig. Sicher missgönnte er den anderen ihre Bindungen nicht. Er war ungeheuer stolz auf Alayna, die die jüngste Eulenmeisterin seit Menschengedenken war. Aber er fragte sich immer wieder, ob er sich überhaupt je wieder binden oder ob es sein Schicksal sein würde, ungebunden zu sterben und ein weiteres Opfer von Therons Fluch zu werden.

Er hatte mit Phelan, dem Wolfsmeister, gesprochen. Er hatte die Schrecken von Therons Hain ertragen, und nun war Therons Stab sein eigener. Er hatte eine Vorstellung davon erhalten, was es bedeutete, unbehaust zu sein, und schon der Gedanke daran erfüllte ihn mit kaltem, lähmendem Schrecken. Aber nach all dieser Zeit ohne einen neuen Vogel sah sich Jaryd gezwungen zu akzeptieren, dass dies vielleicht sein Schicksal war, dass dieses schlechte Vorgefühl, das den ganzen Tag über ihm hing und ihm auch abends ins Bett folgte, tatsächlich eine Prophezeiung sein mochte.

Nachdem er längere Zeit allein mit seinen Ängsten gekämpft hatte, erwähnte er diese Möglichkeit gegenüber Alayna, die selbstverständlich genau so reagierte, wie zu erwarten gewesen war.

»Das ist doch lächerlich«, sagte sie. »Wir haben alle Angst vor Therons Fluch. Das gehört zum Leben eines jeden Magiers. Es bedeutet ganz bestimmt nicht, dass du vom Schicksal ausersehen bist, ein Unbehauster zu werden.«

Er nickte schweigend und akzeptierte ihre Worte. Aber später bemerkte er, wie sie ihn beobachtete und welche Sorge sich auf ihren Zügen abzeichnete. Und er wusste, was sie dachte. *Er ist jetzt schon so lange ungebunden ...*

Seltsamerweise fand Jaryd zwar kaum Trost in dem, was Alayna oder Baden ihm sagten, aber stattdessen in einer Lektion, die er vor langer Zeit von seinem Vater gelernt hatte. Jaryd hatte seinem Vater nie sonderlich nahe gestanden, und die Distanz zwischen ihnen hatte sich noch vergrößert, nachdem Jaryd Magier geworden war. Aber so barsch und schweigsam Bernel sein konnte, er hatte auch über eine pragmatische Weisheit verfügt, die sich spät in seinem Leben in knappen, zugespitzten Maximen manifestiert hatte, die er seinem Gegenüber ganz plötzlich entgegenschleudern konnte.

Eine davon hörte Jaryd zum ersten Mal, als er Alayna und Myn nach Accalia brachte, damit seine Mutter und sein Vater ihre Enkelin kennen lernen konnten. Bei dieser Gelegenheit hatte Myn nur schlecht geschlafen und sich oft geweigert, sich stillen zu lassen, Jaryd und Alayna hatten

sich Sorgen gemacht, dass etwas mit ihr nicht in Ordnung sein könnte.
»Sich Sorgen zu machen ist eine angenehme Zeitverschwendung«, hatte Bernel schließlich gesagt, nachdem er ihnen wieder einmal einen ganzen Nachmittag lang hatte zuhören müssen, »aber man erreicht damit überhaupt nichts, außer dass man andere verärgert.«
Alayna hatte sich darüber aufgeregt, was wiederum dazu führte, dass Drina für den Rest des Tages auf ihrem Mann herumhackte. Aber als Jaryd nun im Bett lag und zusah, wie das Zimmer, das er mit Alayna teilte, langsam vom ersten Tageslicht erhellt wurde, konnte er über die Erinnerung nur lächeln.
Er warf einen Blick zu Alayna, die noch immer schlief. In ihrem langen, dunklen Haar zeigte sich nun erstes Silber, und ihr Gesicht war schmaler, als es vor elf Jahren gewesen war, als sie einander zum ersten Mal begegnet waren. Aber die Zeit hatte ihrer Schönheit nichts anhaben können.
Ich kann mir weiter Gedanken darüber machen, ob ich als Unbehauster enden werde, sagte sich Jaryd nun. *Oder ich kann genießen, was die Götter mir gegeben haben, bis sie zu der Ansicht kommen, dass ich für meine nächste Bindung bereit bin.*
Er lächelte ins silberne Morgenlicht. Die Wahl fiel ihm nicht schwer.
Er beugte sich zu Alayna und küsste sie sanft auf die Stirn. Dann stand er leise auf, zog sich an und wickelte sich fest in seinen grünen Umhang. Es wurde zwar Frühling, aber die Luft war immer noch kalt.
Er war auf dem Weg in die Wohnküche und wollte dort Feuer machen, aber als er an Myns Zimmer vorbeikam,

warf er einen Blick hinein und sah, dass seine Tochter schon neben dem kleinen Fenster saß, in eine dicke Decke gewickelt, und in einem abgegriffenen Buch mit Cearbhalls Fabeln las.

»Guten Morgen, mein Liebes«, flüsterte Jaryd.

Sie blickte von dem Buch auf und lächelte ihn an. Mit ihrem langen, kastanienbraunen Haar, ihren gleichmäßigen Zügen und dem strahlenden Lächeln sah sie ihrer Mutter ausgesprochen ähnlich. Allerdings waren ihre Augen hellgrau, wie die von Jaryd und seiner Mutter.

»Guten Morgen, Papa«, sagte sie.

Jaryd hielt einen Finger an die Lippen und zeigte auf sein Schlafzimmer. Myn legte schnell die Hand auf den Mund.

»Warum bist du denn schon wach?«, fragte er sie leise.

»Ich wache immer auf, wenn du aufwachst«, flüsterte sie.

»Woher weißt du denn, wann ich aufwache?«

Sie zuckte die Achseln. »Ich weiß es nicht. Ich wache einfach auf.«

Jaryd sah sie einige Zeit an, dann nickte er. Dass sie schon im Alter von sechs Anzeichen des Blicks an den Tag legte, überraschte niemanden. Sowohl er als auch Alayna hatten von Anfang an begriffen, dass ihre Tochter ein sehr ungewöhnliches Kind war. Aber sie war auch auf seltsame und erstaunliche Weise auf ihre Eltern eingestimmt, manchmal auf eine Art, die ausgesprochen subtil und vollkommen unerwartet war.

Jaryd blieb noch einen Augenblick in der Tür stehen, sah sie an und grinste. Sie erwiderte einfach nur schweigend seinen Blick.

»Ich hatte vor, Feuer zu machen und zu frühstücken«, sagte er schließlich. »Hast du Hunger?«

Sie nickte, legte das Buch aufs Bett und folgte ihm in die Wohnküche, wobei sie die Decke um die Schultern behielt wie einen übergroßen Umhang.
Nachdem er das Feuer entzündet hatte, schnitt Jaryd zwei große Stücke von dem Rosinenbrot ab, das er am Tag zuvor gebacken hatte, und bestrich sie mit süßer Butter. Sie setzten sich hin und aßen, und dabei erzählte Myn ihm von der Fabel, die sie gelesen hatte, als er hereingekommen war. Sie lernte gerade erst lesen, und Cearbhalls Werke waren nicht einfach. Die Fabel, mit der sie sich beschäftigt hatte, war allerdings eine von Jaryds Lieblingsgeschichten. Sie hieß *Der Fuchs und das Stinktier*, und er hatte sie Myn oft vorgelesen, als sie noch kleiner gewesen war.
»Es war klug von dir, mit etwas anzufangen, das du schon kennst«, sagte er, immer noch im Flüsterton.
Sie lächelte mit vollem Mund. »Mama hat die Fabel ausgesucht.«
Jaryd lachte. »Nun, dann war es klug von ihr.«
Er stand auf, um noch mehr Brot abzuschneiden, und dann hörte er, wie sich jemand in dem anderen Zimmer bewegte.
»Ich glaube, deine Mutter ist wach.«
»Sie ist schon länger wach«, sagte Myn. »Ich glaube, sie hat uns ein bisschen zugehört.«
Jaryd drehte sich um und sah sie an.
»Woher wusstest du das, Myn-Myn?«, fragte Alayna, die in der Küchentür stand, mit Wyrinva, ihrer große Eule, auf der Schulter.
Myn sah erst ihre Mutter und dann Jaryd an, ein schüchternes Lächeln auf den Lippen. »Ich weiß es einfach«, erklärte sie verlegen. »Ich kann es spüren, wenn ihr wach seid. Beide.«

Alayna blickte zu Jaryd auf und grinste.
»Ist das etwas Schlimmes?«
»Nein, ganz und gar nicht«, sagte Jaryd.
»Bedeutet es, dass ich einmal Magierin sein werde?«
Jaryd musste ein Lachen unterdrücken.
»Ich wäre sehr überrascht, wenn es anders käme«, erklärte Alayna, den Blick immer noch auf Jaryd gerichtet. »Ebenso wie jeder andere in Tobyn-Ser.«
Nun musste Jaryd doch lachen. Noch bevor Myn laufen konnte, hatten Orris und Baden erklärt, sie würde bestimmt einmal Eulenweise werden, und obwohl Jaryd und Alayna entschlossen waren, Myn ihren eigenen Weg finden zu lassen, bezweifelte keiner von ihnen, dass sie sich eines Tages an einen Vogel binden würde, wahrscheinlich an einen von Amarids Falken, wie schon ihre Eltern vor ihr. Die Frage war nur: Würde sie sich dem Orden oder der Liga anschließen? Jaryd konnte nicht einmal sicher sein, ob beide Organisationen von Magiern noch existieren würden, wenn Myn alt genug wäre, diese Wahl zu treffen. Er schüttelte den Kopf. Das war eine Richtung, in die er lieber nicht weiterdenken wollte.
»Gut«, sagte Myn. »ich möchte nämlich Magierin werden. Ich gehe gerne nach Amarid.«
»Da bin ich aber froh«, sagte Alayna und griff nach dem Messer, um sich ein Stück Brot abzuscheiden. »Uns gefällt es nämlich auch.«
»Deshalb freue ich mich heute auch so.«
Alayna drehte sich um und sah Myn an, das Messer noch in der Hand. »Wie meinst du das, Myn-Myn?«
»Ich freue mich, weil wir bald nach Amarid gehen werden.«

»Nein, Liebes«, sagte Jaryd sanft. »Es ist immer noch Winter. Die Versammlung wird erst im Sommer sein.«
Myn lächelte ihn an, als wäre er das Kind und sie erwachsen. »Das weiß ich doch. Wir gehen aber trotzdem.«
Alayna ging zu ihrer Tochter, hockte sich vor sie hin und schaute Myn in die Augen. »Wie kommst du darauf, dass wir nach Amarid gehen werden, Myn?«
»Ich habe es im Traum gesehen.«
Alayna warf Jaryd einen Blick zu, und dann zwang sie sich zu einem Lächeln. »Es gibt verschiedene Arten von Träumen, Myn-Myn. Dein Papa und ich haben dir doch erklärt –«
»Es war ein Wahrtraum, Mama«, sagte Myn ernst. »Ich bin ganz sicher.«
Jaryd holte tief Luft. Myns Blick war im vergangenen Jahr sehr viel stärker geworden. Er und Alayna hatten gelernt, sich beinahe so sehr auf die Visionen ihrer Tochter zu verlassen wie auf ihre eigenen. Er hatte keine Ahnung, was der Grund für eine so plötzliche Reise nach Amarid sein sollte, aber er bezweifelte nicht, dass sie sich schon bald auf den Weg machen würden. »Wie bald, Liebes?«, fragte er. »Wann, glaubst du, werden wir aufbrechen?«
Myn sah ihn an und runzelte konzentriert die Stirn. »Morgen, denke ich«, sagte sie schließlich. »Vielleicht auch erst übermorgen.«
Wieder sah er Alayna an und fand seine eigene Besorgnis in ihrer Miene gespiegelt. Was war geschehen? Was sollte den Eulenweisen Radomil dazu veranlassen, die Magier des Ordens zu einer Versammlung nach Amarid zu rufen? War etwa Radomil selbst etwas zugestoßen? War er krank geworden oder gestorben? Jaryd schaute seinen Stab an,

der nahe der Tür ihres kleinen Heims an der Wand lehnte. Der saphirblaue Stein, der oben auf der Spitze des uralten, versengten Holzes angebracht war, leuchtete immer noch stetig. Weder Radomil noch Mered, der Erste des Weisen, hatte den Rufstein geweckt. Wenn einer von ihnen das tun würde, würde Jaryds Stein ebenso wie der jedes anderen Magiers in Tobyn-Ser zu blinken beginnen.

»Wir haben immer noch Zeit«, sagte Alayna, als hätte sie seine Gedanken gelesen. »Wir sollten vielleicht Narelle Bescheid sagen.«

Jaryd nickte. Narelle war das Oberhaupt des Stadtrates von Lastri, des nächstgelegenen Städtchens an der Küste. Oder genauer gesagt, des nächstgelegenen Städtchens, das dem Orden treu geblieben war und nicht die Dienste von Ligamagiern bevorzugte. Narelle würde informiert werden müssen, dass Jaryd und Alayna sich nach Amarid aufmachten, denn Lastri und die anderen Ortschaften würden dann eine Weile auf die Dienste der Magier verzichten müssen.

»Ich werde gehen und es ihr sagen«, erklärte Jaryd. »Und ich bringe auch ein paar Vorräte mit. Du und Myn, ihr könnt inzwischen schon anfangen zu packen.«

Alayna seufzte. »Also gut«, sagte sie. »Das hätte ich wirklich nicht erwartet.«

»Ich weiß. Ich auch nicht.«

»Es tut mir Leid«, sagte Myn mit bebender Stimme.

Jaryd und Alayna schauten sie beide an.

»Was denn, Liebes?«, fragte Jaryd.

Myn zuckte die Achseln und weigerte sich, ihn anzusehen. Eine einzelne Träne rollte ihr über die Wange und tropfte auf den Tisch.

Alayna legte ihr die Hand auf die Schulter und gab ihr einen Kuss auf die Stirn. »Es ist doch nicht deine Schuld, dass wir gehen müssen, Myn. Dass du diese Vision hattest, bedeutet nicht, dass du es bewirkt hast. Wir haben dir das doch schon öfter erklärt, erinnerst du dich?«
»Ja«, sagte das Mädchen leise und wischte sich eine weitere Träne weg.
»Du hast wirklich keine Schuld daran. Tatsächlich ist es sogar gut, dass wir jetzt schon Bescheid wissen, so dass wir uns vorbereiten und es den Leuten in der Stadt rechtzeitig sagen können.«
Myn blickte auf. »Wirklich?«
Alayna nickte und tätschelte Myns Wange. »Wirklich. Und jetzt wasch dich und zieh dich an, und dann machen wir uns an die Arbeit.«
»Ja, Mama.« Myn stand auf, schlang sich wieder die Decke um die Schultern und ging dann in ihr Schlafzimmer.
»Du zweifelst also nicht daran?«, fragte Alayna Jaryd und schaute ihrer Tochter hinterher.
Jaryd schüttelte den Kopf. »Nein. Vor einem Jahr hätte ich das vielleicht noch getan, aber jede Vision, die sie seit dem letzten Frühjahr hatte, hat sich später bewahrheitet. Ich sehe keinen Grund, an ihr zu zweifeln.«
Alayna strich sich durchs Haar. »Ich auch nicht.«
Er seufzte. »Also werde ich jetzt das Pferd satteln.«
»Das geht nicht.« Alayna schüttelte den Kopf. »Ich habe Myn versprochen, heute damit anzufangen, ihr das Reiten beizubringen.«
»Das ist nicht unbedingt der günstigste Zeitpunkt.«
»Ich weiß, aber ich habe es ihr schon den ganzen Winter versprochen. Und wer weiß, wann wir wieder Gelegenheit

dazu bekommen werden, wenn wir jetzt nach Amarid reisen?«

»Sie wird die nächsten vierzehn Tage reiten«, sagte Jaryd.

»Ja, aber einer von uns wird hinter ihr sitzen. Du weißt, dass das nicht dasselbe ist.«

Er starrte sie lange an und schüttelte den Kopf. Die Sonne, die durch ein kleines Fenster hinter ihm in die Küche schien, ließ ihre Augen glitzern. Sie waren braun und grün, wie ein Wald mitten im Sommer.

»Weißt du eigentlich, wie schön du bist?«, sagte er und küsste sie.

Sie grinste boshaft. »Bedeutet das, dass du zu Fuß in die Stadt gehst?«

»Mir wird wohl nichts anderes übrig bleiben«, antwortete er lachend.

»Dann solltest du dich auf den Weg machen. Wir haben viel zu tun.«

Sie schob ihn zur Tür, aber nicht, bevor sie sich noch einmal geküsst hatten.

Jaryd zog seine Lederschuhe an, die neben der Tür gestanden hatten, und ging hinaus in die kalte Morgenluft. Ein leichter Westwind zupfte an seinem Umhang und seinem Haar und brachte den vertrauten Geruch nach Brackwasser und Algen mit. Ein paar fedrige Wolken segelten über ihn hinweg, aber ansonsten war der Himmel beinahe so blau wie sein Ceryll. In vergangenen Wintern war er an solchen Tagen oft mit Ishalla an den Strand gegangen und hatte ihr beim Fliegen und Jagen zugesehen.

Er schüttelte den Kopf. »Du tust dir selbst nicht gut«, sagte er laut. Er holte tief Luft und machte sich auf den Weg in die Stadt.

Man brauchte für gewöhnlich eine knappe Stunde, um nach Lastri zu gelangen. Früher einmal war es ein angenehmer Weg einen schmalen Pfad entlang gewesen, der sich an hoch aufragenden Eichen, Ahornbäumen, Eschen und Ulmen vorbeizog. Hin und wieder bog sich der Weg zur Küste hin, und die Wälder wurden lichter und gestatteten dem Reisenden, einen Blick auf Aricks Meer zu werfen, dessen Wellen sich endlos an der felsigen Küste brachen.
In den vergangenen Jahren hatte sich der Weg allerdings verändert, wie auch alles andere in Tobyn-Ser. Große Teile des wunderbaren Waldes waren abgeholzt worden, um das Holz dann nach Lon-Ser oder in einigen Fällen auch nach Abborij zu verschiffen. Wo die Bäume gestanden hatten, gab es nun kaum mehr als kahle Flecken von Felsen und Erde. Nur die Wurzeln und Baumstümpfe, die die Holzfäller zurückgelassen hatten, wiesen darauf hin, dass es hier einmal einen dichten Wald gegeben hatte. Man hatte den Pfad begradigt und verbreitert, so dass das Holz auf großen Wagen, die von Pferdegespannen gezogen wurden, in die Stadt gebracht werden konnte. Und Lastri selbst lebte nun beinahe vollkommen vom Holzhandel. Nach allem, was Alayna und Jaryd gehört hatten, war die Stadt inzwischen einer der größten Holzhäfen in Tobyn-Ser. Viele Menschen dort waren reich geworden, und es war schwer, in Lastri und Umgebung auch nur eine einzige Familie zu finden, die nicht irgendwie vom Abholzen des Waldes profitierte. Also versuchte Jaryd jedes Mal, wenn er nach Lastri kam, seine Abneigung gegen das, was man der Landschaft angetan hatte, nicht allzu deutlich zu zeigen.
Nicht alle Bäume waren verschwunden. Es gab immer noch Teile des Weges, die so waren, wie Jaryd sie in Erinnerung

hatte, bis auf die Straße selbst, die nun breit und relativ gerade war. Aber die Gehölze schienen jedes Mal, wenn Jaryd sie sah, kleiner zu werden, und vor kurzem war ihm aufgefallen, dass er auf dem Weg in die Stadt mehr Baumstümpfe als Bäume zu sehen bekam.
Tatsächlich war er erst vor vierzehn Tagen zum letzten Mal hier entlanggegangen, und als er nun wieder unterwegs war und sich fragte, welche Krise sie wohl nach Amarid rufen würde, konnte er sehen, dass in der Zwischenzeit weitere Bäume gefällt worden waren. Es war erschreckend, wie rasch der Wald verschwand.
Sein einziger Trost bestand darin, dass heute keine Holzfäller am Werk waren. Nicht, dass diese Männer ihn oder Alayna je anders als mit Respekt behandelt hätten. Tatsächlich grüßten viele von ihnen jetzt auch Myn, wenn sie mit ihren Eltern unterwegs war. Aber sie schienen zu wissen, was Jaryd und Alayna von ihrer Arbeit hielten, und sie blieben den Magiern gegenüber recht zurückhaltend.
Mehr als das: Die Holzfäller waren von den Hütern von Aricks Tempeln eingestellt worden, denen nun der größte Teil des Landes zu beiden Seiten des Wegs gehörte und die mehr als jede andere Gruppe im Land von Tobyn-Sers neuesten Handelsaktivitäten profitiert hatten. Jeder in Tobyn-Ser war sich der Feindseligkeit bewusst, die seit Amarids Zeiten zwischen den Hütern und dem Orden bestanden hatte. Das Auftauchen der Liga und seit einiger Zeit auch von immer mehr so genannten freien Magiern hatte nicht dazu beigetragen, diese Feindseligkeit zu verringern, und es kam Jaryd so vor, als hätten die geschäftlichen Aktivitäten der Tempel alles noch schlimmer gemacht. Selbst wenn die Holzfäller nicht so recht verstanden, was die Söhne und

Töchter Amarids und die Söhne und Töchter der Götter seit tausend Jahren gegeneinander aufbrachte, schienen sie dennoch zu spüren, dass sie durch ihre Arbeit für die Tempel irgendwie zu einem Teil dieser Fehde geworden waren. Oder vielleicht bildete Jaryd sich das alles ja auch nur ein. Vielleicht fühlten sich die Waldarbeiter in der Nähe der Magier nur unbehaglich, weil sie, wie so viele Menschen in Tobyn-Ser, ein wenig verängstigt waren wegen der Macht, über die er und Alayna verfügten. Oder vielleicht standen sie eher auf der Seite der Liga als der des Ordens. In gewisser Weise war das auch egal. Was immer der Grund sein mochte, Jaryd war froh, allein auf der Straße zu sein. Es gab ihm Zeit zum Nachdenken.

Der Rufstein war seit einiger Zeit nicht mehr benutzt worden – nicht seit dem Tod von Sonels Eule vor vier Jahren, der die Wahl eines neuen Eulenweisen nötig gemacht hatte. Und davor war er zum letzten Mal vor der Spaltung des Ordens zum Einsatz gekommen, als Eulenmeister Erland verlangt hatte, dass Sonel eine Versammlung einberief, damit er Orris, Baden und andere des Verrats bezichtigen konnte.

Schon bevor Erland und seine Anhänger die Liga gegründet hatten, war der Rufstein nur in Notfällen eingesetzt worden, aber nachdem die Magier untereinander uneins waren, wurde er beinahe gar nicht mehr verwendet, denn als sie den riesigen Kristall verändert und auf alle Cerylle aller Magier im Land abgestimmt hatten, hatten Amarid und Theron nicht vorhergesehen, dass der Orden eines Tages einen Rivalen haben würde. Und obwohl die Magier von Tobyn-Ser nun unterschiedlichen Organisationen angehörten, waren sie durch den Stein immer noch vereint.

Jedes Mal, wenn der große Ceryll benutzt wurde, um die Reste des Ordens zusammenzurufen, sah auch jeder freie Magier und jedes Mitglied der Liga seinen Ceryll blinken. Das bedeutete selbstverständlich, dass es wirklich einen schwerwiegenden Grund brauchen würde, damit Radomil oder Mered sich dieses Mittels bediente.

Getrieben von diesem Gedanken schaute Jaryd seinen Kristall abermals an. Noch nichts. Aber als er den Blick wieder dem Weg zuwandte, bemerkte er aus dem Augenwinkel etwas, das ihn mitten in der Bewegung erstarren ließ.

Er hatte eine Stelle erreicht, an der man die Bäume längst abgeholzt und nach Lastri transportiert hatte. Einer der wenigen noch bewaldeten Bereiche ragte vor ihm auf. Und direkt neben dem Weg, nur ein paar Fuß vor dem nächsten Gehölz, saß ein riesiger dunkler Vogel auf einem vernarbten Baumstumpf. Sein Gefieder war von einem tiefen Braunton, bis auf die Federn im Nacken, die im hellen Sonnenlicht schimmerten, als bestünden sie aus Gold. In seinen dunklen Augen, mit denen der Vogel Jaryd jetzt ansah, lag eine unnatürliche Intelligenz, die den Magier schaudern ließ. Es kam ihm so vor, als hätte der Vogel gewusst, dass Jaryd hier vorbeikommen würde, als hätte er nur auf ihn gewartet.

Er wusste selbstverständlich, was das bedeutete, was die Götter und dieser Vogel von ihm erwarteten. Und er schüttelte den Kopf.

Mehr als alles andere auf der Welt wollte er sich wieder binden. Aber selbst diese Sehnsucht hatte Grenzen. So dringend wünschte er sich keinen neuen Vertrauten.

»Ich will das nicht«, sagte er kläglich.

Der große Vogel starrte ihn gleichmütig an.

Jaryd wandte sich ab. Er wäre am liebsten weggerannt, geflohen vor diesem Geschenk der Götter, wenn man eine solche Bindung überhaupt als Geschenk betrachten konnte. *Was würde geschehen, wenn ich mich einer Bindung verweigerte?*, fragte er sich einen Augenblick lang. *Würden die Götter mir je wieder einen Vertrauten schenken?* Er schüttelte erneut den Kopf. Wahrscheinlich nicht. Denn in diesem Fall bedeutete die Verweigerung einer Bindung viel mehr als Trotz gegenüber den Göttern. Es bedeutete, seinen Schwur, Tobyn-Ser und seinen Menschen zu dienen, zu brechen.

Die Götter hatten ihm einen Adler geschickt. Und obwohl ihm eiskalt wurde bei dem Gedanken daran, was das bedeutete, wusste Jaryd auch, dass er keine andere Wahl hatte, als diese Bindung und alles, was sie mit sich brachte, anzunehmen.

Ich habe so etwas schon einmal durchgemacht, sagte er sich und erinnerte sich an seine Bindung an Ishalla. *Ich weiß, dass ich es schaffen kann.*

Er holte tief Luft und sah den großen Vogel abermals an. Ihre Blicke begegneten einander. Jaryd hatte gerade noch die Zeit zu denken, dass dies der schönste Vogel war, den er je gesehen hatte. Und dann traf es ihn.

Seine Erfahrung mit seinem ersten Vogel hätte vielleicht genügt, um ihn auf die nächste Bindung an einen Falken oder selbst an eine Eule vorzubereiten. Aber das hier war ein Adler, und es würde, wie Jaryd in einem letzten Augenblick der Klarheit begriff, keinerlei Routine in dieser Bindung geben. Das war für lange Zeit sein letzter vernünftiger Gedanke.

Visionen und Erinnerungen brachen plötzlich wie die Fluten des Dhaalismin über ihn herein: eine Jagd entlang der Gipfel der Seeberge, eine rasche Drehung im Flug, um den Angriff zweier kleinerer Falken abzuwehren, ein wilder Flug mit einem anderen, kleineren Adler, den Jaryd instinktiv als Werbungsflug erkannte, Niederstürzen auf ein Kaninchen, Klauen, die in weiches Fell und Fleisch geschlagen wurden, das Töten mit einer raschen Bewegung des rasiermesserscharfen Schnabels.

Er tastete nach dem Adler, spürte die Präsenz des Vogels in seinem Geist und erinnerte sich, dass es mit Ishalla ganz ähnlich gewesen war. Aber der Vogel widersetzte sich ihm, als wäre er noch nicht bereit, ihn zu akzeptieren. *Es gibt noch mehr,* schien er ihm zu sagen. *Die Zeit ist noch nicht gekommen.*

Die Bilder flossen so rasch durch Jaryd hindurch, dass er kaum Gelegenheit hatte, sie zu begreifen. Das Nächste schien schon anzufangen, bevor das Vorhergehende vorüber war. Er sah die Eltern des Adlers, seine Geschwister, alle Geschöpfe, die der Vogel je getötet, alle Rivalen, gegen die er je gekämpft hatte. Er sah in einer Spirale der Erinnerungen, der Gedanken und Gefühle das gesamte Leben des Adlers. Dennoch, so Schwindel erregend und verwirrend dies war, er hatte es erwartet. Das Muster war vertraut. Er hatte schon einmal sein Bewusstsein mit einem Vogel geteilt. Und daher widerstand er dem überwältigenden Drang, sich gegen diese Gedankenflut zu wehren. Stattdessen gestattete er dem Bewusstsein des Adlers, ihn zu tragen, wohin es wollte.

Aber trotz seiner Erfahrung, trotz seiner Versuche, die Lektionen, die er bei seiner ersten Bindung gelernt hatte, zu befolgen, schockierte ihn, was als Nächstes geschah: Ganz

plötzlich war Jaryd in seinem Bewusstsein kein Adler mehr, oder genauer, er war nicht mehr *dieser* Adler.
Er kreiste über einem hoch gewachsenen, kräftig gebauten Magier, an den er gebunden war. Und während er noch zusah, tauchten unter einem trüben Himmel zwei Armeen auf. Eine Armee marschierte unter der Fahne des alten Abborij. Die andere wurde von einer Gruppe von Magiern geführt. In der Ferne, weit hinter den Kriegern, konnte Jaryd das Wasser der Meerenge von Abborij erkennen, und er wusste, dass er sich über Tobyn-Sers Nordebene befand und Zeuge des ersten Krieges mit Abborij wurde. Die Armeen stießen unter Todes- und Angstschreien aufeinander, und beinahe sofort fiel die Armee aus Abborij zurück, ihre Waffen durch Magie zerstört.
Einen Augenblick später war er an einen anderen Magier gebunden, diesmal an eine Frau, hoch gewachsen und kräftig wie ihr Vorgänger. Ihr silbergraues Haar wehte in einem kalten, stürmischen Wind, und die Cerylle der Magier, die sie begleiteten, glitzerten in der hellen Wintersonne. Wieder näherte sich eine Arme über die Ebene, und diesmal war es eine erheblich größere Streitmacht. Sie marschierte unter einer anderen Fahne als die erste, die aber immer noch als das Banner von Abborij zu erkennen war. Und wieder konnten die Soldaten aus dem Nachbarland die Magier aus Tobyn-Ser nicht bezwingen.
Dann eine weitere Magierin. Sie war jung und zierlich gebaut, aber nicht weniger leidenschaftlich als ihre Vorgänger bei der Verteidigung des Landes. Die feindliche Armee, die durch den grauen Nebel auf sie zukam, war größer als die ersten beiden zusammen, und die Magie der Magier, die die Frau befehligte, brauchte viel länger, um sich durch-

setzen zu können. Aber sie setzte sich durch. Er sah die Menschen von Tobyn-Ser über den Sieg jubeln und um die Toten weinen. Er sah Glenyse auf den Schultern eines riesigen bärtigen Mannes sitzen, der mit einer Axt bewaffnet war und blutige Wunden und Striemen an Stirn und Armen hatte. Dieser Mann war zusammen mit den Magiern unterwegs und hatte einen Ceryll, aber er trug keinen Vogel auf der Schulter. Und in der abgelegenen Ecke seines Geistes, die immer noch ihm gehörte, erkannte Jaryd diesen Mann als Phelan, den Wolfsmeister, der Kalba, seinen eigenen Vertrauten, kurz vor der dritten Abborij-Invasion verloren und geschworen hatte, sich nie wieder zu binden.
Anderer Bilder spülten über ihn hinweg. Leben um Leben um Leben. Es schien beinahe, als würde er sich nicht an einen einzelnen Vogel binden, sondern an viele, die alle ihre eigenen Erinnerungen und die der Magier, die sie geliebt hatten, mitbrachten. Er sah Szenen aus dem Leben der drei Adlerweisen, die so rasch in seinem Kopf aufblitzten, dass er keine Zeit hatte, sie zu interpretieren, keine Zeit zu unterscheiden, aus welchem Leben sie stammten. Er wartete darauf, dass sich ein Muster herausbildete, dass die Bilderflut wieder begann, wie es bei seiner Bindung an Ishalla geschehen war. Aber hier gab es kein Ende, es gab nichts zu begreifen. Ja, er hatte schon eine Bindung hinter sich. Aber nichts hätte ihn auf dieses Erlebnis vorbereiten können. Er wurde von dieser Flut weggetragen. Er ertrank darin.
Und als er schließlich ein vertrautes Bild erkannte und spürte, dass endlich ein Muster auftauchte, dass es doch ein Ende geben würde, war er beinahe zu erschöpft, um sein eigenes Bewusstsein wiederzufinden. Jaryd spürte aber-

mals, wie der Adler seinen Geist berührte und ihn ein wenig schubste, als wollte er ihn aus dem Schlaf wecken. Als sich Jaryd diesmal öffnete und dem Vogel seine Erinnerungen und Gefühle darbot, wie der Adler es für ihn getan hatte, akzeptierte er das. Wieder sah er den Adler fliegen, jagen, kämpfen, aber diesmal war sein eigenes Leben mit dem des Vogels verwoben. Die Bilder vom Krieg mit Abborij kehrten nicht zurück, und als Jaryd die Bilder des Lebens dieses Vogels wieder sah, begriff er, warum. Es waren nicht wirklich die eigenen Erinnerungen des Adlers gewesen. Das hier war nicht derselbe Vogel, der sich an Fordel, Decla und Glenyse gebunden hatte, an die drei Adlerweisen. Aber irgendwie verfügte dieser Adler – Jaryds Adler, der sich ihm nun als Rithlar vorstellte – auch über deren Erinnerungen. Es war unmöglich. Die Kriege lagen hunderte von Jahren zurück. Aber Jaryd wusste, was er gesehen hatte.

Rithlar schien seine Zweifel zu spüren, denn einen Augenblick später sah er wieder die Armeen, und die Folge von Ereignissen wiederholte sich exakt so in seinem Kopf wie kurze Zeit zuvor. Dann verstand er.

»So wurde es dir überliefert«, sagte er laut.

Seine Stimme brach den Bann, den ihre Bindung gewoben hatte. Plötzlich befand sich Jaryd wieder auf dem Weg, der in die Stadt führte. Es war vorüber. Er spürte die Präsenz des Adlers in seinem Kopf, und er wusste, dass sie aneinander gebunden waren.

Jaryd fuhr fort, den Vogel anzusehen, der sich immer noch nicht von dem Baumstumpf am Straßenrand wegbewegt hatte. Er fühlte sich irgendwie peinlich berührt. Sobald er sich an Ishalla gebunden hatte, hatte er sie geliebt wie nie ein anderes Wesen zuvor. Selbst seine Liebe zu Alayna, so machtvoll sie war, war nicht mehr als das, was er für seinen ersten Falken empfunden hatte.

Aber er wusste bereits, dass er und Rithlar eine andere Art von Beziehung haben würden. Sie war ein Adler, und weil sie ihn erwählt hatte, würde er der vierte Adlerweise in der Geschichte des Landes sein. Die Götter hatten sie nur aus einem einzigen Grund zusammengeführt: Tobyn-Ser stand kurz vor einem Krieg. Das hier war keine Bindung, die auf Liebe und Freundschaft beruhte, obwohl sich diese Eigenschaften mit der Zeit vielleicht ergeben würden. Diese Bindung beruhte auf Notwendigkeit und wurde verstärkt von ihrer beider Ergebenheit gegenüber dem Land. Jaryd fragte sich einen Augenblick, ob es vielleicht anders gewesen wäre, wenn er nicht zunächst versucht hätte, sich der Bindung zu widersetzen, aber er konnte in den Gedanken des Vogels keine Ablehnung spüren. Nur eine gewisse Reserviertheit, Stolz und dieselbe übernatürliche Intelligenz, die er schon bemerkt hatte, als er Rithlar zum ersten Mal sah. War es für Glenyse und die anderen ebenso gewesen?

Bei diesem Gedanken begann er zu zittern. *Ich bin ein Adlerweiser,* sagte er sich. *Ich werde Tobyn-Ser in einen Krieg führen.* Aber gegen wen? Es hatte seit Orris' Rückkehr aus Lon-Ser vor über sechs Jahren keine weiteren Konflikte mit den Fremden mehr gegeben. Und zweifellos stellte Abborij keine Gefahr mehr da – Tobyn-Ser blickte auf mehr als vierhundert Jahre des Friedens mit seinen nördlichen Nachbarn zurück.

»Zumindest weiß ich jetzt, wieso wir nach Amarid gehen werden«, erklärte er grimmig.

Ausgerechnet das bewirkte, dass der Vogel sich rührte. Rithlar breitete die Flügel aus und stieß einen leisen Schrei aus. Jaryd ging zu ihr und streckte den Arm aus. Sofort sprang sie darauf, und Jaryd hätte vor Schmerz beinahe laut aufgeschrien. Rithlars Krallen waren nicht nur beträchtlich länger als die von Ishalla und ebenso scharf, sie wog auch viel mehr als seine erste Vertraute. Ihre Krallen drangen wie Dolche durch die Haut und ins Fleisch seines Unterarms. Rasch übermittelte er ihr, sie solle sich auf seine Schulter setzen, wo sein Umhang mit Leder verstärkt war. Aber auch das schien nicht viel zu nützen. Gegen diese Klauen half die zusätzliche Polsterung nicht mehr als Pergament.

»Dagegen werden wir etwas unternehmen müssen«, sagte Jaryd und verzog das Gesicht. Dann machte er sich wieder auf den Weg nach Lastri. Aber bereits nach ein paar Schritten wurde ihm klar, dass er Rithlar nicht so tragen konnte, wie er Ishalla getragen hatte. Der Adler war einfach zu groß und zu schwer. Bei jedem Schritt, denn er machte, packte sie erneut mit den Krallen zu, und er konnte spüren, dass sein Hemd und sein Umhang bereits blutdurchtränkt waren.

Es tut mir Leid, sagte er zu ihr, *aber du wirst fliegen müssen.*

Sie sandte ihm ein Bild ihrer selbst, wie sie über ihm herglitt, während er weiterging, um zu zeigen, dass sie verstanden hatte, und Jaryd wappnete sich, denn er wusste, wenn sie von seiner Schulter sprang, würde sie ihn abermals verletzen. Stattdessen sprang sie jedoch zu Boden und flog dann mit großen, weit ausholenden Flügelschlägen auf. Und als Jaryd nun weiterging und das nächste kleine Wäldchen erreichte, glitt Rithlar über ihm her, gleich über den Wipfeln der noch kahlen Bäume.

Wenn sie flog, wirkte sie sogar noch größer als im Sitzen. Ihre Spannweite entsprach mindestens Jaryds Körpergröße, und er war alles andere als ein kleiner Mann. Als der Magier wieder in einen offenen Bereich kam, flog sie tiefer und kreiste direkt über ihm, und er staunte darüber, dass ein so großes Geschöpf sich mit solcher Anmut bewegen konnte.
Es war nicht die Bindung, die er erwartet oder erhofft hatte. Tatsächlich erschreckte ihn das Auftauchen des Adlers über alle Maßen. Aber Jaryd musste dennoch lächeln, als er Rithlar fliegen sah. Es war so lange her, seit er seine Gedanken mit einer Vertrauten geteilt oder dieses erweiterte Bewusstsein seiner Umgebung gespürt hatte, das mit einer Bindung entstand. Zum ersten Mal seit langer Zeit fühlte er sich wieder wie ein Magier.

2

Ich weiß deine Sorge um meine Sicherheit zu schätzen, aber sie ist unnötig – du kannst Jibb ausrichten, dass ich noch nicht bereit bin, einen Leibwächter einzustellen. Das soll nicht heißen, dass die Konflikte zwischen dem Orden und der Liga nachgelassen haben oder dass ich nicht mehr das Ziel der Feindseligkeiten der Liga bin. Ganz im Gegenteil: Die Magier von Tobyn-Ser sind immer noch hoffnungslos gespalten, und ich verbringe viel Zeit damit, über meine Schulter nach möglichen Angreifern Ausschau zu halten. In gewisser Weise habe ich mich diesem Schicksal jedoch ergeben. Es scheint mir eine angemessene Bestrafung dafür zu sein, dass ich mich dem Willen des Ordens widersetzt habe. Das Land hat durch meine Taten gelitten; es scheint mir nur gerecht, dass ich nun ebenfalls leiden soll. Mach dir keine Sorgen: Ich habe nicht vor, mich umbringen zu lassen. So tief reichen meine Schuldgefühle nicht. Aber die Götter haben offensichtlich beschlossen, dass ich mich niemals an eine Eule binden soll, und die Liga verhindert darüber hinaus, dass ich meinen Frieden finde. Und ich bin bereit, beide Urteile zu akzeptieren.

Falkenmagier Orris an Melyor i Lakin, Herrscherin und Steinträgerin von Bragor-Nal, im Winter des Gottesjahres 4633

Als Jaryd und sein Adler Lastri erreichten, war es schon nach Mittag. Jaryd kaufte die Vorräte, so schnell er konnte, und dann machte er sich auf die Suche nach Narelle, dem Oberhaupt des Stadtrats. Er fand sie am Kai, wo sie sich mit einem Kapitän aus Abborij stritt.

Narelle war eine untersetzte Frau mit stahlgrauem Haar und ausgeprägten Gesichtszügen. Sie hatte eine tiefe, kräftige Stimme und hellblaue Augen, die nun, als sie mit dem Kaufmann sprach, zornig blitzten.

»Wenn du deine Fracht ablädst, wirst du auch die Hafengebühren der Stadt bezahlen!«, sagte sie dem Mann gerade, als Jaryd näher kam. »Wenn du nicht zahlen willst, ist das auch in Ordnung. Dann wirst du eben dein Schiff und alles, was es geladen hat, anderswo hinbringen.«

Der Mann schüttelte den Kopf. »Aber ich habe dir doch schon gesagt, dass ich keine andere Möglichkeit habe, als die Fracht hier zu löschen. Mein Kunde –«

»Und wie ich dir ebenfalls schon gesagt habe«, unterbrach ihn Narelle, »ist mir das vollkommen egal. Wenn du die Hafenanlagen von Lastri benutzt, wirst du die hiesigen Abgaben zahlen.«

Sie beendete das Gespräch, indem sie sich abwandte, und wäre beinahe mit Jaryd zusammengestoßen.

»Falkenmagier!«, sagte sie erfreut. »Wie schön, dich zu sehen.«

Jaryd musste sich anstrengen, um nicht zu lachen. Er hatte so etwas bei Narelle schon öfter erlebt: Sie konnte in einem Augenblick unnachgiebig und feindselig und im nächsten liebenswert und freundlich sein. Und soweit er wusste, war nichts davon gekünstelt; sie war einfach so.

»Ich freue mich auch, dich zu sehen«, erwiderte Jaryd. »Es ist für mich offensichtlich ein größeres Vergnügen als für diesen Kaufmann.«

Sie lachte und machte eine Geste, als könnte sie die Angelegenheit der Hafengebühren mit einer Handbewegung vom Tisch fegen. »Das war nur eine Kleinigkeit«, sagte sie.

»Diese Art Gespräch führe ich fünfmal am Tag.« Sie machte sich auf den Rückweg zum Marktplatz und lud Jaryd ein, sie zu begleiten. »Alle wollen hier Geschäfte machen, aber nur zu ihren eigenen Bedingungen. Sie begreifen nicht, dass ich für das Wohl der Stadt sorgen muss. Diese neuen Kaianlagen sind nicht einfach aus dem Meer aufgetaucht. Wir haben sie gebaut, und das hat uns eine Menge Gold gekostet. Aber das begreifen diese Kaufleute nicht. Sie bilden sich ein, wir wären ihnen den Hafen einfach schuldig.«

Jaryd lächelte, und er erinnerte sich daran, wie er diese Stadt zum ersten Mal gesehen hatte, kurz nachdem er und Alayna hier vor mehr als einem Jahrzehnt angekommen waren. Damals hatte die ganze »Stadt« aus einer einzigen Straße und zwei oder drei Läden bestanden, und die Einwohner hatten ihre Fischerboote den Strand hinaufgezogen, weil es überhaupt keinen Kai gegeben hatte. Der Handel war darauf beschränkt gewesen, was die Leute aus Lastri für den Fisch, den sie fingen, und die Körbe, die sie flochten, eintauschen konnten.

»Ich weiß, woran du denkst«, sagte Narelle mit einem Seitenblick. »Aber selbst wenn wir kein Holz nach Lon-Ser verkauften, würden wir den Hafen immer noch brauchen.«

»Tatsächlich«, sagte Jaryd, »dachte ich gerade an meinen ersten Besuch in dieser Stadt.«

»Ah«, sagte sie mit einem Nicken. »Daran denke ich manchmal auch. Damals gab es nicht viel zu sehen, wie?«

Jaryd zwang sich zu einem Lächeln, aber er sagte nichts, und sie gingen schweigend weiter.

»Du hast ja Blut auf deinem Umhang!«, stellte Narelle

plötzlich erschrocken fest und zeigte auf Jaryds Ärmel. »Ist alles in Ordnung?«
»Ja. Ich habe einen neuen Vogel, und sie hat einen ziemlich kräftigen Griff.« Er blickte zu Rithlar auf, die über ihnen kreiste.
Narelle folgte seinem Blick und riss erstaunt die Augen auf. »Sie ist wunderschön, Falkenmagier! Ich habe noch nie einen so großen Falken gesehen!«
Er verbesserte sie nicht. Sie kannte sich sicher gut genug mit der Geschichte des Landes aus, um zu wissen, was das Auftauchen eines Adlers bedeutete, und er wollte ihr keine Angst machen.
Nun schaute sie wieder Jaryd an. »Was kann ich für dich tun, Falkenmagier? Du bist doch sicher nicht ohne Grund hier.« Sie warf einen Blick auf den Sack mit den Lebensmitteln, den er trug, und verzog das Gesicht. »Das sieht nicht gut aus«, sagte sie. »Immer, wenn ich dich mit Vorräten sehe, bedeutet das, dass die Menschen hier einige Zeit ohne deine Dienste auskommen müssen.«
Jaryd lachte. »Ich fürchte, du hast Recht. Alayna und ich werden morgen nach Amarid aufbrechen. Ich bin nicht sicher, wie lange wir weg sein werden.« Er überlegte, ob er mehr sagen sollte, und wieder entschloss er sich zu schweigen. Er und Alayna würden einige Zeit nicht zurückkehren. Er würde Adlerweiser sein, was bedeutete, dass sie in der Großen Halle wohnen würden, bis die Krise ein Ende gefunden hatte. Aber auch das konnte er ihr nicht sagen. Er sah sich in der Stadt um und bemerkte die ausgeblichenen grünen Fahnen, die über den Türen beinahe jedes Hauses flatterten. Das hier war vor allem deshalb eine Ordensstadt, weil er und Alayna in der Nähe wohnten. Trotz aller Agita-

tion gegen den Orden, die Erland und seine Verbündeten betrieben hatten, nachdem sie die Liga gegründet hatten, waren die Menschen von Lastri dem Orden treu geblieben, weil sie die jungen Magier, die direkt vor der Stadt wohnten, kannten und ihnen vertrauten. Aber Jaryd fragte sich nun, ob diese Treue bestehen bleiben würde, wenn er und Alayna gingen und ein neuer Magier kam, um diesem Gebiet zu dienen.

»Ist wirklich alles in Ordnung, Falkenmagier?«, fragte Narelle. »Du siehst aus, als würde dich etwas beunruhigen.«

»Nein, es ist alles in Ordnung, Narelle«, sagte er, aber er hörte selbst, wie hohl und leer seine Worte klangen. »Ich wollte dich nur wissen lassen, dass wir einige Zeit nicht da sein werden.«

Sie runzelte die Stirn. »Weißt du denn, wieso sie dich nach Amarid rufen?«

»Nein«, sagte er, obwohl er es nicht vermeiden konnte, dass sein Blick zu Rithlar wanderte. »Ich habe keine Ahnung.«

Zunächst schämte er sich, weil er sie belogen hatte, aber als er wieder auf dem Rückweg war, wurde ihm klar, wie viel Wahrheit in seinen Worten gelegen hatte. Er wusste zwar, dass dem Land ein Krieg drohte, aber er hatte keine Ahnung, wieso oder wer ihr Feind sein würde.

Er kehrte nach Hause zurück, als die Sonne schon hinter dem Unteren Horn verschwand. Er blieb vor der Haustür stehen und wartete darauf, dass Rithlar neben ihm auf dem Boden landete. Dann hockte er sich hin und kraulte ihr die Federn am Kinn.

Du bist das schönste Geschöpf, das ich je gesehen habe, sandte er. Ich weiß nicht, wieso du gekommen bist oder wieso du mich auserwählt hast, aber es tut mir Leid, dass ich mich zunächst weigern wollte. Und ich verspreche, ganz gleich, was dich hergebracht hat, wir werden uns dem gemeinsam stellen. Zur Antwort knabberte sie sanft an seiner Hand, ohne ihn dabei mit dem großen krummen Schnabel zu verletzen. Trotz allem musste Jaryd lächeln. Vielleicht würde er sie ja doch lieben können. Er stand auf, öffnete die Tür und ging ins Haus, wobei er Rithlar winkte, ihm zu folgen.

Drei Satteltaschen standen neben der Tür der Wohnküche. Zwei waren schon voll und verschnürt. Die letzte, offensichtlich für die Vorräte gedacht, war immer noch offen und leer, wenn man von einem Seil, ein paar Kochutensilien und Myns Lieblingsspielsachen absah.

Jaryd hörte Alayna und Myn in einem der hinteren Zimmer lachen.

»Ich bin wieder da«, rief er.

»Wir sind in Myns Zimmer«, antwortet Alayna. »Wieso warst du so lange weg?«

Er blickte Rithlar an, die sich kritisch umgesehen hatte. Nun hüpfte sie in die Küche, auf einen Stuhl und von dort aus auf den Tisch.

»Kommt her und seht selbst«, sagte Jaryd. »Ich glaube, ich weiß jetzt, wieso wir nach Amarid gehen müssen.«

»Wie kann das sein?«, rief Alayna zurück. »Sogar Radomil weiß es offensichtlich noch nicht.« Dann kam sie herein, gefolgt von Myn. »Unsere Cerylle haben immer noch nicht –«

Sie erstarrte, riss die Augen auf und wurde bleich. »Bei den Göttern!«, flüsterte sie.

Myn ging an ihr vorbei und direkt auf den Tisch zu, wo

sie den großen Vogel anstarrte. Rithlar erwiderte den Blick, den Kopf leicht schief gelegt, und so verharrten sie einige Zeit, ohne dass eine von beiden sich abgewandt hätte.
»Was ist das für ein Vogel, Papa?«, fragte das Mädchen.
»Ein Adler, Liebes. Sie heißt Rithlar.«
»Das ist aber ein komischer Name.«
»Tatsächlich«, sagte Alayna leise, bevor Jaryd etwas erwidern konnte, »hieß jeder Adler so, der sich je an einen Magier gebunden hat.«
Jaryd sah sie an. »Bist du sicher?«
Sie nickte.
»Das sollte mich eigentlich nicht überraschen«, erklärte er, wieder seiner Vertrauten zugewandt. »Sie verfügt über alle Erinnerungen der anderen Adler. Ich habe bei unserer Bindung die Abborij-Invasionen gesehen.«
Alayna strich sich das Haar aus der Stirn. »Du musst dich mit Radomil in Verbindung setzen«, sagte sie. Sie war blass, und ihre Stimme klang angespannt. »Er muss den Orden zusammenrufen.«
»Ich weiß.«
»Hast du mit Narelle gesprochen?«
»Ja.«
»Warst du da schon gebunden?«
»Ja, aber mach dir keine Gedanken. Narelle glaubt einfach, ich hätte einen sehr großen Falken gefunden.«
Alayna lachte kurz, aber dann wurde sie sofort wieder ernst. »Ein Adler, Jaryd«, sagte sie mit ungläubigem Kopfschütteln. »Weißt du, was das bedeutet?«
»Was bedeutet es denn, Mama?«
Alayna warf Jaryd einen raschen Blick zu, und dann zwang sie sich zu einem Lächeln und sah Myn an. »Nun,

Myn-Myn, es bedeutet, dass ...« Sie hielt inne, und wieder schaute sie Jaryd an.
»Es bedeutet«, sagte Jaryd, »dass ich das neue Oberhaupt des Ordens sein werde und dass wir eine Weile in der Großen Halle wohnen werden.«
Myn starrte ihn staunend an. »Du wirst der neue Eulenweise sein?«
»In gewissem Sinn ja«, sagte Jaryd zu ihr. »Aber man wird mich als Adlerweisen bezeichnen. Und da wir einige Zeit in Amarid bleiben werden, möchte ich, dass du jetzt in dein Zimmer gehst und nachsiehst, ob es noch etwas gibt, das du gerne mitnehmen möchtest. In Ordnung?«
»In Ordnung, Papa«, antwortete sie und eilte hinaus.
»Danke«, murmelte Alayna und schaute ihr hinterher.
»Wir werden es ihr früher oder später sagen müssen«, erklärte Jaryd. »Sie wird es ohnehin herausfinden, wenn sie merkt, wie andere auf uns reagieren.«
Alayna nickte. »Ich weiß.« Sie legte die Arme um ihn und bettete den Kopf an seine Schulter. »Hast du Angst?«
»Ja, aber nicht mehr so viel wie heute früh.«
»Zumindest hast du dich wieder gebunden.«
Sie trat einen Schritt zurück und sah ihn ironisch an. Er erwiderte den Blick. Wieder allerdings verschwand ihr Lächeln rasch.
»Ich beneide dich nicht«, sagte sie.
»Es trifft nicht nur mich«, erwiderte er. »Du wirst die Erste des Weisen sein.«
Wieder legte sie den Kopf an seine Schulter. »Willst du nicht lieber Orris nehmen?«
Er küsste sie auf den Kopf. »Orris' Haar ist nicht so weich wie deines.«

»Woher weißt du das?«, fragte sie mit gespielter Eifersucht.
Jaryd grinste.
»Ich werde lieber mal nach Myn sehen«, sagte Alayna. »Sie versucht vermutlich gerade, ihr Bett einzupacken.«
Jaryd nickte und holte tief Luft. »Ich werde mich mit Radomil in Verbindung setzen.«
Er ging wieder nach draußen, dicht gefolgt von Rithlar. Es war beinahe dunkel. Nur am westlichen Horizont hingen noch Spuren von Gelb und Orange, und in dem dunklen Blau direkt über ihm blitzten schon die ersten Sterne. Jaryds Atem war deutlich in der kalten Luft zu sehen, und nun erschauderte der Magier ein wenig.
Er hatte seit Ishallas Tod nicht versucht, Magie einzusetzen, und da er nun vorhatte, das *Ceryll-Var,* eine der kompliziertesten und anstrengendsten magischen Techniken, zu benutzen, fühlte er sich unsicher.
»Das hier habe ich lange nicht mehr getan«, sagte er zu dem Adler.
Rithlar starrte ihn nur an.
Er setzte sich neben sie auf den Boden, schloss die Augen und tastete nach der Verbindung, die sie an diesem Morgen geschaffen hatten. Er spürte Rithlars Präsenz sofort, und als er begann, sein Bewusstsein nach Osten, nach Amarid, auszusenden, wo er Radomil finden würde, spürte er, dass die Macht ihn durchfloss wie die eisigen Wasser eines Bergbachs. Das Gefühl war gleichzeitig vertraut und fremd, denn obwohl Ishallas Macht ebenso kühl und rasch durch seinen Körper gerauscht war, war sein Falke nicht annähernd so stark gewesen. Innerhalb von Sekunden hatte Jaryd Radomils elfenbeinfarbenen Ceryll in dem weiten Dunkel gefunden, das man für eine Verschmelzung

der Kristalle durchreisen musste. Er projizierte sein eigenes Saphirblau in den Stein des Eulenweisen und wartete dann darauf, dass Radomil den Prozess zurückverfolgte. Die gesamte Prozedur hatte ihn kein bisschen angestrengt.

Jaryd?, sendete Radomil.

Ja, Eulenweiser. Ich bin es.

Was für eine Überraschung! Ich wusste nicht, dass du dich wieder gebunden hast. Meinen Glückwunsch.

Danke, Eulenweiser. Gegen seinen Willen musste Jaryd lächeln. Er hatte Radomil schon als Kind gekannt. Der rundliche Eulenmeister hatte einmal Leoras Wald im nordwestlichen Tobyn-Ser gedient, wo sich auch Jaryds Heimatdorf Accalia befand. Und selbst jetzt noch, nachdem Jaryd schon ein Dutzend Jahre Ordensmitglied war, spürte er in Radomils Gedanken so etwas wie väterlichen Stolz, als der Eulenweise ihm gratulierte.

Hast du dich an eine Eule gebunden? Mered und ich haben das angenommen, da auch Alayna nun Eulenmeisterin ist.

Jaryd seufzte. Es würde nicht einfach sein.

Nein, Eulenweiser, es war keine Eule.

Jaryd spürte Radomils Verlegenheit. *Es tut mir Leid, Jaryd. Ich wollte nicht ...*

Bitte entschuldige dich nicht, sandte Jaryd. Es gab keine Möglichkeit, dem Eulenweisen diese Nachricht schonend zu überbringen. *Ich habe mich an einen Adler gebunden, Eulenweiser. Deshalb habe ich mich auch mit dir in Verbindung gesetzt. Ich war der Ansicht, dass du es sofort erfahren solltest.*

Einige Zeit lang antwortete der Weise nicht. Wenn Jaryd

nicht immer noch Radomils Entsetzen und Angst gespürt hätte, hätte er tatsächlich geglaubt, die Verbindung sei abgebrochen.
Arick möge uns beschützen, sandte der Eulenweise schließlich. *Hast du es Baden schon gesagt?*
Nein. Nach Alayna bist du der Zweite, der es erfährt. Ich habe angenommen, dass du eine Versammlung einberufen möchtest, um die anderen zu informieren und zu entscheiden, was wir als Nächstes tun sollten.
Was ich will, zählt nicht mehr. Du bist jetzt das Oberhaupt des Ordens.
Jaryd spürte keine Bitterkeit in Radomils Gedanken, keinen Zorn darüber, dass er seine Position so abrupt verlieren sollte. Er nahm einfach eine Tatsache zur Kenntnis.
Soll ich den Rufstein benutzen, Adlerweiser?
Adlerweiser. Jaryd spürte, wie sein Mund trocken wurde. Er war einfach noch nicht bereit ...
Jaryd?
Ja, sandte er schließlich. *Das solltest du wohl tun.*
Also gut. Wenn du willst, werden Mered und ich in der Großen Halle bleiben, bis du mit Alayna eintriffst – ich nehme an, Alayna wird deine Erste sein.
Gerne. Danke, Radomil. Jaryd spürte, wie ihm schwindlig wurde. Vielleicht war es die Anstrengung, nach so langer Zeit wieder seine Macht einzusetzen. Oder die Erkenntnis, was aus ihm geworden war. Im Augenblick war das schwer zu sagen. Aber er spürte, wie die Verbindung mit Radomil schwächer wurde.
Ich will noch nicht, dass andere es erfahren, Radomil, sandte er und strengte sich verzweifelt an, klar zu denken. *Nur du und der Erste. Und Baden, aber dem werde ich es*

selbst sagen. Ich möchte nicht, dass Panik aufkommt. Falls jemand fragen sollte, sag ihnen einfach, dass ich um die Einberufung einer Versammlung gebeten habe.

Ich verstehe, erwiderte Radomil, dessen Gedanken mit jedem Augenblick in weitere Ferne zu rücken schienen. *Möge Arick euch auf eurer Reise behüten, Adlerweiser. Und möge er euch rasch zu uns bringen.*

Dann war Radomil verschwunden. Jaryd öffnete die Augen und sah, dass der Sternenhimmel begonnen hatte sich zu drehen wie ein Kreisel. Rithlar schien kein bisschen müde zu sein, und ihre Kraft hatte während seines Austauschs mit dem Eulenweisen keinen Moment lang nachgelassen. Aber er selbst war erschöpft davon, die Magie weiterzuleiten, die sie ihm verlieh. Und nicht zum ersten Mal an diesem Tag fragte er sich, wieso die Götter ihn für diese Bindung auserwählt hatten.

»Es muss andere geben, die besser für so etwas geeignet sind«, sagte er ins Dunkel. »Es muss andere geben, die stärker und weiser sind.«

Wieder schmiegte sich Rithlar zärtlich an ihn, wie sie es schon einmal getan hatte. *Ich habe dich auserwählt,* schien sie zu sagen. *Was immer daraus werden mag, ich habe dich auserwählt.*

Jaryd kraulte ihr das Kinn, und dann blickte er wieder zu den Sternen auf. Der Schwindel ließ langsam nach, und er konnte über sich das Sternbild von Arick sehen, die Hand hoch erhoben, um das Land zu zerschlagen.

»Es wird Krieg geben«, flüsterte Jaryd, und er kam sich plötzlich schrecklich jung vor. »Und ich werde die Faust der Götter sein.«

Er war ein Wanderer. So war es immer gewesen, und er hatte wenig Zweifel daran, dass es auch für den Rest seines Lebens so sein würde. Das Leben der Nister war ihm nie sonderlich reizvoll vorgekommen – im Gegenteil, schon der Gedanke daran machte ihn unruhig. Er hatte in seinem Leben nur zwei Frauen kennen gelernt, die ihn vielleicht davon hätten überzeugen können, sich niederzulassen und eine Familie zu gründen. Eine von ihnen war nun die Frau seines besten Freundes, und die andere lebte hunderte von Meilen entfernt auf der anderen Seite von Aricks Meer, in einem so fremden Land, dass sogar die Sterne am Nachthimmel anders aussahen.

Jeder Magier im Land wusste, dass Alayna und Jaryd zusammengehörten. Die Götter hatten das klar gemacht, indem sie ihnen für ihre erste Bindung Vögel von derselben Art schickten. Und Orris hatte seinen besten Freunden niemals ihr Glück missgönnt, besonders nicht nach der Geburt ihrer wunderschönen Tochter.

Und was Melyor anging, die nun als die erste gildriitische Herrscherin in Lon-Sers Bragor-Nal regierte ... Orris war zu klug, um sich Hoffnungen auf sie zu machen. Trotz der schmalen Landenge, die die beiden Länder verband, lebten sie in vollkommen verschiedenen Welten. Es war egal, ob sie einander liebten. Sie hatten ihre Briefe, und Orris wusste, dass dies alles war, was ihnen im Augenblick blieb. Und obwohl er nie behauptet hätte, dass ihm die Briefe ausreichten, waren sie doch zumindest besser als nichts. Sie waren das Einzige, das Melyor gestattete, Anteil an seinem Leben in Tobyn-Ser zu haben.

Er nahm das als einen Teil des Preises hin, den er dafür zahlen musste, dass die Götter ihm Macht verliehen hatten, ebenso, wie er sich daran gewöhnt hatte, dass seine endlose Einsamkeit eine natürliche Folge seines Lebens als Wandermagier war. Niemand hatte ihn gezwungen, so zu leben; es war seine eigene Entscheidung gewesen. Und er hatte sich dem Orden und dem Land schon lange verpflichtet gehabt, bevor er sich in die Herrscherin von Bragor-Nal verliebte. Aber obwohl er zu den Entscheidungen stand, die er getroffen hatte, war ihm dennoch klar, dass er niemals erwartet hatte, so hektisch und rastlos umherreisen zu müssen wie in den letzten Jahren. Selbst in seiner Jugend, als er das Land der Länge und Breite nach durchwandert hatte, um den älteren Wandermagiern zu beweisen, dass er zäher war als sie, hatte er nicht so große Strecken so schnell zurückgelegt wie jetzt. Als junger Mann war er vielleicht von Arroganz und fehlgeleitetem Ehrgeiz getrieben worden, aber man hatte ihn nicht gejagt, so wie jetzt.

Manchmal kam es Orris so vor, als gäbe es keinen Ort, an dem er Ruhe finden konnte. Wohin er auch ging, die Magier der Liga von Amarid fanden ihn. Manchmal brauchten sie ein paar Tage, manchmal eine Woche. Aber immer war er am Ende gezwungen weiterzuziehen. Nur wenn er Jaryd und Alayna am Ufer der Südbucht besuchte, hatte er in den letzten Jahren ein wenig Frieden gefunden. Dort konnten ihn die Magier der Liga entweder nicht finden, oder, was wahrscheinlicher war, sie wagten es nicht, sich auch noch mit Jaryd und Alayna anzulegen. Aber so herzlich ihn seine Freunde auch immer willkommen geheißen hatten, Orris wollte ihnen nicht lange zur Last fallen. Sie mussten sich um Myn kümmern, und obwohl die Liga ihn bisher bei seinen Besuchen in Ruhe gelassen hatte, konnte er nicht

garantieren, dass sie nicht beim nächsten Mal dreister sein würden.
Also verließ er sie für gewöhnlich nach drei oder vier Tagen wieder und machte sich erneut auf die Reise, wachsam nach jedem Anzeichen eines möglichen Angriffs Ausschau haltend. Er tat alles, was er konnte, um Konfrontationen zu vermeiden. Wenn er die Wahl zwischen einem Kampf und der Flucht hatte, entschied er sich unweigerlich für das Letztere. Zweifellos hatten die Magier der Liga eine Möglichkeit gefunden, ihre Angriffe gegen Orris mit ihrem Eid, sich an Amarids Gesetze zu halten, zu verbinden, aber Orris hatte geschworen, die Magie nicht gegen einen anderen Magier einzusetzen, und er hatte vor, nichts unversucht zu lassen, um diesen Schwur zu halten.
Bei den Gelegenheiten, bei denen ihm keine andere Wahl blieb, als zu kämpfen, tat er es defensiv und nutzte seine Macht nur, um sich zu schützen, bis er sich davonmachen konnte. Er hatte noch keinen seiner Angreifer getötet, war allerdings selbst mehrere Male verwundet worden. Und obwohl er gerne den Mann, der Anizir vor drei Jahren getötet hatte, erwischt hätte, wusste er, dass seine eiserne Einhaltung des Schwurs ihm nicht einmal diese Befriedigung erlauben würde.
Er konnte nichts anderes tun, als weiterzuziehen und wenn möglich seine Dienste denen anzubieten, die sie entgegennehmen würden. Selbstverständlich war auch das durch die Existenz der Liga schwieriger geworden. Im Lauf der vergangenen Jahre war er in jedem Teil des Landes gewesen. Er hatte sich in buchstäblich hunderten von Dörfern und Städten aufgehalten und in etwa der Hälfte von ihnen die blauen Fahnen der Liga flattern gesehen. Ein paar weniger

als die Hälfte der Siedlungen blieben dem Orden treu, und eine wachsende Anzahl ließ sich nur noch von jenen Magiern helfen, die behaupteten, keiner der beiden Gruppen verpflichtet zu sein.

Diese so genannten freien Magier waren eine relativ neue Erscheinung, aber sie kamen Orris viel gefährlicher vor als die Liga. Diese Männer und Frauen brauchten niemandem Rechenschaft abzulegen. Wenn ein Magier des Ordens versuchte, sich mit Hilfe der Magie Reichtum oder Macht zu verschaffen, würde er vom Rest des Ordens verurteilt und bestraft werden. Und obwohl die Anführer der Liga die Angriffe auf Orris ermutigten oder sie zumindest duldeten, gingen sie mit anderen Verstößen gegen Amarids Gesetz ebenso um wie der Orden. Tatsächlich hatte es im Lauf der vergangenen tausend Jahre wenig Verstöße gegen die Gesetze des Ersten Magiers gegeben, und in dem schwerwiegendsten Fall, dem Verrat des Magiers Sartol, hatte der Orden quälend langsam gehandelt. Aber zumindest in der Theorie mussten die Magier sowohl der Liga als auch des Ordens für ihr Verhalten Rechenschaft ablegen. Die freien Magier hingegen waren keinen Verhaltensregeln unterworfen. Sie leisteten keine Eide, und es gab keine Prozedur, um Abtrünnige zu disziplinieren. Orris schauderte bei dem Gedanken, was geschehen wäre, wenn Sartol kein Mitglied des Ordens, sondern ein freier Magier gewesen wäre.

Er war am Ostrand von Tobyns Ebene entlang nach Norden unterwegs gewesen, und nun hielt er inne und schaute nach Westen, wo die Sonne, riesig und orangefarben und zum Teil von einer dünnen Linie dunkler Wolken verborgen, langsam hinter dem Horizont verschwand. Beinahe sofort wurde der Wind, der über das Gras und das bebaute

Land fegte, kälter. Orris schauderte in seinem Umhang und ging weiter, fiel sofort wieder in den Rhythmus, der ihm jetzt so vertraut war. Er konnte schon den Gotteswald vor sich sehen, vielleicht noch eine Meile entfernt. Es würde dunkel sein, ehe er den Waldrand erreichte, aber am östlichen Himmel schien schon der Mond, gelb und beinahe voll. Er würde Orris den Weg beleuchten, wenn das Tageslicht vergangen war, und wenn das nicht genügte, konnte der Magier immer noch das Leuchten seines Cerylls verstärken. Er warf einen Blick auf den Stein und grinste. Seine Gedanken reisten nach Westen, nach Lon-Ser. Er hatte einmal einen Stein gehabt, der bernsteinfarben leuchtete. Aber vor sieben Jahren in Bragor-Nal hatten er und Melyor seinen und ihren Stein benutzt, um Cedrych hinters Licht zu führen, den Oberlord, der für die Angriffe auf Tobyn-Ser verantwortlich gewesen war. Der Trick hatte nur kurze Zeit funktioniert, aber es hatte genügt. In dem darauf folgenden Kampf hatten sie Cedrych getötet, ihn aus dem Fenster seiner Wohnung auf die Straße tief unten stürzen lassen. Aber Orris' Stab war mit ihm gefallen, und der Ceryll des Magiers war in tausend Splitter zerbrochen.

Nachdem er nach Tobyn-Ser zurückgekehrt war, hatte Orris bei seinem Freund Crob, einem Kaufmann aus Abborij, einen neuen Ceryll gekauft. Aber als Crob Orris den neuen Stein in die Hand drückte, war das Licht, mit dem der Ceryll zu leuchten begann, ein wenig anders gewesen als die Farbe seines ersten Cerylls. Es war nur eine geringfügige Veränderung, die außer Orris kaum jemandem aufgefallen wäre. Und als er später darüber nachdachte, wurde ihm klar, dass es ihn eigentlich nicht hätte überraschen sollen. Seit er seinen ersten Stein in den Höhlen von Ceryllon

gefunden hatte, war er weiser, geduldiger und mitfühlender geworden. Aber er wusste auch, dass noch mehr dahinter steckte. Sein Ceryll hatte immer noch einen Bernsteinton, aber er war ein wenig rötlicher. Es kam ihm beinahe so vor, als wäre ein wenig von dem Rot von Melyors Stein in seinen geflossen. Wieder lächelte er. Er war nicht ganz sicher, was das bedeutete, aber es gefiel ihm.
Er zog weiter nach Norden, während sich die Dunkelheit über die Ebene ausbreitete und die Sternbilder am Nachthimmel ausgeprägter hervortraten. In der Ferne, ein Stück westlich von ihm, tauchte ein Dorf auf. Die kleinen Häuser schimmerten warm vom Licht der Kerzen und der Herdfeuer, aber Orris änderte seinen Kurs nicht. Er war schon einmal hier gewesen. Das da war Waldblick, und es war ein Dorf der Liga.
Beim Anblick der Lichter spürte Orris, wie er sich anspannte. Er packte seinen Stab fester und sah sich immer wieder um, um sich davon zu überzeugen, dass man ihm nicht folgte. Kryssan, die über ihm dahinglitt, schien seinen Stimmungswechsel zu spüren und flatterte höher, so dass sie sich besser umsehen konnte. Er blickte zu dem weißen Falken auf und nickte grimmig. Hier auf der Ebene würde man sie wohl kaum überraschen können. Sobald sie aber Tobyns Wald erreicht hätten, wären sie leichter anzugreifen; allerdings waren er und sein Falke schon zuvor an Orten gewesen, wo man ihnen nicht freundlich gesinnt war. Sie waren durchaus im Stande, auf sich aufzupassen.
Manchmal hatte er genug davon, zu leben wie ein Heerführer aus Abborij und jedes Mal auf einen Kampf vorbereitet sein zu müssen, wenn er eine neue Ortschaft betrat oder

sich in unvertrautes Gelände wagte. Aber inzwischen war er daran gewöhnt, und wenn man bedachte, wie oft ein wenig Voraussicht ihm das Leben gerettet hatte, schien dies ein geringer Preis zu sein. Dennoch hatte er einmal den Fehler gemacht, sich in einem Brief an Melyor darüber zu beschweren. Sie hatte recht mitleidlos reagiert und darauf hingewiesen, dass sie selbst ein ganz ähnliches Leben geführt hatte, seit sie mit fünfzehn zur Gesetzesbrecherin geworden war. »So ist es nun mal in Bragor-Nal«, erinnerte sie ihn. »Wenn du in Tobyn-Ser nicht leben kannst, ist es vielleicht an der Zeit, nach Lon-Ser und zu mir zurückzukehren.« Er hatte sich nicht wieder beschwert, und sie hatte auch nie wieder darüber gesprochen, dass er zu ihr nach Bragor-Nal kommen sollte.

Orris und Kryssan umgingen Waldblick und erreichten bald den Rand von Tobyns Wald. Das sanfte Licht des Mondes hatte genügt, um ihnen die letzte Meile Weg auf der Ebene zu beleuchten, aber als sie nun in die dräuenden Schatten des Waldes kamen, war Orris gezwungen, seinen Ceryll heller leuchten zu lassen. Er tat das nur ungern, denn er wusste, dass er sich damit jedem, der sich in Sichtweite befand, deutlich ankündigte. Die einzige andere Möglichkeit bestand allerdings darin, die Nacht auf der Ebene zu verbringen, wo sie wegen der Kälte ein Feuer hätten entzünden müssen. Zumindest bot der Wald Schutz vor dem Wind und eine Gelegenheit, sich unauffällig zurückzuziehen.

Sie drangen ein ganzes Stück weit in den Wald ein und hielten erst inne, als Orris die Lichter des kleinen Dorfs Waldblick nicht mehr sehen konnte. Selbst nun war er jedoch vorsichtig genug, eine kleine Senke zu suchen, um darin sein Lager aufzuschlagen und ein kleines Feuer zu machen. Kryssan ließ sich auf einem Ast weit oben nieder, der ihr Aussicht auf die Senke und deren Umgebung bot, und sie begann sich zu putzen. Orris sammelte Holz, entzündete sein Feuer und lehnte sich an den Stamm einer riesigen Eiche, um in Ruhe ein wenig von dem Rauchfleisch und dem Trockenobst zu essen, das er in einer Tasche seines Umhangs hatte.

Er hatte schon früher am Tag einen fetten Fasan gegessen, den sein Falke ihm gebracht hatte, also biss er nur ein paarmal von dem Fleisch ab, bevor er es wieder wegsteckte. Er dachte kurz daran, an seinem neuesten Brief an Melyor weiterzuarbeiten, aber er war so müde, dass er beschloss, das aufzuschieben. Stattdessen legte er sich den Stab quer über die Beine, wo er ihn schnell packen konnte, und lehnte sich mit geschlossenen Augen wieder an den Baumstamm. Als er noch jünger war, hätte er so nicht schlafen können, aber wie in so vielen anderen Dingen hatte ihn sein Leben gezwungen, sich diesen Umständen anzupassen.

Er musste wohl ziemlich schnell eingeschlafen sein, denn als Nächstes bemerkte er, dass Kryssan ihn lautlos weckte, indem sie ihm das Bild eines sich nähernden Magiers schickte. Orris bemerkte eine gewisse Anspannung in den Gedanken des Falken, aber keine Panik. Der Magier fragte sich manchmal, ob ihr diese Begegnungen nicht sogar Spaß machten.

Wieder schloss er die Augen, tastete im Geist nach Kryssan und sah sich den Magier ein zweites Mal an. Es war ein Mann, bärtig und schlank, mit jugendlichen Zügen. Er hatte einen meergrünen Ceryll und wurde von einem kleinen grauen Waldfalken begleitet. Orris kannte ihn nicht, wusste aber dank des blauen Umhangs des Fremden, dass er ein Magier der Liga und damit ein Feind war. Er sah der Haltung des anderen – den Stab vor sich ausgestreckt, leicht geduckt – und seinen vorsichtigen Bewegungen an, dass der Mann kampfbereit war. Dieser Magier wusste, dass Orris hier war.

Orris öffnete die Augen und schaute rasch zum Feuer hin. Es war so weit niedergebrannt, dass kaum mehr als ein paar glühende Holzkohlenreste übrig waren, die in der Stille des nächtlichen Waldes laut knackten. Dennoch würde dieses Glühen einem potenziellen Angreifer im Dunkeln genügend Licht liefern. Und die dünne graue Rauchfahne, die sich vom Feuer erhob und zurück zur Ebene und in Richtung Waldblick geweht wurde, konnte leicht dazu dienen, einen Feind direkt zu Orris zu führen.

Der Falkenmagier verfluchte sich für seine Dummheit und dachte gerade daran, die Reste des Feuers zu löschen, als er bereits die Schritte des Fremden hörte. Der Mann war schon ganz in der Nähe; Orris blieb keine Zeit mehr zur Flucht. Kryssan flatterte abwärts und hockte sich neben ihn, und der Magier tat das Einzige, was ihm noch blieb: Er kroch in den Schatten auf der anderen Seite der kleinen Lichtung und wartete darauf, dass der Ligamagier in Sicht kam.

Er hockte sich hinter einem umgestürzten Baum in ein Gebüsch aus kahlen Ranken und Zweigen. Er konnte bereits sehen, wie das meergrüne Licht des Cerylls die Dunkelheit durchdrang, wie sich die träge Sommerflut dem dunklen Sand des Oberen Horns nähert. Er hielt den Atem an und regte sich nicht. Wieder tastete er im Geist nach Kryssan, um sie darauf vorzubereiten, was er vorhatte, und abermals

spürte er die Kampfbereitschaft, die er schon wahrgenommen hatte, als sie ihn weckte.
Hasst du sie denn so?, fragte er in leicht tadelndem Ton.
Sie knabberte sanft an seinem Haar, und Orris erlaubte sich ein kurzes Lächeln.
Dann sah er den jungen Fremden, der ihn töten wollte, und seine Stimmung verfinsterte sich. Der Vogel des Mannes saß auf seiner Schulter, und einen Augenblick lang dachte Orris daran, Anizir zu rächen. Es wäre so einfach gewesen.
»Ich habe einen Schwur abgelegt«, erinnerte er sich.
Erst als der Mann erstarrte und sich hektisch umsah, begriff Orris, dass er laut gesprochen hatte. Bevor sein Möchtegern-Angreifer etwas unternehmen konnte, enthüllte Orris für einen kurzen Moment seinen Ceryll und ließ einen rötlich gelben Blitz über den Kopf des Fremden hinwegfegen. Der Mann warf sich zu Boden, und sein grauer Falke flatterte in einen nahe gelegenen Baum und schrie. Einen Augenblick später erwiderte der Magier das Feuer in Orris' Richtung, verfehlte ihn aber um ein gutes Stück.
Orris grinste. Dieser Fremde war das Kämpfen nicht gewöhnt.
»Willst du denn unbedingt sterben, Magier?«, rief Orris laut.
Ein weiterer meergrüner Blitz krachte in einen Baumstamm, diesmal ein wenig näher, und Orris duckte sich ein bisschen tiefer.
»Ich sehe deinen kleinen Falken, Magier«, höhnte Orris. »Soll ich ihn jetzt töten?«
Diesmal antwortete kein magisches Feuer, aber der Falke flatterte höher in den Baum hinauf, und zwar auf die an-

dere Seite des Stamms, worauf Orris gehofft hatte. Solange der Vogel sich selbst versteckte, konnte er seinem Magier keine Informationen hinsichtlich Orris' Position übermitteln.

»Komm schon, Freund«, rief Orris. »Du willst doch sicher nicht hier sterben, weit weg von zu Hause und –«

Zwei weitere Blitze zuckten durch die Dunkelheit, und einer davon streifte tatsächlich den Baumstamm, hinter dem sich Orris versteckt hatte. Er zog sich ein wenig tiefer ins Unterholz zurück. Vielleicht war der Fremde ja doch nicht so dumm und unerfahren, wie er zu Anfang gewirkt hatte.

»Ich habe keine Angst zu sterben!«, erwiderte der Mann verächtlich. »Zumindest nicht im Kampf mit dir. Die Kunde von deiner Feigheit hat sich überall im Land verbreitet, du jämmerlicher Ersatz für einen Magier! Und wenn man von deinem ersten Versuch ausgeht, mich anzugreifen, dann habe ich von dir nichts zu befürchten!«

Ich habe dich absichtlich verfehlt, du Idiot!, hätte Orris am liebsten zurückgerufen. Stattdessen holte er tief Luft, um sich zu beruhigen. In der letzten Zeit hatten die Magier der Liga diese Taktik öfter angewandt. Sie konnten ihn nicht davon abhalten zu fliehen, aber sie versuchten stets, ihn dazu zu provozieren, gegen sie zu kämpfen.

»Wenn ich es gewollt hätte, wärst du längst tot«, sagte Orris ruhig.

Wieder feuerte der Fremde, traf abermals den Baumstamm und entfachte damit ein kleines Feuer. »Nun, hier bin ich, Verräter!«, erwiderte er. »Warum tötest du mich nicht?«

Orris schüttelte den Kopf, obwohl der Mann ihn nicht sehen

konnte. »Ich bringe keine Kinder um.« Er bedauerte diese Worte, sobald er sie ausgesprochen hatte.
»Nein«, stürzte sich der Mann sofort auf Orris' Aussage. »Du bist sogar dazu zu feige. Stattdessen hilfst du denen, die Kinder töten! Du befreist sie aus ihren Gefängniszellen und bringst sie wieder nach Hause zurück!«
Orris schloss die Augen und biss die Zähne zusammen. Wie viele von diesen Beschimpfungen würden ihm die Götter noch zumuten? Wie lange sollte er sich noch an seinen Schwur halten? Ja, er hatte Baram aus dem Gefängnis geholt und ihn nach Lon-Ser zurückgebracht. Er gab sogar zu, dass er damit gegen die Wünsche des Ordens verstoßen hatte, obwohl über diese Angelegenheit nie offiziell abgestimmt worden war. Aber er hatte es getan, um das Land zu retten, nicht um es zu verraten. Und Baram war in Bragor-Nal gestorben. Orris konnte immer noch das Lächeln des Fremden sehen, als er die Fensterbank vor Cedrychs Arbeitszimmer losließ und auf das Pflaster tief unten zustürzte. Baram war tot. Also hatten sie doch erreicht, was alle wollten, oder?
Dennoch zuckte ein weiterer grüner Blitz aus dem Ceryll des Mannes direkt über Orris' Kopf hinweg. Als er aufblickte, erkannte Orris, dass der kleine graue Falke wieder aus seinem Versteck gekommen war und nun zweifellos sehen konnte, wo er und Kryssan sich versteckten. Er ließ seinen eigenen Stein kurz aufleuchten und feuerte zwei kleine Salven auf die Äste oberhalb und unterhalb des Vogels.
Der Falke flatterte auf, schrie abermals und begann, weit über den Wipfeln zu kreisen und dabei kläglich zu krächzen.

Wieder feuerte der Fremde, aber die Blitze zuckten weit über Orris hinweg.
»Du greifst meinen Vogel an, aber an mich wagst du dich wohl nicht heran, wie, Verräter?«
Orris hatte die Angriffe der Liga nun mehrere Jahre lang ertragen und immer wieder dem Drang widerstanden, die Gewalttätigkeit einzusetzen, die einmal so sehr Teil von ihm gewesen war. Diese letzte Bemerkung jedoch ließ seine Entschlossenheit zusammenbrechen. Er konnte akzeptieren, was sie ihm angetan hatten. Er konnte akzeptieren, dass sie ihn töten wollten. Aber sie hatten Anizir umgebracht. Und nun besaß dieser Mann die Unverschämtheit, Orris der Feigheit zu bezichtigen, weil er zwei Salven magischen Feuers in die Richtung des Vogels abgeschossen hatte, die beide so berechnet gewesen waren, dass sie den Falken nicht trafen. Das war einfach zu viel!
Orris stand auf und bat Kryssan mit einem Gedanken auf seine Schulter. Sofort entsandte der Ligamagier sein Feuer nach ihm, aber Orris schützte sich mit einer Mauer bernsteinfarbener Macht und bewegte sich auf den Mann zu. Der junge Magier feuerte ein zweites Mal, Augen und Mund vor Unglauben und Angst weit aufgerissen. Wieder blockierte Orris den Angriff ohne große Anstrengung. Dieser Fremde war noch nicht an seine eigene Macht gewöhnt, und er war ohnehin nicht sonderlich stark. Orris hingegen hatte schon häufig gegen andere Magier gekämpft.
Grinsend ging er weiter auf den anderen zu.
Der Mann beeilte sich zu fliehen und pfiff nach seinem Falken, als er zu rennen begann.
Hol ihn dir!, wies Orris Kryssan an.
Kryssan verließ Orris' Schulter, holte den Magier in ein

paar Sekunden ein und brachte ihn mit einem Flügelschlag in den Rücken aus dem Gleichgewicht. Dann kreiste sie und schoss auf den Kopf des Mannes zu. Der Magier schrie auf und duckte sich, um sich vor dem Angriff des Falken zu schützen. Als Orris ihn einholte, hatte er immer noch die Arme vors Gesicht gehoben.

Als er sah, wie Orris sich näherte, versuchte der Magier zum letzten Mal, ihn mit Feuer anzugreifen. Aber bevor er das schaffte, ließ Orris seinen eigenen Stab auf die Schulter des Magiers niedersausen, was den Mann endgültig zu Boden schickte. Der Stab mit dem meergrünen Ceryll flog dabei ein paar Schritte weit ins Unterholz. Orris ließ seinen eigenen Stab ebenfalls fallen, packte den Mann am Kragen seines blauen Umhangs und versetzte ihm einen Kinnhaken.

Dann hob er seinen Stab wieder auf und richtete ihn auf seinen Gegner, wobei er den bernsteinfarbenen Ceryll drohend blitzen ließ.

»Ich ... ich dachte, du hättest einen Eid geschworen!«, sagte der Ligamann und starrte den hell leuchtenden Stein ängstlich an. Ein kleines Blutrinnsal lief ihm aus dem Mundwinkel in seinen Bart.

»Mein Eid verpflichtet mich nicht, solche wie dich zu dulden!«, knurrte Orris.

Der Falke des Mannes schrie ängstlich auf, und Kryssan reagierte mit einem Zischen, das den kleineren Vogel zum Schweigen brachte.

»Sie haben alle gesagt, du würdest nicht kämpfen! Du kämpfst nie!«

»Und deshalb glaubst du, du kannst mit mir machen, was du willst?«, fragte Orris wütend. »Und mich umbringen?

Gibt dir das das Recht, mich einen Verräter und Feigling zu nennen?«

»Nein, Magier!«, sagt der Mann trotz seiner offensichtlichen Angst. »Diese Bezeichnungen hast du dir schon vor langer Zeit verdient!«

Orris schnaubte zornig und brachte seinen Ceryll näher an das Gesicht des Mannes heran. Der Magier zuckte zusammen und schloss einen Moment lang die Augen. Aber dann öffnete er sie wieder und begegnete Orris' Blick.

»Du hast wirklich Mut!«, gab Orris widerstrebend zu. »Wenn du einmal deinen Kindern diese Geschichte erzählst, kannst du ihnen sagen, dass es neben vielen anderen Dingen dieser Mut war, der dazu geführt hat, dass ich dich verschont habe.«

Er wollte sich gerade abwenden, als der Ligamagier ihm vor die Füße spuckte.

»Du hattest sowieso nie vor, mich umzubringen«, sagte der Mann höhnisch. »Das traust du dich nicht.«

Nun hätte Orris ihn beinahe wirklich getötet. Er beugte sich vor, legte dem anderen den Ceryll an die Kehle und fletschte die Zähne zu einem boshaften Grinsen. Aber genau in diesem Augenblick, noch während er im Geist nach Kryssan tastete, um von ihr die Macht für den tödlichen Schlag zu beziehen, sah er etwas, das ihn innehalten ließ.

Sein Ceryll hatte begonnen zu blinken. Einen einzigen betäubenden Augenblick lang dachte er, es sei ein Zeichen von Amarid selbst, ein Appell, das Leben des Mannes zu verschonen. Aber dann begriff er. Jemand hatte den Rufstein aktiviert.

Der Ligamagier starrte Orris' Ceryll staunend an. »Was hat das zu bedeuten?«, flüsterte er.

»Das weißt du nicht?«
»Ich bin neu in der Liga«, gab der Mann zu. »Ich habe so etwas noch nie gesehen.«
Orris lachte und schüttelte den Kopf. »Geh nach Hause und frag deine Lehrer«, sagte er zu dem Mann. »Sie werden dir sagen, was es bedeutet. Ich kann dir jetzt schon versprechen, dass sie über nichts anderes reden werden.«
Er wollte weitergehen, aber dann blieb er noch einmal stehen, drehte sich um und kehrte zu dem Mann zurück, der immer noch am Boden saß.
»Und sag ihnen noch etwas: Du warst der Letzte.«
Der Magier sah ihn fragend an. »Der Letzte was?«
»Der Letzte, der es überlebt hat. Der nächste Magier, den sie gegen mich ausschicken, wird sterben. Das schwöre ich in Amarids Namen.«
Der Mann öffnete den Mund zu einer bissigen Antwort, aber Orris hielt ihn mit erhobener Hand und stählernem Blick zurück.
»Kein Wort! Ich habe beschlossen, dass du mein Bote sein wirst, aber deine Leiche würde die Botschaft ebenso wirkungsvoll übermitteln.«
Der Magier starrte ihn schweigend an. Schließlich nickte er. Orris drehte sich um und ging davon.
Kryssan flog auf seine Schulter, aber sie schaute sich immer wieder nach dem Ligamagier und seinem Falken um, während Orris weiter durch den Wald nach Norden wanderte. *Keine Sorge,* versuchte er sie zu beruhigen. *Er wird uns nicht folgen. Wir werden es vielleicht noch mit anderen zu tun bekommen, aber von diesem Jungen haben wir nichts mehr zu befürchten, jedenfalls nicht heute Nacht.*
Er sah seinen Kristall an. Der Ceryll blinkte nun in dem

stetigen Rhythmus, der alle Magier des Ordens zur Großen Halle rief. Etwas Wichtiges musste geschehen sein. Bei diesem Gedanken sah er plötzlich Jaryd und Alayna vor sich, und selbstverständlich auch Myn. Er lächelte. Zumindest würde er die drei bald wiedersehen. Ganz gleich, welcher Krise der Orden gegenüberstehen mochte, auf das Wiedersehen freute er sich.

3

Es freut mich zu hören, dass ihr beide, Shivohn und du, mit den Handelsbeziehungen zufrieden seid, die sich in den vergangenen Jahren zwischen unseren Ländern entwickelt haben. Ich wünschte, ich könnte mich dieser Begeisterung anschließen. Tatsache ist allerdings, dass diese Beziehungen für unser Volk, unser Land und unsere Kultur auch unbeabsichtigte und nach meiner Ansicht unangenehme Folgen hatten. Selbst unsere Sprache hat sich verändert. Ich hatte das Wort »transisihtmisch« bis vor ein paar Wochen noch nie gehört, und es klingt immer noch fremd für mich. Und außerdem beschreibt es nicht einmal genau das Wesen unserer Handelsbeziehungen, da für den Transport der Waren zwischen Tobyn-Ser und Lon-Ser überwiegend Schiffe eingesetzt werden und nur wenig Handel über den Isthmus, über die Landenge, stattfindet. Dennoch scheint sich der Begriff durchzusetzen, und meine Verwirrung wird jeden Tag größer.

Zweifellos lachst du nun über mich und meine Unfähigkeit, mich solchen Veränderungen anzupassen. Und ich muss sagen, dein Lachen ist trotz allem etwas, das ich nur zu gerne wieder einmal hören würde. Ich kann allerdings an dieser neuen Welt, an deren Schöpfung ich beteiligt war, nichts Erheiterndes finden. Ich fürchte, dass die Werkzeuge und Geräte, die ihr uns schickt, uns vielleicht helfen, Zeit und Mühe zu sparen, wie du immer behauptest, aber sie bringen meinem Land auch große Schwierigkeiten.

Falkenmagier Orris an Melyor i Lakin, Herrscherin und Steinträgerin von Bragor-Nal, im Winter des Gottesjahres 4633

Baden stand in der Tür des kleinen Hauses und schaute in die Nacht hinaus. Als er und Sonel vor vier Jahren hierher gekommen waren, hatte man von der Schwelle aus nichts weiter sehen können als den kleinen Garten, den sie dem Gotteswald abgerungen hatten, und die Ulmen und Ahornbäume, die um ihn her wuchsen. Im Sommer war das auch jetzt noch so. Aber die Waldarbeiter hatten große Teile des Waldes abgeholzt, und es war nur ein Netz breiter Straßen geblieben, die dem Abtransport des Holzes dienten. Das ganze Wesen von Tobyns Wald war zerstört. In diesem Winter konnte Baden an klaren Tagen von seiner Schwelle aus durch die kahlen Bäume hindurch die Smaragdhügel sehen. Oder genauer gesagt konnte er Feuer auf den Hügelkuppen erkennen, wo einmal Wälder die Hügel bedeckt hatten.

Er war müde, und er spürte, wie die kalte Luft wie eine eisige Hand in seinen Umhang griff, aber er konnte den Blick nicht von diesen weit entfernten Feuern abwenden. Er hörte, wie die Tür hinter ihm geöffnet und wieder geschlossen wurde, und einen Augenblick später spürte er Sonels Hand auf seinem Rücken.

»Sehnst du dich wieder nach deiner Zeit als Wandermagier?«, fragte sie und stellte sich neben ihn.

Als er sie ansah, bemerkte er, dass ein Lächeln ihre Mundwinkel umspielte. Sie hatte mehr Falten als noch vor ein paar Jahren, und in ihrem weizenfarbenen Haar gab es breite Silbersträhnen, die im Mondlicht schimmerten. Aber sie sah auch immer noch so aus, wie er sie von ihrer ersten Begegnung vor so vielen Jahren in Erinnerung hatte: aufrechte Haltung, jugendliches ovales Gesicht und diese verblüffend grünen Augen. Sie anzusehen bewirkte, dass er

sich alt und unbeholfen fühlte, und nicht zum ersten Mal fragte er sich, wieso sie ihn immer noch liebte.
»Kaum«, antwortete er schließlich und legte ihr den Arm um die Schultern.
»Was macht dich denn sonst so nachdenklich?«
Er zuckte die Achseln. »Ich sehe mir nur die Feuer an.«
Sie schaute zu den Hügeln und verzog das Gesicht. »Es sind jetzt so viele, und es kommt mir vor, als würden es jede Nacht mehr.«
Baden nickte. »So ist es auch.«
»Das muss einfach Grenzen haben, Baden«, versicherte sie ihm und begann damit erneut ein Gespräch, das sie in den vergangenen Monaten schon häufig geführt hatten. »Den Tempeln gehört nicht alles Land in den Hügeln.«
»Aber es sind nicht mehr ausschließlich die Tempel«, erwiderte er in schärferem Tonfall, als er vorgehabt hatte. »Sicher, sie waren die Ersten, und ihnen gehört immer noch mehr Land als allen anderen. Aber viele andere Landbesitzer haben jetzt ebenfalls mit dem Abholzen begonnen.«
»Ich weiß«, sagte sie leise.
»Entschuldige, Sonel«, flüsterte er und küsste sie auf die Stirn. »Ich wünschte nur, Radomil würde etwas dagegen unternehmen.«
»Er kann nicht allein handeln, Baden. Er braucht die Unterstützung des Ordens.«
»Die hat er doch!«, sagte Baden kopfschüttelnd. »Er hat unsere Unterstützung, die von Jaryd und Alayna, die von Orris, Trahn, Mered und genügend anderen, und damit die Mehrzahl der Stimmen.«
»Du weißt, dass es nicht so einfach ist. Wenn er sich mit einer zu knappen Mehrheit durchsetzt, wird er weitere

Magier an die Liga verlieren. Er muss vorsichtig vorgehen. Er darf nichts übereilen.«

Wieder schaute Baden in Richtung der Hügel. »Diesen Luxus kann er sich eigentlich nicht mehr leisten.«

Sie nickte grimmig. »Du hast ja Recht.« Dann fügte sie ein wenig hoffnungsvoller hinzu: »Aber vielleicht geht es bei dem Ruf darum. Vielleicht hat er endlich die Unterstützung gefunden, die er braucht, um handeln zu können.«

»Vielleicht«, sagte er, aber er konnte seinen Argwohn nicht verbergen.

»Willst du mich etwa nur beruhigen?«, fragte sie lächelnd.

Baden musste gegen seinen Willen lachen. »Ja, so ist es wohl.«

»Weißt du nicht, dass es gegen Amarids Gesetze verstößt, so etwas mit einer ehemaligen Eulenweisen zu machen?«

»Nein, das wusste ich nicht«, sagte Baden und zog die Brauen hoch.

»Nun, es ist eines seiner weniger bekannten Gesetze«, erklärte sie leichthin. »Man hört nicht so viel davon, weil es nicht viele von uns gibt.«

Er grinste angesichts ihrer Worte. Es gab nur eine von ihnen. Sonel hatte ihre Eule vor vier Jahren verloren und war den Regeln des Ordens gemäß gezwungen gewesen, ihre Position aufzugeben. Die vorhergehenden vier Weisen waren während ihrer Amtszeit gestorben, darunter auch Badens alte Freundin Jessamyn, Sonels direkte Vorgängerin, die von dem Abtrünnigen Sartol bei Therons Hain getötet worden war.

Daher war Sonel eine Seltenheit: eine lebende ehemalige Eulenweise. Sie und Baden hatten oft darüber gesprochen, wie gut es gewesen war, dass Radomil ihr Nachfolger geworden war, ein Mann, dessen Bescheidenheit und Mangel an Ehrgeiz es ihm erlaubten, Sonel als Freundin und Beraterin und nicht als Gefahr für seine Autorität zu betrachten. Denn inzwischen hatte sie sich wieder gebunden, und theoretisch hätte sie nichts davon abhalten können, sich wieder zur Wahl zu stellen, falls Radomil seinen Vogel verlor oder starb. Sie behauptete, kein Interesse daran zu haben, jemals wieder in diesem Amt in die Große Halle zurückzukehren, und sie hatte Radomil keinen Grund gegeben, ihre Worte anzuzweifeln. Aber ein anderer Weiser hätte diese Behauptung vielleicht als heuchlerisch betrachtet und ihre Unterstützung für einen Versuch gehalten, sich Vorteile zu verschaffen.

»Komm doch ins Haus«, bat Sonel. »Es ist schon spät, und wir haben einen langen Tag vor uns.«

»Ich komme in einer Minute.« Er drücke kurz ihren Arm.

Sie lächelte traurig und nickte. Sie kannte ihn lange genug, um seine Stimmung einschätzen zu können. Wenn er jetzt schon mit hereingekommen wäre, hätte er ohnehin nicht schlafen können.

»Bleib nicht zu lange wach«, rief sie ihm über die Schulter zu.

»Bestimmt nicht.«

Einen Augenblick später hörte er wieder, wie die Tür geöffnet und dann geschlossen wurde, und er spähte abermals zu den Hügeln. Er tastete im Geist nach Golivas und stellte fest, dass sie an ihrem üblichen Platz saß und schlief: auf dem obersten Regalbrett in der Küche. Sie schlief dieser Tage mehr und mehr. Die weiße Eule war nun seit über zehn Jahren bei ihm, und wahrscheinlich hatte sie nicht mehr allzu viele Versammlungen vor sich.

Und wie viele Versammlungen bleiben dir noch, Magier?, fragte er sich und spähte zu den Sternen hinauf. Ein kalter Wind bewegte die kahlen Zweige, und Baden erschauderte. Er fühlte sich nicht alt, obwohl er wusste, dass er zu den ältesten Ordensmitgliedern zählte. Trotz der Kälte hatten er und Sonel vor, zu Fuß zur Versammlung zu gehen, wie sie es immer taten. Und obwohl er kein Wandermagier mehr war, legte er im Sommer weite Entfernungen zurück, nicht nur in den Hügeln und dem größten Teil von Tobyns Wald, sondern auch auf der Nordebene, wo er immer noch viele Freunde hatte.

Aber obwohl er noch jugendlich für sein Alter war, war er nicht dumm genug, sich einzubilden, dass er ewig leben würde. Und mehr als alles andere wollte er vor seinem Tod erleben, dass der Orden wieder seinen angestammten Platz als einzige Vereinigung von Magiern und Meistern im Land einnahm. Er hatte vielen seiner Freunde im Orden von diesem Wunsch erzählt und immer darauf geachtet, dabei nicht zu ernst zu wirken. Aber er hatte genug Städte mit blauen Fahnen über Wohnhäusern und Läden gesehen, um zu wissen, dass – selbst wenn die Konflikte zwischen der Liga und dem Orden einmal behoben werden könnten – der Orden viel zu tun haben würde, um das Vertrauen der Bevölkerung von Tobyn-Ser wieder zu erringen.

Er schüttelte den Kopf, als könnte er diese finsteren Gedanken damit ebenfalls abschütteln. Er wusste, dass er zu Bett gehen sollte. Sonel hatte Recht: Sie hatten eine lange Reise vor sich und noch viel vorzubereiten, ehe sie morgen aufbrechen konnten. Aber irgendetwas hielt ihn hier draußen in der kalten Nachtluft, bei den Sternen und dem Geruch nach Holzrauch, der in der Luft hing. Er hätte es nicht benennen können, aber er war lange genug Magier gewesen, um seinen Instinkten in solchen Angelegenheiten zu vertrauen.

Daher war Baden auch nicht überrascht, als er für eine Sekunde in dem blinkenden Orange seines Cerylls Jaryds Blau aufblitzen sah. Er verband sich mit Golivas, schloss die Augen und streckte sein Bewusstsein nach Westen aus, in Richtung der Seeberge.

Er fand seinen Neffen, der dort direkt oberhalb der Baumgrenze auf ihn wartete.

Hallo, Jaryd, sendete er.

Tut mir Leid, dass ich mich so spät am Abend mit dir in Verbindung setze, Baden, entgegnete der junge Magier. *Ich hätte es früher getan, wenn ich gekonnt hätte.*

Baden spürte, wie sehr sich Jaryd anstrengte, um die Verbindung zu halten, und er erinnerte sich erst jetzt daran, dass sein Neffe viele Monate keinen Vertrauten gehabt hatte.

Du hast dich wieder gebunden!

Ja.

Baden hätte ihm beinahe gratuliert, aber das Unbehagen in Jaryds Gedanken hielt ihn zurück. *Was ist geschehen?,* fragte er stattdessen.

Ich habe mich an einen Adler gebunden, Baden.

Baden war seit beinahe vierzig Jahren Magier, und da sowohl seine Mutter als auch seine Großmutter Magierinnen gewesen waren, hatte er den größten Teil seines Lebens an Versammlungen teilgenommen und mit dem Orden zu tun gehabt. Er hatte dem Geist Phelans, des unbehausten Wolfsmeisters, gegenübergestanden, er hatte einen Verräter entlarvt, und er hatte gegen Fremde gekämpft, die nach Tobyn-Ser gekommen waren, um den Orden zu vernichten. Er hatte den größten Teil von drei Jahren damit zugebracht, den Fremden zu verhören, der den Kampf auf Phelans Dorn überlebt hatte, und von einem Volk erfahren, das Waffen und andere Gegenstände herstellen konnte, die die Natur mit verblüffender Genauigkeit nachahmten. Er hatte mit ansehen müssen, wie der Orden sich gespalten und wie eine rivalisierende Gruppierung die Herzen der Bevölkerung von Tobyn-Ser erobert hatte. Und er hatte erlebt, wie das Land selbst von Männern und Frauen, die dem Traum von Reichtum hinterherjagten, bis zur Unkenntlichkeit verändert worden war. Nur weniges konnte ihn noch überraschen und noch weniger so schockieren, dass ihm die Worte fehlten.

Aber nun wusste er nicht, was er zu der Nachricht seines Neffen sagen sollte. Ein Adler. Dem Land stand ein Krieg bevor. Und Jaryd würde ihr Adlerweiser sein.

Wann ist das passiert?, brachte Baden schließlich hervor.

Heute. Heute früh.

Deshalb hat Radomil uns also nach Amarid gerufen.

Ja.

Baden holte tief Luft. *Wie fühlst du dich?*

Es war ein langer Tag, erwiderte Jaryd. *Ich bin erschöpft. Und ich habe Angst.*

Kein Wunder. Wir alle sollten Angst haben.

Was hat das alles zu bedeuten, Baden?

Du meinst, vom Offensichtlichen einmal abgesehen? Ich weiß es wirklich nicht.

Er konnte spüren, wie Jaryd mit jedem Augenblick müder wurde, und er hätte ihm nur zu gerne ein ermutigendes Wort mit auf den Weg gegeben. Aber er wusste nicht, was er sagen sollte. Obwohl er Zugang zu Jaryds Gedanken hatte, konnte er nicht einmal ahnen, wie seinem Neffen zu Mute war. Er spürte die Unsicherheit des jungen Magiers, seine Selbstzweifel und seine Bestürzung. Aber die Verbindung zwischen ihnen erlaubte nicht, mehr herauszufinden.

Wenn ich dir irgendwie helfen kann, Jaryd, begann er, aber er wusste, wie unangemessen das klingen musste. Er versuchte nicht einmal, den Satz zu beenden.

Ich weiß, Baden, antwortete der Jüngere. *Danke. Ich bin sicher, dass ich bald den Rat eines jeden Magiers im Orden brauchen werde.*

Die Verbindung wurde schwächer. Bald schon würde sie abbrechen. Also bot Baden ihm den einzigen Trost, den er geben konnte. *Die Götter hätten dich nicht auserwählt, wenn sie an deiner Fähigkeit, den Orden anzuführen, zweifeln würden, Jaryd. Das solltest du niemals vergessen.*

Ja. Danke. Arick behüte dich, Baden. Und Sonel. Wir sehen uns bald.

Arick möge auch dich behüten!, wollte Baden antworten. Aber sein Neffe war bereits weg. Der Eulenmeister öffnete die Augen, und sofort wurde sein Blick wieder von den Feuern auf den Smaragdhügeln angezogen. »Arick behüte unser Land«, sagte er laut. Er sah noch eine Weile in Richtung der Feuer, dann drehte er sich um und kehrte ins Haus zurück.

Am nächsten Tag erwachten sie früh am Morgen und bereiteten sich auf die Reise nach Amarid vor. Bei einem bescheidenen Frühstück erzählte Baden Sonel von Jaryds Bindung und fand das Entsetzen und die Angst, die er am Abend zuvor empfunden hatte, in ihrem Blick gespiegelt.

»Ein Adler!«, hauchte sie. »Das ist das Letzte, was ich erwartet hätte, als die Cerylle begannen, uns zur Versammlung zu rufen.«

Baden nickte. »Mir ging es ebenso.«

»Ich bin nicht gerade froh über die Ergebnisse des Handels mit Lon-Ser«, fuhr sie fort. »Aber ich dachte, die Gefahr eines Krieges wäre lange vorüber.«

»Du glaubst also, dass es um einen Krieg gegen Lon-Ser geht?«

»Gegen wen sonst?«, fragte sie überrascht.

Er zuckte die Achseln. »Ich weiß es nicht. Aber ich denke, es ist gefährlich, voreilige Schlüsse zu ziehen.«

Sonel schwieg einen Augenblick. »Du hast wohl Recht«, sagte sie schließlich. »Obwohl ich nicht wüsste, wer sonst unser Feind sein sollte. Abborij würde uns doch sicher nicht angreifen.«

»Wahrscheinlich nicht.«

Es gab noch eine andere Möglichkeit, wie Baden wusste, eine, die ihn viel mehr ängstigte als die Aussicht auf einen Krieg mit Lon-Ser, aber er wollte nicht darüber sprechen. Noch nicht, nicht einmal mit Sonel.

Sonel sah ihn erwartungsvoll an, aber er schwieg, und sie bedrängte ihn nicht.

Kurz nach Mittag machten sie sich auf den Weg und folgten dem schmalen Pfad von ihrem Garten durch den Wald, bis sie eine der vielen Holzfällerstraßen erreichten, die sich nun durch den Gotteswald zogen. Als sie dort angekommen waren, wechselten sie einen Blick und lächelten dann beide, wie sie es schon so oft zuvor getan hatten, wenn sie diese Reise unternahmen. Sie waren beide nicht froh über die Straßen und über den Holzhandel, der sie notwendig gemacht hatte. Aber auch die Eulenmeister konnten nicht abstreiten, dass die breiten, geraden Straßen die Reise nach Amarid schneller und leichter machten als je zuvor. Darin lag eine gewisse Ironie, die sie schon seit längerem bemerkt hatten.

In den vergangenen Monaten waren sie auch gezwungen gewesen zuzugeben, dass viele Dörfer und Städte des Landes vom Holzhandel profitierten. Die Häuser und Läden in diesen Siedlungen sahen stabiler und gepflegter aus als je zuvor, die Menschen waren wohlgenährt und gut gekleidet, und in jenen Dörfern, in denen die blauen Fahnen der Liga wehten, konnten Baden und Sonel ein geringfügiges, aber eindeutiges Nachlassen der Feindseligkeit der Menschen gegenüber dem Orden spüren. Der Wohlstand war offenbar Balsam für viele Wunden des Landes.

Das sollte allerdings nicht heißen, dass Baden und Sonel den erstaunlichen Anstieg des Holzhandels begrüßten. Wie sie bereits am Vorabend wieder einmal festgestellt hatten, wünschten sie sich beide, der Orden könnte etwas unternehmen, um den Umfang des Kahlschlags, der unter der Oberhoheit der Tempel stattfand, zu begrenzen. Aber anders als viele ihrer Kollegen im Orden, darunter auch Trahn und Ursel, betrachteten sie Tobyn-Sers zunehmende Handelsaktivitäten nicht ausschließlich als schädlich.

Dennoch waren sie von dem Anblick verstört, der sich ihnen im Südteil von Tobyns Wald bot. Seit der Mittsommerversammlung war kaum ein halbes Jahr vergangen, und dennoch waren bereits in dieser kurzen Zeit gewaltige Teile des Waldes abgeholzt worden. Man hatte nirgendwo versucht, die Schäden am Land zu begrenzen oder auch nur Setzlinge anzupflanzen, die einmal die riesigen Eichen, Ahornbäume und Ulmen ersetzen könnten, die man abgeholzt hatte. Es gab Baumstümpfe, verkümmertes Unterholz, ein paar vergessene Äste und sonst nichts. Der Anblick quälte Baden zutiefst, und er fragte sich, ob Wohlstand und Zufriedenheit wirklich so viel wert sein konnten.

Zehn Tage, nachdem sie ihr Haus verlassen hatten, erreichten die beiden Eulenmeister das Südufer des Dhaalismin und folgten dem Fluss zwei Tage lang nach Südosten, bis sie zu einer Brücke kamen. Selbst dem Fluss sah man an, wie sehr das Land unter dem Kahlschlag litt: Das Wasser des Dhaalismin war schlammig von angeschwemmter Erde aus den gerodeten Bereichen, das Flussbett teilweise verstopft mit ineinander verhakten Zweigen und Büschen. Aus dem einstmals schnell dahinströmenden Dhaalismin war ein träges Gewässer geworden.

Mehrere Tage nach der Überquerung des Flusses wandten sie sich wieder nach Nordosten und hörten bald das Tosen des Vier-Fälle-Flusses. Sie erreichten ein kleines Dorf, das sich zwischen die Bäume schmiegte. Hier war der Wald, wiewohl nicht weit von größeren Kahlschlägen entfernt, scheinbar noch unberührt, bis auf eine kleine Lichtung neben dem eigentlichen Dorf, auf der sich ein nüchternes, verwittertes Gebäude befand: einer von Aricks Tempeln. Baden und Sonel hatten vor, falls dies ein Ordensdorf sein sollte, ihre Vorräte zu ergänzen, und sie bogen von der Straße ab und folgten einem schmalen Fußweg zu der eigentlichen Siedlung.

Aber als sie näher kamen, bot sich ihnen ein seltsamer Anblick. Eine Gruppe von Menschen hatte sich vor dem Dorf versammelt und stand in einer langen Reihe mit dem Rücken zu einem größeren Gehölz aus Eichen und Ahornbäumen. Ihnen gegenüber standen vielleicht ein Dutzend Holzfäller mit Äxten und Sägen und sieben andere Männer, alle hoch gewachsen und muskulös und mit mürrischen Mienen. Zwischen den Landarbeitern und den Dörflern standen drei Magier mit Ceryllen und Falken, von denen keiner einen Umhang trug, und ein weiterer hoch gewachsener, schwergewichtiger Mann in dem silbergrauen Gewand, das ihn als einen Hüter von Aricks Tempel auswies. Die Magier und der Hüter befanden sich in einem hitzigen Wortgefecht, und die Dorfbewohner wirkten aufgeregt.

»Das Land rings um das Dorf gehört dem Tempel!«, rief der Hüter gerade, als Baden und Sonel in Hörweite kamen. »Ihr habt kein Recht, hierher zu kommen und Unruhe zu stiften!«

»Die Menschen von Prannai haben uns um Hilfe gebeten!«, erwiderte einer der Magier. Auch er war hoch gewachsen, wenn auch viel schlanker als der Hüter, und er wirkte jünger. »Sie haben gesehen, was die Hüter aus Tobyns Wald gemacht haben, und sie wollen nicht, dass auch dieser Teil des Gotteswaldes vernichtet wird, um die Tempeltruhen zu füllen!«

»Maßt euch nicht an, mir zu erzählen, was die Einwohner von Prannai wünschen!«, antwortete der Hüter mit erhobener Stimme und schaute an den Magiern vorbei zu den Dorfbewohnern. »Ich kenne den größten Teil von euch schon euer ganzes Leben!«, sagte er bittend. »Glaubt ihr wirklich, ich würde irgendetwas tun, um euch oder diesem Dorf zu schaden?«

»Deine Leute töten den Wald!«, rief eine Frau aus der Menge. »Wir haben sie gebeten aufzuhören. Aber du wolltest ja nicht hören!«

Die anderen Dorfbewohner murmelten zustimmend, was den Magiern ein zufriedenes Lächeln entlockte.
»Das Land gehört uns!«, wiederholte der Hüter, dessen rundes Gesicht rot angelaufen war. Er hielt inne, als versuchte er sich zu fassen. »Wir verstehen ja, dass die Veränderungen, die unseren neuen Wohlstand begleiten, für einige von euch ... verunsichernd sind«, begann er von neuem. »Aber sicher erkennt ihr doch auch die Vorteile. Der Holzhandel bringt einen Wohlstand nach Tobyn-Ser, den keiner von uns je für möglich gehalten hätte. Und Prannai wird mehr als genug von diesem Wohlstand abbekommen. Aber wir müssen auch unseren Anteil dazu leisten.«
»Was, wenn wir deinen Wohlstand gar nicht wollen, Hüter?«, rief ein Mann. »Was, wenn wir einfach nur wollen, dass unser Zuhause und unsere Bäume bleiben, wie sie sind?«
Der Hüter reckte das Kinn vor und sah die Dorfbewohner grimmig an. »In diesem Fall«, erklärte er kühl, »werde ich euch noch einmal an etwas erinnern, was wir bereits alle wissen: Es sind nicht *eure* Bäume. Sie gehören dem Tempel, ebenso wie das Land rings um das Dorf.«
»Das Land wurde vor hunderten von Jahren von unseren Vorfahren dem Tempel anvertraut!«, erwiderte die Frau, die bereits zuvor gesprochen hatte. »Die Hüter sollten sich um das Land kümmern und es nicht zerstören!«
»Die Kinder der Götter kümmern sich schon seit Generationen um dieses Land«, sagte der Hüter. »Wir haben immer im besten Interesse von Prannai und seinen Bewohnern gehandelt, und das werden wir auch weiterhin tun. Tief im Herzen wisst ihr, dass das stimmt.« Er zeigte verächtlich auf

die drei Magier. »Aber diese Fremden haben sich in unsere Angelegenheiten eingemischt und euch lauter Unsinn eingeredet! Sie sind das Problem, nicht der Tempel!«

Der hoch gewachsene Magier fuhr zornig auf. »Wie ich schon zuvor sagte, haben die Menschen aus diesem Dorf uns um unsere Hilfe gebeten! Sie haben uns hergebeten, weil sie glauben, dass der Tempel und ihr Hüter ihr Vertrauen missbraucht haben.«

»Pass auf, was du sagst, Magier!«, erwiderte der Hüter drohend. »Sich einzumischen ist eine Sache. Den Tempel des Verrats zu bezichtigen ist etwas ganz anderes.«

Der Magier fletschte die Zähne zu einem Grinsen. »Dein Verhalten fordert dazu heraus, Hüter.«

Der Hüter starrte ihn noch einen Augenblick wütend an, dann drehte er sich mit wehendem Gewand um. »Ich werde mir diesen Unsinn nicht länger anhören!« Er wandte sich an die Holzfäller. »Fangt jetzt sofort mit dem Abholzen an!« Und dann fügte er, an die kräftigen Männer gerichtet, die neben den Holzfällern standen, hinzu: »Und ihr sorgt dafür, dass ihnen niemand im Weg steht.«

Sofort zogen die sieben Männer, immer noch mit grimmigen Mienen, seltsam aussehende Gegenstände aus ihren Jacken und zeigten damit auf die Menge. Der Hüter nickte zufrieden.

Die drei Magier starrten die Männer des Hüters an und wurden bleich. Hinter ihnen begannen die Bewohner von Prannai miteinander zu flüstern.

»Ich habe von solchen Dingen gehört«, sagte der hoch gewachsene Magier leise, »aber ich wollte es einfach nicht glauben.«

Baden hatte keine dieser Geschichten gehört, und er wusste

nicht, was diese Männer in Händen hielten. Aber er hatte eine gewisse Ahnung, und er hatte genug gesehen.

»Vielleicht können wir helfen!«, rief er und ging auf die Magier zu, dicht gefolgt von Sonel.

Bis dahin hatte niemand die Eulenmeister bemerkt, aber nun bedachten alle, die Dorfbewohner eingeschlossen, Baden und Sonel mit Blicken, die von kaum verhohlenem Misstrauen bis zu Feindseligkeit reichten.

»Der Orden hat hier nichts zu suchen«, sagte der Hüter. Sein Tonfall war eisig, aber seine Miene zeigte sein Unbehagen. »Ich schlage vor, dass ihr weiterzieht.«

»Wir sind auf dem Weg nach Amarid«, erklärte Baden und ignorierte den Mann einfach. »Wir sind nach Prannai gekommen, um unsere Vorräte aufzufrischen. Selbstverständlich im Austausch für unsere Dienste.«

»Das hier ist kein Ordensdorf«, sagte der hoch gewachsene Magier, und er wirkte kein bisschen freundlicher als der Hüter.

»Das sehe ich«, erwiderte Baden. »Aber es sieht mir auch nicht nach einem Dorf der Liga aus. Vielleicht habt ihr ja im Augenblick nichts gegen den Orden als Verbündete.«

»Das ist ziemlich unverschämt!«, erklärte eine junge Magierin und trat vor den hoch gewachsenen Mann. Sie hatte hellbraunes Haar und graue Augen. Sie trug einen großen braunweißen Falken auf der Schulter, und wie ihre beiden Begleiter hatten auch sie keinen Umhang über ihr Wollhemd und die Hose gezogen. »Ihr geht davon aus, dass die Menschen hier nur die Wahl zwischen dem Orden und der Liga haben. Was, wenn sie mit euren kleinlichen Streitereien nichts zu tun haben wollen? Was, wenn sie Magier vorziehen, die weder an die Liga noch an den Orden gebunden sind?« Die Frau schüttelte den Kopf und bedachte die Eulenmeister mit einem angewiderten Blick. »Der Hüter hat Recht – ihr solltet lieber weiterziehen.«

»Nun, zumindest haben wir sie dazu gebracht, sich über einen Punkt einig zu sein«, murmelte Sonel leise.

»Wie heißt du?«, fragte Baden die Frau und ignorierte Sonels Bemerkung.

Die Magierin sah ihn misstrauisch an. »Wieso willst du das wissen?«

»Weil ich mit dir sprechen möchte«, antwortete Baden, nun ein wenig gereizter. »Und ich ziehe es vor, den Namen eines Menschen zu kennen, wenn ich mit ihm spreche.«

Sie kniff die Lippen zusammen und warf ihren Begleitern einen Blick zu. »Tammen«, sagte sie schließlich. »Ich heiße Tammen.«

»Nun, Tammen, bevor du mit solcher Überzeugung verkündest, was die Bewohner von Prannai von uns wollen oder nicht, solltest du sie nicht lieber fragen? Und bevor wir sie fragen, wäre es nicht eine gute Idee, ihnen genau zu sagen, was diese Männer da in der Hand haben? Wir wollen schließlich, dass sie sich auf der Basis von Tatsachen entscheiden, oder?«

»Du verschwendest nur unsere Zeit, Eulenmeister!«, warf der Hüter ein. »Ich habe sowohl euch als auch diese anderen Magier gebeten zu gehen. Keiner der Bewohner von Prannai bittet euch zu bleiben. Die Einzigen, die immer noch glauben, dass ihr hier bleiben solltet, seid ihr selbst. Und nun fordere ich euch zum letzten Mal auf: Geht!«

»Ich nehme doch an, Tammen«, erklärte Baden mit einem zornigen Blick zu dem Hüter, »dass ihr wünscht, dass wir

bleiben, nachdem es dem Hüter offenbar so wichtig ist, uns loszuwerden.«
»Wir brauchen eure Hilfe nicht!«, sagte der hoch gewachsene Magier, aber er klang ziemlich unsicher.
Baden wandte sich ihm zu. »Und wer bist du?«
Der Mann zögerte einen Augenblick. »Ich heiße Nodin.«
»Und hast du je gesehen, Nodin, was Waffen aus Lon-Ser in einem unserer Dörfer anrichten können?« Baden warf dem Hüter einen Blick zu. »Sie kommen doch aus Lon-Ser, oder?«, wollte er wissen.
Der Hüter wurde rot. »Jawohl«, erklärte er. »Ebenso wie die Stühle in meinem Zimmer im Tempel. Was soll das?«
»Deine Stühle werden aber nicht benutzt, um Menschen zu töten!«, warf Sonel ein.
Der Hüter hob warnend den Finger. »Niemand wurde hier getötet, Eulenmeisterin! Das solltest du nicht vergessen!«
»Aber es stimmt doch, was sie sagen, oder, Hüter?«, rief einer der Dorfbewohner. »Das sind Waffen, wie die Fremden sie benutzen. Und du hattest vor, dass deine Leute sie gegen uns verwenden.«
»Ich habe diese Männer nicht angewiesen, die Waffen gegen irgendwen zu verwenden!«, erklärte der Hüter mit erhobener Stimme. »Diese Magier haben euch lächerliche Ideen in den Kopf gesetzt!« Er zeigte auf die Bewaffneten. »Der Tempel hat diese Männer nur eingestellt, um unsere Holzfäller zu schützen. Solange sich niemand in ihre Arbeit einmischt, wird auch niemandem etwas geschehen.«
»Also sind wir wieder da, wo wir angefangen haben«, erklärte Nodin.
Der Hüter zischte durch zusammengebissene Zähne: »Es ist unser Land!«

»Das mag ja sein«, sagte Baden. »Aber ich glaube nicht, dass heute hier Bäume gefällt werden.«
Der Hüter sah ihn herausfordernd an. »Hast du vor, mich aufzuhalten, Magier? Ich gehe davon aus, dass du weißt, was diese Waffen anrichten können. Glaubst du wirklich, dich gegen mich stellen zu können?«
Baden gestattete sich ein finsteres Lächeln. »Ja, Hüter, das glaube ich. Du solltest wissen, dass ich auf Phelans Dorn war, als sechs Magier des Ordens gegen dreizehn Fremde kämpften, die, das garantiere ich dir, erheblich besser mit ihren Waffen umgehen konnten als deine Männer. Wir haben sie damals besiegt, und ich bezweifle nicht, dass meine Freundin und ich euch zusammen mit diesen drei Magiern hier ebenfalls besiegen können.«
»Ich habe nicht den Eindruck, dass die anderen Magier euch sonderlich mögen, Eulenmeister. Was bringt dich dazu anzunehmen, dass sie an deiner Seite kämpfen werden?«
»Gegen dich und deine Söldner«, warf Nodin ein und trat vor, um sich neben Baden und Sonel zu stellen, »würde ich mich selbst mit Theron persönlich verbünden.« Er winkte, und Tammen und der dritte Magier bezogen neben ihm Stellung.
Der Hüter starrte die Magier so lange an, dass es Baden wie eine Ewigkeit vorkam. Der Eulenmeister glaubte tatsächlich, dass fünf Magier gegen die Männer des Tempels ankommen konnten, aber er wollte diesen Glauben wenn möglich nicht auf die Probe stellen. Es waren zu viele Menschen hier. Es war gut möglich, dass jemand verletzt, ja sogar getötet würde. Und Baden wollte auch keinen seiner Gegner umbringen, selbst wenn sie bewaffnet waren und im Dienst dieses Hüters standen.

Zum Glück hatte auch der Hüter nicht vor, es wirklich darauf ankommen zu lassen. »Also gut, Eulenmeister«, sagte er schließlich und sah dem zornigen Baden in die Augen. »Dann bleiben die Bäume eben noch einen Tag stehen. Wenn ich eure blinkenden Steine richtig deute, müsst ihr bald nach Amarid weiterziehen. Ihr könnt diesen Hain nicht ewig bewachen.«

Baden antwortete nicht, und der Hüter grinste breit. Dann warf er Nodin und den anderen Magiern einen finsteren Blick zu, nickte und drehte sich um, um ins Dorf zurückzukehren.

»Wir werden hier bleiben, Hüter«, rief Nodin ihm hinterher. »Wenn du diese Bäume fällen willst, wirst du es mit uns zu tun bekommen.«

»Damit hatte ich gerechnet, Magier«, erwiderte der Hüter, ohne dem Mann auch nur einen Blick zu gönnen. Er winkte, und sofort folgten ihm die Holzfäller und die Wachen.

Baden und die anderen sahen zu, wie der Hüter und seine Männer in den Tempel zurückkehrten. Erst als sie außer Sichtweite waren, wandte sich Baden wieder den drei Magiern zu.

»Wir hatten Glück«, erklärte er grimmig. »Morgen wird er nicht so leicht nachgeben.«

»Das ist dann unsere Angelegenheit, Eulenmeister«, sagte Nodin, »und nicht mehr eure.«

Sonel starrte ihn verblüfft an. »Das ist nicht dein Ernst! Baden hat dir gerade das Leben gerettet, und wahrscheinlich auch allen anderen hier! Und du behauptest, dass das nicht unsere Angelegenheit ist? Was für eine Unverschämtheit!«

»Wir haben euch nicht um eure Hilfe gebeten!«, sagte Tammen. »Wir hatten schon öfter mit dem Tempel zu tun, ohne

dass sich der Orden eingemischt hätte. Wir wären auch heute mit ihnen zurechtgekommen, mit oder ohne euch.«
»Habt ihr schon einmal solchen Waffen gegenübergestanden?«, wollte Sonel wissen. »Hättet ihr gewusst, wie ihr euch und die Menschen dort drüben, die auf euch zählen, dagegen schützen könnt?«
Tammen zögerte, was der Eulenmeisterin ein Lächeln entlockte.
»Das dachte ich mir«, sagte Sonel. »Vielleicht braucht ihr uns mehr, als ihr glaubt.«
»Wir brauchen weder den Orden noch die Liga!«
»Das ist nicht eure Entscheidung«, warf Baden ein. »Ebenso wenig, wie es unsere ist.«
Er schaute hinüber zu den Dorfbewohnern, dann ging er auf sie zu. Viele wirkten beunruhigt, aber die Frau, die dem Hüter widersprochen hatte, trat selbstsicher vor und kam ihm entgegen. Sie war klein und dünn und hatte weißes Haar und dunkelbraune Augen. Ihr Gesicht war von tiefen Falten durchzogen, was sie streng aussehen ließ, und obwohl sie Baden anlächelte, blieb ihr Blick reserviert.
»Ich bin Maira«, sagte sie und nickte ihm zu. »Ich leite den Ältestenrat von Prannai.«
»Ich heiße Baden.«
»Meine Mitbürger und ich sind dankbar für eure Hilfe, Eulenmeister«, sagte sie. »Der Hüter ist neu in unserem Tempel. Der alte Hüter hätte so etwas nie versucht.«
Baden nickte ernst. »Tobyn-Ser verändert sich. Und keiner von uns ist vor den Auswirkungen dieser Veränderung sicher.«
»Das ist wahr.«
»Aber wenn wir zusammenarbeiten, können wir sie viel-

leicht begreifen. Wir können einander helfen, uns anzupassen.«

Maira lächelte dünn. »Wir haben nicht vor, uns anzupassen, Eulenmeister. Wir haben nicht vor, uns zu verändern.«

Baden starrte sie an und wusste nicht, was er sagen sollte.

»Du hältst uns für verrückt.«

»Nicht verrückt«, sagte der Eulenmeister vorsichtig. »Aber das gesamte Land –«

»Was andere tun, ist uns egal«, erklärte Maira. »Wir sind nicht so dumm zu glauben, dass wir den Rest von Tobyn-Ser davon abhalten können, sich zu verändern. Aber wir haben vor, uns dieser Veränderung zu widersetzen, so lange wir können. Wir sehen, wie seltsame Waren, die von Fremden hergestellt wurden, unser Land überfluten. Wir hören, dass davon gesprochen wurde, Münzen zu prägen, die im gesamten Land gültig sind, als würden wir in Abborij wohnen. Wir begegnen direkt vor unserem Dorf Fremden, die kein Wort unserer Sprache beherrschen. Und nun müssen wir mit ansehen, wie der Hüter unseres Tempels uns mit ausländischen Waffen bedroht. Wir wollen nicht Teil dieser neuen Welt sein, die den Rest des Landes vergiftet. Wir wollen keinen Wohlstand, wir wollen keine Bequemlichkeit und keinen Luxus aus Lon-Ser. Wir wollen einfach so weiterleben wie bisher.«

Sie hielt inne und schüttelte langsam den Kopf. »Ihr habt uns heute geschützt, und dafür danken wir euch. Aber der Orden hat nichts unternommen, um Tobyn-Ser vor all diesen anderen Dingen zu bewahren.«

Baden setzte zum Widerspruch an, aber sie hob die Hand, um ihn aufzuhalten.

»Ich weiß, Eulenmeister – die Liga ebenso wenig. Und das

ist der Grund, wieso wir mit beiden nichts zu tun haben wollen.« Sie zeigte auf Nodin und seine Begleiter. »Die freien Magier hören uns zu. Sie teilen unsere Sorge um das Land, und sie tun nicht so, als würden sie uns besser kennen als wir selbst.« Wieder lächelte sie ihn traurig an. Bei aller Strenge ihrer Züge war Baden überrascht, wie sanft sie dieses Lächeln plötzlich aussehen ließ.

»Du hältst uns zweifellos für seltsam, Eulenmeister, und das tut mir Leid. Du und deine Begleiterin, ihr scheint anständige Menschen zu sein. Es ist gut möglich, dass du zu denen gehörtest, die sich vor all den Jahren dafür ausgesprochen haben, den Fremden hinzurichten, der vom Orden gefangen gehalten wurde. Wenn die anderen Magier auf euch gehört hätten, wären wir heute vielleicht nicht dort, wo wir sind.«

Zunächst antwortete Baden nicht. Tatsächlich waren er und Sonel entscheidend dafür verantwortlich gewesen, dass Baram am Leben blieb. Er hatte sich wiederholt gegen Barams Hinrichtung ausgesprochen, weil er glaubte, dass der Orden lieber versuchen sollte, von dem Fremden so viel wie möglich über Lon-Ser zu erfahren, statt ihn um der Rache willen zu töten. Und als der Orden schließlich doch dafür stimmte, Baram zu töten, hatte Sonel, die damals Eulenweise gewesen war, ihr Einspruchsrecht benutzt, um diese Entscheidung aufzuheben. Aber Baden hielt es nicht für sinnvoll, Maira in dieser Sache zu berichtigen. »Ich bezweifle, dass es einen Unterschied gemacht hätte, ob man uns zugehört hätte oder nicht«, sagte er stattdessen. »Ich glaube, dass gewisse Veränderungen unvermeidlich sind.«

Maira zog die Brauen hoch, schwieg aber.

»Und ob ich euch für seltsam halte oder nicht«, fuhr Baden

fort, »nun, ich glaube nicht, dass es mir zusteht, darüber ein Urteil zu fällen. Dies ist nicht das erste Mal, dass ich eine Ansicht wie die deine gehört habe.«

»Es wird auch nicht das letzte Mal sein«, erklärte die Frau nachdrücklich. »Denk an meine Worte, Eulenmeister: Die Volksbewegung wächst, ebenso wie der Ruf der freien Magier. Der Orden und die Liga ignorieren uns auf eigene Gefahr.«

Baden sah sie fragend an. »Die Volksbewegung?«

»So nennen sie sich«, warf Nodin ein.

Baden sah den Magier an. »Wer?«

»Die Leute in den anderen Dörfern und Städten, die genau wie Maira und ihre Mitbürger empfinden.«

»Du hast mit ihnen gesprochen?«, fragte Baden.

»Ja, mit vielen von ihnen.«

Baden begann zu nicken, und die Erkenntnis traf ihn wie ein Donnerschlag. »Dann ist es ja ein ausgesprochener Glücksfall, dass du und deine Freunde rechtzeitig hier waren, als die Fehde zwischen Prannai und dem Tempel ausbrach.« Er starrte den Magier herausfordernd an. »War es wirklich nur Zufall, oder gibt es da noch mehr?«

Nodin starrte ihn eine Weile schweigend an, dann wandte er den Blick ab.

»Die Dorfbewohner haben uns gebeten, dass wir eine Weile bei ihnen bleiben und uns ihnen anschließen«, ergriff Tammen statt seiner das Wort. »Ich habe nicht gehört, dass sie auch euch gegenüber eine solche Einladung ausgesprochen hätten.«

»Und wie lange habt ihr vor zu bleiben?«, fragte Baden. »Bis zum Ende? Oder habt ihr vor weiterzuziehen, wenn es hier unangenehm wird?«

»Ich weiß nicht, was du damit andeuten willst, Eulenmeister«, sagte Maira, »aber wir hatten nie vor zuzulassen, dass diese Bäume gefällt werden, auch nicht, bevor diese Magier herkamen und uns von der Bewegung erzählten. Du hältst uns vielleicht für zu einfältig und schwach, um einen solchen Kampf alleine zu wagen, aber ich versichere dir, es fehlt uns nicht an Mut! Und nur weil der Orden und die Liga sich als hervorragende Manipulatoren des Volkes erwiesen haben, bedeutet das noch nicht, dass die freien Magier es ihnen gleichtun!«
Baden seufzte und schaute Sonel an. Sie beobachtete ihn mit einem gequälten Ausdruck in den grünen Augen. Sie zuckte die Achseln, dann schüttelte sie den Kopf.
»Ich versichere dir, Maira«, sagte Baden, der sich wieder der weißhaarigen Frau zugewandt hatte, »dass ich niemanden beleidigen wollte.«
Maria sah ihn argwöhnisch an. »Mag sein, aber ich denke immer noch, dass ihr weiterziehen solltet. Es gibt ein paar Meilen östlich von hier eine Ordensstadt. Ihr könnt sie noch vor Einbruch der Dunkelheit erreichen, ohne eure Reise sonderlich verlängern zu müssen. Ich bin sicher, sie werden euch gerne geben, was ihr an Vorräten braucht.« Mit diesen Worten wandte sie sich ab und kehrte zu den anderen Dorfbewohnern zurück.
Baden drehte sich wieder zu den freien Magiern um. Sie beobachteten ihn bereits mit selbstzufriedenen Mienen. »Gehen wir«, sagte er zu Sonel.
Er marschierte auf den schmalen Weg zu, der sie zur Holzfällerstraße zurückführen würde. Sonel holte ihn rasch ein. Nach ein paar Schritten jedoch blieb er noch einmal stehen und warf einen Blick zurück zu Nodin. Der

Magier beobachtete ihn immer noch, ebenso wie die anderen.

»Ihre Waffen sind sehr mächtig«, rief Baden. »Aber ein Schild aus magischer Kraft kann ihr Feuer aufhalten. Seid jedoch sparsam mit eurer Kraft und nutzt den Schild nur, wenn ihr ihn wirklich braucht. Diese Waffen werden nicht müde.«

Nodin sah ihn längere Zeit an, als wüsste er nicht, was er sagen sollte. Schließlich nickte er. »Danke.«

Baden und Sonel zogen schweigend weiter, bis sie wieder auf der großen Straße waren und dort mehrere Meilen hinter sich gebracht hatten.

»Die Einmischung dieser Magier wird noch dazu führen, dass alle sterben«, sagte Baden schließlich und schüttelte angewidert den Kopf.

»Glaubst du, Maira und die anderen sollten einfach zulassen, dass der Tempel die Bäume fällt?«

Er warf ihr einen kurzen Blick zu. »Nein. Aber ich bin auch nicht sicher, dass die Bäume es wert sind, für sie zu sterben.«

Sonel zuckte die Achseln. »Das ist nicht deine Entscheidung.«

»Ach nein?«, fragte Baden gereizt. »Ich kann sie schützen. Wir können sie schützen. Das haben wir schließlich geschworen, oder? ›Ich werde den Menschen dieses Landes dienen‹«, zitierte er den Eid, den jedes Ordensmitglied ablegte, wenn es seinen Umhang erhielt. »›Ich werde meine Macht benutzen, um zu helfen und in Zeiten der Not zu trösten.‹«

»Du kannst Menschen nicht schützen, wenn sie nicht beschützt werden wollen, Baden«, sagte Sonel sanft. »Wir können unsere Dienste anbieten, aber wenn die Menschen sie nicht wollen, müssen wir das akzeptieren.«

Plötzlich wurde ihm kalt, obwohl es ein milder Tag war und die Sonne durch die kahlen Äste schien. »Wann ist das alles passiert, Sonel? Wie kommt es, dass die Menschen dieses Landes uns so sehr hassen, dass sie eher sterben würden, als unsere Hilfe anzunehmen?«

»Ich weiß es nicht«, antwortet sie leise. »Aber die Götter haben uns einen Adlerweisen geschickt, also gehen sie wohl davon aus, dass wir beim Schutz dieses Landes immer noch eine Rolle spielen.«

Baden nickte und griff nach ihrer Hand. Sonel lächelte ihn an, und sie zogen weiter zur Stadt des Ersten Magiers. Er wusste, dass Sonel Recht hatte. Das Auftauchen von Jaryds Adler war eine zweischneidige Sache: Es bedeutete Krieg, aber es legte auch nahe, dass der Orden immer noch Tobyn-Sers Beschützer war.

Oder etwa nicht? Ihm war bewusst, dass es noch eine weitere Möglichkeit gab, eine, die ihn erheblich mehr beunruhigte als die Aussicht auf einen möglichen Krieg mit Lon-Ser.

4

Die Veränderungen, die sich in den vergangenen sieben Jahren in Bragor-Nal vollzogen haben, verblüffen mich immer wieder. Die ununterbrochenen Kämpfe zwischen Nal-Lords und Gesetzesbrechern, die einmal gedroht haben, das gesamte Nal ins Chaos zu stürzen, sind nun weitgehend vorüber. Es kommt zwar immer noch zu Feuergefechten, und jedes Jahr sterben ein paar Nal-Lords bei Attentaten. Aber ich habe meinen Oberlords eingeschärft, dass ich solche Aktivitäten nicht dulden werde, und sie haben diese Botschaft an ihre Untergebenen weitergeleitet. Jeglicher Aufstieg, habe ich ihnen gesagt, wird allein auf Produktivität und Einsatz zur Erhaltung des Nal beruhen. Wer auch nur ein einziges Mal zur Gewalt greift, wird bestraft werden; und jene, die es immer wieder tun, werden ihre Stellungen verlieren und im Gefängnis landen ...

Wie ich schon sagte, ich habe meine Haltung in dieser Sache sehr deutlich gemacht, und meine Untergebenen haben es sich offenbar zu Herzen genommen, allerdings mit einer bemerkenswerten Ausnahme: Sie haben zwar aufgehört, einander nach dem Leben zu trachten, aber einige von ihnen – ich weiß noch nicht genau, wer – haben ihre Anstrengungen, mich zu töten, vervielfacht.

Melyor i Lakin, Herrscherin und Steinträgerin von Bragor-Nal, an Falkenmagier Orris, Tag 4, Woche 8, Winter 3067

Die Explosion schreckte Melyor aus dem Schlaf. Ihr Herz schlug heftig, und in ihren Ohren klirrte es. Einen schrecklichen wirren Augenblick lang glaubte sie, wieder elf Jahre alt und in ihrem Kinderschlafzimmer von dem Knall der Explosion erwacht zu sein, die ihren Vater getötet hatte. Aber die Erinnerung verblasste rasch. Sie war in ihrem Zimmer im Goldpalast, und diese Bombe war für sie bestimmt gewesen.

Glassplitter lagen auf dem Holzboden und der Seidendecke ihres Bettes verstreut, und durch die zerbrochenen Fenster drang nun Rauch herein, vermischt mit der kalten Luft eines Wintermorgens. Melyor konnte ihre Männer draußen rufen hören, unter ihrem Fenster. Jibbs Männer. Vielleicht war Jibb schon bei ihnen. Sie war nicht sicher, da es in ihren Ohren immer noch klirrte.

Sie überzeugte sich, dass sie nicht verletzt war. Nur oben an ihrer Wange kribbelte etwas. Sie berührte es und starrte ihre Hand an. Blut. Wahrscheinlich eine Schnittwunde von einem Glassplitter.

»Mistkerle!«, sagte sie, schwang sich aus dem Bett und zog ihren seidenen Morgenmantel über. Sie ging zu dem Spiegel an der Wand des Zimmers, die den Fenstern gegenüberlag. Der Spiegel hing nun schief, hatte die Explosion aber überstanden. Melyor sah sich den Schnitt an ihrer Wange an. Es war nur eine kleine Wunde, kaum mehr als ein Kratzer mit einem kleinen Blutfleck darunter. Sie holte tief Luft und bemerkte, dass sie zitterte.

Es klopfte an der Tür.

»Herein!«, sagte sie und steckte die zitternden Hände in die Taschen des Mantels.

Die Tür ging auf, und Jibb kam herein. Melyor fand es immer noch seltsam, ihn in der steifen, hellblauen Uniform der SiHerr zu sehen, obwohl er nun schon seit beinahe sieben Jahren General ihrer Sicherheitskräfte war. Für sie war er immer noch der Gesetzesbrecher von früher, ebenso, wie sie sich immer noch als Nal-Lord betrachtete, nicht als Herrscherin und Steinträgerin. Es half auch nicht gerade, dass er in so mancher Hinsicht immer noch aussah wie vor mehr als zehn Jahren, als sie ihn in einer Bar im Vierten Bezirk zum ersten Mal gesehen hatte. Er war immer noch kräftig gebaut und bewegte sich nach wie vor anmutig. Sein lockiges Haar war dunkel geblieben, ohne eine Spur von dem Silber, das sich bereits durch ihre eigenen bernsteinfarbenen Locken zog, und sein Gesicht war immer noch rund und jungenhaft. Er war zurückhaltender als früher und vielleicht ein wenig vorsichtiger geworden. Aber das hatte ebenso viel mit den Veränderungen in ihrer Beziehung wie mit der Zeit zu tun, die vergangen war. In anderer Hinsicht war er immer noch derselbe, nur dass er jetzt nicht nur für Melyors Sicherheit verantwortlich war, sondern auch für die Aufrechterhaltung von Ruhe und Ordnung im gesamten Nal.

»Herrscherin!«, sagte er, betrat das Zimmer und schaute zu ihrem Bett. Er blieb stehen, als er bemerkte, dass sie nicht dort war, und sah sich rasch um. Seine Augen wurden ein wenig größer, als er sie schließlich entdeckte. »Du bist verletzt!«, sagte er und kam eilig auf sie zu.

»Das ist unwichtig. Was ist passiert, Jibb?«

»Wir sollten einen Arzt holen«, drängte er. »Du blutest.«

Sie lachte, aber sie behielt die Hände weiter in den Taschen und musste gegen ein Schaudern ankämpfen, das ihr über den Rücken lief. Wie viele Attentatsversuche konnte sie noch überleben? »Es ist alles in Ordnung, Jibb. Sag mir einfach, was passiert ist.«

Er starrte sie noch einen Moment lang an, dann schüttelte

er schließlich den Kopf, mit dieser resignierten Miene, die Melyor nur allzu gut kannte. Noch vor ein paar Jahren hätte sie ihn geneckt und ihn vergnügt darauf hingewiesen, dass er sich nur langweilen und sich eine andere Aufgabe suchen würde, wenn sie ihm seine Arbeit zu leicht machte. Damals waren sie Freunde gewesen.

All das hatte sich vor ein paar Jahren verändert, als Jibb schließlich zugegeben hatte, dass er sie liebte, und sie gebeten hatte, ihn zu heiraten. Sie waren damals im Garten des Goldpalastes spazieren gegangen und hatten die kühle Brise eines frühherbstlichen Abends genossen. Zunächst hatte Melyor geglaubt, Jibb macht Witze, aber als ihre scherzhafte Antwort auf Schweigen stieß und sie seinen gequälten Blick bemerkte, begriff sie, dass sie sich geirrt hatte. Sie kämpfte gegen eine Welle von Panik an und versuchte ihm zu erklären, dass sie ihn nicht auf diese Weise liebte und nicht glaube, das jemals tun zu können.

»Du bist mein bester Freund«, sagte sie. »Aber das ist alles, was ich dir geben kann.«

Jibb jedoch hatte sich nicht von seinem Ziel abbringen lassen. Er hatte versucht, sie davon zu überzeugen, dass sich ihre Gefühle mit der Zeit verändern würden. Am Ende war ihr keine andere Möglichkeit geblieben, als ihm etwas zu sagen, wovon sie wusste, dass es ihn ungemein kränken würde, auch wenn es dazu führte, dass er die Angelegenheit schließlich begrub.

»Ich kann dich nicht lieben«, sagte sie also, und sie war überrascht festzustellen, dass sie weinte. »Ich liebe einen anderen. Ich liebe Orris.«

Jibb hatte sie lange Zeit angestarrt und sich kaum geregt. Schließlich hatte er genickt und war davongegangen.

Melyor hatte befürchtet, dass er nach diesem Gespräch als Kommandant der SiHerr zurücktreten würde. Aber am nächsten Morgen war er wieder in ihrem Büro gewesen, hatte sich wie immer um ihre Sicherheitsangelegenheiten gekümmert und eine Gruppe von Männern ausgeschickt, die Nachforschungen wegen eines Feuergefechts im Siebzehnten Bezirk anstellen sollten. Sie hatten nie wieder von dieser Sache gesprochen. Melyor hatte es einmal versucht, aber Jibb hatte deutlich gemacht, dass er nicht darüber reden wollte. Stattdessen versuchten beide so zu tun, als hätte sich nichts verändert.

Dennoch war ihre Freundschaft seitdem nicht mehr dieselbe gewesen. Ihre Gespräche waren plötzlich angestrengt und verlegen geworden. Früher einmal hatte Melyor ganz offen mit Jibb über beinahe alles sprechen und ohne nachzudenken scherzen können, aber nun nahm sie sich stets zusammen, weil sie ihn nicht noch mehr kränken wollte und ihm auf der anderen Seite auch keinen Anlass geben wollte zu glauben, dass sie es sich anders überlegt hatte. Sie war zutiefst erleichtert über seine Entscheidung, weiterhin General der SiHerr zu bleiben, aber sie wusste ohne jeden Zweifel, dass die Tage unbeschwerter Freundschaft vorüber waren. Sie sah ihn jeden Tag, und dennoch fehlte er ihr ebenso, wie ihr ihr Vater fehlte. Manchmal, wenn sie über logistische Angelegenheiten oder über die Strategien für die nächste Sitzung des Herrscherrats sprachen, konnte Melyor sich beinahe überreden anzunehmen, dass ihre Beziehung irgendwann einmal wieder so sein würde, wie sie angefangen hatte, als sie ihr Hauptquartier in ihrer Wohnung noch im Vierten Bezirk gehabt hatte. Aber als sie nun inmitten der Glassplitter stand, die den Boden ihres Schlafzimmers bedeckten, und Rauch in ihren Augen brannte, kam es Melyor so vor, als wäre die Kluft zwischen ihr und Jibb so weit und tief wie Aricks Meer.

»Der Sprengkörper ist von Hand ausgelöst worden«, sagte Jibb mit tonloser Stimme, »und offensichtlich von jemandem, der eine SiHerr-Uniform trug. Er ist bis zur Palasttreppe gekommen, bevor meine Männer ihn bemerkt haben. Sie haben ihn getötet, aber es ist ihm noch gelungen, die Bombe zu zünden.«

Melyor nickte. Das war eine alte, aber wirkungsvolle Taktik. Man pumpte einen Attentäter mit Drogen voll, die ihm seinen Willen raubten, schnallte ihm Sprengstoff um, verkleidete ihn und schickte den armen Menschen in den Tod, in der Hoffnung, dabei auch das eigentliche Ziel des Anschlags zu erledigen. Cedrych, der einmal Oberlord des Ersten Herrschaftsbereichs von Bragor-Nal gewesen war, war auf diese Weise beinahe getötet worden, und er war für den Rest seines Lebens von den Narben dieses Mordversuchs gezeichnet gewesen. Und allein im vergangenen Jahr hatte Melyor vier solcher Anschläge überlebt. *Jetzt sind es fünf,* sagte sie sich und wurde sich erneut des Schnitts an ihrer Wange und des Zitterns ihrer Hände bewusst.

Sie und Jibb hatten keine Ahnung, wer hinter diesen Anschlägen steckte. Nach dem ersten Versuch hatten sie gehört, dass Enrik, einer von Melyors Oberlords, dafür verantwortlich war. Als Jibbs Leute Enrik verhörten, gab er seine Schuld zu und wurde ins Gefängnis geworfen. Aber die Angriffe gingen weiter – nach allem, was Jibb gehört hatte, hatten die vier Attentäter dieselbe Art Sprengstoff und dieselbe Art Hülle benutzt. Das und die Ähnlichkeiten in der Taktik überzeugten sowohl Jibb als auch Melyor, dass dieselbe Person hinter all den Anschlägen stehen musste. Nach dem letzten Attentatsversuch hatte Jibb Enrik ein zweites Mal verhört, aber obwohl der Oberlord zugab, dass er seine Anweisungen von einem anderen erhalten hatte, und dazu mehr als genug Gold, um ihn zu motivieren, war doch alles durch Mittelsleute geschehen. Jibb hatte alle Methoden eingesetzt, die ihm zur Verfügung standen – selbst jetzt schauderte Melyor unwillkürlich, wenn sie daran dachte, um welche Methoden es sich gehandelt haben musste –, um Enrik dazu zu bringen, seine Mitverschwörer zu verraten, aber der Oberlord hatte ihm nichts gesagt.

»Er kann nicht viel Schmerz ertragen«, hatte Jibb damals gesagt, »also nehme ich an, dass er es wirklich nicht weiß.«

Wer könnte so etwas tun?, fragte sich Melyor nun, wie schon so häufig im vergangenen Jahr. Sie wusste, es fehlte ihr nicht an Feinden. Sie schaute ihren Stab mit dem leuchtenden roten Stein an und lächelte traurig. Als Herrscherin war sie ein natürliches Ziel für Attentate. Trotz all der Veränderungen, die sie in Bragor-Nal herbeigeführt hatte, konnte sie einen wesentlichen Grundzug des Regierungssystems des Nal nicht ändern: Friede und Stabilität tendieren eher dazu, die Aufstiegsmöglichkeiten einzuschränken. Die Gewalttätigkeit im Nal, die Melyor und Jibb so angestrengt einzudämmen versuchten, hatte eine ganz praktische Seite. Sie ermöglichte es Gesetzesbrechern, Nal-Lords zu werden, und Nal-Lords konnten zu Oberlords aufsteigen. Und wenn diese Gewalttätigkeit das Leben eines Herrschers kostete, wie vor sieben Jahren, als Cedrych Herrscher Durell in ebendiesem Zimmer hier ermordet hatte, wirkte sich das auf das gesamte System aus und schuf auf jeder Ebene der Nal-Hierarchie Gelegenheiten für ein paar Glückliche.

Aber Melyor glaubte, dass dies nur ein Grund für die Anschläge auf ihr Leben war. Sie war mehr als nur Herrscherin von Bragor-Nal. Sie war auch Steinträgerin und die erste bekennende Gildriitin in der Geschichte des Nal, die es zu irgendeiner Autoritätsposition gebracht hatte, vom Goldpalast gar nicht zu reden. Wegen ihres Blicks – der Fähigkeit, in die Zukunft zu schauen – waren die Gildriiten seit tausend Jahren verfolgt worden. Und als prominenteste und mächtigste Gildriitin in ganz Lon-Ser wurde Melyor unwillkürlich zu einem Ziel für die Angst und den Hass, die die Gildriiten in ihrer Geschichte immer wieder ausgelöst hatten.

»Bist du sicher, dass alles in Ordnung ist?«, fragte Jibb und sah sie forschend an.

Sie zwang sich zu einem Lächeln. »Ja, danke.«

»Wir werden herausfinden, wer hinter diesen Anschlägen steckt, Herrscherin«, sagte er vollkommen überzeugt. »Ich gebe dir mein Wort. Premel arbeitet bereits daran, und mit den zusätzlichen Beweisen, die dieser Anschlag liefert, wird er sicher bald etwas zu Tage fördern.«

»Daran zweifele ich nicht«, erwiderte Melyor.

»Aber du bist beunruhigt.«

Sie lächelte und ignorierte einen weiteren Schauder. »Nun, das war nicht die angenehmste Art aufzuwachen.«

»Selbstverständlich nicht, Herrscherin.« Er wandte den Blick ab. »Du möchtest wahrscheinlich allein sein. Ich werde jetzt gehen.«

Sie schüttelte den Kopf. »So habe ich das nicht gemeint, Jibb –«

»Schon gut. Ich sollte mich ohnehin um die Aufräumungsarbeiten kümmern. Ich will nicht, dass irgendetwas übersehen wird, was Premel helfen könnte.«

Melyor holte tief Luft und nickte.

»Lass es uns wissen, wenn du irgendetwas brauchst, Herrscherin.«

Herrscherin! Warum sprichst du mich nicht mehr mit »Melyor« an?, hätte sie gerne gesagt. *Du bist mein bester Freund!* Stattdessen nickte sie nur ein zweites Mal. »Das werde ich tun.«

Er drehte sich um und ging und schloss die Tür hinter sich.

Melyor nahm die Hände aus den Taschen und fuhr sich durchs Haar. Der Rauch hatte sich ein wenig verzogen, und nur ein feiner grauer Dunst war zurückgeblieben, aber ihr Zimmer sah aus wie eine Bar am Morgen nach einem Feuergefecht. Es würde eine Zeit lang dauern, um aufzuräumen und die Fenster zu ersetzen. Das brauchte sie selbstverständlich nicht zu kümmern; eine Herrscherin hatte Kämmerer, die sich solcher Dinge annahmen. Aber es bedeutete, dass ihr Schlafzimmer und das angrenzende Arbeitszimmer bis zum Abend unzugänglich sein würden.

Sie ging zu dem kleinen Waschbecken neben ihrem Bett, wischte die Glassplitter vom Rand und wusch sich das Gesicht mit kaltem Wasser. Das Wasser brannte in dem Schnitt an ihrer Wange, aber danach ging es ihr besser, so sehr, dass sie zu einem Entschluss kam. Sie zog den Morgenmantel aus und kleidete sich rasch an. Herrscher von Bragor-Nal sollten eigentlich das goldene Gewand tragen; das war ebenso sehr ein Zeichen der Stellung des Herrschers wie der Palast selbst. Aber Melyor hatte sich nie in etwas anderem als in ihren weiten schwarzen Hosen und dem elfenbeinfarbenen Hemd wohl gefühlt, und daher trug sie diese Kleidung weiterhin, ebenso wie den an den Oberschenkel geschnallten Werfer, selbst zu den Sitzungen des Herrscherrats. Marar, der Herrscher von Stib-Nal, Bragor-Nals unbedeutendem südlichem Nachbarn, hatte deutlich gemacht, dass er dies für würdelos und beleidigend hielt. Selbst Herrscherin Shivohn von Oerella-Nal, die bei den Ereignissen, die schließlich zu Melyors und Orris' Kampf mit Cedrych geführt hatten, eine wichtige Rolle gespielt hatte, hatte häufig ernster, als es unter einem Lächeln zu verbergen war, angemerkt, Melyor sähe eher wie ein Nal-Lord als wie eine Herrscherin aus.

Melyor interessierte selbstverständlich wenig, was ihre Mitherrscher von ihrer Aufmachung hielten. Sie war eine Gildriitin, eine Steinträgerin – man erwartete ohnehin von ihr, anders zu sein. Aber darüber hinaus herrschte sie auch über ein Nal, das für seine Gesetzesbrecher und Feuergefechte berüchtigt war. Es gehörte sich einfach nicht für die erste Frau in der Geschichte dieses Nal, die hier die höchste Stellung erreicht hatten, ihren Werfer zu Hause zu lassen und ein hübsches Gewand anzuziehen.

Sie schnallte sich den Werfer um, griff nach ihrem Stab und ging dann nach draußen, wo Jibb und seine Männer den Schaden, den die Explosion angerichtet hatte, begutachteten. Die Marmortreppe, die zum Palasteingang führte und die einmal golden gewesen war, war nun schwarz und mit Glassplittern und Trümmern bedeckt. Die meisten Stufen waren geborsten und würden nicht mehr zu reparieren sein, und die zweite, dritte und vierte Stufe von unten waren vollkommen verschwunden. Die vergoldete Fassade

des Palasts war ebenfalls von Ruß überzogen und hatte Kerben von Marmorsplittern.
Etwa ein Dutzend von Jibbs Männern lagen neben dem Eingang auf dem Boden, ihre blauen Uniformen blutbefleckt. Ein paar waren bereits verbunden worden, während sich Sanitäter immer noch um die anderen kümmerten. Drei Männer hatte man mit Laken zugedeckt, so dass Melyor nur noch die schwarzen Stiefel und die roten Blutlachen sehen konnte, die sich unter den Leichen ausbreiteten. Von dem Attentäter schien nichts übrig geblieben zu sein.
Andere Gardisten, die den Anschlag unversehrt überstanden hatten, durchsuchten das Gelände vor dem Palast nach Fragmenten der Bombe oder irgendetwas anderem, was ihnen Informationen über den Attentäter liefern konnte. Jibb stand am Fuß dessen, was von der Treppe übrig geblieben war, und sprach leise mit Premel. Es fiel Melyor schon schwer genug, Jibb als General der SiHerr zu sehen, aber dass Premel sein Stellvertreter sein sollte, kam ihr noch unwahrscheinlicher vor. Mit seinem kahl rasierten Kopf und dem großen Goldring im Ohr sah er immer noch viel zu sehr wie ein Gesetzesbrecher aus, sogar in seiner hellblauen Uniform. Trotz der Spuren des Gemetzels, die sie umgaben, musste Melyor lächeln. Manchmal kam es ihr so vor, als wären sie alle Kinder, die nur so taten, als wären sie Herrscher und Soldaten.
»Herrscherin!«, sagte Jibb überrascht, als er sie in der Tür stehen sah. »Ist alles in Ordnung?«
»Ja. Ich dachte nur, ihr könntet vielleicht Hilfe brauchen.«
Er kniff die Augen zusammen. »Wie meinst du das?«

»Ich war mal ein ziemlich guter Nal-Lord, erinnerst du dich?«
»Selbstverständlich. Aber –«
Sie ging die Treppe hinunter und sprang dabei geschickt über die Stufen hinweg, die zu beschädigt waren, um sie tragen zu können. Sie blieb vor Jibb stehen und sah ihn ruhig an. »Ich bin vielleicht Herrscherin«, sagte sie leise, »aber das bedeutet nicht, dass ich nicht im Stande wäre, Trümmer zu durchsuchen oder all die anderen Dinge zu tun, mit denen ihr euch hier beschäftigt.«
»Das weiß ich, Herrscherin«, erwiderte Jibb, der ebenfalls die Stimme gesenkt hatte. »Aber es bedeutet auch, dass du noch gefährdeter bist als als Nal-Lord. Und wer könnte schon sagen, ob sich nicht noch ein zweiter Attentäter in der Nähe aufhält?«
Sie lächelte. »Du hast Recht. Gut, dass der Kommandant der SiHerr ebenfalls nicht fern ist.«
Jibb schüttelte den Kopf. »Das ist nicht komisch, Herrscherin.«
»Nein, das ist es nicht«, stimmte Melyor mit einem weiteren Blick auf die Leichen zu. »Jemand hat drei meiner Männer getötet, und ich will wissen, warum.« Sie wandte sich wieder Jibb zu. »Was den Rest angeht, so kann ich immer noch besser mit einem Messer oder einem Werfer umgehen als jeder dieser Männer hier. Und das schließt auch dich ein, Jibb. Vergiss das nicht.«
Er grinste sie auf eine Weise an, wie sie es seit Jahren nicht mehr gesehen hatte. »Das habe ich nie vergessen«, sagte er. »Und ich bin froh, dass es dir ebenso geht.«
Sie runzelte die Stirn, denn sie wusste nicht so recht, wie er das meinte.

»Komm mit«, sagte er und zeigte auf einen kleinen Trümmerhaufen, der in der Nähe des Eingangs aufgeschichtet war. »Ich zeige dir, was wir bisher gefunden haben.« Sie hockten sich neben den Trümmerhaufen und begannen, sich die Steinbrocken, Tuchfetzen und Metallsplitter anzusehen. Premel stieß ebenfalls zu ihnen.

»Wir haben überwiegend das Gleiche gefunden wie bei den letzten vier Anschlägen«, sagte Jibb und betrachtete einen Moment ein Stück Metall, bevor er es wieder auf den Haufen zurückwarf.

Melyor lächelte bedauernd. »Mit anderen Worten: nichts.«

Der General zuckte die Achseln und nickte. »Aber es ist jedes Mal dasselbe Nichts.«

Premel schnaubte. Melyor brauchte einen Augenblick, um zu begreifen, dass es ein Lachen sein sollte. Aber als sie den kahlköpfigen Mann ansah, konnte sie in seinen hellen Augen keinerlei Heiterkeit erkennen.

»Das ist schlimmer als nichts«, sagte Premel. »Es ist, als machten sie sich über uns lustig.«

»Du bist also der gleichen Ansicht wie Jibb«, sagte Melyor. »Alle Bomben wurden von derselben Person geschickt.«

Er brauchte einen Moment. »Oder Personen«, verbesserte er. Aber dann nickte er. »Ja, ich denke schon.«

»Nun, das ist schon einmal etwas.« Wieder wandte sie sich Jibb zu. »Und was wissen wir über diese Person oder Personen?«

Jibb schüttelte den Kopf. »Nicht viel. Bei den Anschlägen ist kaum etwas übrig geblieben, was wir nutzen könnten, um Informationen zu erlangen. Ein Stück der Hülle des Sprengstoffs, ein paar Tuchfetzen von der Kleidung des Attentäters. Diese Leute bauen gute Bomben, und sie sind bereit, mehr als ein paar Menschenleben aufs Spiel zu setzen, wenn sie damit an ihr Ziel gelangen können, dich zu töten. Aber darüber hinaus ...« Er hielt inne und zuckte wieder die Achseln.

»Ihr habt nichts aus den Kleidungsresten oder anderen Dingen schließen können?«

Jibb schüttelte den Kopf. »Bis jetzt nicht. Aber diese Bombe hilft uns vielleicht ein bisschen weiter.«

»Wie meinst du das?«

Er griff nach einem anderen Trümmerstück und reichte es ihr. Es war schwarz und kaum größer als Melyors Handfläche. »Du glaubst es vielleicht nicht«, sagte er, »aber das hier ist das größte Stück, das je von einer dieser Bomben übrig geblieben ist.«

Melyor drehte das Fragment hin und her, konnte nichts Besonderes daran entdecken und reichte es ihm zurück. »Das hilft auch nicht viel weiter.«

»Nein, aber es gibt mehrere andere Fragmente, die beinahe ebenso groß sind. Offensichtlich wurde diese Bombe nicht ganz so sorgfältig hergestellt wie die anderen. Wir könnten noch mehr finden.«

»Und wenn nicht?«, fragte Premel.

Alle drei standen wieder auf, aber bevor Jibb oder Melyor antworten konnten, rief einer der Männer, die die Fassade des Palastes untersucht hatten, Jibb etwas zu. Er hielt etwas in der Hand, und nun kam er die Treppe herunter und eilte zu der Stelle, an der die drei standen.

»Was ist das?«, fragte Jibb.

Der Mann grinste. »Ich denke, es ist der Zünder.«

Er hielt das, was er gefunden hatte, seinem General hin, und Jibb riss es ihm aus der Hand. Er betrachtete es längere

Zeit, bevor er zu dem Mann aufblickte. »Gut gemacht«, sagte er und nickte.

Das Grinsen des Mannes wurde breiter. »Danke.« Er wandte sich ab und eilte zurück in den Palast.

»Nun?«, fragte Melyor Jibb.

Der General starrte den Gegenstand erneut an. »Er hat Recht. Das hier war der Zünder.« Er reichte ihn Melyor. »Sieh dir das mal an«, sagte er grimmig.

Es war ein kleiner Metallzylinder, auf einer Seite eingedellt und vom Ruß geschwärzt wie die anderen Fragmente. An einem Ende des Zylinders waren zwei Löcher zu sehen, wahrscheinlich für die Drähte, die zum Sprengstoff geführt hatten, aber ansonsten war der Gegenstand unbeschädigt. Und so sagte dieses einzelne Stück Metall Melyor alles, was sie über den Auftraggeber des Attentats wissen musste.

Sie war keine Expertin für Bomben. Selbst in jüngeren Jahren, als sie öfter selbst Menschen getötet hatte, hatte sie die Präzision ihres Werfers und des Messers der Unberechenbarkeit von Sprengstoff vorgezogen. Ihr Leben in den Blocks hatte allerdings erfordert, dass sie auch etwas über Bomben lernte. Tatsächlich hatte ihr Überleben mehrmals davon abgehangen, eine Bombe entschärfen zu können. Also wusste sie, dass die Zünder der meisten Kracher, die Gesetzesbrecher und Nal-Lords verwendeten, viel schlichter waren als der, den sie nun in der Hand hielt. Der Mann, der versucht hatte, sie an diesem Morgen zu töten, war von jemandem geschickt worden, der über die Mittel verfügte, eine verhältnismäßig komplizierte Bombe zu erwerben oder herstellen zu lassen.

Aber das war zweitrangig. Bomben, die in Bragor-Nal hergestellt wurden, hatten Zünder mit einem rechteckigen

Querschnitt. Alle. Das war eine der Regeln aus der Grünen Erklärung, die die Herrscher aller drei Nals im Jahr 2899 unterzeichnet hatten. Alle Nals waren angewiesen, diverse Bestandteile ihrer Waren zu standardisieren. Dies diente dem Zweck, den Bann gegen den Export fortschrittlicher Waren aufrechtzuerhalten, weil durch die Standardisierung jeder Gegenstand zu seiner Quelle zurückverfolgt werden konnte. Unter diese Regelung fielen wichtige Bestandteile von Transportern, Maschinen zur Herstellung anderer Waren, Sprechschirmen und anderen Alltagsgegenständen – und selbstverständlich von Waffen. Darunter auch Bombenzünder.

»Was hältst du davon?«, fragte Jibb und beobachtete sie genau.

Melyor holte tief Luft. »Dieser Zünder kommt nicht aus Bragor-Nal.«

»Nein«, sagte er.

Sie starrte ihn noch einen Moment lang an, dann reichte sie ihm den Zünder, dreht sich auf dem Absatz um und ging auf den Palast zu.

»Was hast du vor?«, rief Jibb ihr hinterher.

»Ich gehe in mein Büro«, erwiderte sie über die Schulter, ohne langsamer zu werden. »Ich muss mit Shivohn sprechen!«

»Guten Morgen, Herrscherin«, rief einer der Arbeiter, als Shivohn auf die Terrasse hinaustrat, von der sie über die leeren Blumenbeete und die präzise geschnittenen, gewellten Hecken schauen konnte.

Sie winkte und lächelte, und ihre scharlachrote Robe und ihr helles Haar bewegten sich sachte im Wind. Ein paar andere Männer und Frauen grüßten sie ebenfalls, und sie winkte auch ihnen zu.

Es war immer noch kalt. Sie wusste, wenn sie die Pflanzen heute aus den Gewächshäusern in den Garten hinausbrachten, riskierten sie, sie alle zu verlieren, falls es noch einmal Frost geben sollte. Aber der Winter war beinahe zu Ende, und Shivohn konnte es kaum erwarten zu sehen, wie die Blüten unter der Sonne von Oerella-Nal aufgingen. Außerdem war sie, was den Garten anging, immer ihren Instinkten gefolgt, und in all ihren Jahren als Herrscherin hatte sie keine einzige Knospe an den Frost verloren.

Sie stieg die schmale Treppe hinunter, die von der Terrasse in den Garten führte, und begann, einen der gewundenen Wege entlangzugehen, die von den gepflegten Hecken gesäumt waren.

Viele Aspekte des Lebens als Herrscherin waren im Lauf der Jahre schal geworden: die Isolation, die kriecherische Haltung von Untergebenen, Pomp und Zeremonien, die sie nicht mehr interessierten. Die Grabenkämpfe zwischen den Legatinnen ärgerten sie nur noch. Sie verstand selbstverständlich, dass alle einmal Herrscherin werden wollten, und sie selbst wurde alt. Aber sie misstraute dem Ehrgeiz dieser Frauen und war von der Bitterkeit ihrer Rivalitäten enttäuscht.

Selbst die Sitzungen des Herrscherrats, an denen sie mit erneutem Interesse teilgenommen hatten, seit Melyor Herrscherin von Bragor-Nal geworden war, waren langweilig geworden. Marar, der Herrscher von Stib-Nal, zeigte kaum Interesse daran, echte Veränderungen im Land herbeizuführen, und Melyor war zwar klug und hatte die besten Absichten, aber sie hatte immer noch viel darüber zu

lernen, wie man ein Nal regiert und wie man Beziehungen zu den Nachbarn von Bragor-Nal aufbaut.
Sie wusste, dass das Oerella-Nal viele Vorteile bot. Stib-Nal blieb schwach, und es fehlte der Herrscherin von Bragor-Nal an Erfahrung. Vor zehn Jahren hätte eine jüngere Shivohn versucht, diese Umstände auszunutzen, und vielleicht hätte Wiercia oder eine der anderen Legatinnen das auch heute getan. Aber diese ältere Shivohn, die nun in ihrer scharlachroten Robe ein wenig schauderte, war müde, und nachdem Durell und mit ihm die Gefahr eines Krieges gestorben war, hatte sie keinen rechten Antrieb mehr.
Das Einzige, was sie wirklich noch interessierte, war ihr Garten. Hier konnte sie handeln und mutig ihre Blumenbeete bepflanzen lassen, als forderte sie den Winter selbst heraus. Das hier war ihr Schlachtfeld, und diese Arbeiter waren ihre Soldaten.
Sie ging an ihnen vorbei, spähte ihnen manchmal über die Schultern, gab hin und wieder Ratschläge oder Anweisungen. Die meisten kannte sie schon seit Jahren. Der alte Tiran war schon länger hier als sie, und Krid, Lirette und Affren hatten kurz nach ihrem Amtsantritt angefangen. Mehrere andere waren erst vor kurzem eingestellt worden, und obwohl sie ihre Namen nicht wusste, waren ihr die Gesichter dennoch vertraut. Und wie in jedem Jahr schien es auch diesmal ein neues Gesicht zu geben. Eine Frau, die sie nie zuvor gesehen hatte und die nun auf sie zukam. Shivohn lächelte. Die Neuen wollten sie immer gleich kennen lernen.
»Herrscherin!« Sie drehte sich um und sah, wie Lirette sie zu sich winkte, damit sie sich etwas ansah. Shivohn nickte und ging auf sie zu. Die Neue würde warten müssen.

»Ja, Lirette«, sagte sie, als sie die kräftige Frau erreicht hatte, die dabei war, ein großes Blumenbeet umzugraben. »Was ist denn?«
»Wir haben hier ein Problem, Herrscherin!«, antwortete Lirette, und ihre blauen Augen blitzten, als sie die Hacke niederlegte. »Sie haben die Lobelien und den Hibiskus direkt nebeneinander pflanzen wollen! Dass die Farben nicht zueinander passen, ist eine Sache, aber der Hibiskus ist einfach zu groß! Im Hochsommer wird er viel zu viel Schatten auf die anderen Pflanzen werfen.«
Shivohn verkniff sich ein Lächeln. Lirette hatte immer deutlich ihre Meinung gesagt. Sie mochte Shivohn respektieren, ließ aber keinen Raum für Zweifel: Der Garten war Lirettes Domäne.
»Ich verstehe«, erwiderte Shivohn mit angemessenem Ernst. »Du hast freie Hand, alle Veränderungen zu veranlassen, die du für notwendig hältst.«
Die Frau lächelte. »Danke, Herrscherin.«
Shivohn drehte sich um und machte sich wieder auf den Weg. Dann erinnerte sie sich an die neue Arbeiterin, blieb stehen und sah sich nach ihr um.
Aber noch bevor sie sie entdeckte, hörte sie wieder jemanden nach ihr rufen. Sie seufzte tief, wandte sich der Terrasse zu und sah, dass einer ihrer Leibwächter ihr zuwinkte.
»Was ist denn?«, fragte sie ungeduldig.
»Dein Sprechschirm, Herrscherin!«, antwortete der Mann. »Herrscherin Melyor möchte dich sprechen.«
Shivohn verzog das Gesicht. »Na gut.«
Sie wollte den kürzesten Weg zur Terrasse nehmen und wäre dabei beinahe mit jemandem zusammengestoßen. Sie erkannte, dass es die neue Arbeiterin war.

»Hallo!«, sagte Shivohn so freundlich, wie sie konnte. Sie wollte um die Frau herumgehen. »Ich habe leider im Augenblick keine –«

Sie blieb stehen und starrte der Frau in die Augen. Ihre Pupillen waren riesig, und rings um das bodenlose Schwarz war nur ein dünner Ring geblieben.

Sie steht unter Drogen, erkannte die Herrscherin voller Angst. Sie versuchte zurückzuweichen, denn sie wusste mit plötzlicher, betäubender Klarheit, wieso die Frau hier war, aber direkt hinter ihr befand sich eine Hecke.

Niemand sonst hatte etwas bemerkt. Sie würde in unmittelbarer Nähe einer gesamten Einheit von Sicherheitsleuten und zahlreicher Arbeiter sterben, und niemand konnte etwas dagegen tun.

»Warum?«, fragte sie, und ihre Stimme war kaum mehr als ein Flüstern.

Aber sie wusste, dass die Frau ihr diese Frage nicht beantworten konnte.

Die Frau hob langsam die Hand, und Shivohn sah die Morgensonne auf dem Metall des rechteckigen Zünders glitzern. Die Herrscherin öffnete den Mund zu einem Schrei, aber da bewegte die Attentäterin auch schon den Daumen.

5

Ich habe nie ein Geheimnis aus meinen Gefühlen für die Liga gemacht. Tatsächlich bin ich sicher, dass du froh wärst, nie wieder etwas über sie oder ihre Mitglieder lesen zu müssen. Es fällt mir schwer, mir auch nur vorzustellen, dass ich ihnen je verzeihen könnte, was sie mir angetan haben, und noch schwerer, ihnen zu vergeben, was sie der Magie angetan haben. Du weißt das alles selbstverständlich, weil ich schon öfter darüber geschrieben habe.

Daher mag es dich vielleicht überraschen, dass es ein Mitglied der Liga gibt, gegen das ich nichts habe und dem ich seine Ablehnung des Ordens niemals übel nehmen könnte. Es wird dich zweifellos noch mehr überraschen, wenn du erfährst, dass diese Person zu den Anführern der Liga gehört – es mag durchaus sein, dass sie unter jenen war, die die Attentatsversuche auf mich befohlen haben. Aber selbst wenn das der Fall wäre, wäre es egal ...

Sie heißt Cailin, und sie hat als Kind so unter den Taten der Fremden gelitten, dass ich mir kaum vorstellen kann, wie sie überhaupt erwachsen geworden ist. Dass sie den Orden dafür verantwortlich macht, bei ihrem Schutz versagt zu haben, erscheint mir nur gerechtfertigt und überzeugt mich, dass es, solange sie der Liga dient, keine Versöhnung zwischen den beiden Gruppen geben wird.

Falkenmagier Orris an Melyor i Lakin, Herrscherin und Steinträgerin von Bragor-Nal, im Winter des Gottesjahres 4633

Cailin wischte sich ein zweites Mal die Tränen weg und lächelte Linnea entschuldigend an.

»Es tut mir Leid, Älteste«, sagte sie mit bebender Stimme. »Das ist alles so neu für mich. Jedes Mal, wenn ich anfange, darüber zu sprechen, habe ich wieder das Gefühl, ihn gerade erst verloren zu haben.« Sie schluckte und kämpfte gegen weitere Tränen an. Marcran war nun fast vierzehn Tage tot. Dieses taube, leere Gefühl in ihrer Brust kam ihr inzwischen so vertraut vor, wie es noch vor so kurzer Zeit die Präsenz des kleinen Falken in ihrem Geist gewesen war. Und dennoch, jedes Mal, wenn sie von seinem Tod sprach, der ihn ganz sanft und im Schlaf ereilt hatte, tat es wieder so weh wie an dem Tag, an dem sie ihn verloren hatte.

Linnea stand am Fenster des trüb beleuchteten Zimmers, und ihr rundlicher Körper zeichnete sich beinahe als schwarze Silhouette gegen das Silbergrau eines weiteren Regennachmittags ab. Aber nun ging sie zu Cailin und legte der jungen Frau die Hand auf den Kopf.

»Du brauchst dich nicht zu entschuldigen, Kind«, sagte sie leise. »Nicht bei mir. Es tut mir nur Leid, dass ich dir nicht mehr helfen kann. Ich kann dir nur sagen, dass Ungebundensein zum Leben eines Magiers gehört, aber das wird dir nicht viel helfen.« Sie schob einen kleinen Holzstuhl direkt neben den von Cailin und ließ sich darauf nieder. »Gibt es jemanden in der Liga, mit dem du sprechen könntest?«, fragte sie. »Jemanden, der dies schon selbst durchgemacht hat?«

Cailin zuckte die Achseln. »Ich nehme an, es gibt ein paar, an die ich mich wenden könnte«, antwortete sie, allerdings ohne große Begeisterung. »Aber die meisten haben Angst vor mir.«

»Angst vor dir?«, wiederholte Linnea mit verblüfftem Lachen. »Dann kennen sie dich nicht sehr gut.«

Cailin sah die Frau an und grinste. Linnea war in den vergangenen Jahren beträchtlich gealtert, besonders seit sie vor zwei Jahren das Amt der Ältesten niedergelegt hatte. Ihr Haar war nun weiß, und ihre einstmals runden Wangen sahen eingefallen aus und waren von tiefen Falten durchzogen. Und obwohl sie immer noch eine große, kräftige Frau war, kam sie Cailin nun irgendwie zerbrechlich vor, als wäre ihr silbergraues Gewand über nicht viel mehr als Haut und Knochen drapiert. Seit einiger Zeit fürchtete Cailin, dass Linnea krank sein könnte. Dennoch, so sehr sich der Rest von ihr auch verändert hatte, die blauen Augen der Frau waren so hell und scharf wie immer. Sie glitzerten nun im Licht, das durchs Fenster fiel, und in dem goldenen Schimmer von Cailins Ceryll.

»Du magst mich vielleicht nicht Furcht erregend finden, Älteste«, sagte Cailin und benutzte Linneas alten Titel ebenso sehr aus Gewohnheit wie aus Hochachtung. »Aber für die Magier der Liga, besonders die jüngeren, bin ich ...« Sie zögerte und spürte, dass sie errötete.

»Eine Legende?«, vollendete Linnea den Gedanken.

Cailin nickte verlegen. »Ja. Nicht dass ich so etwas je gewollt hätte, aber genau das ist aus mir geworden.« Sie strich sich das lange braune Haar aus dem Gesicht und zuckte wieder die Achseln. »Aber um deine Frage zu beantworten«, sagte sie zur Ältesten, »ich bin sicher, dass es Magier in der Liga gibt, die mir helfen wollen, aber darunter ist niemand, den ich gerne fragen möchte.«

»Ich würde annehmen«, sagte Linnea, »dass deine Verbindung zu den Tempeln deine Position in der Liga nicht eben besser macht.«

Cailin lachte. Die Liga und die Tempel waren zwar für kurze

Zeit, nachdem der Erste Meister Erland die Liga vor sieben Jahren gegründet hatte, verbündet gewesen, aber die Spannungen, die sich in den letzten Jahren zwischen ihnen entwickelt hatten, waren beinahe so intensiv wie die zwischen den Kindern der Götter und dem Orden. »Tatsächlich macht mir das nicht so viel Ärger, wie man erwarten würde«, sagte sie. »Es hat auch gewisse Vorteile, eine Legende zu sein.«

»Das freut mich zu hören«, erwiderte Linnea lächelnd. »Es wäre mir unangenehm zu wissen, dass unsere Freundschaft deinen Aufstieg zur Ersten Meisterin verhindern könnte, wenn du dich erst an deine Eule gebunden hast.«

»Seit wann hast du denn solchen Ehrgeiz in Bezug auf mich?«, fragte Cailin und ignorierte das Ziehen in ihrem Herzen. Es tat sogar weh, sich nur vorzustellen, dass sie jemals an an einen anderen Vogel als ihren geliebten Marcran gebunden sein könnte.

Die Älteste lächelte rätselhaft. »Und was macht Erland? Ist er dir eine große Hilfe?«

Die junge Frau schüttelte den Kopf. »Du hast ihn nie leiden können, nicht wahr?«

»Ich weiß nicht, wovon du sprichst«, erklärte Linnea und riss in gespielter Unschuld die Augen auf. »Ich habe nur eine einfache Frage gestellt.«

»Ach ja.«

Linnea lachte leise, stand auf und ging wieder zum Fenster. »Es ist unwichtig, Kind«, sagte sie plötzlich bedrückt. »Ich fragte mich nur, ob wir dir helfen können.«

Cailin war ebenfalls aufgestanden. »Sieh mich an, Linnea.«

Als sie ihren Namen hörte, drehte die Älteste sich um.

»Sieh mich an«, wiederholte Cailin.

Sie schaute die ältere Frau an, sah, wie der Ausdruck in Linneas hellblauen Augen sanfter wurde.
»Ich bin kein Kind mehr. Ich bin nicht einmal sicher, ob ich je eines war. Ganz bestimmt war ich nach Kaera keines mehr. Aber inzwischen bin ich wirklich erwachsen. Ich bin achtzehn Jahre alt. Wenn ich keine Magierin wäre, sondern eine ganz gewöhnliche Frau, hätte ich jetzt wahrscheinlich einen Mann und Kinder. Und dennoch behandeln mich alle, als wäre ich immer noch das kleine Waisenmädchen, das den Angriff der Fremden überlebt und sich an den hübschen bunten Falken gebunden hat.«
Linnea runzelte die Stirn. »Cailin, wenn ich dich ›Kind‹ nenne, dann ...«
»Es ist mir gleich, wie du mich nennst, Älteste«, warf die junge Frau kopfschüttelnd ein. »Aber wie soll ich die Liga davon überzeugen, mich als Oberhaupt ernst zu nehmen, wenn ich nicht einmal dich dazu bringen kann, ehrlich mit mir über Erland zu reden?«
Die Älteste starrte sie einen Augenblick an und sagte nichts. Schließlich nickte sie. »Ich verstehe, was du meinst.«
»Gut. Dann sag mir, warum du Erland so hasst.«
»Ich hasse ihn nicht. Wir im Tempel richten keinen Hass gegen Einzelne; das zu tun würde bedeuten, die Fehler von Tobyn und Lon zu wiederholen und auf diese Weise Arick zu provozieren. Das solltest du eigentlich wissen, nachdem du so lange bei uns gewohnt hast.«
»Selbstverständlich, Älteste«, sagte Cailin. »Es tut mir Leid.«
»Du brauchst dich nicht zu entschuldigen, Ki...« Sie grinste und wurde ein wenig rot. »Ich hasse ihn nicht«, fuhr sie nach kurzer Pause fort. »Ich traue ihm nur nicht über den Weg. Ich habe ihm nie getraut.«

»Aber hast du nicht dazu beigetragen, dass sich der Tempel mit ihm verbündete, als sich die Liga vom Orden trennte?«

»Wir haben die Liga unterstützt. Wir hofften, wenn die Magie von einer anderen Körperschaft als dem Orden ausgeübt wird, könnte unsere uralte Fehde vielleicht ein Ende finden. Und damals bedeutete Unterstützung der Liga eben, Erland zu unterstützen.« Sie verzog das Gesicht. »Aber selbst damals habe ich ihm nicht getraut.«

»Warum nicht? Weil er mich benutzt hat? Weil er mich zu einem Symbol für seine neue Liga gemacht hat?«

Linnea sah sie verblüfft an.

»Ja«, sagte Cailin, nun wieder lächelnd. »Ich habe es gewusst. Natürlich nicht sofort. Ich war zu jung und zu begeistert von der Vorstellung, Erste Magierin der Liga zu sein.« Sie erinnerte sich immer noch an den Tag, als Erland zu ihr auf die Lichtung oberhalb des Tempels gekommen war, wo sie Marcran so gerne fliegen ließ, und ihr angeboten hatte, den blauen Umhang zu tragen. Die Liga war damals noch ganz neu gewesen – Cailin hatte noch nicht einmal gehört gehabt, dass es sie überhaupt gab. Aber in einer Vision beinahe zwei Jahre vor diesem Tag hatte sie sich selbst in einem blauen Umhang gesehen, wie sie die Männer tötete, die ihre Eltern umgebracht hatten. Und daher hatte sie sein Angebot angenommen und geglaubt, es sei der Wunsch der Götter, dass sie Mitglied der Liga wurde. »Aber ich habe nicht lange gebraucht, um herauszufinden, warum Erland so freundlich zu mir war«, fuhr sie fort. »Ich sah es an der Art, wie die anderen Magier mich behandelten.«

Linnea kniff die Augen zusammen. »Wie haben sie dich behandelt?«

»Wie ein Kind.«
»Tun sie das immer noch?«
»Nicht alle. Die Jüngeren suchen bei den Konklaven meine Anleitung. Aber Erland und seine Verbündeten betrachten mich immer noch als eine Art Trophäe und nichts weiter.«
Die Älteste nickte. »Aha.«
»Ist das also der Grund, wieso du ihm nicht traust?«
Linnea sah sie eine Weile lang schweigend an. »Willst du wirklich wissen, was es war?«, fragte sie schließlich.
Cailin nickte.
»Es war der Ceryll.«
»Mein Ceryll?«, fragte Cailin ungläubig und sah den goldenen Stein an. Erland hatte ihn ihr an jenem Tag auf der Lichtung gegeben, ein Lächeln auf den Lippen, einen freundlichen Ausdruck in den dunkelblauen Augen. Und sobald er ihn in Cailins Hand gelegt hatte, war gleißend helles Licht aus dem Stein geschossen. »Du verfügst nun über alles, was du brauchst, um eine Falkenmagierin zu sein«, hatte Erland an diesem Tag zu ihr gesagt. »Du hast die Macht, die du in dir trägst, deinen Vogel und deinen Stein.« Niemals hatte jemand Cailin ein schöneres Geschenk gemacht. Selbst in den Jahren, die darauf gefolgt waren und in denen sie begriffen hatte, worin die Motive der anderen bestanden, hatte sie sich verzweifelt an die Erinnerung an diesen einzigen Augenblick geklammert. Es war die einzige echte Freundlichkeit, die Erland ihr je erwiesen hatte; es war ein Geschenk von solch überwältigender Großzügigkeit, dass sie sich, was diese eine Sache anging, immer geweigert hatte, seine Motive in Frage zu stellen, und alles ignoriert hatte, was sie über ihn wusste.

»Jetzt bist du bekümmert«, sagte Linnea besorgt. »Es tut mir Leid, meine Liebe.«

»Schon gut«, erwiderte Cailin leise, den Blick immer noch auf den blitzenden goldenen Kristall gerichtet. Mit einer gewissen Anstrengung zwang sie sich, dem Blick der Ältesten zu begegnen. »Erzähl mir von meinem Ceryll.«

Linnea holte tief Luft. »Erinnerst du dich an Sonel, die Eulenmeisterin des Ordens war, als du dich an deinen Falken gebunden hast?«

»Ja.«

»Trotz der Feindseligkeit zwischen dem Tempel und dem Orden habe ich oft mit ihr über deine Fortschritte bei der Magie gesprochen. Sie hat mir klar gemacht, dass es gefährlich wäre, dir einen Ceryll zu geben, ehe du reifer wärst und gelernt hättest, deine Macht zu beherrschen.«

»Und du hast ihr geglaubt?«, fragte Cailin in einem verzweifelten, kraftlosen Versuch, zumindest diese eine gute Erinnerung an Erland zu retten. »Wäre es nicht möglich, dass sie versucht hat zu verhindern, dass meine Macht wächst?«

Linnea schüttelte den Kopf. »Das glaube ich nicht. Ich habe keine böse Absicht gespürt. Ich denke, sie war tatsächlich der Ansicht, dies sei das Beste für dich und für alle, die dich gern haben.«

»Hast du versucht, Erland davon abzuhalten, mir den Kristall zu geben?«

»Nein«, sagte Linnea mit einem dünnen Lächeln. »Ich wusste nicht, dass er es vorhatte, bis es zu spät war.«

»Und du glaubst, er hat ihn mir gegeben, um mich in die Liga zu locken.« Das war eine Feststellung. Cailin verstand, was Linnea meinte. Nachdem sie genügend Grund hatte, an dem Vertrauen zu zweifeln, das sie dem weißhaarigen Eulenmeister zunächst entgegengebracht hatte, hatte sie in den vergangenen Jahren alle Freundlichkeit, die er ihr seit der ersten Begegnung erwiesen hatte, noch einmal genau untersucht. In jedem einzelnen Fall hatte sie begriffen, dass es sich um einen Versuch gehandelt hatte, sie zu beeinflussen und zu täuschen. Warum sollte das mit dem Ceryll anders gewesen sein?

»Ja«, sagte die Älteste. »Er hat dich gebraucht. Deine Mitgliedschaft machte die Liga sofort zu einer legitimen Alternative zum Orden. Ohne das hätte er Jahre gebraucht, um so viele Dörfer und Städte im Land hinter sich zu bringen. Er hat mir sogar gesagt, dass er den Ceryll genau aus diesem Grund gekauft hat.«

Cailin spürte, wie sie blass wurde. »Das hat er dir gesagt?«, flüsterte sie.

»Ja. Warum ist das so wichtig?«

Die Magierin stieß ein freudloses Lachen aus. »Mir gegenüber hat er es so dargestellt, als hätte der Stein seit Jahren nutzlos und verstaubt bei ihm zu Hause herumgelegen.«

Linnea setzte sich wieder neben sie und legte ihr den Arm um die Schultern. »Es tut mir so Leid, mein Liebes.«

»Schon gut«, erwiderte Cailin. »Irgendwann musste ich es ja erfahren.« Sie sah die Älteste an und zwang sich zu einem Lächeln. »Wie ich schon sagte, ich bin kein Kind mehr. Und tatsächlich erklärt es eine ganze Menge.«

»Wie meinst du das?«

Wieder strich sie sich das Haar aus dem Gesicht. »Bei den letzten beiden Konklaven habe ich mich gegen einige von Erlands Aktionen ausgesprochen, besonders dagegen, dass er die Angriffe gegen diesen Ordensmagier befürwortet.«

»Sprichst du von dem Mann, den er für einen Verräter hält?«

»Ja. Diese Angriffe sind ein direkter Verstoß gegen Amarids drittes Gesetz, ganz gleich, wie weit unsere Zusatzregeln es rechtfertigen.« Die Zusatzregeln der Liga, die beim ersten Konklave verabschiedet worden waren, änderten Amarids drittes Gesetz ausdrücklich ab, das verbot, dass Magier ihre Magie gegeneinander benutzten. Solche Angriffe, erklärte die Änderung, waren gerechtfertigt, falls sie erfolgten, um das Land zu schützen. In den vergangenen Jahren hatten Erland und seine Anhänger diese Regel benutzt, um ihre Angriffe auf den Ordensmagier zu rechtfertigen. »Wie kann die Liga hoffen, dass die Menschen Vertrauen zu uns haben«, fragte Cailin, »wenn wir uns selbst nicht an die ältesten Gesetze halten können?«

Linnea grinste kopfschüttelnd. »Du begreifst also die Ironie?«, fragte sie.

»Ja«, sagte Cailin und musste einen Augenblick lang selbst lächeln. Als kleines Mädchen, das sich frisch an seinen Falken gebunden hatte und immer noch von der Erinnerung an den Tod ihrer Eltern heimgesucht wurde, hatte sie den Orden so sehr abgelehnt, dass sie sich geweigert hatte zu schwören, dass sie die Gesetze des Ersten Magiers einhalten würde. Als sie älter geworden war, hatte sie begriffen, wie wichtig diese Gesetze waren und wie dumm sie gewesen war. Nach ihrer Ansicht lag allerdings die ultimative Ironie nicht in ihrer eigenen verspäteten Zuwendung zu den Gesetzen, sondern in dem geringen Respekt, den ihre älteren Kollegen ihnen erwiesen.

»Erland hatte also etwas gegen deine Opposition?«, brachte Linnea sie zum Thema zurück.

»Das wäre untertrieben. Ich habe immer geglaubt, dass ich als Mitglied der Liga das Recht habe zu sagen, was ich denke, und vieles von dem, was ich gesagt habe, wurde von den jüngeren Magiern unterstützt. Aber nachdem ich ihm zum ersten Mal in dieser Sache widersprochen habe, erklärte Erland, er erwarte von mir, dass ich hinter all seinen Entscheidungen stehe. Ich sagte, dass ich das nicht könnte, und als ich ihm beim letzten Konklave abermals widersprach, verhielt er sich, als hätte ich gegen ein unausgesprochenes Abkommen verstoßen. Er hat nicht mehr mit mir gesprochen, er hat mich bei Abstimmungen ignoriert, er hat sogar versucht, mich von den Abschlussfeierlichkeiten auszuschließen, aber die anderen haben das nicht zugelassen.«

Linnea schüttelte den Kopf. »Es kommt mir so vor, als bräuchte deine Liga einen neuen Anführer oder zumindest jemanden, der willens ist, sich gegen Erland zu wenden.«

»Da bin ich ganz deiner Ansicht«, sagte Cailin. »Aber ich kann in dieser Sache wenig tun. Besonders jetzt.«

Linnea runzelte die Stirn. »Wie meinst du das?«

»Als ich Marcran verloren habe, habe ich damit auch meinen Status als Erste Magierin verloren.«

»Aber als Erlands Eule vor ein paar Jahren gestorben ist«, sagte Linnea zornig, »hat er trotzdem seine Position behalten.«

Cailin nickte. »Ich weiß. Er hat dafür gesorgt, dass der Mann, der ihn als Erster Meister ersetzte, nur zwischenzeitlich als Stellvertreter betrachtet wurde. Aber in meinem Fall hat er bereits eine Nachfolgerin benannt. Und er hat klar gemacht, dass sie Erste Magierin bleiben wird, auch wenn ich meinen nächsten Vogel finde. Ich kann mich immer noch dagegen aussprechen, aber ich habe nicht mehr dieselbe Position in der Liga wie früher.«

Linnea seufzte. »Es ist wirklich schade, dass Erland so lange Oberhaupt geblieben ist.«

»Mag sein«, sagte Cailin. »Aber ich habe gesehen, dass ein Wechsel in der Führung auch gefährlich sein kann.«

»Ah«, erklärte die Älteste mit einem dünnen Lächeln. »Wir sprechen jetzt also von den Tempeln, wie?«

»Du musst etwas unternehmen, Linnea«, sagte Cailin. »Die Ländereien der Tempel werden zerstört, und die Menschen in den Ligadörfern bekommen Angst.«

Die ältere Frau zuckte hilflos die Schultern. »Was kann ich tun? Als ich als Älteste zurückgetreten bin, habe ich meine Macht abgegeben.«

»Du hast doch sicher immer noch Einfluss!«

»Weniger, als du denkst«, sagte Linnea grimmig. »In den letzten Jahren hat sich zu viel verändert.« Sie lächelte. »Das entbehrt nicht einer gewissen Ironie – du hast die Unterstützung der jüngeren Magier, und ich habe immer noch einen gewissen Einfluss auf die älteren Hüter.« Dann verschwand ihr Lächeln endgültig. »Aber nicht auf die Jüngeren. Die denken nur noch an Geld und Macht. Die Tempel waren noch nie so wohlhabend, und dennoch wollen sie immer mehr Bäume fällen und mehr Gold dafür verlangen. Ein paar von uns haben schon ein Ende des Kahlschlags gefordert, zumindest für einige Zeit. Aber die Mehrheit hört einfach nicht zu. Sie sind der Ansicht, dass Leute wie ich zu alt sind, um diese neue Welt zu begreifen, die durch den Handel mit Lon-Ser entstanden ist. Und mit Brevyl als Ältestem brauchen sie auch nicht auf uns zu hören. Er ist noch besessener vom Gold als alle anderen.«

»Stimmt es, dass die Tempel auch Waffen eingekauft haben?«
Linnea nickte und wurde bleich. »Bei dieser Entscheidung hat Brevyl uns nicht einmal gefragt«, sagte sie. »Er hat nur eines Tages verkündet, die Waffen wären angeschafft worden. Soweit ich weiß, wurden sie allerdings noch nicht benutzt«, fügte sie rasch hinzu. »Brevyl sagt, sie bräuchten sie, um die Holzfäller zu schützen.«
Cailin verzog das Gesicht. »Komm schon, Linnea! Das solltest du wirklich besser wissen. Selbst wenn sie noch nicht benutzt wurden, ist es nur eine Frage der Zeit, wann das geschieht. Und dann gibt es Tote.«
Die Älteste starrte sie mit großen Augen an und sah trotz ihres weißen Haars und der Falten aus wie ein Kind. »Du hast Recht«, flüsterte sie. »Ich weiß, dass du Recht hast. Aber was kann ich tun?«
»Ich weiß es nicht, Älteste«, sagte Cailin mit harter Stimme. »Aber tu etwas. Irgendetwas. Du musst es zumindest versuchen.«
Sie blieben noch eine Weile sitzen, schwiegen und sahen einander nicht an. Cailin hatte noch nie so mit Linnea gesprochen, und obwohl sie der Ansicht war, dass ihre Worte gerechtfertigt waren, hatte sie Angst vor der Reaktion der Älteren. Am Ende überraschte Linnea sie jedoch.
»Weißt du«, erklärte die ältere Frau schließlich und lachte nervös, »es würde vielleicht helfen, wenn ich dich mit zur nächsten Hüterversammlung nehmen könnte.«
Erleichtert gestattete sich Cailin ein Lächeln. »Nur, wenn du mit zum nächsten Konklave kommst«, erwiderte sie lachend.
Linnea nickte zu Cailins Ceryll hin. »Vielleicht sollten wir

lieber beide nach Amarid gehen, zu der Versammlung, die Radomil einberufen hat.«

Cailin schaute erneut ihren Stein an. Er blinkte nun schon seit über vierzehn Tagen, hatte ein paar Tage vor Marcrans Tod damit begonnen. Nachdem sie ihren Vogel verloren hatte, hatte Cailin wenig darüber nachgedacht, wieso Radomil den Rufstein benutzte. Aber nun, nach dieser Bemerkung der Ältesten, fing sie an, sich genau das zu fragen.

»Weißt du, was passiert ist?«, fragte Linnea, als könnte sie Cailins Gedanken lesen.

»Nein.« Sie schaute von dem Stein zu der älteren Frau. »Ich war zu sehr mit der Trauer um Marcran beschäftigt.« Sie hielt einen Augenblick inne. »Vielleicht ist Radomil etwas zugestoßen?«

Die Älteste schüttelte den Kopf. »Nein. Das hier ist ein allgemeiner Ruf. Wenn sie nur die Eulenmeister bräuchten, um einen neuen Weisen zu wählen, wäre die Pause zwischen dem Blinken viel länger.«

Cailin kniff die Augen zusammen und starrte die Älteste an. »Wieso weißt du so viel über den Orden?«

Linnea lächelte boshaft. »Es ist immer klug, seine Gegner zu kennen.«

Cailin dachte eine Zeit lang darüber nach. Dann zeigte sie auf ihren Stein. »Das bedeutet also, dass der gesamte Orden nach Amarid gerufen wird?«

»Ja.«

»Wie häufig nutzen sie den Rufstein auf diese Weise?«

»Sehr selten«, sagte Linnea. Und dann schien sie Cailins nächste Frage vorwegzunehmen und fügte hinzu: »Selbst vor der Entstehung der Liga geschah es sehr selten.«

Cailin spürte, wie eine Welle unangenehmer Vorahnungen über sie hinwegschwappte wie das kalte Wasser von Aricks Meer im Winter. »Haben sie ihn benutzt, als die Fremden kamen?«, fragte sie kaum lauter als im Flüsterton.

Linnea sah sie gequält an. »Ganz ehrlich, Kind, das weiß ich nicht. Aber ich denke nicht, dass wir noch etwas von den Fremden zu befürchten haben. Zumindest nicht in der Weise wie damals, als du noch klein warst.«

Die junge Frau wusste, dass die Älteste die Wahrheit sagte, und versuchte, sich davon trösten zu lassen. Aber die Angst drang ihr ins Herz, als hätte sie Krallen. Ihr Ceryll blinkte. Irgendetwas musste geschehen sein, selbst wenn es nichts mit den Fremden zu tun hatte.

»Hast du je daran gedacht«, fragte sie und warf einen sehnsuchtsvollen Blick zu dem flackernden Ceryll, »dass wir all diese Probleme vielleicht lösen könnten, wenn du und ich uns mit dem Anführer des Ordens zusammensetzen würden?«

»Sehr oft«, antwortete Linnea so ernst, dass Cailin von ihrem Stein aufblickte.

Die junge Frau spürte, wie sich ihr Pulsschlag beschleunigte. »Wie können wir das bewerkstelligen?«

Linnea zuckte die Achseln, aber sie wandte den Blick nicht von Cailin ab. »Ich bin nicht sicher. So vieles müsste geschehen. Ich müsste in einer Position sein, wo ich mich auf die Unterstützung zumindest einiger jüngerer Hüter berufen kann.«

»Und ich müsste mich wieder gebunden haben, am besten an eine Eule.«

»Und wir brauchen auch einen anderen Weisen«, fügte die Älteste hinzu. »Nach allem, was ich von Radomil gehört habe, ist er zweifellos ein anständiger Mensch. Aber er ist sehr vorsichtig.«

»Worüber reden wir hier eigentlich?«, fragte Cailin und fühlte sich seltsam schwindlig, als sie vorbeugte.

Linnea grinste. »Sag du es mir. Es war deine Idee.«

»Es war keine Idee, es war nur eine Phantasie, ein verrückter Gedanke.«

»Und warum strahlst du dann so?«, fragte die Älteste nachdrücklich. »Und wieso klopft mein Herz so laut?«

»Ich weiß es nicht.«

»Nun, ich würde vorschlagen«, fuhr Linnea warnend fort, »dass du solch verrückte Gedanken niemandem außer mir mitteilst. Die anderen Magier in der Liga wären vielleicht verstört über die Richtung, die deine Gedanken einschlagen.«

Cailin nickte und schluckte. Die Älteste hatte selbstverständlich Recht. Nicht, dass es zählte: Der Gedanke war ohnehin vollkommen absurd. Linnea, ein Eulenweiser und sie selbst sollten sich insgeheim treffen, um das Land zu retten? So etwas würde nie geschehen. Und dennoch konnte Cailin diesen Gedanken aus irgendeinem Grund nicht abtun, und sie wusste, dass es Linnea ebenso ging.

Sie blieben eine Weile schweigend sitzen. Linnea starrte ihre Hände an und Cailin schaute wieder zu ihrem Ceryll. Schließlich fragte die Älteste sie nach einem Hüter in Tobyns Wald, einem Freund von Linnea, den Cailin hin und wieder traf, wenn sie dort unterwegs war. Den Rest des Nachmittags beschäftigten sie sich mit anderen Dingen und vermieden es, politische Fragen anzusprechen.

Aber später an diesem Tag, als Linnea Cailin zum Tor des

Tempels brachte, kam sie noch einmal auf das Thema zurück.

»Ich weiß nicht, wie viel Zeit mir noch bleibt, bis Arick und Duclea mich zu sich rufen«, sagte sie und nahm Cailins Hand.

Cailin spürte, wie ihr Blut zu Eis erstarrte. »Bist du –«

Die Älteste hielt sie mit erhobenem Finger und einem raschen Kopfschütteln auf. Eine einzelne Träne lief ihr über die Wange. »Lass mich weitersprechen. Ich weiß nicht, wie viel Zeit ich noch habe, und selbstverständlich weiß auch niemand, wann du dich wieder binden wirst, sei es nun an einen Falken oder an eine Eule. Aber so absurd es klingt, ich denke, wir beide haben eine gute Chance, die Konflikte in Tobyn-Ser zu einem Ende zu bringen. Noch bevor du angefangen hast, darüber zu sprechen, dass wir uns mit dem Eulenweisen zusammensetzen sollten, hatte ich so ein Gefühl, was das angeht.«

»Älteste«, sagte Cailin, »willst du etwa behaupten, dass du den Blick hast?« Sie versuchte sich unbeschwert zu geben, aber Linneas Worte wiederholten sich immer wieder in ihrem Kopf. *Ich weiß nicht, wie viel Zeit mir noch bleibt, bis Arick und Duclea mich zu sich rufen ...*

»Ich, den Blick?«, antwortete Linnea und errötete bis zum Haaransatz. »Mach dich nicht lächerlich! Ich denke einfach nur, dass die Götter eine wichtige Bindung für dich vorgesehen haben. Und ich denke, es wird bald geschehen. Vielleicht bin ich als eine, die ihr Leben den Göttern geweiht hat, im Stande, solche Dinge zu erkennen.«

»Und was wird deine Rolle in dieser neuen Welt sein, die wir schaffen werden?«, fragte die Magierin. »Hast du diesen Teil der Zukunft ebenfalls gesehen?«

»Im Gegenteil«, sagte Linnea kopfschüttelnd. »Ich habe die Vergangenheit gesehen, und das hat mir nicht gefallen. Du hast Recht: Es wird Zeit, dass ich mir wieder mehr Einfluss verschaffe. Ich kenne immer noch einige Hüter, die ebenfalls nicht glücklich über das sind, was Brevyl im Namen des Tempels veranstaltet hat. Es wird Zeit, dass wir uns Gehör verschaffen.«

Cailin umarmte die ältere Frau. Der Gedanke an ein Leben ohne die Älteste erschreckte sie. Sie wusste, was es bedeutete, Menschen zu verlieren, die ihr nahe standen, und sie war keinesfalls bereit, das nun auch noch mit Linnea zu erleben.

»Hab keine Angst, Kind«, flüsterte Linnea. »Mir bleibt noch einige Zeit.«

»Bist du krank?«, fragte Cailin und spürte, dass sie zu weinen begann. »Kann ich dich heilen?« Sie trat zurück und sah der Ältesten in die Augen. »Du musst nur etwas sagen.«

Linnea lächelte. »Das weiß ich. Wenn ich glaubte, dass es in deiner Macht oder in der anderer Magier läge, hätte ich längst jemanden gebeten, etwas zu tun. Aber ich denke, dass mir nichts anderes übrig bleibt, als zu warten und die Tage, die mir noch beschieden sind, gut zu nutzen.« Sie wischte Cailin die Tränen weg und küsste die junge Frau auf die Stirn. »Bist du sicher, dass du nicht über Nacht bleiben willst? Wir haben hier genug Platz.«

Das Angebot der Ältesten war verlockend, besonders nun, da Cailin wusste, dass ihre Zeit mit Linnea begrenzt war. Aber seit sie vor drei Jahren den Tempel verlassen hatte, um als Magierin durchs Land zu wandern, hatte sie nur an den kältesten Tagen in Ortschaften Schutz gesucht. Ein Magier gehörte in den Wald und in die Berge und auf die

Ebenen, davon war sie überzeugt. Dem Land zu dienen bedeutete, mit dem Land zu leben. Und obwohl ihr Herz schwer war, weil sie nun von Linneas Krankheit wusste, und obwohl es immer noch regnete, konnte sie nicht guten Gewissens anderswo als im Falkenfinderwald schlafen. Auf seltsame Weise hatte sie das Gefühl, es Marcran schuldig zu sein.

»Danke«, sagte sie. »Aber ich bin ganz sicher. Ich werde aber bald wieder vorbeikommen, das verspreche ich dir.«

»Also gut, meine Liebe«, sagte Linnea und küsste sie noch einmal. »Arick behüte dich.«

»Dich ebenfalls, Älteste.«

Cailin drehte sich um und ging rasch vom Tempel weg. Wieder weinte sie, und ihre Tränen mischten sich mit dem kalten Regen. Sie schaute nicht zurück, obwohl sie wusste, dass Linnea ihr immer noch vom Tor aus nachsah. *Ich weiß nicht, wie viel Zeit mir noch bleibt ...*

»Nicht auch noch sie«, flüsterte sie den Bäumen und dem Regen zu und spürte Marcrans Abwesenheit wie eine Wunde im Herzen. »Ich will Linnea nicht auch noch verlieren.«

In der Ferne hörte sie das Geräusch von Holzfälleräxten, und sie erschauderte. Sie zog ihren Umhang fest um sich und warf einen Blick auf ihren blinkenden goldenen Ceryll. Irgendetwas geschah in Amarid, und sie wollte unbedingt wissen, um was es dabei ging.

Als sie sich der Liga angeschlossen hatte, war alles so viel leichter und klarer gewesen. Trotz des Regens musste sie grinsen. Wahrscheinlich war auch das eine Illusion gewesen, ebenso wie Erlands Großzügigkeit. Wie sie Linnea vor kurzem gesagt hatte: Sie war seit Kaera kein Kind mehr gewesen. Aber sie war jung gewesen und nur zu bereit,

Erland und seinen Versprechen zu glauben, nur zu bereit, dem Orden die Schuld an allen Schwierigkeiten des Landes zu geben. Der Orden hatte die Fremden hereingelassen. Der Orden hatte zugelassen, dass ihre Eltern starben. Alles andere war egal. Die Hüter, die sie nach dem Tod ihrer Eltern aufgezogen hatten, hassten den Orden ebenfalls. Linnea hasste den Orden und liebte Cailin beinahe so, wie ihre Mutter und ihr Vater das getan hatten. Erland hasste den Orden und hatte ihr einen Ceryll gegeben. Es war alles so einfach, so klar.

Nur, dass nun die Tempel die Wälder des Landes zerstörten, Erland sie wie eine Feindin behandelte und Linnea bald sterben würde. Und in Amarid, nur ein paar Meilen von hier, versammelten sich die Magier des Ordens in Reaktion auf einen Ruf des Eulenweisen. Der Orden war nicht ihr Feind – das war er nie gewesen. Cailin wusste das nun. Er war nicht mehr und nicht weniger als die Liga: eine Ansammlung von Männern und Frauen, die sich der Magie bedienten, die meisten mit den besten Absichten und alle fehlbar. Sie hatte das nur langsam begriffen, und es hatte die Verarbeitung ihrer Vergangenheit noch schwieriger gemacht. Einem Teil von ihr war es immer noch egal; sie wollte wieder elf Jahre alt sein. Sie sehnte sich nach dieser Klarheit. Aber ein anderer Teil wusste es besser. Wenn sie tatsächlich eines Tages die Liga führen und Erland beweisen wollte, dass er sie nicht mehr ignorieren konnte, musste sie die Zweifel und Unklarheiten akzeptieren, die dazu gehörten, erwachsen zu werden.

»Ich bin kein Kind mehr«, hatte sie der Ältesten gesagt. Also gut. Dann war es an der Zeit, die Welt nicht mehr durch Kinderaugen zu sehen.

Der Weg, auf dem sie sich befand, mündete in eine Holzfällerstraße, und Cailin wandte sich spontan nach Norden. Es gab Fischerdörfer an der Küste hinter dem Falkenfinderwald. Warum sollte sie nicht dort ihre Dienste anbieten, so eingeschränkt sie im Augenblick auch sein mochten?
Wieder musste sie an Marcran denken, und ihre Augen brannten bei der Erinnerung an sein schimmerndes Gefieder, an seinen anmutigen Flug. Aber dann erinnerte sie sich daran, was Linnea gesagt hatte, bevor sie den Tempel verließ. *Die Götter haben eine wichtige Bindung für dich vorgesehen. Und ich denke, es wird bald geschehen.* Cailin blieb stehen, und in diesem Augenblick wusste sie, dass ihr neuer Vogel hier war, an dieser Straße, und sie beobachtete. Plötzlich schlug ihr Herz so heftig, dass sie sogar sehen konnte, wie ihr Umhang sich bewegte. Sie spürte die Gegenwart des Vogels, als würde er bereits auf ihrer Schulter hocken, und sie versuchte, sich auf das vorzubereiten, was geschehen würde, sobald ihr Blick dem seinen begegnete. Sie erinnerte sich immer noch an ihre Bindung an Marcran, als wäre es gestern geschehen. Damals hätte sie sich beinahe in dem Strudel von Erinnerungen und Emotionen verloren, die er ihr übertragen hatte. Aber das war Jahre her. Sie war nur ein Kind gewesen und hatte sich mit der Magie nicht ausgekannt. In den Jahren seitdem hatte sie sich daran gewöhnt, ihre Gedanken mit einem wilden Tier zu teilen, und obwohl sie wusste, dass es keine geringfügige Angelegenheit war, sich an einen neuen Vogel zu binden, wusste sie auch, dass sie dazu bereit war.
Sie holte tief Luft, drehte sich langsam um und schaute hinauf zu dem Ast, auf dem, wie sie wusste, ihr neuer Vogel saß.

Und als sie ihn sah, spürte sie, wie ihr schwindlig wurde, als hätte die Welt selbst sich plötzlich schneller bewegt. Sie hörte Linneas Stimme wieder in ihrem Geist, die ihr von der Bindung erzählte, die sie vorhergesehen hatte.

Aber doch nicht das!, konnte Cailin gerade noch denken, bevor eine Flut von Bildern über sie hereinbrach. *Sicher hat sie das nicht gemeint!*

6

Das Auftauchen der Volksbewegung ist eine relativ neue Entwicklung, wenn auch keine überraschende. Der Orden und die Liga suchen beide nach Möglichkeiten, die Auswirkungen von Tobyn-Sers neuen Handelsaktivitäten zu mildern, und die Tempel werden nur von ihrer Gier nach Gold getrieben, aber es hat keinen organisierten Versuch gegeben, den Handel mit Lon-Ser vollkommen zu unterbinden. Jedenfalls bisher nicht. Nach allem, was ich gehört habe, sieht es so aus, als würde die Volksbewegung am liebsten alles umkehren, was seit meiner Reise nach Bragor-Nal im Land geschehen ist. Es ist selbstverständlich, dass dazu auch unser Handel mit deinem Land gehört. Aber sie gehen noch viel weiter. Sie wollen alle Waren zerstören, die von außerhalb in unser Land gekommen sind, und alle Fremden ausweisen, die versuchen, sich in unseren Hafenstädten niederzulassen. Einige sind sogar so weit gegangen vorzuschlagen, wir sollten auch die Handelsbeziehungen zu Abborij abbrechen, die schon seit Jahrhunderten bestehen. Und dennoch, so extrem ihre Forderungen klingen, ich kann an der Existenz dieser Bewegung nichts wirklich Gefährliches finden. Ich halte sie nur für eine unvermeidliche Folge der gewaltigen Veränderungen, die in den vergangenen Jahren in Tobyn-Ser stattgefunden haben. Was mich allerdings ängstigt, ist die Allianz, die offenbar zwischen der Volksbewegung und den freien Magiern entstanden ist.

Falkenmagier Orris an Melyor i Lakin, Herrscherin und Steinträgerin von Bragor-Nal, im Winter des Gottesjahres 4633

Tammen lächelte grimmig, als sie die Szene vor sich sah. Trotz der Männer des Tempels mit ihren seltsamen Waffen und der ängstlichen Gesichter der Dorfbewohner war sie zuversichtlich. In den vergangenen sechs Tagen hatten sich die Bewohner von Prannai ihr und den anderen Magiern im Widerstand gegen den Hüter und seine Söldner angeschlossen. Zunächst waren die Dorfleute widerwillig gewesen. Vielleicht hatte die Anwesenheit von drei Magiern nicht genügt, um ihnen Mut zu geben. Nodin, Henryk und sie waren überzeugt davon, das kleine Dorf gegen den Tempel verteidigen zu können, aber es hatte einige Zeit gebraucht, Maira und die Ältesten davon zu überzeugen, dass ihr Dorf wirklich sicher war. Und am Ende war es die Unfähigkeit des Hüters, etwas zu tun, und nicht irgendeine Aktion der Magier gewesen, was die Dorfleute auf ihre Seite gebracht hatte.

Es hatte bei ihrer ersten Konfrontation begonnen, als die beiden Eulenmeister vom Orden dazwischengegangen waren und Hüter Padgett schließlich aufgegeben hatte. Die folgenden Tage waren ganz ähnlich verlaufen, nur dass keine Magier des Ordens mehr durch das Dorf gekommen waren. Der Hüter und seine Holzfäller, begleitet von ihrer bewaffneten Eskorte, näherten sich dem Hain und stießen dort auf die Dorfbewohner und die drei freien Magier. Padgett drohte, jeden töten zu lassen, der die Arbeit der Holzfäller störte, aber als Maira und ihre Leute, unterstützt von Tammen und ihren Freunden, sich weigerten, die Holzfäller Bäume schlagen zu lassen, unternahm er nichts. Vielleicht fürchtete er, dass Tammen und die anderen Magier ihn töten würden, oder vielleicht hatte er einfach auch nicht den Mut, Gewalt anwenden zu lassen. Was immer der

Grund sein mochte, sechs Tage später stand der Wald immer noch.
Und mit jedem Tag wuchs das Selbstvertrauen der Dorfbewohner. Tammen konnte es ihnen ansehen. Sie hörte es jeden Nachmittag in ihrem Jubel, wenn der Hüter und seine Männer sich schließlich in den Tempel zurückzogen. Irgendwann – tatsächlich sogar recht bald – würden Tammen, Nodin und Henryk weiterziehen müssen. Es gab noch so viele andere Dörfer und andere Wälder. Wenn die Bewegung Erfolg haben sollte, konnte keiner der Dutzend Umhanglosen, wie die freien Magier sich selbst nannten, lange Zeit an einem Platz verweilen. Und da ihre Cerylle in Antwort auf den Ruf des Eulenweisen blinkten, wussten Tammen und ihre Begleiter, dass sie sich nicht mehr lange in Prannai aufhalten konnten. Irgendetwas war geschehen, und Tammen war überzeugt, dass die Bewegung bei den Veränderungen, die in Tobyn-Ser geschahen, eine Rolle spielen würde. Zum Glück bezweifelte sie nicht mehr, dass Maira und ihre Dorfleute den Kampf weiterführen würden, sobald sie und die anderen Magier weg waren. Die Waffen der Leibwachen des Hüters machten ihnen selbstverständlich immer noch Angst, und es half auch nicht gerade, dass Padgett die Anzahl der bewaffneten Wachen, die seine Holzfäller begleiteten, von sieben auf vierzehn erhöht hatte. Aber selbst er konnte nicht rückgängig machen, was in diesen sechs Tagen geschehen war. Hier in Prannai hatte die Volksbewegung Fuß gefasst.
Ein Teil von Tammen fragte sich, ob Padgett wohl seinen Leuten erlauben würde, die Waffen zu benutzen, sobald die Magier weg waren. Aber solche Sorgen waren, wie Tammen glaubte, unwichtig. Nach ihrer Ansicht waren die

freien Magier dafür verantwortlich, die Volksbewegung in die Dörfer und Städte von Tobyn-Ser zu bringen. Es fiel ihr und ihren Freunden zu, die Menschen zu organisieren und ihren Glauben daran zu stärken, dass sie die zerstörerischen Veränderungen, die überall rings um sie stattfanden, beenden konnten. Aber sobald die Umhanglosen dies getan hatten, war es an den Bürgern selbst, die Bewegung aufrechtzuerhalten, selbst wenn das bedeutete, ihr Leben aufs Spiel zu setzen. Sie befanden sich in gewissem Sinn in einem Krieg um die Zukunft des Landes. Sie mussten damit rechnen, dass es Opfer geben würde.

»Er kommt«, sagte Nodin leise.

Sofort schaute Tammen zum Tempel und sah, wie der Hüter auf sie zustapfte, das Silbergewand im leichten Wind raschelnd, sein rundes Gesicht rosig unter dem stahlgrauen Haar.

»Er sieht seltsam aus«, flüsterte Henryk. »Irgendetwas ist geschehen.«

Tammen hörte die Anspannung in seinen Worten, und einen Augenblick lang fürchtete sie, lachen zu müssen. »Er sieht geschlagen aus«, sagte sie. »Er weiß, dass wir gesiegt haben.«

»Mag sein«, erwiderte Nodin vorsichtig. »Ich bin der gleichen Ansicht wie Henryk: Er sieht anders aus. Aber ich bin mir über den Grund nicht sicher.«

»Wenn ich es dir doch sage!« Tammen schüttelte den Kopf. Sie wusste, dass Nodin sich für einen recht bedeutenden Mann unter den freien Magiern hielt; zweifellos sah er sich als das Oberhaupt ihrer kleinen Gruppe, und Henryk behandelte ihn auch entsprechend. Aber trotz seines Herumstolzierens war der hoch gewachsene Magier weder mutig noch besonders tapfer. Er war recht klug, das musste Tammen zugeben, aber wenn sie nicht gewesen wäre, hätte er nach der Begegnung mit den beiden Eulenmeistern aufgegeben. Und selbst dann hatte er nur auf sie gehört, weil er halb in sie verliebt war.

»Du hast gehört, was Baden über diese Waffen gesagt hat!«, hatte er eingewandt. »Es könnte sein, dass es zu Blutvergießen kommt!«

»Er hat versucht, uns Angst einzujagen«, hatte Tammen erwidert. »Er wollte, dass wir gehen. Und außerdem hat er gesagt, wir könnten ihr Feuer abblocken.«

»Für einige Zeit«, hatte Nodin gesagt. »Aber nicht für immer.«

Sie war in diesem Augenblick kurz davor gewesen, sich angewidert abzuwenden und einfach allein weiterzumachen. Sie brauchte Nodin und Henryk nicht. Wenn die beiden tatsächlich glaubten, die Bewegung auf diese Weise weiter ausbreiten zu können, dann wollte Tammen nichts mit ihnen zu tun haben. Aber am Ende kam sie zu der Ansicht, dass drei Magier mehr erreichen konnten als einer, und obwohl sie den größten Teil dieses Abends brauchte, gelang es ihr schließlich, die beiden anderen zu überzeugen, dass sie noch ein paar Tage in Prannai bleiben sollten. Der Erfolg, den sie seitdem gehabt hatten, schien zu beweisen, dass sie Recht gehabt hatte. Wieder einmal.

Als nun Padgett zu einem weiteren Tag der Konfrontation auf sie zukam, musste Tammen unwillkürlich wieder an ihre erste Begegnung denken. Der Hüter war an diesem Tag so selbstzufrieden gewesen, als hielte er selbst eine dieser Waffen in der Hand. Ihn nun zu sehen, sein fleischiges Gesicht rot und fleckig in der Morgensonne, bewirkte, dass sie sich ungemein freute. *Das hier ist unser erster Sieg,* begriff sie, und ein Lächeln breitete sich auf ihrem Gesicht aus. *Die Bewegung ist tatsächlich auf dem Weg.*

»Guten Morgen, Padgett«, rief sie mit unverhohlener Freude. »Bist du gekommen, um deine Söldner wegzuschicken? Oder sollen wir uns noch einen weiteren Tag lang gegenseitig Beleidigungen zuschreien?«

Der Hüter blieb vor den drei Magiern stehen und sah sie ernst an. Es schien ihm nicht gut zu gehen. Er hatte dunkle Ringe unter den grünen Augen, und er schwitzte, obwohl die Morgenluft noch kühl war.

»Ich habe in diesen vergangenen Tagen versucht, euch zu überreden«, sagte er, und selbst Tammen konnte das Flehen in seiner Stimme hören. »Ich habe versucht, euch zu sagen, dass ich den Menschen dieses Dorfes nichts Böses will, dass ich hoffe und erwarte, dass sie vom Holzhandel ebenso profitieren wie der Tempel.« Er hielt inne und schluckte. Tammen fragte sich kurz, ob er sich wohl gleich übergeben würde.

»Aber nun«, fuhr er fort, »möchte ich euch bitten – ich flehe euch an! –, diesen Menschen zu sagen, dass sie aus dem Weg gehen sollen.«

»Warum?«, wollte Tammen wissen. »Damit du den Wald zerstören kannst? Damit du den Leuten von Prannai das Land stehlen kannst? Hast du denn nicht zugehört? Hast du denn nicht gehört, was Maira gesagt hat?«

»Doch, das habe ich!«, entgegnete Padgett mit ungewöhnlicher Heftigkeit. »Aber ihr habt es eindeutig nicht getan! Keiner von euch!«, fügte er mit einem Blick auf Nodin und Henryk hinzu. »*Das hier ist nicht ihr Land!* Es ist auch nicht mein Land! Es gehört dem Tempel, und somit untersteht es den Entscheidungen des Ältesten Brevyl! Das müsst ihr verstehen!«

Tammen lachte ihm ins Gesicht. »Und du musst verstehen, dass – »

»Was hat Brevyl damit zu tun?«, warf Nodin ein und brachte Tammen mit einem Blick zum Schweigen.

Der Hüter zögerte und befeuchtete sich die Lippen. »Ich habe heute früh eine Botschaft von ihm erhalten. Er ist auf dem Weg zu Tobyns Wald, damit er sich selbst ein Bild machen kann, wie die Holzarbeiten auf dem Tempelland weitergehen. Seiner Botschaft nach zu schließen, hat er den Falkenfinderwald vor beinahe zwei Wochen verlassen. Er wird innerhalb der nächsten ein, zwei Tage hier in Prannai eintreffen.«

»Ich glaube dir kein Wort«, sagte Tammen.

Nodin drehte sich um und starrte sie wütend an. »Sei still, Tammen!«

Sie spürte, wie sie rot wurde. Sie war sicher, dass Henryk sie mit diesem nur zu vertrauten amüsierten Blick beobachtete, und sie musste sich anstrengen, sich nicht einfach rasch umzudrehen und ihm eine Ohrfeige zu verpassen.

»Worum geht es denn nun, Hüter?«, fragte Nodin, jetzt wieder Padgett zugewandt. »Was passiert, wenn Brevyl herkommt?«

Padgett holte tief Luft. »Ich weiß es nicht genau. Wenn der Wald noch nicht abgeholzt ist, wird er dafür sorgen, dass es geschieht, ganz gleich, wie viele Menschenleben es kostet.«

»Das ist eine ziemlich gewagte Aussage über das Oberhaupt von Aricks Kindern«, erklärte Nodin und zog die Brauen hoch.

Der Hüter zuckte die Achseln. »Ich sage euch nur, was ich

weiß. Der Älteste ist ein anständiger Mensch, aber wie jeder in einer solch wichtigen Position ist er daran gewöhnt, dass man seine Befehle befolgt. Er hat kein Verständnis für Verzögerungen und noch weniger für leichtfertige Herausforderungen seiner Autorität.« Er schaute über Nodin und Tammen hinweg zu den Dorfleuten. »Ich habe alles getan, um das Leben dieser Menschen zu schützen, denn ich habe sie gern. Ich habe Prannai gern.« Wieder sah er Nodin an. »Brevyl hat keine solchen Empfindungen, die ihn aufhalten würden.«

Nodin nickte, als dächte er darüber nach. »Was schlägst du also vor?«, fragte er schließlich.

»Wir schlagen den Wald jetzt, aber nur die Hälfte. Wenn Brevyl eintrifft, werde ich ihm sagen, dass wir dabei sind, uns um den Rest zu kümmern. Er wird zufrieden weiterziehen und nie erfahren, welchen Handel wir abgeschlossen haben.«

»Du hörst ihm doch nicht wirklich zu, oder?«, fragte Tammen, die sich nicht mehr beherrschen konnte. »Er lügt doch! Diese Leute sind ihm vollkommen egal! Ihn interessiert nur, was aus ihm wird, wenn Brevyl sieht, dass wir uns gegen ihn durchgesetzt haben!«

Nodin fuhr sich mit der Hand durch das kurze dunkle Haar. »Sie hat nicht ganz Unrecht«, sagte er zu dem Hüter. »Woher wissen wir, dass Brevyl wirklich auf dem Weg hierher ist? Und selbst wenn, wie können wir sicher sein, dass deine Leute nicht einfach zurückkommen werden und den Rest zerstören, nachdem sie die erste Hälfte des Waldes abgeholzt haben?«

»Was Brevyls Besuch angeht«, erwiderte Padgett, »kann ich euch die Botschaft zeigen. Den Rest müsst ihr mir einfach glauben. Ich bin ein Mann, der sein Wort hält: Wenn ich euch sage, dass ich nur den halben Wald abholzen lasse, holze ich nur den halben Wald ab.«

»›Ich bin ein Mann, der sein Wort hält‹«, äffte Tammen ihn verächtlich nach. »Das ist alles? Das ist alles, was du uns anbieten kannst?«

»Kannst du uns eine andere Garantie geben?«, fragte Nodin freundlich, als hätte er gar nicht gehört, was Tammen gesagt hatte. »Würdest du zum Beispiel das Land mit den nicht abgeholzten Bäumen dem Dorf überlassen?«

Padgett warf Tammen einen bösen Blick zu, bevor er schließlich antwortete. »Das geht leider nicht«, erklärte er und musste sich deutlich anstrengen, seinen Zorn im Zaum zu halten. »Nur der Älteste kann im Namen der Tempel Land erwerben oder vergeben. Und wie ich schon versucht habe, euch zu erklären, Brevyl würde das nicht tun wollen.«

Tammen schüttelte den Kopf. »Also bietest du uns im Grunde gar nichts an, ja? Du willst, dass wir nachgeben, damit du den halben Wald sofort abholzen kannst, und alles, was du dafür anbietest, ist dein leeres Versprechen, dass du den Rest nicht nehmen wirst, wenn dir danach zumute ist.«

»Vielleicht, Magierin«, sagte der Hüter zornig, »solltest du Maira und die anderen fragen, was sie von meinem Angebot halten, bevor du es einfach ablehnst! Und wenn du das tust, sag ihnen, die Alternative sei, dass wir sofort alles abholzen und dabei die Waffen auf sie richten!«

»Das mag sein, Hüter«, erklang eine Stimme, »aber wir werden nicht zulassen, dass auch nur ein Baum geschlagen wird.«

Alle drehten sich um und sahen, dass Maira unbemerkt

näher gekommen war. Sie sah neben Nodin und dem großen kräftigen Hüter ein wenig zerbrechlich aus. Der Wind zupfte an ihrem weißen Haar, und sie hatte die Arme vor der Brust verschränkt, als wäre ihr kalt. Aber niemand konnte den Blick in ihren braunen Augen und ihre entschlossene Miene missdeuten.

»Diese Magier haben euch Dummheiten in den Kopf gesetzt, Maira«, erklärte Padgett angewidert. »Sie haben euch davon überzeugt, dass es da draußen eine große Bewegung gibt, und in Wirklichkeit gibt es überhaupt nichts. Nur ein paar Magier, die versuchen, sich selbst einen Namen zu machen. Sie haben euch getäuscht, und sie werden nur erreichen, dass ihr alle, du und deine Leute, getötet werdet.«

»Wir machen das nicht wegen der Magier, Hüter«, sagte sie ruhig. »Und wir tun es auch nicht für die Bewegung. Du magst uns für dumm halten, du magst glauben, dass wir nicht im Stande sind, selbst zu denken, aber du hast Unrecht. Wir tun es, weil jemand die Tempel aufhalten muss, bevor sie jeden Wald im Land zerstören. Wir tun es für unsere Kinder.«

»Siehst du, Padgett?«, sagte Tammen zufrieden. »Wie wir dir schon die ganze Zeit gesagt haben: Die Menschen von Prannai wollen nichts von eurem Gold oder der Zukunft, die ihr damit kaufen wollt, also nimm deine Männer mit in ein anderes Dorf!«, fuhr sie fort und hob die Stimme, so dass die anderen Dorfbewohner sie hören konnten. »Prannais Wälder sind dir verwehrt!«

Lauter Jubel folgte ihren Worten.

Der Hüter warf Nodin einen Blick zu. Der Magier zuckte die Achseln.

»Am Ende ist es Mairas Entscheidung«, sagte der hoch

gewachsene Magier. »Ihre und die der restlichen Ältesten. Wir dienen dem Dorf.«
»Ihr dient euch selbst!« Der Hüter bedachte sie alle mit einem bitteren Blick. Er schüttelte langsam den Kopf und lief wieder rot an. »Also gut!«, sagte er schließlich. »Aber ich habe euch gewarnt!« Er setzte dazu an, wieder zu seinen Männern zurückzukehren, blieb dann aber noch einmal stehen und schaute die Dorfbewohner an. »Ich habe versucht, Maira und den Magiern zu sagen, dass dies eure letzte Chance ist!«, rief er ihnen zu. »Ich habe versucht, ihnen zu sagen, dass der Älteste Brevyl auf dem Weg nach Prannai ist. Ich habe keine andere Wahl. Ich muss heute mit dem Kahlschlag beginnen. Wenn ihr versucht, mich aufzuhalten, werdet ihr sterben. Aber wenn ihr uns erlaubt, die Bäume zu fällen, verspreche ich, dass ich nur die Hälfte nehme. Der Rest des Waldes wird so lange stehen, wie ich euer Hüter bin.«
»Und was hat Maira dazu gesagt?«, rief ein Mann.
»Sie sagte, sie würde lieber sterben, als ein paar Bäume aufzugeben«, antwortete der Hüter.
»Eine gute Entscheidung!«, sagte der Mann, und andere nickten und murmelten zustimmend. »Das ist genau das, was ich auch gesagt hätte!«
Wieder schüttelte Padgett den Kopf. »Ihr habt alle den Verstand verloren«, sagte er. Er warf Nodin über die Schulter einen Blick zu. »Das hier ist deine Schuld, Magier. Vergiss das nicht.« Dann ging er auf die Holzfäller und ihre Wachen zu und sprach einen Augenblick mit einem der Bewaffneten. Schließlich machte er sich wieder auf zum Tempel.
»Wo geht er hin?«, flüsterte Tammen.

»Ich bin nicht sicher«, antwortete Henryk. »Aber wenn ich raten müsste, würde ich sagen, er geht irgendwohin, wo er nicht zusehen muss.«

Sie wusste, dass er Recht hatte, sobald er den Satz ausgesprochen hatte, und sie spürte, wie ihr Magen sich verkrampfte. Othba, ihr wunderschöner brauner Falke, spürte ihre Anspannung und schlug die Krallen fester in ihre Schulter.

Alles in Ordnung, sendete Tammen, aber sie glaubte sich selbst kein Wort. Othbas Krallen gruben sich tiefer in ihr Fleisch. »Was werden sie machen?«, flüsterte sie.

Nodin sah sie grimmig an. »Sie werden die Bäume fällen. Die Frage ist, was werden wir machen?«

Wie aufs Stichwort gingen die Waldarbeiter auf die nächst stehenden Bäume zu, und die Wachen hoben ihre seltsamen Waffen.

»Nun?«, fragte Maira und betrachtete Tammen und ihre Begleiter erwartungsvoll. »Werdet ihr sie aufhalten?«

Tammen schaute an der weißhaarigen Frau vorbei zu den Dorfbewohnern. Einige beobachteten, wie die Holzfäller ihre Äxte herausholten, die anderen blickten die Magier ähnlich erwartungsvoll an wie Maira.

»Nun?«, fragte die Frau erneut.

Henryk und Nodin starrten einander an, beide bleich und unsicher geworden. Keiner sagte ein Wort, und Tammen sah, dass sie keine Ahnung hatten, was sie tun sollten.

Der erste Holzfäller hatte sich einen Baum ausgesucht. Er hob seine Axt und schwang sie, um den ersten Schlag zu führen.

Tammen blieb nichts anderes übrig. Sie hob ihren Stab und schleuderte beinahe ohne jede Anstrengung eine hellblaue

Feuerkugel auf den Mann. Ihre Zeiteinteilung und die Zielgenauigkeit waren hervorragend. Das magische Feuer traf den Kopf der Axt des Mannes in dem Augenblick, als er zuschlagen wollte. Die Wucht des Aufpralls riss dem Mann die Axt aus den Händen und zerbrach sie. Der Griff landete ein paar Fuß von dem Holzfäller entfernt, das Holz zersplittert und verkohlt, während die Metallklinge rauchend und rußgeschwärzt mehrere Schritte weit flog, bevor sie sich in den Boden bohrte.

Die Dorfbewohner jubelten, aber nur einen Moment später folgte ein kollektives Keuchen, als die Wachen auf Tammen zielten.

»Tut das nicht!«, rief Nodin den Männern zu. »Wir wollen euch nicht wehtun!«

»Wir haben unsere Befehle!«, sagte der Wachmann, mit dem Padgett zuvor gesprochen hatte. Seine Stimme klang unsicher, und sein Blick flackerte nervös von den drei Magiern zu den Dorfbewohnern.

»Beinhalten eure Befehle auch, wegen ein paar Bäumen zu sterben?«

Der Mann zögerte. »Ja«, sagte er schließlich. »So ist es.«

Ein zweiter Holzfäller trat vor, suchte sich einen Baum aus und hob die Axt. Noch bevor er zuschlug, hatten vier andere das Gleiche getan. Die drei Magier richteten ihre Stäbe auf die Männer und sandten Feuerströme zu ihren Äxten. Nodin traf sein Ziel, aber Tammen und Henryk verfehlten die ihren und trafen stattdessen die Männer. Zwei Waldarbeiter fielen schreiend zu Boden, der eine mit einer verbrannten blutigen Schulter, dem anderen war die Hand am Gelenk abgetrennt worden.

Sofort eröffneten die Wachen das Feuer, und rote Flammen

schossen zischend auf die Magier zu. Tammen errichtete einen schimmernden Schild aus blauer Macht, dem sich einen Augenblick später Nodins Lila und Henryks Meergrün anschlossen. Und obwohl die Wucht des Aufpralls Tammen und Nodin taumeln und Henryk auf die Knie sinken ließ, hielt der magische Vorhang.

Aber zur gleichen Zeit begannen die restlichen Holzfäller, auf die Bäume einzuhacken, und bevor die Magier sie aufhalten konnten, stürmten die Dorfbewohner vorwärts. Einige von ihnen hatten Hacken, Schaufeln oder andere Werkzeuge dabei. Ein paar hatten auch eigene Äxte. Und sie rannten mit hoch erhobenen Armen auf die Holzfäller zu.

Als die Wachen das sahen, richteten sie ihre Waffen auf die Dorfbewohner.

»*Nein!*«, schrie Tammen und entsandte einen Strom blauer Macht auf eine der Wachen. Ihr magisches Feuer traf den Mann in die Brust und schleuderte ihn nach hinten, als wäre er nur eine Puppe. Zwei weitere Wachen fielen unter violetten und grünen Feuerströmen.

Zwei der Wachen drehten sich sofort zu den Magiern um, schossen und zwangen Tammen und die anderen, sich wieder zu schützen, bevor sie ihre Macht abermals einsetzen konnten. Der Rest der Wachen begann, auf die Menschen aus Prannai zu feuern. Schmerzens- und Schreckensschreie gellten durch den Hain, als Männer und Frauen mit rauchenden schwarzen Wunden zu Boden fielen.

»Henryk!«, rief Nodin. »Gib uns Deckung, so lange du kannst! Tammen und ich werden versuchen, die Leute zu schützen.«

Henryk nickte, biss die Zähne zusammen, und im nächsten Augenblick wurde der meergrüne Schild heller.

Mit perfekt aufeinander abgestimmten Bewegungen streckten Nodin und Tammen ihre Cerylle vor sich aus und entsandten Ströme von Macht zu den Dorfbewohnern, um sie mit ihrer Magie zu schützen. Ihre magischen Feuer, blau und lila, schienen zu verschmelzen wie eine schimmernde Mauer lavendelfarbenen Lichts, die tatsächlich auch die ersten roten Feuersalven auffangen konnte. Aber die Waffen der Soldaten erwiesen sich als zu stark, und die Dorfbewohner waren so weit entfernt. Tammens Arme zitterten bereits vor Erschöpfung. Ihr Rücken und ihre Schultern schmerzten, und sie fürchtete, dass ihre Beine jeden Augenblick nachgeben würden. Sie konnte auch Othbas Erschöpfung spüren, ebenso deutlich wie ihre eigene, und obwohl sie nicht mehr die Energie hatte, Nodin auch nur einen Seitenblick zuzuwerfen, bezweifelte sie nicht, dass er und sein Vogel ebenfalls müde waren. Es hätte vielleicht geholfen, wenn sie näher an die Dorfleute herangekommen wären, aber um sich zu ihnen hin zu bewegen, hätten sie Henryks Schild ausdehnen und damit ihr Leben gefährden müssen.

Eine weitere Salve von den Wachen brach durch ihren Schild, als hätte er niemals existiert, und fällte mehrere Dorfbewohner.

»Aricks Faust!«, zischte Nodin.

»Tut doch etwas!«, schrie Maira sie an, als die Schmerzensschreie ihrer Leute und der Geruch nach brennendem Fleisch abermals in die Luft aufstiegen.

Nodin und Tammen wechselten schweigend einen Blick. In den Augen des hoch gewachsenen Magiers standen Tränen, und noch während Tammen ihn ansah, begann er den Kopf zu schütteln.

Er hatte es ihr überlassen, und für Tammen gab es nur eine

einzige Wahl. Zwei Tempelwachen feuerten weiter auf die Magier, aber Henryks Schild meergrüner Magie hielt. Der Rest der Bewaffneten war zu sehr damit beschäftigt, auf die Dorfleute zu schießen, um von ihnen Notiz zu nehmen. Sie holte tief Luft, hob den Stab abermals und schleuderte magisches Feuer auf die Wachen. Sie versuchte, ihre Waffen zu treffen, aber sie war müde und konnte nicht so gut zielen wie sonst. Und als daraufhin alle Wachen ihre Waffen wieder auf sie richteten, musste sie ihre Magie benutzen, um Henryks Schild zu verstärken, und konnte nun hin und wieder auf die Männer schießen. Am Ende hatte sie drei von ihnen getötet und vier weitere verwundet, bevor der Rest floh, dicht gefolgt von den Holzfällern, die sich im Wald verteilten wie verängstigte Kaninchen.

Sie starrte ihnen lange Zeit hinterher, die Arme schlaff an den Seiten hängend, Gesicht und Umhang schweißnass. Sie spürte Nodin neben sich, und mit großer Anstrengung wandte sie sich ihm zu. Auch sein Gesicht war feucht, aber weniger vom Schweiß als von Tränen, und in seinen Augen stand ein wilder, entsetzter Blick, der sie erschaudern ließ. Er hatte nichts getan, um ihr bei dem Kampf mit den Soldaten zu helfen. Er hatte nicht einmal einen Schild errichtet, um sich selbst zu schützen. Es war erstaunlich, dass er überhaupt noch lebte.

»Es hätte nicht so weit kommen dürfen«, flüsterte er, während ihm immer noch Tränen über die Wangen liefen. »Wir sollten niemanden töten.«

»Wir hatten keine andere Wahl«, sagte Tammen mit tonloser Stimme. »Sie haben die Dorfleute umgebracht.«

»Aber wir sind Magier!« Er fuhr zu ihr herum. »Amarids Gesetze verbieten uns, unsere Macht auf diese Weise zu nutzen! Wir sollen unsere Macht nutzen, um in Zeiten der Not Hilfe und Trost zu spenden!«, zitierte er. »Wir sollen nicht töten!«

»Wir haben diesen Schwur nie abgelegt, Nodin! Wir sind Umhanglose! Wir haben gegen keine Gesetze verstoßen! Wir haben getan, was wir tun mussten! Das kann uns niemand übel nehmen! Und außerdem«, fügte sie hinzu und wandte den Blick ab, »hast du niemanden getötet. Du hast nur dagestanden wie eine Statue von Amarid.«

»Ich habe es zu Beginn getan«, antwortete er nun wieder leiser. Falls er die Anklage in ihrem Ton gehört hatte, zeigte er es jedenfalls nicht. »Ich habe zu Beginn einen dieser Männer getötet.«

Sie nickte, als sie sich erinnerte. »Das stimmt. Das hast du.«

Tammen hörte, dass sich Schritte näherten, und als sie sich umdrehte, sah sie, dass Maira auf sie zukam. Das Gesicht der Dorfältesten war aschgrau und ihr Blick dem von Nodin nicht unähnlich.

»Sechzehn von meinen Leuten sind tot«, sagte sie, und ihre Stimme brach dabei. Sie schluckte. »Beinahe drei Dutzend sind verwundet und brauchen eure Hilfe.«

»Natürlich, Maira«, erwiderte Tammen. »Sofort.«

Aber die ältere Frau regte sich nicht. »Wie konnte das passieren?«, fragte sie nach längerem Schweigen. »Wie konnte so etwas passieren?«

»Es hätte nicht passieren dürfen«, antwortete Nodin. »Es war ein schrecklicher Fehler.«

»Nein!«, rief Tammen unwillkürlich. »Nein, es war kein Fehler! Es war furchtbar, vielleicht sogar eine Tragödie. Aber es war kein Fehler.«

Nodin setzte dazu an, etwas zu sagen, aber sie schnitt ihm mit einer Geste das Wort ab.

»Wir sind hierher gekommen, um zu helfen, damit der Tempel diesen Wald nicht fällt«, sagte sie. »Habt ihr denn wirklich geglaubt, die Hüter würden das Gold, das sie für diese Bäume bekommen, ohne Kampf aufgeben?«

»Vor einer Stunde noch hast du uns erklärt, dass Padgett geschlagen sei«, erinnerte Henryk sie. »Oder hast du das schon vergessen?«

»Nein, das habe ich nicht vergessen.« Ihre Wangen begannen zu glühen, als hätte er sie geschlagen. »Ich war einfach nur dumm, genau wie Nodin jetzt dumm ist.« Sie sah Henryk einen Augenblick lang an, aber er starrte nur mit unergründlichem Blick zurück. »Das hier ist mehr als nur eine Bewegung«, sagte sie, wieder an Nodin gewandt. »Das hier ist ein Krieg, und wir haben gerade die erste Schlacht ausgefochten.«

»Das hättest du uns vielleicht vorher sagen sollen, Magierin«, erklärte Maira streng. »Wir hätten vielleicht nicht so schnell zugestimmt, uns euch anzuschließen, wenn wir gewusst hätten, dass ihr uns für Fußvolk in eurem Konflikt mit den Tempeln haltet.«

»Du und deine Leute, ihr wart mehr als willig, unseren Schutz anzunehmen«, sagte Tammen mit eisiger Stimme. »Ihr habt uns nicht um Erklärungen gebeten, und wir haben keine Bedingungen gestellt, um euch unsere Hilfe zu gewähren. Glaubt nicht, dass ihr eure Verantwortung in dieser Angelegenheit einfach beiseite schieben könnt. Das ist unmöglich. Ihr seid ebenso schuld an dem, was hier geschehen ist, wie wir es sind, und es steht einer, die sich selbst als Oberhaupt bezeichnet, nicht gut an, einfach davonzulaufen, sobald die Angelegenheit ein wenig hässlich wird.«

Maira starrte sie wütend an. Sie atmete nun schwer und hatte die Hände zu Fäusten geballt. »Wie kann ein so junger Mensch so kaltherzig sein?«, fragte sie schließlich leise. »War das Leben so grausam zu dir?«

Tammen wandte sich ab. Die Fragen der Frau waren ihr ein wenig zu nahe gekommen. »Deine Leute müssen geheilt werden, Maira«, sagte sie. »Warum bringst du uns nicht zu ihnen?«

Die weißhaarige Frau starrte sie noch einige Zeit lang an, aber Tammen weigerte sich, sich ihrem Blick zu stellen. Schließlich drehte sich Maira ohne ein weiteres Wort um und führte die drei Magier dorthin, wo die Toten und Verwundeten lagen.

Licht. Helles Gelb, heller als die Farbe des Sands am Ufer von Ducleas Meer. Das war alles, was er sehen konnte. Manchmal kam es ihm so vor, als wäre dies die Summe seines gesamten Daseins. Licht, das Gewicht seines Falken auf seiner Schulter und die quälenden Erinnerungen an sein Leben und seinen Tod. Das grelle Strahlen stach ihm in die Augen wie Dolche. Er schloss die Augen dagegen, aber nach so vielen Jahren schien selbst das nichts mehr zu nützen. Eine der anderen – eine junge, unbedeutende Frau – hatte einmal gesagt, es sei, als lebte man in seinem eigenen Ceryll, und diese Beschreibung war vollkommen zutreffend. Er saß in einem Gefängnis aus Licht und Magie fest. Es hätte durchaus sein Ceryll sein können. Oder vielleicht, dachte er mit einem bitteren Lächeln, der Rufstein, den er beinahe zu seinem eigenen gemacht hätte.

Der Vogel auf seiner Schulter plusterte sich auf und begann sich zu putzen, und er kraulte zerstreut das Kinn des Tieres. Das hier war nicht Huvan, die Eule, die zur Zeit seiner größten Macht bei ihm gewesen war und die er am Ende getötet hatte, um sich ein gewisses Maß an Unsterblichkeit und eine letzte verzweifelte Möglichkeit zu erwerben, um Rache zu nehmen; das hier war Miron, der hellbraune Falke seiner Jugend. Und obwohl das verfluchte Licht ihn davon abhielt, bei Tag irgendetwas von seiner Umgebung wahrzunehmen, wusste er, dass er sich auf der Nordebene befand, wo er sich an einem grauen Nachmittag zahllose Jahre zuvor an Miron gebunden hatte.

Er erinnerte sich nun deutlicher an diesen Tag, als er es in den späteren Jahren seines Lebens getan hatte – was war ihm schließlich anderes geblieben als seine Erinnerung? Er war damals kaum mehr als ein Kind gewesen, überwältigt von den unzähligen Möglichkeiten, die dieser wunderschöne Vogel für ihn verkörperte. So viele Wege hatten ihm plötzlich offen gestanden, und alle schienen zu Macht und Ruhm zu führen.

Dies war gewesen, bevor der Orden ihn offiziell ermahnt und Sartol sich die Verachtung seiner Mitmagier zugezogen hatte. Damals war er nur Falkenmagier gewesen, er hatte kaum Einfluss gehabt, keinen Namen, und er hatte nicht viel über Magie gewusst. Und dennoch war es, wie er nun begriff – und er war sich der Ironie durchaus bewusst –, die einzige wirklich glückliche Zeit in seinem Leben gewesen. Nur zu bald danach war er zu jenem Sartol geworden, der von den Menschen von Tobyns Ebene Geld für seine Dienste verlangte; Sartol, der von seinen Mitmagiern bestraft wurde; Sartol, den die anderen Eulenmeister jedes Mal übergingen, wenn es darum ging, einen neuen Weisen zu wählen. Schließlich, im Tod, war er Sartol, der Mörder und Verräter geworden, getötet von der gemeinsamen Macht aller Magier des Ordens. Und heute war er Sartol der Unbehauste, noch verhasster als Theron.

Selbst in seinem Gefängnis aus Licht und Magie wusste er, was sie über ihn sagten. Wie alle Unbehausten war er reine Magie. Er hatte immer noch den Blick, und mehr als das, denn er hatte festgestellt, dass er als Opfer von Therons Fluch viel von dem, was in Tobyn-Ser vorging, sehen konnte. Also wusste er es. Manchmal hörte er sogar, wie Baden und die anderen über ihn sprachen.

Mehr als alles andere wollte er sie töten, wollte sich für die Niederlage in der Großen Halle rächen, wollte sie für das zahlen lassen, was sie ihn gezwungen hatten, Huvan anzutun. Er wollte nicht nur Baden vernichten, den er mehr hasste als alle anderen, sondern auch Jaryd und Alayna, diese Welpen. Sie waren es gewesen, die über ihn gestolpert waren, als er bei den Leichen von Jessamyn und Peredur stand. Sie waren es gewesen, denen es irgendwie gelungen war, Therons Hain zu überleben, wo er doch so überzeugt gewesen war, dass sie dort sterben würden. Sie waren es gewesen, die während der Verhandlung gegen Baden, Orris und Trahn in der Großen Halle aufgetaucht waren und alles zerstört hatten, wofür er so lange und so schwer gearbeitet hatte. Irgendwann würde jeder Magier in Tobyn-Ser dafür zahlen müssen, was sie ihm angetan hatten, aber keiner mehr als jene drei: Baden, Jaryd und Alayna.

Er hatte es gleich in der ersten Nacht seiner ewigen Rastlosigkeit versucht. Als Phelan, Theron und der Rest der Unbehausten anboten, den Magiern in ihrem Kampf mit

Calbyrs Bande zu helfen, hatte Sartol all seine Macht benutzt, um ihre Anstrengungen scheitern zu lassen. Und obwohl das Dasein als Unbehauster für ihn neu und er mit dieser Macht noch nicht vertraut gewesen war, war es ihm gelungen, Phelan und die anderen davon abzuhalten, den Fremden die Waffen abzunehmen. Als Ergebnis davon war Niall gestorben und Baden hatte seine Eule verloren.

Aber das half wenig, um seine Gier nach Rache zu befriedigen, und es war ihn teuer zu stehen gekommen. Von diesem Augenblick an hatten ihn die anderen unbehausten Geister gemieden. Er wurde ein Ausgestoßener unter Ausgestoßenen. Wenn man von Miron einmal absah, war er vollkommen allein. Das entbehrte nicht einer gewissen Ironie: Indem sie ihn mit Nichtachtung straften, hatten ihm die anderen Unbehausten die nötige Freiheit und Abgeschiedenheit gegeben, um seine Rache zu planen. Die Geister von Tobyn-Ser kommunizierten mittels Gedanken. Hätten Theron oder Phelan oder die anderen sich dazu herabgelassen, mit ihm zu sprechen, hätten sie auch nur versucht, ihn zu verspotten oder zu verhöhnen, dann hätten sie seine Gedanken lesen können und vielleicht eine Möglichkeit gefunden, ihn aufzuhalten. Aber stattdessen waren sie dumm genug, ihn zu isolieren.

Also wartete er und beobachtete und ließ sich Zeit, denn davon hatte er im Überfluss. Er sah Jaryd und Alayna in ihrem Heim an der Südbucht, und er beobachtete die Geburt ihrer kleinen Tochter. Er wusste von Orris' Trotz gegen den Orden, und er beobachtete interessiert und zufrieden, wie Erland und seine Verbündeten ihre kleine Liga bildeten und die Magie spalteten. Und in letzter Zeit hatte er beobachten können, wie so genannte freie Magier versuchten, ihre Spuren im Land zu hinterlassen, und ihre wiederholten Fehler und ihre wachsende Verzweiflung hatten ihm endlich die Gelegenheit geboten, auf die er gewartet hatte. Aber es musste noch vieles geschehen, erinnerte er sich immer wieder. So vieles, auf das er keinen direkten Einfluss hatte.

Im Augenblick sah er überall im Land Cerylle blinken, und obwohl er den Grund noch nicht kannte, fragte er sich, ob dies vielleicht die Gelegenheit war, auf die er gewartet hatte. Immerhin benutzten sie seinen Stein. Er hatte in Visionen entdeckt, wie sich Muster bildeten. In der Welt von Traum und Gedanken, in die sich die Unbehausten begaben, wenn sie ruhten, hatte er die Zukunft erblickt. Oder genauer gesagt, er hatte eine mögliche Zukunft unter vielen gesehen, und in ihr einen Weg, Rache zu nehmen. Er hatte versucht, so viel wie möglich über die Macht herauszufinden, über die er noch verfügte. Wenn der richtige Augenblick kam, würde er bereit sein. Er musste nur warten und Geduld haben. Und Zeit war das Einzige, worüber er im Überfluss verfügte.

7

In deinem letzten Brief klangst du überrascht, dass ich dich in solchen Einzelheiten über die politischen Manöver innerhalb des Herrscherrats und in jedem einzelnen Nal informierte. Wie hast du es noch ausgedrückt? »Mir genügt es zu wissen, dass du und Shivohn weiter über eure jeweiligen Nals herrscht und miteinander verbündet seid. Der Rest betrifft mich wenig.«
Ich bin vollkommen anderer Meinung. Du hast mir öfter erzählt, dass es dich früher immer geärgert hat, wenn deine Kollegen im Orden die Welt auf ähnlich eingeschränkte Weise betrachten. Angesichts von Tobyn-Sers nun recht ausgedehnten Handelsbeziehungen müssen seine Oberhäupter sich für alles interessieren, was mit den Handelspartnern des Landes zu tun hat, ganz gleich, wie undurchschaubar es ihnen zunächst vorkommen mag. Ebenso wie du versuchst, alles über die Liga herauszufinden, musst du auch darüber informiert bleiben, was in Lon-Ser geschieht.
Melyor i Lakin, Herrscherin und Steinträgerin von Bragor-Nal an Falkenmagier Orris, Tag 1, Woche 11, Winter 3067

»Es tut mir Leid, Herrscherin«, sagte die Frau auf dem Sprechschirm, aber ihr Grinsen zeigte Melyor deutlich, dass ihr überhaupt nichts Leid tat. »Die designierte Herrscherin Wiercia kann im Augenblick nicht mit dir sprechen. Sie hat furchtbar viel mit der Planung ihrer Amtseinführung zu tun. Wenn du dich vielleicht danach –«
Melyor schüttelte zornig den Kopf. »Nein, die Sache kann nicht warten!«

Die Miene der Frau wurde härter. »Ich fürchte, es wird warten müssen!« Sie beugte sich vor, als wollte sie den Schirm abschalten.

»Nein!«, sagte Melyor rasch, was der anderen Frau ein weiteres Grinsen entlockte. Melyor schloss die Augen und holte tief Luft. *Sie ist eine Legatin,* sagte sie sich. *Behandle sie entsprechend.*

»Bitte«, begann sie abermals. »Das hier ist wirklich wichtig. Mir ist klar, dass Wiercia viel zu tun hat, aber ich muss mit ihr über das Attentat auf Shivohn sprechen.«

Die Legatin kniff die Augen zusammen. »Wir wissen, was bei dem Attentat auf Herrscherin Shivohn geschehen ist. Die designierte Herrscherin Wiercia hat vor, die Angelegenheit bei der nächsten Ratssitzung vorzubringen.«

»Das kann sie nicht!«, sagte Melyor.

»Aber selbstverständlich kann sie das. Ich bin sicher, Marar wird fasziniert sein zu erfahren, dass es eine Attentäterin aus Bragor-Nal war, die Herrscherin Shivohn getötet hat.«

Wieder schüttelte Melyor den Kopf. »So war es nicht.« Aber sie wusste, sie hatte keine Chance, die Frau zu überzeugen. Sie hatte in den letzten Tagen mit mehreren Legatinnen immer wieder das gleiche Gespräch geführt. Vielleicht hatte sie sogar schon mit dieser Frau hier gesprochen. Es war schwer zu sagen. Mit ihrem schwarzen Kopfputz sahen alle Legatinnen von Oerella-Nal gleich aus: mürrisch und kalt. Und sie waren zweifellos alle gleich, was ihre Entschlossenheit anging, Melyor nicht mit Wiercia sprechen zu lassen.

Sehr wahrscheinlich würde sie auch bei der künftigen Herrscherin von Oerella-Nal keinen größeren Erfolg haben, selbst wenn sie Gelegenheit erhielte, mit ihr zu reden. Aber sie musste es versuchen. Es stand zu viel auf dem Spiel.

Im Geist konnte sie immer noch die Explosion hören, die Shivohn getötet hatte. Melyor hatte es über den Sprechschirm gehört. Und sie sah immer noch die Miene der jungen Frau vor sich, die schließlich auf ihren Ruf geantwortet und nach einer quälend langen Pause mitgeteilt hatte, dass die Herrscherin tot war. Der Mord an Shivohn war nur eine Stunde nach dem Attentatsversuch auf Melyor selbst erfolgt, und das konnte Melyor kaum als Zufall betrachten.

Ihr Verdacht wurde zwei Tage später bestätigt, als sie von Jibbs Spionen erfuhr, dass man den Zünder der Bombe, die Shivohn getötet hatte, gefunden und festgestellt hatte, dass er aus Bragor-Nal stammte. Zwei Bomben, eine mit einem Zünder aus Oerella-Nal, die beinahe die Herrscherin von Bragor-Nal getötet hatte, und eine andere mit einem Zünder aus Bragor-Nal, die die Herrscherin von Oerella-Nal umbrachte. Ein so ungeschickter, auffälliger Plan konnte nur von einem einzigen Mann stammen: Marar, Herrscher von Stib-Nal. Wer sonst hatte bei einem Konflikt zwischen Oerella-Nal und Bragor-Nal etwas zu gewinnen? Seit Melyor Herrscherin war, war die jahrhundertealte Feindschaft zwischen den beiden größten Nals von Lon-Ser einer Periode des Einverständnisses gewichen, wie es noch nie zuvor geherrscht hatte. Als Ergebnis davon waren die Vorteile, die Stib-Nal als Verbündeter von Bragor-Nal innerhalb des Rates einmal gehabt hatte – so geringfügig sie gewesen waren – verschwunden, und Marars Nal war mitsamt seinem Herrscher endgültig in die Bedeutungslosigkeit abgesunken. Selbstverständlich stand er hinter den Anschlägen! Es war beinahe lachhaft offensichtlich. Zumindest kam es Melyor so vor.

Aber Wiercia und ihre Legatinnen ließen sich nicht überzeugen. Melyor hatte ihnen am Sprechschirm den Zünder der Bombe gezeigt, die im Goldpalast explodiert war, aber alle Legatinnen, mit denen sie gesprochen hatte, hatten das als nichtig abgetan, als einen weiteren Teil von Bragor-Nals tückischen Plänen, Shivohn zu ermorden. Als hätte Melyor nichts Besseres zu tun, als Attentatsversuche gegen sich selbst zu inszenieren und ihre mächtigste Verbündete in Lon-Ser umzubringen!

Es war absurd. Und dennoch, so lächerlich es war, Marars Intrige funktionierte. Im Lauf eines einzigen Morgens war es ihm gelungen, beinahe sieben Jahre der Zusammenarbeit zwischen seinen Rivalinnen zu zerstören. Wiercia und ihre Untergebenen glaubten, Shivohn sei von Agenten aus Bragor-Nal getötet worden, und Melyor wusste nicht, was sie noch tun sollte, um sie vom Gegenteil zu überzeugen.

»Es ist doch eindeutig genug«, sagte sie matt und wandte sich wieder dem Sprechschirm zu. »Am selben Tag, als Shivohn getötet wurde, wurde auch ein Anschlag auf mich verübt. Wir haben den Zünder der Bombe gefunden und –«

»Ja, ich weiß«, warf die Legatin ungerührt ein. »Der Zünder dieser Bombe kam aus Oerella-Nal. Das haben wir schon gehört, Herrscherin. Wir haben bereits vor ein paar Tagen miteinander gesprochen. Die designierte Herrscherin Wiercia wird sich deine Beweise bei der nächsten Sitzung des Herrscherrats anschauen.«

Melyor schnaufte und rieb sich mit der Hand die Stirn. Sie war dummen Menschen gegenüber immer schon ungeduldig gewesen und wollte gerade der Legatin ordentlich die

Meinung sagen, als ihr etwas einfiel. Sie erwartete kaum, dass es funktionieren würde, aber es war das Einzige, was ihr noch blieb. »Sag Wiercia, dass ich ihr persönlich zu ihrem neuen Amt gratulieren möchte, und das nicht nur als Herrscherin von Bragor-Nal, sondern auch als Steinträgerin und Botschafterin von Lon-Sers Gildriiten.«

Die Legatin sah sie einen Augenblick lang skeptisch an.

»Sag ihr außerdem«, fügte Melyor hinzu, griff lässig nach ihrem Stab mit dem leuchtenden roten Stein und legte ihn auf den Schreibtisch, wo er durch den Sprechschirm zu sehen war, »dass ich ihr eine Botschaft des Ordens der Magier und Meister in Tobyn-Ser überbringen möchte.«

Die Frau zog die Brauen hoch, und nach einem weiteren Moment des Zögerns nickte sie und entfernte sich von ihrem Schirm.

Das Warten kam Melyor wie eine halbe Ewigkeit vor, und während die Minuten vergingen, begann sie sich zu fragen, ob ihr kleiner Trick funktioniert hatte. Aber gerade, als sie schon beinahe überzeugt war, dass Wiercia ohnehin nicht mit ihr sprechen würde, trat die designierte Herrscherin vor den Sprechschirm und setzte sich hin.

Melyor war Wiercia nur einmal zuvor begegnet, vor sieben Jahren, als man sie zusammen mit dem Steinträger Gwilym und Orris in Oerella-Nal gefangen genommen und in ein Gefängnis geworfen hatte. Damals hatten sie unbedingt mit Shivohn sprechen und sie um ihre Hilfe gegen Cedrych bitten wollen, den Oberlord aus Bragor-Nal, der für die Angriffe auf Orris' Land verantwortlich gewesen war. Melyor hatte den Gefängniswärtern erzählt, sie seien als Shivohns Gäste in Oerella-Nal. Selbstverständlich war das eine Lüge gewesen, aber die Dreistigkeit dieser Behauptung hatte

Shivohn bewogen, die damalige Legatin Wiercia ins Gefängnis zu schicken, um die drei zu ihr zu bringen.

Wiercia hatte sich in den vergangenen Jahren nicht sonderlich verändert. Sie hatte vielleicht ein paar mehr Falten um ihre blauen Augen und den üppigen Mund und ein paar graue Strähnen in ihrem goldblonden Haar, aber ansonsten war ihr Gesicht so, wie Melyor es in Erinnerung hatte: kantig und auf eine strenge Weise attraktiv. Melyor bemerkte das kalte, dünne Lächeln und die Tatsache, dass Wiercia, obwohl sie ihr Amt noch nicht offiziell angetreten hatte, bereits das scharlachrote Gewand der Herrscherinnen von Oerella-Nal trug.

»Hallo, Wiercia«, sagte Melyor übertrieben freundlich. »Wie nett von dir, dass du Zeit für mich hast.«

»Es ist dir endlich gelungen, meine Aufmerksamkeit zu erringen, Melyor«, erwiderte die Frau kalt. »Aber verschwende meine Zeit nicht mit Sarkasmus. Was willst du von mir?«

»Wie ich schon deiner Legatin sagte, möchte ich dir nur im Namen meines Volkes und meiner Freunde in Tobyn-Ser gratulieren.«

»Ja, das hat sie mir ausgerichtet. Und die Erwähnung deiner Zaubererfreunde hat genau das erreicht, was du erreichen wolltest: Ich bin hier. Und jetzt gebe ich dir eine letzte Chance. Was willst du?«

»Wie laufen die Ermittlungen bezüglich des Mordes an Shivohn?«, fragte Melyor.

Wiercias Augen blitzten gefährlich. »Das ist eine Unverschämtheit!«, zischte sie. »Ich werde nicht hier sitzen bleiben und mich ausgerechnet von dir verspotten lassen!«

»Die Frage war ernst gemeint«, sagte Melyor, die sich anstrengen musste, nicht selbst die Nerven zu verlieren.

»Deine Scharade hat lang genug gedauert!« Wiercia beugte sich vor, so dass ihr Gesicht dicht vor dem Schirm war. »Shivohns einziger Fehler bestand in ihrem überwältigenden Bedürfnis, in jedem Menschen etwas Gutes erkennen zu wollen. Du hast sie vielleicht täuschen können, so dass sie glaubte, du hättest dich verändert und Bragor-Nal zu einem friedlichen, anständigen Ort gemacht. Aber ich weiß es besser. Der Zünder der Bombe, die die Herrscherin getötet hat, beweist nur, was ich schon die ganze Zeit befürchtete. Du bist nur eine Verbrecherin, die über eine Räuberhöhle herrscht.«

»Sei vorsichtig, Wiercia«, sagte Melyor. »Du solltest mich lieber nicht wütend machen. Wenn ich deine Aufnahme in den Herrscherrat ablehne, werden deine Legatinnen eine andere wählen müssen. Das willst du doch sicherlich nicht, oder?«

Die Frau wurde bleich. »Das würdest du nicht wagen! Der Aufnahmeantrag ist nur eine Formalität und nichts weiter! Du kannst mir die Aufnahme in den Rat nicht verweigern!«

Melyor lächelte eisig. »Ach nein? Wenn ich sogar Shivohn getötet habe, warum sollte ich dann vor so etwas zurückschrecken?«

Wiercia starrte in den Schirm, und man konnte ihr ansehen, dass sie die Zähne zusammenbiss. »Was willst du?«, fragte sie dann ein zweites Mal, wenn auch diesmal mit einem Hauch von Resignation.

»Ich will, dass du mir zuhörst. Ohne Vorurteile. Schieb deinen Verdacht einen Augenblick lang beiseite und hör mir zu.« Nun lächelte sie wieder. »Das ist doch ein geringer Preis für die Zulassung zum Rat, meinst du nicht auch?«

Die Frau schwieg, aber schließlich nickte sie.

Melyor holte tief Luft. Sie wusste, das hier war ihre einzige Chance. Sie musste ihre Worte sorgfältig wählen. »Ich erwarte nicht von dir, dass du mir alles sofort glaubst, aber ich habe Shivohn als Freundin betrachtet.«

Wiercia stieß ein schrilles ungläubiges Lachen aus.

»Du wolltest mir zuhören!«

»Ich hatte mehr als Lügen erwartet!«

Das wäre beinahe das Ende gewesen. Melyor hatte bereits die Hand nach dem Sprechschirm ausgestreckt, um ihn auszuschalten, als eine Stimme in ihrem Geist sie zurückhielt. Shivohns Stimme. *Lass es nicht auf diese Weise enden,* hörte sie die Herrscherin sagen. *Lass sie nicht siegen, nicht ohne Kampf.*

Melyor zog die Hand zurück und holte tief Luft. »Glaubst du, dass ich dumm bin, Wiercia?«

Die Frau blinzelte. »Wie bitte?«

Melyor grinste. »Hältst du mich für dumm?«

»Nein«, erwiderte Wiercia nach kurzer Pause. »Ich halte dich für gefährlich schlau.«

»Warum sollte ich Shivohn dann umbringen lassen?«

Wiercia zögerte, und Melyor konnte an dem unsicheren Flackern ihrer hellen Augen erkennen, dass sie bisher keinen einzigen Augenblick lang über die möglichen Motive für das Attentat auf Shivohn nachgedacht hatte. »Nun ...«

»Du hast selbst gesagt, Shivohn sei mir gegenüber zu vertrauensselig und nur zu bereit gewesen zu glauben, dass ich mich verändert habe«, drängte Melyor weiter. »Warum sollte ich dann wünschen, dass sie von jemandem ersetzt wird, der mir wahrscheinlich weniger traut?«

Wiercia starrte den Sprechschirm an.

»Das wäre irgendwie unvernünftig, findest du nicht?«

Lange Zeit schwieg die designierte Herrscherin, und als sie schließlich wieder sprach, überraschte ihre Antwort Melyor. »Ich höre«, sagte sie schlicht.

»Ohne Shivohns Hilfe wäre ich nie Herrscherin geworden. Tatsächlich hätten mich Cedrychs Attentäter wahrscheinlich umgebracht. Und obwohl wir nicht bei allem, was dem Rat vorgelegt wurde, der gleichen Meinung waren, haben wir gut miteinander arbeiten können. Tatsächlich glaube ich, dass die Beziehungen zwischen unseren Nals nie zuvor so gut gewesen sind.«

»Das ist wahr.«

»Und das wirft die Frage auf«, fuhr Melyor fort, »wer den größten Vorteil aus dem Ende dieser Zusammenarbeit ziehen könnte?«

Wiercia schien einen Augenblick darüber nachzudenken. »Ich würde sagen, Stib-Nal.«

Melyor nickte. »Sehr gut.« Sie hielt den Zünder der Bombe hoch, die im Goldpalast explodiert war. »Das hier stammt von der Bombe, die weniger als eine Stunde vor dem Mord an Shivohn vor meinem Schlafzimmer hochging. Erkennst du die Form?«

»Ja«, sagte die Frau gleichmütig. Zweifellos hatten ihre Legatinnen sie darauf vorbereitet. »Es ist einer von unseren.«

»Und das sagt dir gar nichts?«

»Nicht notwendigerweise«, erklärte Wiercia schulterzuckend. »Du hättest so etwas leicht nach Bragor-Nal schmuggeln und den Attentatsversuch auf dich selbst inszenieren können.«

»Ja!«, sagte Melyor ungeduldig. »Genau das Gleiche hättest du mit dem Zünder machen können, dessen Bombe Shivohn tötete!«

»Ich?«

Melyor hätte beinahe das Offensichtliche ausgesprochen: dass Wiercia durch Shivohns Tod mehr zu gewinnen hatte als jede andere in der Matriarchie. Aber sie wusste, dass eine solche Aussage viel mehr schaden als nützen würde. Wiercia hatte mit Shivohns Tod nicht mehr zu tun als Melyor. »Nicht du persönlich«, sagte sie stattdessen. »Es geht mir nur darum, dass der Mord an Shivohn und der Mordanschlag auf mich vielleicht von Leuten aus unseren Nals durchgeführt wurde, aber es scheint mir zu viel des Zufalls zu sein, dass solch ähnliche Angriffe am selben Morgen stattfanden.«

»Und mir kommt es absurd vor, dass Marar etwas so Ungeschicktes und Durchsichtiges planen wollte.«

Melyor schloss die Augen und rieb sich das Gesicht. Wiercia hatte Recht. Es klang tatsächlich absurd. Aber sie hatte es wieder und wieder durchdacht. Es war die einzig vernünftige Erklärung. »Kennst du Marar, Wiercia? Bist du ihm je begegnet?«

»Nein«, gab die Frau zu.

»Nun, ich kenne ihn jetzt schon seit mehreren Jahren. Man kann nicht so lange mit jemandem im Herrscherrat zusammensitzen, ohne ein gewisses Verständnis für seine Denkweise zu entwickeln. Bevor ich Herrscherin wurde, hat Marar eine wesentliche Rolle dabei gespielt, die Vorherrschaft Bragor-Nals im Rat zu sichern. Und in dieser Situation hatte er ein gewisses Maß an Macht und Einfluss. All das hat er verloren, als Shivohn und ich uns miteinander verbündeten, und nun versucht er, seinen Vorteil zurückzugewinnen!«

»Da bin ich sicher. Aber das ist ...« Wiercia schüttelte den Kopf. »Selbst Marar könnte nicht so dumm sein.«

»Dumm?«, wiederholte Melyor. »Siehst du es denn nicht? Es funktioniert doch! Du glaubst tatsächlich, dass ich Shivohn getötet habe. Es hat Tage gedauert, bis wir auch nur miteinander gesprochen haben. Und stell dir vor, ich wäre ebenfalls umgekommen – dann würden unsere Nals wahrscheinlich schon Krieg gegeneinander führen.« Sie lächelte grimmig. »Es war vielleicht plump, aber Marars Plan ist alles andere als unwirksam.«
Wieder schwieg Wiercia, saß vollkommen reglos da und starrte auf ihre Hände. »Wenn du Recht hast«, sagte sie schließlich, »was können wir tun?«
»Ich bin noch nicht sicher«, gab Melyor zu und betrachtete ihren leuchtenden roten Stein. »Ich muss wissen, ob er wieder versuchen wird, mich zu töten, oder ob es ihm im Augenblick genügt, einen Keil zwischen die Matriarchie und Bragor-Nal zu treiben.« Sie blickte wieder auf und sah Wiercia direkt in die Augen. »Aber in der Zwischenzeit können wir zumindest weiter miteinander sprechen. Wir dürfen Marar nicht glauben lassen, dass er gewinnt.«
»Warum nicht?«, fragte die Frau. »Wenn er davon überzeugt ist, dass er das Bündnis zwischen Oerella-Nal und Bragor-Nal bereits zerstört hat, wird er vielleicht davon absehen, weitere Anschläge auf dich zu verüben.«
Melyor spürte, wie sie grinste. Vielleicht konnte sie mit dieser strengen Person ja doch zurechtkommen. »Das ist ein interessanter Punkt. Obwohl ich nicht glaube, dass es mir das Leben retten könnte.«
»Warum nicht?«
Sie hob den Stab hoch. »Ich bin Gildriitin; ich bin sogar Steinträgerin.« Sie zuckte die Achseln. »Schon allein deshalb hat Marar mir nie getraut. Er wird wieder versuchen,

mich zu töten. Aber du magst Recht haben: Wir können uns zumindest ein wenig Zeit verschaffen, indem wir ihn glauben lassen, dass sein Plan funktioniert.«

»Und wie machen wir das?«

»Indem wir so tun, als ob wir einander nicht über den Weg trauen.« Sie lächelte. »Das sollte dir leicht fallen.«

Zu Melyors Überraschung lächelte Wiercia ebenfalls. »Wie schade«, sagte sie. »Eine wirklich herausfordernde Aufgabe wäre mir lieber gewesen.« Einen Augenblick später verschwand das Lächeln jedoch wieder. »Dir ist klar, dass wir, falls du Recht haben solltest, vor einem anderen Problem stehen.«

Melyor blieb reglos und wartete. Sie wusste, was Wiercia sagen würde, denn sie hatte seit mehreren Tagen an das Gleiche gedacht. Marar war ihr geringstes Problem.

»Wenn Marar tatsächlich diese Bomben in unsere Nals geschmuggelt hat«, sagte die Frau, und sie wurde bleich, als sie ihre eigenen Worte zum ersten Mal laut hörte, »dann haben wir beide Verräter in unseren Sicherheitskräften. Und das bedeutet, dass wir beide in größter Gefahr sind.«

»Ich weiß«, sagte Melyor und nickte. »Pass auf, wem du vertraust.«

Wiercia stieß ein leises freudloses Lachen aus. »Das sind von jemandem wie dir tatsächlich beunruhigende Worte.«

Melyor versuchte noch einmal zu lächeln, aber sie hatte keinen rechten Erfolg damit. »Willkommen im Herrscherrat.«

Zunächst war er vor Zorn beinahe außer sich gewesen. Immerhin hatte er den Mann hervorragend bezahlt – erheblich besser als Shivohns Sicherheitsmann – und dafür hatte er Effizienz und Kompetenz erwartet. Er hatte schon viel zu viel Zeit und zu viel Geld dafür verschwendet, diesen Plan in die Wege zu leiten, um ihn sich von der Achtlosigkeit eines einzigen Mannes verderben zu lassen. Das hatte er dem Offizier der SiHerr auch noch am selben Abend erklärt, während der Rest von Melyors Männern damit beschäftigt gewesen war, die Fassade des Goldpalasts von Bragor-Nal zu reparieren. Und es hatte ihn gefreut zu sehen, wie der Mann angesichts seiner Drohungen für den Fall, dass er abermals versagen sollte, zurückgewichen war. Melyor und Shivohn hatten ihn immer für einen jämmerlichen Anführer gehalten, das war ihm klar. Sie hielten ihn für einen Dummkopf. Aber selbst wenn Stib-Nal das kleinste und schwächste der drei Nals war, war es doch eine gewaltige Leistung, hier Herrscher zu werden. Marar war relativ sicher, dass Melyors Weg zur Macht und sein eigener ganz ähnlich verlaufen waren. Wie in Bragor-Nal gab es auch in Stib-Nal eine strenge Hierarchie, innerhalb deren der Aufstieg Ergebnis von Klugheit und Kraft und ja, auch von ein wenig Glück war. Das System von Bragor-Nal arbeitete in erheblich größerem Maßstab, aber die Ähnlichkeiten waren zu bedeutend, als dass man sie übersehen konnte. Alle in Stib-Nal, die ihn unterschätzt hatten, hatten diesen Fehler mit dem Leben bezahlt. Ebenso wie Shivohn. In vielerlei Hinsicht hatten er und Melyor viel gemeinsam. Und genau aus diesem Grund war nach ein paar Tagen des Nachdenkens sein Zorn verflogen. Er hatte gewollt, dass sie starb. Sie war Gildriitin, und das beunruhigte ihn, denn er wusste nicht, welche Kräfte ihr dieser leuchtende Kristall verlieh, den sie immer dabeihatte. Aber sie hatte auch Verbindungen zu den Magiern von Tobyn-Ser, und ganz gleich, was in den letzten Jahren aus ihr geworden war, sie war einmal ebenso gnadenlos und ehrgeizig gewesen wie alle anderen Nal-Lords in Bragor-Nal. Wenn das Bündnis zwischen Oerella-Nal und Bragor-Nal zerbrach und wenn Melyor abermals davon überzeugt werden konnte, dass der Weg zu Macht und Gold über Tobyn-Ser führte, dann mochte sich das Versagen des Attentäters sogar als ausgesprochenes Glück erweisen. Melyors Verbindungen zum Orden der Magier und Meister in Tobyn-Ser würden unersetzlich sein, wenn man sie mit den Verbindungen kombinierte, die Marar selbst zu den Priestern dieses Landes unterhielt. Die Möglichkeit blieb vage, aber falls es Probleme gäbe, hätte er schließlich immer noch den SiHerr-Offizier, der in seinem Sold stand. Falls sein neuer Plan nicht funktionieren sollte, würde er einfach eine weitere Bombe schicken.

Es war eine außerordentliche Ratsversammlung gewesen, bei der Shivohn Durell auf den Kopf zugesagt hatte, was sie wusste und worin seine Pläne bezüglich dieses geheimnisvollen Landes auf der anderen Seite von Aricks Meer bestanden. Damals hatte Marar zum ersten Mal von diesen Plänen gehört, und er war von Shivohns Enthüllungen so schockiert und von deren möglichen Folgen so verängstigt gewesen, dass er sich tatsächlich offen gegen Durell gestellt hatte – etwas, was er bisher nie gewagt hatte. Er hatte befürchtet, dass der Herrscher von Bragor-Nal ihn dafür bestrafen würde, aber Durell hatte diesen Abend nicht überlebt. Cedrych, der abtrünnige Oberlord, hatte ihn getötet und die Zulassung zum Herrscherrat beantragt, war dann aber selbst von Melyor und ihrem Zauberer umgebracht worden, bevor Marar und Shivohn hatten antworten können.

In den Jahren seitdem hatte Marar begonnen zu begreifen, welche Vorteile eine Eroberung Tobyn-Sers bringen könnte. Nach allem, was er von Kaufleuten aus Abborij gehört hatte, verfügte das Land der Falkenmagie im Überfluss über all jene Rohmaterialien, die in Lon-Ser so gut wie aufgebraucht waren: Holz und Erze ebenso wie sauberes Wasser, saubere Luft und Platz. Und aus diesem Grund hatte Marar auch sofort reagiert, als die gleichen Kaufleute ihm sagten, dass die Priester von Tobyn-Ser Waffen erwerben wollten. Er hatte eine ganze Reihe geheimer Waffenverkäufe organisiert. Es war immerhin ein Anfang, wenn auch nicht mehr als das. Stib-Nal hatte weder die Mittel noch die Technologie, um sich gegen die Magie der Zauberer durchzusetzen, selbst mit Hilfe der Priester. Aber offensichtlich hatte dieser Cedrych einmal geglaubt, dass er es schaffen könnte. Und da er Melyor ausgewählt hatte, um die Bande, die er nach Tobyn-Ser schicken wollte, anzuführen, konnte daraus nur folgen, dass sie über Cedrychs Pläne bestens informiert gewesen war.

Marar nickte und lächelte. Zumindest im Augenblick war Melyor für ihn lebendig wertvoller als tot. Und falls sie sich als unkooperativ erweisen würde, konnte er sie immer noch töten; dann würde er mit dem neuen Herrscher von Bragor-Nal über Tobyn-Ser verhandeln. Die schöne Gildriitin hatte in Bragor-Nal vieles verändert, aber Marar nahm an, dass in dem nördlichen Nachbarland auch einiges beim Alten geblieben war. Melyors Appetit auf Gold hatte vielleicht nachgelassen, aber wahrscheinlich würde das bei ihrem Nachfolger ganz anders aussehen.

Er holte tief Luft und setzte sich vor den Sprechschirm. In der Zwischenzeit gab es für den SiHerr-Mann in Bragor-

Nal noch etwas anderes zu tun – Melyor war nicht die einzige Person in diesem Nal, die er fürchtete.

Premel befand sich in einer Sicherheitsbesprechung, als der Ruf kam. Jibb, der gerade berichtete, was sie über den Bombenleger erfahren hatten, wurde mitten im Satz unterbrochen.

»Was war das denn?«, fragte er, blickte von den Papieren auf, die vor ihm lagen, und sah sich im Zimmer um.

»Nichts, General«, antwortete Premel nervös. »Nur ein automatisches Signal von meinem Sprechschirm.« Jibb kniff die Augen ein wenig zusammen, und Premel zwang sich zu einem Lächeln. »Wahrscheinlich nur das Mädchen, mit dem ich die letzte Nacht verbracht habe.«

Der Sicherheitschef bedachte ihn mit einem müden Grinsen und fuhr mit seinem Bericht fort. Aber Premel hörte kaum noch etwas davon, was Jibb sagte, und als er in sein Quartier zurückkehrte, zitterten seine Hände vor Zorn.

Als er den Sprechschirm auf seinem Schreibtisch einschaltete, sah er sofort das Gesicht des Herrschers von Stib-Nal vor sich.

»Ah, endlich«, sagte Marar, und ein Lächeln breitete sich auf seinen knochigen Zügen aus. »Ich dachte schon, du würdest mich ignorieren.«

»Ich war mitten in einer Besprechung!«, entgegnete Premel erbost. »Ich dachte, wir hätten vereinbart, dass du dich nur spät in der Nacht mit mir in Verbindung setzen würdest.«

Der Herrscher zuckte die schmalen Schultern mit ärgerlicher Gleichgültigkeit. »Ich musste mit dir sprechen«, sagte er. »Und ich würde vorschlagen, dass du auf deinen Ton achtest. Immerhin bin ich derjenige, der dich bezahlt.«

Premel starrte den Mann wütend an, sagte aber nichts. Diese ganze Geschichte machte ihn immer nervöser. Ja, die Bezahlung war hervorragend, aber die Risiken wuchsen zu rasch. Es hatte alles ganz unschuldig angefangen: die üblichen Informationen, logistische Einzelheiten, ein paar Worte über Waffentechnologie. Nichts davon war für seine eigene Sicherheit oder die seiner Freunde in der SiHerr sonderlich gefährlich gewesen. Aber dann begannen die Attentatsversuche. Premel hatte entweder unbewusst oder aus reiner Dummheit die Verbindung erst sehr spät hergestellt, aber als Marar begonnen hatte, ihm Fragen über die Reaktionszeiten der Sicherheitsleute auf die Angriffe zu stellen, konnte er das Offensichtliche nicht mehr ignorieren.

Selbst dann hatte er jedoch eine Möglichkeit gefunden, seinen Verrat und das Gold, das er ihm einbrachte, zu rechtfertigen. Melyor war eine Gildriitin; es gehörte sich einfach nicht, dass sie Bragor-Nal regierte. Man musste sich nur ansehen, was sie als Herrscherin getan hat, dann wurde es einem vollkommen klar. Das Nal-System hatte immer auf einer strengen Hierarchie beruht, die Kraft und Findigkeit belohnte. Es war gewalttätig, vielleicht sogar grausam gegenüber jenen, die zu schwach waren, um weiterzukommen. Aber es funktionierte. Es hatte seit Jahrhunderten funktioniert. Und Melyor wusste das genauso gut wie alle anderen, denn sie war der beste Nal-Lord gewesen, den Premel sich hatte vorstellen können. Aber dieser Stein hatte alles verändert. Er hatte sie zimperlich werden lassen. Ihre Anstrengung, die Gewalttätigkeit in den Blocks zu verhindern, hatte Bragor-Nal nur geschwächt. Und noch schlimmer, sie war ein schlecht beratenes und gefährliches Bündnis mit der Matriarchie von Oerella-Nal eingegangen, das drohte, die militärische und wirtschaftliche Vorherrschaft des Nal zu gefährden.

Als Marar Premel angewiesen hatte, den nächsten Attentatsversuch auf Melyor selbst zu arrangieren, hatte der Sicherheitsmann gezögert, aber nur kurz. Er tat es zum Besten des Nal, sagte er sich. Unter den alten Verhältnissen hätte ein schwacher Herrscher wie Melyor nicht lange überlebt. Wenn Bragor-Nal das stärkste Nal in Lon-Ser bleiben sollte, musste sie sterben.

Aber obwohl Premel schon längst seinen Frieden mit seiner Entscheidung gemacht hatte, Melyor zu verraten, belastete ihn sein Verrat an Jibb immer noch. Nach seiner Ansicht hätte Jibb Herrscher sein sollen. Der Sicherheitschef wusste, wie ein Nal funktionieren sollte, und er hätte nie zugelassen, dass Bragor-Nals Position in Lon-Ser derart geschwächt wurde. Nur seine unendliche Ergebenheit gegenüber Melyor hielt ihn davon ab, es offen auszusprechen. Und obwohl Premel nicht so recht verstand, wieso Jibb ihr gegenüber weiter loyal blieb, musste er den Mann sogar dafür bewundern. Jibb war eine einzigartige Mischung: Er war stark genug, um das Nal-System zu überleben, und dennoch ehrenhaft genug, um das Vertrauen und die Hochachtung der Männer zu verdienen, die unter ihm arbeiteten. Jibb wäre von Premels Verrat angewidert gewesen. Aber nach Premels Ansicht hatte Marar ihm eine Chance geboten, die Dinge wieder richtig zu stellen: Melyors Tod würde Jibb zum Herrscher machen.

Das Problem bestand darin, sein eigenes Ziel zu verfolgen und gleichzeitig Marar zufrieden zu stellen. Also hatte er sich zunächst entschlossen, die Arroganz des Herrschers zu ertragen. Wenn Jibb erst Herrscher wäre und Premel der Anführer der SiHerr, würden sie ihre Rache schon bekommen.

»Was kann ich für dich tun, Herrscher?«, fragte Premel nun also, so höflich er konnte.

Marar grinste. »Das ist schon besser.«

Premel wartete einfach ab und weigerte sich, auf diese Bemerkung zu reagieren.

»Ich habe nachgedacht, Premel«, erklärte Marar einen Augenblick später. »Dein Versagen neulich mag sich durchaus als vorteilhaft erweisen. Mein Versuch, Melyor umzubringen, war vielleicht ein wenig übereilt. Ich bin zu dem Schluss gekommen, dass sie im Augenblick für mich lebendig wertvoller ist als tot.«

Dein Versagen. Premel musste sich eine Entgegnung verkneifen. Es war nicht sein Fehler gewesen. Aus irgendeinem Grund, sei es, weil er zu betäubt gewesen war oder zu dumm, war der Attentäter vom Zeitplan abgewichen. Nicht sonderlich viel, aber es hatte genügt. Premel hatte mehrere Male versucht, das Marar zu erklären, aber der Mann weigerte sich einfach zuzuhören.

»Ich bin froh, das zu hören, Herrscher«, brachte Premel schließlich heraus. »Hast du dich deshalb mit mir in Verbindung gesetzt? Um mich ... ein wenig zu beruhigen?«

»Wohl kaum«, erwiderte Marar mit einem dünnen Lächeln. »Nein, ich habe etwas anderes für dich zu tun.«

Premel spürte, wie ihm die Farbe aus dem Gesicht wich. Wenn er nicht wollte, dass Melyor jetzt umgebracht wurde, was sonst konnte ...

»Ich will, dass du Jibb für mich erledigst.«

Premel starrte den Schirm an. »Das ist nicht dein Ernst«, flüsterte er schließlich.
»Ich neige nicht zu Scherzen, Premel.«
»Aber Jibb –« Die Stimme versagte ihm. »Warum Jibb?«
»Aus verschiedenen Gründen«, erklärte Marar. »Irgendwann werde ich doch wollen, dass Melyor stirbt. Und zu diesem Zeitpunkt wird es viel leichter sein, sie zu töten, wenn Jibb nicht mehr an ihrer Seite ist. Außerdem weißt du genau, wenn Jibb je erführe, dass ich für Melyors Tod verantwortlich war, würde er dafür sorgen, dass ich ebenfalls sterbe.« Der Herrscher kniff die Augen zusammen. »Hast du ein Problem mit meinem Auftrag, Premel?«
Er befeuchtete sich die Lippen, aber es half nichts. Sein Mund war so trocken wie eine der breiten Blockhauptstraßen im Hochsommer. »Es könnte ... es könnte kompliziert werden, Jibb zu töten.«
Marar lachte leise. »Doch sicher nicht schwieriger, als Melyor zu töten.« Er runzelte die Stirn, obwohl nach wie vor Lächeln auf seinen Lippen lag. »Komm schon, Premel! Du solltest über diesen Auftrag froh sein. Du hast mir selbst gesagt, wenn Jibb jemals die SiHerr verließe, würdest du an seiner Stelle Chef der Sicherheitskräfte werden. Und hier ist jetzt deine Gelegenheit.«
Premel holte tief Luft, schloss kurz die Augen und verfluchte sich dafür, diesem Mann so etwas anvertraut zu haben. »Ich kann das nicht tun«, sagte er, als er die Augen wieder öffnete. »Jibb ist mein Freund. Er ist ein guter Mann.« *Er wird einmal Herrscher sein.* »Ich kann das nicht tun«, wiederholte er.
»Aber sicher kannst du«, sagte Marar nun entschiedener. »Du wirst es tun, und zwar bald.«

Premel schluckte und fragte dann. »Und wenn ich mich weigere?«
»Das kann ich mir nicht vorstellen«, erklärte der Herrscher. »Ich denke, dir ist viel zu klar, was Jibb und Melyor mit dir machen würden, wenn sie von deinem Verrat erführen.«
Premel setzte dazu an, etwas zu sagen, aber er stellte fest, dass ihm nichts einfiel. Zum ersten Mal seit vielen, vielen Jahren war ihm danach zu Mute zu weinen.
»Im Leben geht es immer um Entscheidungen, mein Freund«, sagte Marar, obwohl Premel ihn kaum hören konnte. »Vor einiger Zeit hast du den Wohlstand gewählt. Du musst gewusst haben, dass eine solche Wahl dich teuer zu stehen kommt. Du hast im Grunde Glück. Du wirst nicht nur das Gold bekommen, sondern auch Macht. Die SiHerr wird dir gehören. Wenn man das bedenkt, ist Jibbs Leben doch sicher ein relativ geringer Preis.«
Premel starrte seinen Schreibtisch an – er konnte es einfach nicht ertragen, dem Herrscher in die Augen zu sehen – und schwieg.
»Betrachte es als eine Chance, dich zu bewähren«, fuhr Marar fort. »Ich erwarte von dir in den nächsten Tagen zu hören, dass du den Auftrag erledigt hast.«
In Premels Kopf schien ein Sturm zu toben. Marars Worte klangen, als kämen sie aus weiter Ferne. Aber er zwang sich zu nicken. Der Herrscher würde zumindest so viel erwarten.
»Und versage nicht noch einmal, Premel. Oder ich werde gezwungen sein, deine Rolle bei den Attentaten zu enthüllen und einen anderen Mann in der SiHerr zu finden, der die Aufträge, die ich ihm gebe, verlässlicher ausführt.«
Einen Augenblick später war das knochige Gesicht des

Herrschers vom Schirm verschwunden, aber Premel blieb sitzen, unfähig, auch nur die Energie aufzubringen, um seinen Bildschirm auszuschalten.
Er besaß inzwischen mehr Gold, als er je für möglich gehalten hätte. Er würde General der SiHerr werden, wenn er es wollte. Und in seinem ganzen Leben hatte er sich noch nie so hilflos gefühlt. Marar hatte ihn mit einem Köder gelockt, den er nur zu gerne geschluckt hatte. Und nun gab es niemanden, an den er sich wenden konnte.
Bei diesem Gedanken erstarrte er, denn es gab eine solche Person. So seltsam es ihm vorkam, plötzlich wusste er mit schockierender Klarheit, was er tun sollte. Er hätte sich nie auch nur träumen lassen, dass er so etwas je in Erwägung ziehen würde, aber er hätte auch nie erwartet, in eine solche Situation zu geraten.
Im Leben geht es immer um Entscheidungen, hatte Marar gesagt.
Premel nickte, dann beugte er sich schließlich vor und schaltete seinen Schirm aus. Vielleicht hatte er nun die richtige Entscheidung getroffen.

8

Ich halte das Auftauchen dieser freien Magier in Tobyn-Ser aus verschiedenen Gründen für gefährlich. Tatsächlich sind die Bedenken, die ich in meinem letzten Brief beschrieben habe – dass sie keine Autorität anerkennen, wie es die Magier sowohl des Ordens als auch der Liga tun – nur eines meiner Probleme, und nicht einmal das größte. Zum ersten Mal seit tausend Jahren gibt es zwei Gruppierungen von Magiern und nicht nur eine. Die Beziehungen des Ordens zu den Hütern könnte man bestenfalls als angespannt bezeichnen. Nach allem, was ich gehört habe, sieht es so aus, als wäre die anfängliche Zusammenarbeit zwischen den Tempeln und der Liga dem Misstrauen gewichen. Wenn man dann noch die neue Volksbewegung hinzufügt, die sich feindselig gegenüber der Liga, dem Orden und den Tempeln verhält, resultieren daraus noch mehr Instabilität und eine größere Wahrscheinlichkeit gewalttätiger Konflikte, als dieses Land je zuvor gekannt hat.

Im Augenblick besteht noch ein wackliges Gleichgewicht, wird ein stets bedrohter Waffenstillstand zwischen all diesen Gruppen eingehalten. Aber es wird nicht lange dauern, bis die freien Magier begreifen, dass sie die Macht haben, dieses Gleichgewicht nach der einen oder anderen Seite ins Wanken zu bringen. Und ich fürchte, wenn sie das erkennen, wird ihre Machtgier sie dazu verführen, das ganze Land ins Chaos zu stürzen.

Falkenmagier Orris an Melyor i Lakin, Herrscherin und Steinträgerin von Bragor-Nal, im Winter des Gottesjahres 4633

Tammen saß ihm gegenüber, starrte ins Feuer, und trotz der Falten um den Mund und ihres in den letzten Tagen beinahe chronischen Stirnrunzelns sah sie jung aus. Das Licht der Flammen und ihres blinkenden blauen Steins spiegelte sich in ihren hellen Augen, und das braune Haar fiel ihr in die Stirn. Nodin fand, dass sie noch nie so hübsch ausgesehen hatte.

Er wandte sich ab und kraulte das Kinn seines Falken, der neben ihm auf einem breiten Holzscheit saß. Tammen war nicht in ihn verliebt, das wusste er, und obwohl er immer noch spüren konnte, wie sich sein Herz zusammenzog, wenn er daran dachte, war der Schmerz der Zurückweisung zum größten Teil verheilt. Aber dass sie ihn seit dem Vorfall in Prannai vor mehreren Tagen offenbar für einen Feigling hielt, konnte er nicht ertragen. Er hörte es in ihrer Stimme, wenn sie mit ihm sprach. Er sah es in ihrem Blick, in den seltenen Fällen, wenn sie sich herabließ, ihn anzusehen. *Es war nicht mein Fehler,* wollte er sagen. *Ich wollte nicht, dass jemand stirbt.* Aber er wusste, dass das nicht stimmte. Es war inzwischen gleich, wie es begonnen hatte oder was sie vorgehabt hatten. Es war zum Kampf gekommen, und er hatte einfach nur zugesehen, geschützt von Henryks schimmerndem grünem Schild, wie sie die Männer des Tempels getötet hatte. Er war nicht feige gewesen. Er war nicht wirklich sicher, woran es gelegen hatte. Aber sie verachtete ihn dafür.

»Vielleicht sollten wir zurückgehen«, schlug er vor und sah sie über das Feuer hinweg an. Dann schaute er zu Henryk hin, der sich mit dem Rücken an einen Baumstamm gelehnt hatte, die Augen geschlossen, die Füße auf einem breiten, flachen Stein. »Vielleicht versucht Padgett wieder irgendwelche Tricks. Maira könnte unsere Hilfe brauchen.«

»Wir haben doch schon darüber gesprochen«, sagte Tammen müde. »Maira hat uns gebeten zu gehen. Und außerdem glaube ich nicht, dass der Hüter noch einmal versuchen wird, den Wald anzurühren.«
»Aber was, wenn er es doch tut? Wir sollten –«
»Hör auf, Nodin!«, sagte sie. Ihre Stimme war wie eine Messerklinge. »Es ist vorbei, und es gibt andere Dinge, um die wir uns sorgen müssen! Was in Prannai passiert ist, zählt jetzt nicht mehr!«
Er spürte, wie er rot wurde, und war froh über die Dunkelheit und das unsichere Licht des Feuers. Wieder sah er Henryk an und bemerkte, dass sein Freund ihn beobachtete, aber sein Blick war nicht zu deuten.
»Es tut mir Leid«, murmelte Nodin.
Tammen tat seine Entschuldigung mit einer ungeduldigen Geste ab und griff nach ihrem Stab. »Ich wünschte, ich wüsste, was sie vorhaben«, sagte sie und schaute den blinkenden blauen Ceryll an. »Ich traue ihnen nicht über den Weg. Es ist mir gleich, ob die Liga mehr Mitglieder hat. Die wahre Gefahr ist der Orden. Sie sind diejenigen, die wir im Auge behalten müssen.«
Nodin warf Henryk einen Blick zu, aber der schüttelte nur den Kopf. Sie hatte so etwas schon öfter gesagt, und obwohl sie beide nicht ihrer Ansicht waren, begriffen sie, wieso Tammen so empfand.
Tammen war eine der wenigen Überlebenden des berüchtigten Angriffs der Fremden auf Wasserbogen, des letzten Angriffs, den diese Männer aus Lon-Ser durchgeführt hatten. Tammens Eltern und Schwestern waren in dieser Nacht vor vielen Jahren umgekommen, ebenso wie die meisten ihrer Nachbarn und Freunde, und obwohl sie seit Jahren

wusste, dass die Angreifer nicht wirklich Magier gewesen waren, hatte sie nie aufgehört, dem Orden die Schuld an den Geschehnissen zu geben.
»Warum berufen sie jetzt eine Versammlung ein?«, fragte sie, den Blick immer noch auf den Stein gerichtet.
»Wir werden es schon bald herausfinden«, sagte Henryk müde. »Es hat wahrscheinlich irgendetwas mit der Liga zu tun. Wir sollten uns deswegen keine Sorgen machen.«
»Nein«, sagte Tammen. »Es ist mehr als das. Da bin ich sicher. Man kann ihnen nicht trauen.«
Wieder wechselten Nodin und Henryk einen Blick, schwiegen aber.
Sie saßen einige Zeit wortlos beieinander, Tammen starrte immer noch ihren Ceryll an, und Henryk beugte sich vor, um mit einem langen, dünnen Ast in den Kohlen herumzustochern. Nodin versuchte verzweifelt, sich etwas auszudenken, was er sagen könnte. Er war der Älteste der kleinen Gruppe. Er war an seinen zweiten Vogel bereits so lange gebunden wie seine Begleiter an ihre ersten Vertrauten. Es sollte seine Aufgabe sein, eine Art Plan aufzustellen. Es sollte so sein. Aber seit Prannai ...
»Und, wohin wenden wir uns jetzt?«, fragte Henryk schließlich und lehnte sich gegen seinen Baum.
»Darum geht es nicht«, antwortete Tammen. »Es ist egal, wohin wir gehen oder wem wir begegnen. Wir brauchen eine Möglichkeit, stärker zu werden. Wir können uns keine Wiederholung dessen, was in Prannai geschehen ist, leisten.«
»Ich verspreche dir, beim nächsten Mal wird es anders sein«, sagte Nodin.

Sie schüttelte den Kopf. »Ich rede nicht von dir, Nodin! Ich rede von uns allen. Von der gesamten Bewegung!«
»Das verstehe ich nicht«, sagte Henryk.
»Wie viele freie Magier, glaubst du, gibt es in Tobyn-Ser?«, fragte sie ihn.
Der dunkeläugige Mann zuckte die Achseln. »Ich weiß nicht. Zehn. Vielleicht ein Dutzend.«
»Richtig. Und das ist weniger als die Hälfte der Mitglieder des Ordens oder der Liga.«
»Ich nehme an, wir werden langsam mehr werden«, sagte Nodin. »Es mag einige Zeit dauern –«
»Wir haben aber keine Zeit«, unterbrach sie ihn. »Die Volksbewegung braucht uns als Anführer und Beschützer. Wenn wir ihnen jetzt nicht helfen können, dann ist es ohne Bedeutung, wie viel Umhanglose es im nächsten Jahr geben wird. Noch ein paar Vorfälle wie in Prannai, und die Bewegung ist tot. Niemand wird uns mehr zutrauen, dass wir ihnen helfen können.«
»Und was willst du damit sagen?«
»Nun, die Liga und der Orden sind uns zahlenmäßig überlegen, und offensichtlich haben die Tempel Zugang zu ausländischen Waffen, und daher ist es nur eine Frage der Zeit, wann auch sie zu mächtig für uns werden.« Sie hielt inne und sah die beiden eindringlich an. »Wir brauchen ebenfalls Waffen. Wir brauchen etwas, das uns gestattet, mit der Liga, dem Orden und den Hütern gleichzuziehen.«
Nodin starrte sie an. »Du magst ja Recht haben, aber was sollte das sein?«
Sie zögerte, und plötzlich wirkte sie nervös und unsicher. Sie warf Henryk einen raschen Blick zu, aber dann sah sie wieder Nodin an. »Wir brauchen Hilfe«, sagte sie erheblich

weniger selbstsicher als noch einen Augenblick zuvor. »Und mir ist einfach niemand eingefallen, der uns helfen würde.« Sie holte tief Luft. »Zumindest niemand, der noch lebt.«

»Niemand, der noch lebt?«, erwiderte Henryk mit einem fragenden Ausdruck auf dem kantigen Gesicht.

Aber Nodin verstand bereits, worauf sie hinauswollte. Tatsächlich kam es ihm sogar beinahe vernünftig vor. Jeder wusste, dass die Unbehausten dem Orden vor zwölf Jahren auf Phehlans Dorn geholfen hatten, die Fremden zu besiegen. Offensichtlich verfügten sie immer noch über eine Art von Macht. Und wenn man sie überzeugen konnte, den Umhanglosen zu helfen, würde die Volksbewegung vielleicht im Stande sein, die Vorteile ihrer Rivalen auszugleichen. Nodin erkannte die Logik hinter Tammens Vorschlag.

Aber er konnte auch nicht die kalte Angst leugnen, die ihn überfallen hatte, sobald er ihre Worte hörte, als hätte einer dieser unbehausten Geister seine eisige Hand um Nodins Herz gelegt. Therons Fluch war keine Kleinigkeit. Kein Magier, der auch nur einen einzigen Tag ungebunden verbracht hatte, würde daran zweifeln. Und zu denen, die Opfer des Fluchs geworden waren, zu denen, die Tammen versuchen wollte, auf ihre Seite zu ziehen, gehörten auch einige der furchterregendsten und ... böswilligsten Gestalten in der Geschichte des Landes.

»Das ist nicht dein Ernst!« Henryk riss die dunklen Augen auf, als er endlich begriffen hatte, was sie da vorschlug. »Wir sollen uns an die Unbehausten wenden?«

»Ja«, antwortete sie mit fester Stimme. »Ich habe schon seit ein paar Tagen darüber nachgedacht, und ich sehe keine andere Möglichkeit, das Überleben der Bewegung zu sichern.«

»Aber das ist doch Unsinn! Warum sollten sie uns helfen? Alle Unbehausten gehörten einmal zum Orden. Sie haben kein Interesse daran, uns oder der Bewegung zu helfen.«

»Einige schon«, erklärte Tammen spitz. »Einige von ihnen sind nicht gut auf den Orden zu sprechen.«

Henryk zeigte mit starrem Finger auf sie. »Ich werde nicht zu Therons Hain gehen.«

»Das verlangt auch niemand von dir, Henryk«, erwiderte sie.

»Und wer wird uns dann helfen?«

Nodin wusste, was sie sagen würde, bevor sie es aussprach. Sie war in Wasserbogen aufgewachsen, und das bedeutete, dass sie dem Orden niemals trauen würde. Es bedeutete darüber hinaus jedoch auch, dass sie dort, wo der Rest des Landes einen Verräter und Mörder sah, einen Heiler und Rächer erlebt hatte, einen Mann, der ihr Leben und das, was von ihrem Zuhause geblieben war, gerettet hatte.

»Sartol«, sagte Tammen.

Schon der Name des Eulenmeisters ließ Nodin erschaudern. Es war egal, ob Sartol die Fremden in Wasserbogen getötet hatte, um seinen Verrat geheim zu halten. Es war egal, dass er genau diesen Fremden geholfen hatte, dass er den Angriff auf Wasserbogen erst möglich gemacht hatte. Für Tammen und die anderen, die diese Schreckensnacht überlebt hatten, zählte ausschließlich, dass Sartol den Angriff beendet und die Toten gerächt hatte. Für diese Menschen war Sartol ein Held. Ihnen war egal, was der Rest von Tobyn-Ser dachte.

»*Sartol?*«, sagte Henryk. »Aber der Mann war ein Verräter!

Er hat den Fremden geholfen! Wieso sollte er der Bewegung helfen wollen?«

Tammen sah ihn kühl an. »Du klingst wie ein Ordensmagier, Henryk.«

Henryk sprang auf, und seine Augen blitzten im Licht des Feuers und der Cerylle. Aber irgendwie gelang es ihm, sich zusammenzunehmen, und als er wieder sprach, war seine Stimme überraschend ruhig. »Ich sage dir nur, was ich sicher weiß. Sartol hat den Orden und Tobyn-Ser verraten. Er hat die Weise und ihren Ersten getötet.« Er hob beinahe flehend die Hände. »Diese Dinge sind Geschichte, Tammen. Es sind keine Märchen, die der Orden erfunden hat. Wir sprechen hier von Tatsachen.«

»Und was hältst du von der Tatsache, dass er mir das Leben gerettet hat? Wäre Sartol nicht gewesen, dann wäre Wasserbogen vollkommen zerstört worden und ich wäre gestorben, ebenso wie meine Eltern. Ebenso wie meine Schwestern.«

Henryk setzte zu einer Antwort an, aber dann hielt er inne. Lange Zeit betrachtete er Tammen traurig. »Ich werde das nicht tun«, sagte er schließlich. »Ich weiß, dass du ihm vertraust – vielleicht kann ich sogar bis zu einem gewissen Grad verstehen, warum –, aber ich weiß, was er im Leben war, und ich werde ihn nicht um Hilfe bitten, selbst jetzt nicht.«

»Aber uns bleibt nichts anderes übrig!«, erklärte Tammen. »Wir brauchen Hilfe!«

»Da magst du Recht haben«, erwiderte Henryk. »Aber wir brauchen keine Hilfe von den Unbehausten!«

Sie war zornig und enttäuscht. »Und wer soll uns sonst helfen? Wie sonst können wir gegen die Waffen aus Lon-

Ser und die vielen Magier im Orden und in der Liga bestehen?«
Henryk wandte den Blick ab. »Ich weiß es nicht. Aber das hier ist wahnsinnig! Es ist zu gefährlich!«
»Du gibst also zu, dass du Angst hast.«
»Ja«, gestand Henryk und sah sie wieder an. »Ich habe Angst. Ich habe Angst vor den Unbehausten. Und am meisten fürchte ich mich vor Sartol.«
»Und du bist bereit zuzulassen, dass die Bewegung wegen deiner Angst untergeht.«
Das war eine Feststellung, keine Frage, und obwohl Henryk sich wieder abwandte, widersprach er ihr nicht.
»Und was ist mit dir?«, fragte Tammen nun Nodin. »Hast du ebenfalls Angst?«
Wie schon zuvor in Prannai? Selbstverständlich sprach sie es nicht aus. Das war nicht notwendig. Nodin hörte die Andeutung in ihrer Stimme, sah die Herausforderung in ihren grauen Augen. Er warf Henryk einen Blick zu und bemerkte, dass sein Freund ihn beobachtete. Der Blick des dunkeläugigen Magiers war nicht weniger eindringlich als Tammens Blick. Es würde nicht leicht sein, einen Kompromiss zu finden, den beide akzeptieren konnten.
Zum Glück hatte ihm Henryk, wahrscheinlich ohne es zu wollen, eine Möglichkeit gegeben. »Ich glaube ebenso wie Henryk, dass man Sartol nicht trauen darf«, sagte er. »Es wäre einfach zu gefährlich. Aber«, fügte er rasch hinzu, als er sah, wie Tammen angewidert das Gesicht verzog, »ich will die Idee, die Hilfe der Unbehausten zu suchen, nicht vollkommen abtun. Ich erwarte nicht, dass sie uns helfen, aber wir müssen etwas unternehmen.« Er zuckte die Achseln. »Vielleicht werden sie uns ja überraschen.«

»Also gut«, sagte Tammen widerwillig. »Aber wenn nicht Sartol, wer dann?«
»Ich hatte das vergessen, bis Henryk erwähnte, dass Sartol die Weise und ihren Ersten getötet hat«, erwiderte Nodin. »Der Erste war doch ein Mann namens Peredur, oder? Und er war ungebunden, als er starb. Er hat seinen ersten Vogel am Westrand von Tobyns Wald gefunden. Das ist nur sechs oder sieben Tage von hier entfernt, wenn wir uns beeilen.«
»Woher weißt du das?«, fragte Henryk.
»Ich bin nicht weit von dort aufgewachsen«, sagte er. »Peredur und mein Vater waren Freunde.«
»Also wird er dich vielleicht anhören?«
»Das mag sein. Es kann jedenfalls nichts schaden, es zu versuchen.« Nodin warf Tammen einen Blick zu. »Ich glaube, es gibt auch ein paar freie Dörfer in der Gegend. Vielleicht stehen sie der Bewegung aufgeschlossen gegenüber. Selbst wenn Peredur uns nicht helfen wird, wird der Weg nicht ganz umsonst sein.« Es klang flehentlicher, als er beabsichtigt hatte, aber zu diesem Zeitpunkt war ihm das egal. Trotz allem, was zwischen ihnen vorgefallen war, wollte er Tammen immer noch nicht verlieren.
»Im Westen, sagst du?«, fragte sie, offenbar zerstreut.
Er nickte. Dann sagte er »Ja«, weil er bemerkte, dass sie ihn nicht angesehen hatte.
»Nahe der Nordebene?«
»Keine zwei Meilen von der Ebene entfernt. Kennst du die Stelle?«
Tammen schüttelte den Kopf. »Nein.« Einen Augenblick später schüttelte sie den Kopf ein zweites Mal, als wollte sie ihre Gedanken klären. »Also gut«, sagte sie. »Wir sprechen

mit Peredur.« Sie lächelte ihn an. Sie lächelte! »Es ist eine gute Idee.«

Nodin erwiderte das Lächeln – er hätte es kaum verhindern können –, und dann wandte er sich seinem Freund zu. »Henryk?«

Henryk sah erst Nodin und dann Tammen an, einen grimmigen Blick in den dunklen Augen. »Das gefällt mir nicht«, sagte er. »Ich werde es tun, aber es gefällt mir nicht.«

Nodin nickte, immer noch lächelnd. »Gut.« Henryks Angst war wahrscheinlich wohl begründet, aber er konnte sich im Augenblick nicht dazu zwingen, daran zu denken. Sie hatten einen Plan, der sie noch eine Weile zusammenhalten würde. Und Tammen hatte ihn angelächelt.

Jaryd, Alayna und Myn erreichten spät am Morgen eine Stelle, von der aus sie zum ersten Mal einen Blick auf Amarid werfen konnten. Es war ein Felsvorsprung im Vorgebirge der Parnesheimberge, und von dort sah die Stadt des Ersten Magiers aus wie ein Flickenteppich in Weiß, Grau und Grün. Die Kristallstatuen auf der Großen Halle glitzerten im Sonnenlicht, und weiter in der Ferne schimmerten die weißen und blauen Türme der Halle der Liga von Amarid wie Messerklingen.

Sie hätten nur noch ein paar Stunden gebraucht, um die Große Halle zu erreichen, aber Jaryd und Alayna hielten es für besser, bis zum Einbruch der Dunkelheit zu warten, wenn die Bürger der Stadt Rithlar nicht bemerken würden. Sie hatten während ihrer Reise durch Tobyn-Ser Städte und Dörfer gemieden, und wenn es unmöglich war, Begegnungen mit Fremden aus dem Weg zu gehen, hatte Jaryd den großen Adler angewiesen, davonzufliegen und sich nicht in der Gegenwart des Magiers sehen zu lassen. Zu viele Menschen in Tobyn-Ser wussten, was das Auftauchen eines Adlers bedeutete, und das Letzte, was die Magier im Augenblick brauchten, war eine landesweite Panik.

Während der Reise war es ihnen gelungen, Myn diese Dinge auf eine Art zu erklären, die dem Kind keine Angst machte, aber sosehr die Begeisterung der Kleinen wuchs, Amarid wiederzusehen, so groß war auch ihre Ungeduld, die Stadt zu erreichen. Und bei dieser Gelegenheit genügten schließlich Jaryds und Alaynas beiläufige Erklärungen nicht mehr. Am Ende hatte Jaryd das Gefühl, es bliebe ihm nichts anderes übrig, als ihr zumindest zum Teil die Wahrheit zu sagen.

»Wir wollen warten, bis es dunkel wird, Myn, weil wir nicht wollen, dass andere Rithlar sehen.«

»Warum nicht?« Das Mädchen sah ihn fragend an.

»Die Leute könnten Angst vor ihr bekommen«, sagte er und blickte zu dem Vogel auf, der hoch über ihnen kreiste, ein dunkler Fleck am leuchtend blauen Himmel. »Manchmal haben die Menschen Angst vor Adlern.«

»Glauben sie, dass Adler böse sind?«

Jaryd holte tief Luft und warf Alayna einen Blick zu. Irgendwie wollte seine Erklärung nicht so recht gelingen.

»Die Menschen haben Angst vor Adlern«, erklärte Alayna ernst, »weil sich Adler normalerweise nur an Magier binden, wenn ein Krieg bevorsteht.«

»Krieg?«, flüsterte Myn und wurde bleich. »Haben wir jetzt Krieg?«

Alayna lächelte. »Nein, Myn-Myn. Wir haben keinen Krieg.«

Jaryd zwang sich ebenfalls zu einem Lächeln und hoffte,

dass Alaynas Antwort seine Tochter zufrieden stellen würde. Ein Jahr zuvor wäre das vielleicht auch so gewesen.
»Wird es Krieg geben?«
Alaynas Lächeln verschwand ebenso wie das seine.
»Das wissen wir nicht, Myn«, sagte er. »Wir kommen nach Amarid, damit wir mit Onkel Baden, Trahn, Orris und den anderen zusammen daran arbeiten können, einen Krieg zu verhindern. Aber im Augenblick wollen wir den Leuten in der Stadt nicht unnötig Angst machen. Verstehst du das?«
Das Mädchen nickte, die hellen Augen weit aufgerissen. Der Bergwind zupfte an ihrem langen kastanienbraunen Haar. »Gegen wen würden wir in einem Krieg kämpfen?«, fragte sie einen Augenblick später.
»Ich weiß es nicht, Liebes«, sagte Jaryd leise. »Das wissen wir alle nicht.«
Sie verbrachten den Rest des Tages an einer abgelegenen Ecke des Dacia-Sees an den Ausläufern des Vorgebirges, und die Rast und das Spielen mit Myn halfen dabei, auch Jaryd und Alayna ein wenig abzulenken. Erst als die Sonne hinter den Bergen verschwand, machten sie sich auf zur Stadt des Ersten Magiers. Sie erreichten das Ufer des Larian mehrere Stunden später, überquerten den Fluss auf einer der kleinen uralten Brücken zum alten Stadtkern und ritten unbehelligt zur Großen Halle weiter. Myn, die vor Alayna auf dem Pferd saß, war längst eingeschlafen, und selbst nachdem Alayna sie Jaryd heruntergereicht hatte, wachte sie nicht auf. Rithlar neben sich, den Stab mit dem saphirfarbenen Ceryll unter den Arm geklemmt, trug Jaryd das Mädchen zu den großen hölzernen Toren des Kuppelgebäudes und klopfte. Es dauerte einen Augenblick, bis eine der blau gewandeten Dienerinnen der Halle einen Torflügel

einen Spaltbreit öffnete. Das Gesicht der jungen Frau war verquollen vom Schlaf, aber sie erkannte Jaryd offenbar sofort.

»Falkenmagier«, sagte sie überrascht, »was kann ich für dich tun?«

»Falkenmagierin Alayna und ich brauchen einen Schlafplatz«, antwortete er. Und mit einem Blick auf die schlafende Myn fügte er grinsend hinzu: »Und unsere Tochter auch.«

Die Dienerin runzelte die Stirn. »Das verstehe ich nicht. Sind die Gasthäuser voll?«

Offensichtlich hatte Radomil Jaryds Geheimnis sehr gut gewahrt. »Vielleicht solltest du den Eulenweisen fragen«, sagte Jaryd freundlich. »Er wird wissen, was zu tun ist.«

»Der Weise schläft schon, Falkenmagier«, sagte die Frau und starrte ihn an, als hätte er den Verstand verloren. »Alle in der Halle schlafen.«

Jaryd starrte die Frau ein paar Sekunden lang an, dann holte er tief Luft und beschwor ein helleres Licht in seinem Kristall herauf, so dass der Schein auf Rithlar fiel, die nun neben ihm auf der Schwelle der Großen Halle stand.

Als die Frau den großen Vogel sah, keuchte sie erschrocken und wich zurück. »Aricks Faust!«, hauchte sie. »Das ist der größte Falke, den ich je gesehen habe!«

»Das liegt daran, dass sie kein Falke ist«, erwiderte Jaryd. »Sie ist ein Adler.«

Zunächst schien die Frau nicht gehört zu haben, was er sagte. Sie starrte den Vogel weiterhin mit unverhohlenem Staunen an. Aber nach einem Augenblick riss sie plötzlich den Kopf hoch und schaute Jaryd ins Gesicht. »Ein Adler?«, wiederholte sie.

Jaryd nickte.
Inzwischen stand Alayna neben ihm auf der Schwelle und starrte die Frau ziemlich gereizt an. »Ich glaube, der Adlerweise Jaryd hat dich gerade gebeten, den Eulenweisen zu wecken«, erklärte sie scharf. »Bitte zwing uns nicht, das noch einmal zu wiederholen.«
»Selbstverständlich, Eulenmeisterin!«, sagte die Dienerin und nickte hektisch, bevor sie davonhuschte. »Bitte kommt herein!«, rief sie über die Schulter. »Der Weise wird sich sofort um alles kümmern!«
Die Frau verschwand hinter einer Tür, aber beinahe sofort tauchten mehrere weitere Diener auf, und innerhalb von wenigen Minuten herrschte in der Halle betriebsame Geschäftigkeit. Diener kamen mit Essen, das sie auf den Ratstisch inmitten des Versammlungssaals stellten. Jaryd erspähte andere, die Bettwäsche in ein kleines Zimmer weiter hinten in der Halle brachten, und ein älterer Mann, ebenfalls in blauem Gewand, erklärte, man habe ihre Pferde zu einem nahe gelegenen Stall gebracht, wo sie gut versorgt seien.
Myn erwachte, und als sie das kleine Festessen entdeckte, das man für sie vorbereitet hatte, verkündete sie, sie sei zu hungrig um weiterzuschlafen. Alayna nahm sie aus Jaryds Armen und trug sie zum Tisch, denn in diesem Augenblick kam Radomil aus seinem Zimmer, begleitet von seiner Frau Ilianne.
»Adlerweiser!«, rief er mit seiner tiefen Stimme und kam über den Marmorboden der Halle auf sie zu. »Willkommen in Amarid!«
Jaryd spürte, wie er errötete. »Ich bin es nur, Radomil.«
Der untersetzte Mann zeigte auf den gewaltigen goldfarbe-

nen Vogel an Jaryds Seite. »Und hast du dich nicht an dieses großartige Geschöpf gebunden?«

Jaryd gab mit einem Grinsen und einem verlegenen Schulterzucken klein bei.

Radomil umarmte Jaryd fest. »Ich freue mich, dich zu sehen«, flüsterte er und tätschelte Jaryds Rücken. »Selbst unter diesen Umständen freue ich mich, dich zu sehen.«

Dann ließ Radomil ihn los und wandte sich Alayna und Myn zu. »Hallo, Alayna!«, sagte er vergnügt. »Wer ist diese junge Frau, die du da mitgebracht hast?«

Myn starrte ihn aus großen Augen an. »Ich bin es, Eulenweiser!«, sagte sie. »Myn!«

»Myn?«, fragte Radomil mit übertriebenem Stirnrunzeln. »Unmöglich! Myn ist nur ein kleines Mädchen! Du bist viel zu alt, um Myn zu sein.«

»Nein, wirklich!«, beharrte das Mädchen. »Ich bin es!«

Der Weise hockte sich neben sie. »Bist du sicher?«, fragte er.

Sie nickte, und Radomil begann zu lachen. »Nun gut«, sagte er. »Ich glaube dir.« Er stand wieder auf und umarmte Alayna. »Sie sieht dir so ähnlich, Alayna.« Dann warf er Jaryd einen boshaften Blick zu. »Das Kind hat Glück gehabt.«

Alayna lachte, ebenso wie Jaryd und Radomil.

»Hör einfach nicht auf ihn, Jaryd«, sagte Ilianne, ein Lächeln auf dem runden, freundlichen Gesicht. »Ich sehe ebenso viel von dir in Myn wie von Alayna. Tatsächlich ist die Einzige, der sie wirklich ähnlich sieht, deine Mutter.«

»Ich weiß«, stimmte Jaryd zu. »Sie hat auch das Temperament meiner Mutter geerbt.«

Radomil lachte abermals, aber einen Augenblick später verschwand seine Heiterkeit, und seine Miene wurde grimmig. Er sah alt aus, begriff Jaryd. Es war nun mehr Grau in seinem Bart, und selbst verquollen vom Schlaf war sein Gesicht faltig und abgehärmt. Der Weise beäugte Rithlar ein zweites Mal und näherte sich ihr dann vorsichtig.

»Lässt sie sich anfassen?«, fragte er über die Schulter hinweg und wandte den Blick dabei nicht von dem Adler ab.

»Ja«, erwiderte Jaryd. »Sie ist nicht so wild, wie sie aussieht.«

Der Weise nickte. »Ich bin einem Adler noch nie so nahe gekommen«, flüsterte er und hockte sich wieder hin, um Rithlar genauer zu betrachten. »Ich hätte mir nie vorstellen können, dass sie so groß werden. Oder so schön«, fügte er mit einem Seitenblick auf Jaryd rasch hinzu. Er kraulte dem Vogel das Kinn, und Rithlar schloss die Augen und streckte dankbar den Hals aus. »Wie heißt sie?«

»Rithlar.«

Wieder nickte der Weise. »Wie all die anderen.«

Dann warf Radomil über die Schulter hinweg einen Blick zu Ilianne.

Sie nickte. Vielleicht hatte sie sogar gelächelt. »Myn«, sagte sie, »warum gehen wir beide jetzt nicht zusammen dein Bett machen? Wir haben schon ein Zimmer für dich vorbereitet.«

Myn warf einen fragenden Blick zu ihrer Mutter.

»Schon in Ordnung, Myn-Myn«, sagte Alayna. »Ich komme bald nach.«

Myn griff nach Iliannes Hand, und die beiden gingen zum hinteren Teil der Halle, wo sich die Wohnräume befanden.

»Ilianne und ich räumen das Zimmer des Weisen morgen«, sagte Radomil, erhob sich wieder und strich seinen Umhang glatt. »Wir waren nicht sicher, wann ihr eintreffen würdet. Mered ist bereits aus dem Zimmer des Ersten ausgezogen. Wir haben angenommen, es würde Myns Zimmer werden, also haben wir es für sie schon vorbereitet.«

Alayna, die sehr müde aussah, lächelte. »Ich danke euch. Sie wird sich sehr freuen. Was den Rest angeht – wir haben es nicht eilig. Lasst euch ruhig Zeit.«

»Genau«, stimmte Jaryd ihr zu. »Uns wird es überall gut gehen.«

»Das ist wirklich nett von euch«, sagte Radomil. »Aber bei all dem, was die Götter euch aufgeladen haben, solltet ihr euch zumindest um eure Bequemlichkeit keine Sorgen machen müssen.«

»Sind die anderen schon da?«, wollte Alayna wissen.

»Die meisten, ja. Trahn ist schon seit ein paar Tagen hier, ebenso wie Orris. Auch Baden und Sonel sind schon vor einiger Zeit eingetroffen.« Der Weise lächelte. »Im Grunde haben wir nur noch auf euch gewartet. Mered und ich haben getan, worum ihr uns gebeten habt: Niemand weiß von deiner Bindung. Wir haben nur gesagt, dass du um eine Versammlung gebeten hast.«

»Danke. Das muss zu einigen neugierigen Blicken geführt haben.«

»Ja«, erwiderte Radomil mit einem Grinsen. »Ich kann mich erinnern, dass Orris' Reaktion besonders lebhaft war.«

Alayna lachte. »Er hat Baden wahrscheinlich keinen Augenblick in Ruhe gelassen.«

Alle drei lachten, aber sie wurden schnell wieder ernst.

»Was hast du vor, Jaryd?«, wollte Radomil wissen.

Jaryd strich sich das Haar aus der Stirn und holte tief Luft. »Ich bin immer noch nicht sicher«, erwiderte er. »Es gibt zu viel, was wir noch nicht wissen. Und selbst nachdem Rithlar sich ausgerechnet an mich gebunden hat, fühle ich mich nicht qualifiziert, irgendwelche Entscheidungen allein zu treffen. Ich brauche euren Rat.«

»Ich verstehe«, sagte Radomil und nickte. »Ja, das kann ich wirklich gut verstehen. Ich hatte nie das Gefühl, besonders gut zur Führung des Ordens geeignet zu sein, und immerhin musste ich mich nie der Last stellen, an einen Adler gebunden zu sein. Ich beneide dich nicht.«

»Wir müssen jetzt schlafen«, sagte Alayna nach kurzem Schweigen. »Oder zumindest muss ich jetzt ins Bett. Wir können heute Nacht ohnehin nichts mehr entscheiden.«

»Du hast Recht«, sagte der Weise und unterdrückte ein Gähnen. »Ich zeige euch, wo ihr heute Nacht schlafen werdet.«

Jaryd und Alayna folgten dem Weisen zu einem Gästezimmer, und innerhalb weniger Minuten lagen sie im Bett und waren tief eingeschlafen.

Am nächsten Morgen ließen sie nach einem schnellen Frühstück einen Diener die Glocken der Großen Halle läuten, um die Magier zur Versammlung zu rufen.

Jaryd und Alayna warteten mit Radomil in der Wohnung des Weisen, bis alle Ordensmitglieder eingetroffen waren. Sie waren zu der Ansicht gekommen, dass es besser sein würde, sich den Fragen aller Magier gleichzeitig zu stellen, statt mehrmals hintereinander das Gleiche sagen zu müssen, während die Ordensmitglieder einer nach dem anderen in die Halle kamen. Das Warten schien Jaryd unendlich lange zu dauern, obwohl er wusste, dass das nicht wirklich der Fall war. Angesichts der Aussicht, Oberhaupt des Ordens zu werden, spürte er, wie seine Ängste und Zweifel zurückkehrten. *Ich bin nicht bereit für so etwas*, sagte er sich. *Warum haben die Götter mich auserwählt?*

Alayna, die seine Gedanken zu erraten schien, griff nach

seiner Hand, und Rithlar sandte ihm ein Bild ihrer Bindung, als wollte sie noch einmal bestätigen, dass sie wirklich für ihn bestimmt gewesen war.

»Es ist Zeit«, sagte Radomil leise und schaute Jaryd an. Er lächelte tröstend. »Geh voran, Adlerweiser.«

Jaryd musste einen Augenblick gegen eine leichte Übelkeit ankämpfen, dann stand er auf und versuchte, das Lächeln des Eulenweisen zu erwidern. Er rief Rithlar zu sich und zuckte zusammen, als er ihre Krallen spürte. Selbst mit dem zusätzlichen Polster an Ärmeln und Schultern hatte er immer noch das Gefühl, als zerrisse sie sein Fleisch. Aber in diesem Augenblick wollte er sie auf seinem Arm. Mit einem letzten Blick zu Alayna ging er zur Tür, öffnete sie und betrat den Saal.

Die anderen in der Halle drehten sich zu ihm um, und das Rascheln ihrer Gewänder hallte unnatürlich laut von der Kuppeldecke wider. Jaryds Schritte und die von Alayna und Radomil hinter ihm hallten ebenfalls, aber keine anderen Geräusche drangen bis zu ihm. Reglos und schweigend saßen die anderen Magier da und starrten Jaryd an, oder genauer gesagt den großen Vogel, der auf seinem Unterarm saß und dessen Krallen ihm ins Fleisch drangen. Baden und Orris waren anwesend, ebenso wie Sonel und Trahn, Mered und Ursel. Das hier waren seine Freunde, die Menschen, die ihn gelehrt hatten, ein Magier zu sein, und nun erwartete man von ihm, dass er sie anführte. Er erkannte die Angst in ihren Augen – das war kaum zu übersehen –, und wie so oft seit seiner Bindung an Rithlar musste er sich anstrengen, um die Panik zu unterdrücken, die in ihm aufstieg.

Als er den Stuhl des Weisen erreichte, der jetzt sein Stuhl war, blieb er stehen und sah sich am Ratstisch um. Es war viele Jahre her, seit Erland und Arslan ihre Anhänger aus der Halle herausgeführt und die Liga gegründet hatten, und dennoch war Jaryd immer noch nicht daran gewöhnt, eine so kleine Runde von Magiern an diesem großen Tisch zu sehen. Seltsamerweise musste er nun an die Größe des Tisches im Versammlungshaus der Liga denken. Hatte Erland einen kleineren Tisch bauen lassen oder erwartete der Erste Meister, dass eines Tages alle Magier von Tobyn-Ser an ihren Konklaven teilnehmen würden?

Alayna und Radomil blieben neben ihm stehen, und Totenstille senkte sich über die Große Halle. Das Gebäude selbst schien den Atem anzuhalten, als wartete es darauf, was geschehen würde. Die Einzige, die das alles offenbar nicht interessierte, war Rithlar, die sich von einer Seite zur anderen drehte und neugierig die anderen Vögel betrachtete.

»Die Götter haben uns einen Adlerweisen gesandt«, verkündete Radomil schließlich. »Jaryd ist nun das Oberhaupt des Ordens, und er hat Alayna zu seiner Ersten erwählt.« Der Hauch eines Lächelns umspielte seine Lippen. »Ich hielte das selbst dann für eine gute Wahl, wenn sie nicht seine Frau wäre.«

Alle im Saal lachten und ein Teil der Spannung, die noch einen Augenblick zuvor alle umklammert hatte, verschwand. Jaryd grinste den rundlichen Magier anerkennend an und dachte bei sich, dass Radomil trotz seiner gegenteiligen Bemerkungen ein guter Eulenweiser gewesen war.

»Ich überlasse es unserem Adlerweisen, diese Versammlung zu eröffnen«, sagte Radomil immer noch lächelnd. »Ich danke euch allen für eure klugen Anregungen und den

Respekt, den ihr mir erwiesen habt, als ich euer Weiser war.« Er legte die Hand kurz auf Jaryds Schulter und nickte Alayna zu, dann ging er zu dem Stuhl, der vor seiner Amtszeit als Eulenweiser sein Platz am Tisch gewesen war.
Alayna griff nach Jaryds Hand und drückte sie kurz. Dann setzte sie sich auf den Stuhl des Ersten.
Jaryd sah sich im Saal um und holte tief Luft. »Das hier ist Rithlar«, sagte er und zeigte mit der freien Hand auf den Adler. »Ich habe mich vor ein paar Wochen an sie gebunden und mich sofort mit Radomil in Verbindung gesetzt, damit er euch alle nach Amarid ruft.« *Warum haben die Götter mich auserwählt?* »Ich wäre dankbar für jeden Rat, den ihr mir geben könnt. Ich weiß nicht, wieso dieser Vogel zu mir und nicht zu einem von euch gekommen ist, aber alle wissen, was es bedeutet, wenn einer von uns sich an einen Adler bindet.«
Er sah sich am Tisch um, lud die anderen zum Sprechen ein. Zunächst tat das niemand, aber dann beugte Trahn sich vor und schaute von Jaryd zu den anderen Magiern.
»Wissen wir das wirklich?«, fragte er. »Sicher, die Adler waren in der Vergangenheit stets Boten des Krieges. Aber bedeutet Jaryds Bindung, dass ein Krieg unvermeidlich ist, oder nur, dass einer möglich wäre?«
»Ich bin nicht sicher, ob das einen großen Unterschied macht«, erklärte Orris grimmig. »Wir müssen auf jeden Fall das Schlimmste annehmen und entsprechende Vorbereitungen treffen.«
Sonel nickte. »Orris hat Recht. Ich hoffe, der Krieg kann vermieden werden, aber wir wären dumm, wenn wir solchen Hoffnungen gestatteten, unsere Planung zu beeinflussen.«

»Aber wie sollen wir uns vorbereiten?«, fragte Ursel. »Wir wissen nicht einmal, wer unser Feind ist.«
»Selbstverständlich wissen wir das!«, sagte Tramys, eines der neueren Ordensmitglieder. »Es sind die Fremden. Es müssen einfach die Fremden sein!«
»Wir hatten mit ihnen seit mehreren Jahren keinen Ärger mehr«, sagte Orris. »Wie kommst du darauf, dass sie plötzlich an einem Krieg interessiert sind?«
»Sie haben uns schon einmal angegriffen!«, antwortete Tramys. »Ich weiß, dass sich die Situation in ihrem Land seit deiner Reise dorthin gebessert hat, Orris. Aber du kannst nicht erwarten, dass diese Leute sich vollkommen verändert haben. Nicht so schnell.«
Der große, kräftige Magier schüttelte den Kopf. »Ich glaube nicht, dass wir aus Lon-Ser etwas zu befürchten haben.«
Eine junge Magierin erhob sich, eine Frau namens Orlanne. »Was ist mit diesen Geschichten, die wir über Tempelwachen gehört haben, die Waffen aus Lon-Ser benutzen?«
»Das hat mich auch beunruhigt«, sagte Orris. »Aber es bedeutet nicht, dass die Herrscher dort Krieg wollen.«
Tramys breitete die Arme aus. »Wer sonst sollte es sein? Die Abboriji? Wir haben nun seit über fünfhundert Jahren friedliche Beziehungen zu ihnen.«
»Es gibt eine neue Höchste Potentatin in Abboriji«, bemerkte Mered. »Vielleicht ist sie dem Frieden nicht ganz so zugetan wie ihre Vorgänger.«
»Wir sollten außerdem nicht vergessen«, fügte Trahn hinzu, »dass die drei anderen Adlerweisen gegen Abboriji gekämpft haben. Aufgrund dieser Erfahrung nehmen wir an, dass das Auftauchen eines Adlers unvermeidlich Krieg

bedeutet. Wäre es nicht ebenso möglich, dass es unvermeidlich Krieg mit Abboriji bedeutet?«

»Ganz gleich, wer unser Feind ist«, sagte Alayna, »ich denke, wir müssen erkennen, wie begrenzt unsere Macht ist. Wenn wir einen Krieg führen sollen, sei es gegen Lon-Ser oder Abboriji oder einen anderen Feind, sollten wir daran denken, uns vielleicht mit der Liga und den Tempeln in Verbindung zu setzen. Wir können einer solchen Gefahr nicht alleine begegnen.«

»Wenn die Tempel tatsächlich Waffen aus Lon-Ser kaufen«, sagte Orlanne, »sollten wir auch darüber nachdenken, ob sie sich nicht bereits mit unseren Feinden zusammengetan haben.«

Tramys und die anderen jungen Magier nickten zustimmend.

»Dennoch«, sagte Jaryd, »hat Alayna einen interessanten Punkt angesprochen. Wir sollten zur Liga gehen und ihnen von meiner Bindung erzählen. Wenn uns ein Krieg bevorsteht, dann brauchen wir alle Magier von Tobyn-Ser. Und wer weiß?«, fragte er. »Vielleicht ist das ja der Beginn einer Aussöhnung mit der Liga.«

»Nichts würde mich glücklicher machen«, stellte Baden fest, der nun zum ersten Mal seit Beginn der Versammlung das Wort ergriff. »Aber ich denke, wir sollten auch eine andere Möglichkeit ins Auge fassen.«

Nun hatten sich ihm alle zugewandt.

»Dieser Adler ist vielleicht gekommen, weil wir am Rand eines Bürgerkriegs stehen.«

9

Ich habe keine Zeit, dir einen langen Brief zu schreiben, und selbst wenn ich die Möglichkeit dazu hätte, glaube ich nicht, dass ich die Worte finden könnte, dir diese Nachrichten schonend zu überbringen. Also werde ich es einfach niederschreiben, denn ich weiß, dass der Brief ohnehin lange brauchen wird, um dich zu erreichen.
Shivohn ist tot, ermordet von einem Attentäter. Ich habe einen gewissen Verdacht, wer dafür verantwortlich ist, aber ich werde nicht darüber schreiben, denn wenn ich Recht habe, ist unsere Korrespondenz vielleicht nicht so geheim, wie wir einmal geglaubt haben. Ich werde dir mehr mitteilen, sobald ich kann, aber im Augenblick bleibt mir nichts weiter, als dich zu warnen: Es kann sein, dass Lon-Ser eine Zeit tiefer Unruhe bevorsteht, vielleicht sogar ein Bürgerkrieg. Sollte tatsächlich ein solcher Krieg ausbrechen, dann wäre es nur eine Frage der Zeit, bis sich der Konflikt auch in dein Land und nach Abborij ausbreitet. Es könnte durchaus bereits geschehen sein.
Sei wachsam, Orris, und lass nicht zu, dass die Wachsamkeit, mit der du und deine Mitmagier Tobyn-Ser beschützen, auch nur einen Augenblick nachlässt.
Melyor i Lakin, Herrscherin und Steinträgerin von Bragor-Nal an Falkenmagier Orris, Tag 6, Woche 4, Frühjahr 3068

Als sie zusah, wie Wiercia im Ratszimmer auf und ab ging – was die Herrscherin von Oerella-Nal dank ihrer langen Beine jeweils nur ein paar Schritte kostete –, musste Melyor unwillkürlich an ihrer Erinnerung bezüglich des Gesprächs von vor ein paar Tagen zweifeln. Als sie an diesem Tag ihren Sprechschirm abgeschaltet hatte, war sie überzeugt gewesen, dass es ihr gelungen war, Wiercias Vertrauen zumindest bis zu einem gewissen Grad zu gewinnen. Es würde noch einige Zeit dauern, bis sie zu Verbündeten wurden, das wusste sie, und vielleicht würde sie sich mit Wiercia nie so gut verstehen wie mit Shivohn. Aber sie hatte das Gefühl, dass sie bei ihrem Gespräch eine Übereinkunft erreicht hatten. Und dennoch, als sie nun der Tirade von Oerella-Nals neuer Herrscherin lauschte, während die Brandung von Aricks Meer draußen vor dem Fenster an den Strand rollte, fragte sie sich, ob sie sich das alles vielleicht nur eingebildet hatte.

Ja, sie hatten davon gesprochen, Marar glauben zu lassen, dass es ihm gelungen war, einen Keil zwischen die Matriarchie und Bragor-Nal zu treiben. Wenn es das war, was Wiercia hier tat, dann war sie eine verdammt gute Schauspielerin.

»Ich bin vielleicht neu in eurem kleinen Rat«, sagte die hoch gewachsene Frau, und ihr scharlachrotes Gewand raschelte, als sie sich an der abgelegenen Wand umdrehte und wieder auf den Tisch zukam, an dem Melyor und Marar saßen. »Aber ich werde nicht gestatten, dass man Oerella-Nal schikaniert! Bragor-Nal wird eine angemessene Strafe für seine Verbrechen akzeptieren, oder wir werden uns gezwungen sehen zurückzuschlagen! Meine Legatinnen stehen dabei vollkommen hinter mir, Herrscherin!«, sagte sie mit blitzenden Augen zu Melyor. Ihre Wangen waren rot, ihre Gesten fahrig. »Wenn Bragor-Nal Krieg wünscht, bei den Göttern, dann werdet ihr eben einen Krieg bekommen!« Sie wandte Marar ihren glühenden Blick zu.

»Vielleicht glaubst du, dass Stib-Nal aus einem solchen Konflikt Gewinn ziehen könnte, Marar! Aber jede Einmischung von deiner Seite – *jegliche* Einmischung – wird von der Matriarchie als Kriegserklärung betrachtet werden!«

Melyor warf Stib-Nals Herrscher einen Seitenblick zu und stellte fest, dass er sie bereits anschaute und dass ein dünnes Lächeln um seine Mundwinkel zuckte. So selbstzufrieden hatte sie ihn noch nie zuvor gesehen: Er saß nicht vornübergebeugt, wie üblich, und seine Schultern sahen nicht ganz so schmal aus.

Du Mistkerl, dachte Melyor. *Shivohn ist tot, und du glaubst, dass du gewonnen hast.*

Sie schaute wieder Wiercia an, aber die andere Herrscherin hatte sich bereits umgedreht und stolzierte wieder von ihnen weg.

»Hast du denn überhaupt nichts zu sagen, Melyor?«, wollte Wiercia nun mit einem Blick über die Schulter wissen. »Oder willst du dich weiterhin hinter diesen schamlosen Lügen verstecken, die du seit Shivohns Tod meinen Legatinnen erzählt hast?«

Es war ein Anfang, ob Wiercia es nun so geplant hatte oder nicht, und Melyor blieb gar nichts anderes übrig, als mitzuspielen. »Vielleicht sollten wir es Marar überlassen zu beurteilen, was ich zu sagen habe, Herrscherin«, erklärte sie mit eisigem Lächeln. »Was die Matriarchie als Lügen abtut, findet bei den guten Bürgern von Stib-Nal vielleicht Gehör.«

Wiercia blieb stehen, drehte sich um und starrte Melyor unergründlich an.

Melyor, den Blick weiter auf die hoch gewachsene Frau

gerichtet, holte den Zünder der Bombe heraus, die im Goldpalast explodiert war, und warf ihn auf den Tisch. »Das hier gehörte zu einem Sprengkörper, der mich um ein Haar getötet hätte. Wie du sehen kannst«, fügte sie mit einem Seitenblick zu Marar hinzu, »wurde er in Oerella-Nal hergestellt.«

»Wann fand dieser Angriff statt?«, fragte Marar, der sich nicht die Mühe machte, seine Erheiterung zu verbergen.

»Zufällig«, antwortete Melyor und beobachtete ihn genau, »geschah es am gleichen Tag, an dem Shivohn starb.«

Nun grinste der Herrscher von Stib-Nal übers ganze Gesicht, als könnte er seine Freude an all dem Unheil, das er angerichtet hatte, nicht mehr unterdrücken. »Oh, da hattet ihr beide ja wirklich zu tun«, sagte er und schaute von einer zur anderen.

Wiercia machte einen Schritt vorwärts und zeigte mit dem Finger auf Marar. »Ich habe überhaupt nichts getan! Dieser Zünder beweist gar nichts!«

»Er beweist nicht mehr und nicht weniger als der Zünder, den du bei der Bombe gefunden hast, die Shivohn getötet hat!«, entgegnete Melyor. »Entweder oder, Wiercia! Wenn Bragor-Nal schuldig ist, dann auch die Matriarchie!«

»Du vergisst einen wichtigen Unterschied, Melyor«, entgegnete die Frau. »Du hast überlebt. Wie willst du das erklären?«

Melyor schluckte. Wiercia war wirklich eine hervorragende Schauspielerin. Zumindest hoffte sie, dass es nur Theater war. »Ich nehme an, ich hatte einfach Glück.«

Wiercia stieß ein schrilles, freudloses Lachen aus. »Glück? Und du erwartest, dass wir das glauben?« Sie schüttelte den Kopf. »Ich halte es für viel wahrscheinlicher, dass du

Shivohn hast umbringen lassen und dann den Anschlag auf dein eigenes Leben inszeniert hast, um uns zu verwirren.«

»Ich muss sagen«, warf Marar ein, der immer noch grinste, »so sieht es für mich eigentlich auch aus.«

Melyor schaute Wiercia an und versuchte, ihre Reaktion abzuschätzen. Und was sie bemerkte, ließ ihr das Blut gefrieren. Die hellen Augen der Herrscherin blitzten triumphierend, und sie hatte ein wildes, beutegieriges Lächeln auf den Lippen.

Melyor spürte, wie sich ihr Magen zusammenzog. Was war mit ihrem Gespräch? Was war aus ihrer gemeinsamen Erkenntnis geworden, dass es Marar war, der den größten Gewinn aus einem Konflikt zwischen ihren Nals ziehen würde?

»Marar, würdest du uns bitte einen Augenblick entschuldigen?«, brachte sie mühsam heraus. Ihr Mund war trocken geworden. »Herrscherin Wiercia und ich brauchen ein wenig Zeit, um das gemeinsam durchzuarbeiten.«

»Ich kann dir sogar noch mehr entgegenkommen, Melyor«, erklärte der Mann aalglatt. »Ich gebe euch alle Zeit, die ihr braucht.« Er stand auf und ging auf die Tür zu.

»Ich brauche nicht mit dieser Verbrecherin allein zu sein!«, tobte Wiercia, den Blick wieder auf Melyor gerichtet. »Alles, was du und ich einander zu sagen haben, kann auch vor dem vollständigen Rat geschehen. Du hast es schon einmal versucht, Melyor. All diese Versuche von dir, dich mittels des Sprechschirms mit mir in Verbindung zu setzen, hätten mir deine Absichten vollkommen deutlich machen sollen! Ich lasse mich nicht manipulieren, und ich werde mich nicht einschüchtern lassen!«

Zu spät erkannte Melyor, dass sie sich geirrt hatte. Es war alles Schauspielerei gewesen. So unglaublich es schien, Wiercia tat nur, was sie abgesprochen hatten. Noch während sie sich selbst im Geist einen Tritt versetzte, weil sie es nicht eher erkannt hatte, musste Melyor unwillkürlich lächeln. Wiercia war wirklich begabt. Sogar begabter als sie selbst.

Wiercia starrte Melyor noch einen Augenblick lang zornig an, dann wandte sie sich Marar zu. »Bitte bleib, Herrscher«, sagte sie freundlich. »Die Bevölkerung von Oerella-Nal würde gerne deine Ansicht über diese Angelegenheit hören.«

»Das ist sehr freundlich von dir, Wiercia«, antwortete Marar. »Aber es scheint mir offensichtlich zu sein, dass dieser Disput nichts mit den Menschen von Stib-Nal zu tun hat.« Er lächelte und zuckte die Schultern. »Ich würde nur im Weg sein, wenn ich bliebe.« Er warf Melyor einen Blick zu. »Herrscherin«, sagte er mit einem knappen Nicken.

Einen Augenblick später war er verschwunden. Wiercia und Melyor starrten einander an, aber sie schwiegen, bis sie hörten, wie Marars Lufttransporter über den uralten Palast hinwegflog.

»Du dumme Kuh!«, sagte Wiercia – nein, sie schrie Melyor praktisch an. »Was hast du dir nur dabei gedacht?«

Melyor zuckte die Achseln. »Ich war nicht sicher, was ich denken sollte«, gab sie zu. »Bei allem, was du gesagt hast –«

»Ich habe genau das getan, was du von mir wolltest! Ich dachte, du wolltest Marar davon überzeugen, dass es ihm gelungen ist, uns gegeneinander aufzuhetzen!«

Melyor grinste. » Das wollte ich ja auch. Ich habe nur nicht begriffen, dass du so gut bist.«

Wiercia starrte sie einen Augenblick lang an. Dann schüttelte sie den Kopf und lachte leise. »Nun, lass dir das eine Lektion sein, Herrscherin: Unterschätze niemals mich und mein Volk.«
»Ich werde versuchen, daran zu denken.«
»Gut.« Die hoch gewachsene Frau lächelte, und dann setzte sie sich hin. »Und was machen wir jetzt?«
»Wir warten. Angesichts deiner hervorragenden Vorstellung glaube ich nicht, dass wir lange warten müssen.«
Wiercia nahm das Kompliment mit einem Nicken entgegen. »Was, glaubst du, wird Marar als Nächstes tun?«
»Ich nehme an, er wird sich mit einer von uns in Verbindung setzen und im Austausch für eine exorbitante Belohnung ein Bündnis anbieten.«
Wiercia zog die Brauen hoch. »Ja, aber mit welcher?«
Melyor dachte darüber nach. »Das hängt von verschiedenen Dingen ab. Er muss darüber entscheiden, welche von uns ihm das meiste zu bieten hat, welche ihn am meisten braucht und welche leichter zu beherrschen sein wird.« Sie hielt inne. Schließlich lächelte sie. »Ich nehme an, dass ich das sein werde.«
»Warum du?«
»Weil er mich kennt und weil er erwarten wird, dass du zu hohe Prinzipien hast, um dich mit ihm zusammenzutun. Ich hingegen bin Gildriitin, und das wird ihn ein wenig zurückhalten, aber ich war auch einmal Nal-Lord. Er versteht mich – oder zumindest glaubt er das. Stib-Nal unterscheidet sich nicht so sehr von dem, was Bragor-Nal einmal gewesen ist.« Melyor nickte angesichts ihrer so vernünftig klingenden Argumente. Sie lächelte. Trotz aller Veränderungen, die sie nach Bragor-Nal gebracht hatte, gab es

Zeiten, in denen sie sich nach der schlichten, brutalen Klarheit des alten Wegs sehnte. »Er wird sich mit mir in Verbindung setzen«, wiederholte sie und nickte abermals. »Wahrscheinlich noch heute Abend.«

Wiercia grinste. »Das ist mir ganz recht«, erklärte sie trocken. »Ich kann den Kerl nämlich nicht ausstehen.«

Selbst mit dem Lufttransporter dauerte die Reise vom Herrscherkap am Ostufer von Oerella-Nal zurück zu seinem Palast in Stib-Nal mehrere Stunden. Und Marar lächelte die ganze Zeit. Er konnte sich nicht erinnern, wann so etwas das letzte Mal passiert war. Wahrscheinlich nie zuvor. Und sosehr er die leidenschaftlichen Debatten jener Tage, als er und Durell sich zusammen gegen Shivohn gestellt hatten, immer noch vermisste, wusste er doch auch, dass er selbst damals unglücklich gewesen war. Durell hatte ihn vielleicht gebraucht, aber der Herrscher von Bragor-Nal hatte ihn nie wirklich ernst genommen, und Arick wusste, dass auch Shivohn das nicht getan hatte.

Aber nun würde sich das alles ändern. Als er an seinem Schreibtisch im Palast saß und auf die Grünwasserberge hinausschaute, über die sich nun die kühlen blauen Schatten des Vorabends zogen, grinste Marar. Er hatte heute die Angst in Melyors Gesicht gesehen und die kaum beherrschte Wut in jeder Geste Wiercias. Aber er hatte auch erkannt, dass die beiden nur Theater spielten. Es war ganz offensichtlich. Seine Rivalinnen hatten herausgefunden, dass er ebenso für Shivohns Tod verantwortlich war wie für den Anschlag auf Melyor. Aber das war egal.

Indem er ihre Täuschung durchschaute, hatte Marar auch die Grenzen ihres neuen Bündnisses erkannt. Melyors Angst war echt. Sie war nicht vollkommen sicher, ob Wiercia ihr vertraute. Und obwohl die Herrscherin von Oerella-Nal ihren Zorn gespielt hatte, war ihr die Lüge zu leicht gefallen. Zweifellos hatte sie zumindest zur Hälfte geglaubt, dass Melyor in den Anschlag gegen Shivohn verwickelt gewesen war. Ja, die beiden Frauen arbeiteten zusammen – dessen war er sicher –, aber sie waren dabei nicht froh. Und beide wollten immer noch glauben, dass die andere eine Feindin war.

Das alles passte ihm hervorragend. Er musste einen Keil zwischen sie treiben, und er wusste schon, wo ihre Beziehungen am schwächsten waren. Es wäre noch leichter gewesen, wenn er sich für eine Partnerschaft mit Wiercia interessiert hätte. Ihre Zweifel, was das Bündnis von Oerella-Nal und Bragor-Nal anging, waren heftiger als Melyors. Und sie war selbstverständlich keine Gildriitin. Aber sie wusste auch nichts über die Zauberer von Tobyn-Ser.

Er warf einen Blick auf die Papiere, die Gregor, sein Erster Minister, ihm gerade vorgelegt hatte, und musste schon wieder grinsen. Früher an diesem Tag hatte er eine Ladung Gold von Tobyn-Sers Priestern erhalten, die selbst seine höchsten Erwartungen übertroffen hatte. Es gab in diesem seltsamen Land einen Wohlstand, der nur danach verlangte, genommen zu werden, und so vorsichtig er mit Melyor sein musste, er begriff doch, dass er in der Angelegenheit kaum eine andere Wahl hatte. Wenn Stib-Nals Handel mit den Priestern sich so weiterentwickelte, würde er Melyor vielleicht bald nicht mehr brauchen. Und dann würde er sie töten lassen. Aber im Augenblick musste er sich mit dem zufrieden geben, was er bisher erreicht hatte, mit Shivohns Tod, seiner Entdeckung einer neuen, scheinbar nie versiegenden Quelle des Reichtums und der Rekrutierung gut platzierter Sicherheitsleute sowohl in Bragor-Nal als auch in Oerella-Nal. Im Augenblick ging es erst einmal darum, das zu vollenden, was er mit dem Mord an Shivohn begonnen hatte – die Zerstörung des Bündnisses zwischen Oerella- und Bragor-Nal.

Er griff nach dem Sprechschirm und drückte den gelben Knopf, der ihn mit dem Goldpalast von Bragor-Nal verband. Das tat er allerdings erst, nachdem er sich versichert hatte, dass sein Gespräch nicht überwacht oder aufgezeichnet werden würde. Einen Augenblick später tauchte das Gesicht von einem von Melyors Leibwächtern auf. Marar kannte den Mann nicht.

»Ja, Herrscher?«, sagte der Mann mit angemessener Höflichkeit. »Was kann ich für dich tun?«

Der Herrscher blickte wieder auf seinen Schreibtisch, als wäre er schon gelangweilt von dem Gespräch. »Ich möchte mit der Herrscherin sprechen.«

Der Mann nickte. »Selbstverständlich. Einen Augenblick bitte.«

Der Leibwächter drückte auf einen Knopf an der Konsole, und der Schirm war einen Augenblick lang leer. Das nächste Gesicht, das erschien, war das von Melyor. Sie trug dieselbe Kleidung wie zuvor – wie jedes Mal, wenn Marar sie sah –, nämlich ein elfenbeinfarbenes Hemd und eine dunkle, weit geschnittene Hose. Er konnte ihren Oberschenkel nicht sehen, nahm aber an, dass sie einen Werfer umgeschnallt hatte. Das hatte sie immer. Viele hielten sie für schön, das wusste er, und er konnte sehen, warum.

Sobald Melyors Bild auf dem Schirm erschien, begann ein Licht auf Marars Konsole zu blinken.

»Du zeichnest das Gespräch auf«, sagte Marar lächelnd.
Die Frau nickte. »Ja. Ist das ein Problem?«
»Ich möchte dich bitten, das Gerät abzuschalten.«
»Warum?«, fragte sie mit tückischem Grinsen.
Marar zuckte die Achseln und tat gleichgültig. »Ich gestatte im Allgemeinen nicht, dass Gespräche mit mir aufgezeichnet werden. Wenn wir miteinander sprechen wollen, musst du das Gerät abschalten.«
»Du warst es, der sich mit mir in Verbindung gesetzt hat, Marar. Was bringt dich darauf, dass ich überhaupt daran interessiert bin, mit dir zu sprechen?«
»Vielleicht hast du Recht. Wie unverschämt von mir. Sollen wir uns ein andermal unterhalten?«
Sie sah ihn einen Augenblick lang an, dann streckte sie die Hand aus und drückte auf einen Knopf an ihrem Schirm. Das Licht an Marars Konsole hörte auf zu blinken.
»Danke«, sagte er lächelnd.
»Was kann ich für dich tun, Marar?«, fragte sie mit deutlicher Ungeduld.
»Kann ich mich nicht einfach nur mit dir unterhalten wollen?«
»Das tust du sonst nie. Und außerdem habe ich schon bei der Ratssitzung alles gesagt, was ich zu sagen hatte.«
Er zog die Brauen hoch. »Das bezweifle ich.«
»Wie meinst du das?«, wollte Melyor wissen und kniff die Augen zusammen.
»Ich bin einfach der Ansicht, dass bei der heutigen Besprechung vieles unausgesprochen blieb.«
»Ich verstehe nicht, was du damit sagen willst.«
Marar lächelte erneut. Er wusste genau, dass sie ihn verstanden hatte, denn er sah die Angst in ihrem Blick. »Las-

sen wir doch die Spielchen, Melyor. Das ist eine Beleidigung für uns beide.«

Sie starrte ihn einige Zeit schweigend an. Dann nickte sie einmal, als wäre sie zu einem Entschluss gekommen. Vielleicht hatte sie auch kurz gegrinst – es war schwierig zu sagen. »Also gut, Marar«, sagte sie. »Was willst du? Warum hast du Shivohn umbringen lassen, und warum hast du diesen Attentäter ausgeschickt?«

Er zog die Brauen abermals hoch. »Glaubst du etwa, ich wäre dafür verantwortlich?«

»Ich dachte, du wolltest keine Spielchen mehr.«

»Nein.« Er hielt kurz inne, dann lächelte er. »Betrachten wir es doch vollkommen hypothetisch: Selbst wenn ich tatsächlich all das getan hätte, was du sagst, würde es mir immer noch schwer fallen, ehrlich auf deine Fragen zu antworten.«

Sie sah ihn skeptisch an. »Warum?«

»Du sagst das, als gebe es auf alles nur eine einzige Antwort«, erwiderte er. »Und das geht nicht. Was will ich? Warum habe ich Shivohn umbringen lassen? Warum habe ich versucht, dich zu töten? Das sind drei unterschiedliche Dinge.«

»Drei oder zwei?«

Marar lachte leise und neigte den Kopf leicht zur Seite. »Also gut, vielleicht nur zwei.«

»Dann gib mir eben zwei Antworten«, sagte Melyor, lehnte sich zurück und verschränkte die Arme vor der Brust. »Aber es sollten gute Antworten sein, Marar. Technisch gesehen ist das, was du getan hast, ein feindseliger Akt, und ganz gleich, ob du nun glaubst, dass Stib-Nal in den vergangenen Jahren Fortschritte gemacht hat oder nicht, ich sollte dich nicht daran erinnern müssen, dass meine Armee immer noch viel mächtiger ist als deine.«

Marar lächelte entwaffnend. »Selbstverständlich, Herrscherin.« *Und du solltest nicht vergessen*, hätte er am liebsten gesagt, *dass ich im Stande war, Shivohn zu töten. Und wenn ich so nahe dran war, dich umzubringen, kann ich es auch wieder versuchen.* Aber solche Dreistigkeit wäre vielleicht ein wenig voreilig gewesen. »Bitte vergiss nicht, dass wir uns immer noch im Reich der Hypothesen bewegen«, sagte er stattdessen.

Sie nickte und machte eine ungeduldige Geste, als wollte sie ihn drängen weiterzusprechen.

»Was meine Ziele angeht«, fuhr er fort, »so sollten sie dich nicht sonderlich schockieren. Ich will Reichtum, und ich will Macht.«

»Du verfügst bereits über beides«, sagte sie. »Du bist Herrscher von Stib-Nal. Du bist niemandem Rechenschaft schuldig, und zweifellos bringt deine Stellung dir jede Menge Gold ein.«

Er nickte. »Das mag stimmen, Melyor, aber ich will dich eins fragen: Würde das, was ich habe, dich zufrieden stellen?«

»Wie bitte?«

»Du bist nun schon seit beinahe sieben Jahren Herrscherin von Bragor-Nal. Du weißt, was es bedeutet, die größte Armee des Landes zu kommandieren, dich als Herrscherin des größten Nal des Landes zu bezeichnen und den größten Schatz dein eigen zu nennen. Würdest du es gegen das, was ich habe, eintauschen?«

Sie zögerte, und Marar lächelte.

»Selbstverständlich nicht«, beantwortete er seine eigene

Frage. »Das würde ich auch nicht tun, wenn ich an deiner Stelle wäre.« Er beugte sich vor und stützte die Ellbogen auf die Armlehnen seines mit Schnitzereien verzierten Stuhls. »Aber ich bin nicht in deiner Position, nicht wahr? Ich habe nicht alles, was du hast. Ich habe nicht einmal, was Wiercia hat. Nicht einmal annähernd.«

»Es geht hier also nicht wirklich um Macht oder Gold, nicht wahr, Marar?«

Nun war es an ihm zu zögern. »Ich kann dir nicht folgen.«

»Hör dir doch bloß zu«, erklärte sie beunruhigend gleichmütig. »Dich interessieren Gold und Einfluss nicht. Du bist nur eifersüchtig. Du willst, was wir haben. Das hast du wahrscheinlich immer schon gewollt, aber du hattest nie zuvor die Mittel, es zu erreichen.«

»Das ist doch lächerlich!«, sagte er.

»Ach ja? Aber es kommt mir so vor, als wäre es eine hervorragende Erklärung für den Mord an Shivohn und die Bombe im Goldpalast.« Sie lächelte dünn. »Es gefällt dir vielleicht, geheimnisvoll und kompliziert zu tun, aber am Ende bist du ein Kind. Du willst alles, was deine Spielkameraden haben, und wenn das nicht möglich ist, dann suchst du dir neue Freunde.«

»Wie kannst du es wagen!«, zischte er. »Was glaubst du eigentlich, mit wem du sprichst?«

Ihr Lächeln verschwand, und sie starrte zornig auf den Schirm. »Ich spreche mit dem Mann, der versucht hat mich umzubringen und der gegen mehr Paragraphen des Vertrags vom Sternenkap verstoßen hat, als ich auch nur wissen möchte! Es wäre sowohl nach diesem Vertrag als auch nach der Grünen Erklärung mein Recht, morgen in Stib-Nal einzumarschieren. Oder Wiercia und ich könnten dich einfach aus dem Rat entfernen. Treib es nicht zu weit, Herrscher!«

Er setzte dazu an, mit einer eigenen Drohung zu reagieren. In diesem Augenblick wollte er nichts mehr als sie umbringen. Aber stattdessen widerstand er dem Drang, zu viel zu verraten. Er schloss den Mund wieder und versuchte sich zu fassen.

Melyor schien ohnehin seine Gedanken zu lesen. Sie streckte den Arm aus und hatte einen Augenblick später ihren Stab mit dem leuchtend roten Stein in der Hand. »Falls du vorhast, es noch einmal zu versuchen, Marar«, warnte sie, »solltest du wissen, dass man Gildriiten nur selten zweimal überraschen kann.«

»Danke für den Rat«, brachte er hervor. Er streckte die Hand nach dem Knopf aus, um das Gespräch zu beenden.

»Ach, sind wir schon fertig?«, fragte sie.

Er starrte sie an. Seine Hand verharrte über dem Knopf. Er wusste, sie hatte ihn aus dem Gleichgewicht gebracht. Wäre dies ein Kampf gewesen, wäre er jetzt tot. Aber sie hatte immer noch viel zu bieten: ihr Wissen über Cedrychs Pläne, Tobyn-Ser zu erobern, ihre Verbindung zu den Zauberern dort und – so entfernt diese Variante im Augenblick auch schien – all die anderen Möglichkeiten, die sich aus einem Bündnis zwischen Bragor-Nal und Stib-Nal ergeben könnten.

»Du wolltest doch nicht ohne Grund mit mir sprechen, oder, Marar?«, fragte sie. »Wir haben immer noch viel zu diskutieren.«

Langsam zog er die Hand zurück und sah sie einige Zeit lang an. »Was zum Beispiel?«, fragte er schließlich.

Sie lächelte nachlässig, als wäre er wirklich ein Kind und

sie eine gutmütige Mutter. »Sag du es mir. Immerhin hast du Attentäter ausgeschickt. Das ist ziemlich dreist. Ein Anführer mit deiner Erfahrung tut einen solchen Schritt nicht spontan. Du musst doch etwas im Sinn gehabt haben; einen Plan, den du ausführen wolltest.«

»Mag sein«, sagte er. »Und wenn?«

»Vielleicht kann ich dir dabei helfen.« Ihr Lächeln wurde breiter, während sie mit dem Finger über eine Kante des schimmernden scharlachroten Kristalls fuhr. »Deshalb hast du dich doch mit mir in Verbindung gesetzt, oder? Um mein Vertrauen zu gewinnen?«

Er leckte sich nervös die Lippen. Plötzlich war er sich nicht mehr sicher, wieso er überhaupt mit ihr hatte sprechen wollen.

»Wir wissen beide, dass du mich nicht zur Feindin haben möchtest«, fuhr sie fort. »Stib-Nal ist keinesfalls für einen Krieg mit Bragor-Nal gerüstet. Und aus demselben Grund bist du weise genug, meinen Wert als potenzielle Verbündete zu erkennen.« Sie hielt kurz inne, als wollte sie ihm Zeit geben, über ihre Worte nachzudenken. »Also sag mir: Warum hast du dich mit mir in Verbindung gesetzt?«

Sie bot ihm alles an, woran er gedacht hatte, seitdem er zum ersten Mal von Premels Versagen erfahren hatte. Und dennoch hielt ihn in diesem Augenblick etwas zurück. Es waren vielleicht der Anblick ihres Stabs und die uralten Ängste, die dieser Gegenstand in ihm erweckte. Es war vielleicht Intuition – irgendwann einmal, als er noch ein einfacher Lord gewesen war, der sich in den Blocks seinen Namen machte, waren seine Instinkte gar nicht so übel gewesen. Vielleicht lag es auch nur daran, dass ihr Angebot zu perfekt war, zu nahe an dem, was er brauchte. Woran immer es liegen mochte, er konnte sich nicht überwinden, ihr zu vertrauen. Sie war mächtig und brillant und reicher, als er sich vorstellen konnte, aber sie war auch gnadenlos, und sie war Gildriitin. Das Wichtigste jedoch war, dass sie seine Feindin war, und nichts würde das je ändern. Es war dumm von ihm gewesen, etwas anderes zu erhoffen.

»Nein«, sagte er und schüttelte zur Betonung auch noch den Kopf. »Mich mit dir in Verbindung zu setzen war ein Fehler. Es tut mir Leid, dich gestört zu haben, Herrscherin.« Er wusste, das klang lächerlich. Er bildete sich nicht ein, sie täuschen zu können. Aber er musste sich diesem Gespräch entziehen, bevor er alles verdarb. Offensichtlich hatte er sie unterschätzt. Er hatte sich mit ihr in Verbindung gesetzt, um sie vielleicht in ein Bündnis locken zu können, und stattdessen wäre er beinahe selbst in die Falle gegangen.

»Du willst mich glauben machen, dass du mich aus Versehen angerufen hast?«, fragte sie eindeutig überrascht.

»Ja.«

Ihre Miene wurde härter. »Und den Attentäter hast du auch aus Versehen geschickt?«

Er sagte nichts mehr, sondern streckte abermals die Hand aus, um den Schirm abzuschalten.

»Denke genau nach, Marar«, warnte sie ihn. »Wenn du dieses Gespräch jetzt beendest, bist du allein. Niemand in Lon-Ser wird dir helfen können.«

Er zögerte, aber nur einen Augenblick. »Darauf muss ich es ankommen lassen.« Er schaltete den Sprechschirm aus, ließ sich in seinen Sessel zurücksinken und schloss die Augen. Einen Moment später jedoch beugte er sich wieder vor, schaltete erneut die Schutzvorrichtung gegen Aufzeichnungen ein und wählte den Code für Premel. Sein Sprechschirm piepte mehrere Minuten lang, bevor die scharfen Züge des Sicherheitsmannes endlich auftauchten. Premel sah zornig aus – vermutlich war er wieder einmal mitten in einer Besprechung gewesen –, aber das war Marar egal.

»Ja, Herrscher«, begann er ungeduldig. »Was willst –«

»Ist Jibb schon tot?«, fragte Marar.

Premel wandte kurz den Blick ab, dann sah er Marar wieder an. »Nein«, antwortete er tonlos.

»Dann töte ihn. Bald. Und Melyor ebenfalls.«

Premel starrte ihn mit weit aufgerissenen Augen an. »Jetzt willst du, dass beide sterben?«

»Ja.«

»Aber du hast doch erst gestern gesagt –«

»Ich weiß, was ich gestern gesagt habe! Und nun sage ich dir, dass du sie beide töten sollst! Und ich erwarte, dass es bald geschieht!«

Marar drückte auf den Knopf und beendete das Gespräch, bevor Premel noch etwas einwenden konnte.

Dann ließ er sich wieder zurücksinken und holte tief Luft. Es ging ihm bereits besser. Melyor hatte ihn gewaltig durcheinander gebracht, aber zu wissen, dass sie bald tot sein würde, beruhigte seine Nerven.

Nun gab es allerdings noch ein weiteres Gespräch zu führen. Er begriff mit einiger Verspätung, dass es von vornherein ein Fehler gewesen war, sich an Melyor zu wenden. Sie war zu hinterlistig, um sich von jemandem manipulieren zu lassen, und zu gefährlich für ein Bündnis. Aber wenn er schon nicht die Herrscherin von Bragor-Nal für seine Zwecke nutzen konnte, dann vielleicht die von Oerella-Nal.

Wiercia sprach bereits mit Melyor, als ihr Sprechschirm ein zweites Mal piepste.
»Einen Augenblick, Melyor«, sagte sie und unterbrach die Gildriitin, die gerade von ihrem Gespräch mit Marar berichtet hatte. »Es kommt ein anderer Ruf herein.«
»Das ist er«, erklärte Melyor so überzeugt, dass Wiercia wusste, dass sie Recht hatte.
»Was soll ich tun?«
Die andere Frau zuckte die Achseln. »Sprich mit ihm. Finde heraus, was er will. Wir können uns danach unterhalten.«
»Also gut«, sagte Wiercia. »Dann bis später.«
Sie drückte einen Knopf auf dem Schirm, um die Kanäle zu wechseln, und genau wie Melyor vorhergesagt hatte, wartete Marar schon, ein säuerliches Lächeln auf dem schmalen Gesicht.
»Marar«, sagte sie und versuchte, beiläufig zu klingen. »Was für eine angenehme Überraschung.«
»Das bezweifle ich«, erwiderte er.
Sie fühlte, wie ihr Pulsschlag sich beschleunigte. »Wie meinst du das?«
»Ich gehe davon aus, dass du bereits mit Melyor gesprochen hast. Zweifellos wusstest du, dass ich es war, bevor du die Kanäle gewechselt hast.«
Sie starrte ihn einen Augenblick an. Vielleicht hatten Melyor und sie den Herrscher von Stib-Nal unterschätzt. Plötzlich wusste sie nicht mehr, was sie tun sollte. Die anderen beiden Herrscher hatten in diesem Spiel viel mehr Erfahrung als sie selbst. Sie richtete sich auf und begegnete seinem Blick, so gut sie konnte. »Du hast Recht.«
Sein Lächeln wurde breiter, bis es beinahe echt wirkte.

»Hervorragend«, sagte er. »Ich weiß deine Offenheit zu schätzen.«
Sie hörte die Herausforderung in seinen Worten, ignorierte sie aber. »Wie meinst du das?«
»Was hat Melyor dir über unser Gespräch erzählt?«
Er will also Offenheit?, dachte sie. Gut, die soll er bekommen. »Wir haben nur kurz gesprochen, bevor du uns unterbrochen hast«, sagte sie. »Aber sie sagte mir, dass du den Mord an Shivohn und den Attentatsversuch gegen sie gestanden hast.«
Marar begann zu lachen – er hatte für einen solch schmächtigen Mann ein überraschend tiefes Lachen –, und er nickte wie bei einem guten Scherz. »Das war sehr amüsant, Herrscherin«, sagte er nach einiger Zeit. »Ich hätte eigentlich nicht vermutet, dass du Sinn für Humor hast.«
Wiercia versuchte verzweifelt zu ignorieren, wie sich ihr Magen zusammenzog, saß einfach nur da und starrte den Schirm an, bis Marar schließlich aufgehört hatte zu lachen und sie aus zusammengekniffenen Augen betrachtete.
»Das war doch ein Witz, oder?«, fragte er.
»Nein. Und ich halte deine kleine Vorstellung nicht für sonderlich überzeugend.«
Der Rest des Lächelns verschwand von seinem Gesicht.
»Das hat sie dir wirklich gesagt?«
»Ja.«
»Und du hast ihr geglaubt?«
Wiercia wusste nicht recht, was sie nun sagen sollte. »Ich denke, ich –«
»Hältst du mich tatsächlich für so dumm?«, wollte er wissen. »Glaubst du wirklich, wenn ich für die Anschläge

verantwortlich wäre, würde ich das Melyor gegenüber zugeben?«

»Sie hat es so dargestellt, als wäre dir keine andere Wahl geblieben«, erklärte Wiercia.

Er nickte. »Ja, jede Wette.« Er wandte sich einen Augenblick ab, die Lippen fest zusammengepresst. »Hat sie sich vielleicht auch dazu herabgelassen, dir mitzuteilen«, fragte er und sah sie nun wieder an, »dass sie mir eine Allianz angetragen hat?«

»Du lügst!«, erklärte Wiercia vehementer, als sie vorgehabt hatte.

»Ich glaube, sie sagte, ich sei klug genug, ihren Wert als mögliche Verbündete zu erkennen, oder etwas Ähnliches.«

Wiercias Hände zitterten, und in ihren Ohren war ein Geräusch wie der Wind, der durch die Blocks von Oerella-Nal fegte. Am liebsten hätte sie das Gespräch einfach beendet, aber sie konnte sich nicht dazu überwinden. Er log. Er log doch sicher. Aber was, wenn das nicht der Fall war? Was, wenn Melyor sie die ganze Zeit irregeführt hatte? Was, wenn sie ihr nur vorgemacht hatte, dass Marar hinter dem Mord an Shivohn steckte und es in Wahrheit ihre Tat gewesen war?

»Ich glaube, du lügst«, erklärte sie misstrauisch.

Marar nickte ernst. »Ja, das hast du schon einmal gesagt. Aber denk doch mal einen Augenblick nach: Wenn ich mir wirklich die Mühe gemacht hätte, Attentäter auszuschicken, um Shivohn und Melyor zu töten, warum sollte ich dann eine Kehrtwendung machen und einer Person, die ich umbringen wollte, meine Pläne verraten? Wie dumm müsste ich sein, um so etwas zu tun?«

»Aber sie sagte –«

»Ich versichere dir, Wiercia, ganz gleich, was Melyor dir gesagt hat, ich habe nie behauptet, für diese Anschläge verantwortlich zu sein.«
Wiercia starrte ihn eine Weile schweigend an. Sie war nicht sicher, wem sie glauben sollte. »Gibst du zu, dich mit ihr in Verbindung gesetzt zu haben?«
Er nickte.
»Sag mir, warum.«
Er zuckte die Achseln. »Aus demselben Grund, weshalb ich mich mit dir in Verbindung gesetzt habe: um noch einmal über die heutige Ratssitzung zu sprechen.« Der Herrscher lächelte betrübt. »Es war nicht gerade die beste. Ich fürchte, ihr beide steht kurz vor einem bewaffneten Konflikt, und ich möchte alles tun, was ich kann, um das zu verhindern.«
»Wie nobel von dir«, sagte sie.
»Wohl kaum«, erwiderte er eisig. »Ich denke nur an meine Leute und an mich selbst. Ein so kleines Nal wie das meine könnte bei einem solchen Konflikt leicht zerdrückt werden, selbst wenn wir daran keinen direkten Anteil haben.«
Er hatte selbstverständlich Recht. An seiner Stelle hätte sie sich ebenfalls Sorgen gemacht. »Dann sollte dir eine Allianz mit Bragor-Nal recht wünschenswert erscheinen«, sagte sie. »Und es verwundert mich noch mehr, wieso wir auch nur miteinander sprechen.«
»Um ehrlich zu sein«, sagte Marar, »würde Bragor-Nal von einer anderen Person beherrscht, dann würden wir jetzt tatsächlich nicht miteinander sprechen. Ich hätte dem Herrscher von Bragor-Nal bereits meine Hilfe zugesagt und wir wären mit der Vorbereitung für den Krieg beschäftigt.«
»Weiter«, sagte Wiercia nach kurzem Schweigen.
»Aber Melyor macht mir Angst. Ich schäme mich nicht, es

zuzugeben.« Er beugte sich vor, brachte sein hageres Gesicht dicht an den Sprechschirm. »Lassen wir einmal einen Augenblick beiseite, dass sie einmal eine Gesetzesbrecherin war und dass sie mehr Menschen getötet hat, als wir uns vorstellen können. Darüber hinaus ist sie aber auch noch Gildriitin. Ich traue ihr nicht über den Weg, nicht als Feindin und ganz bestimmt nicht als Verbündete.«

»Willst du damit sagen, dass du mir traust?«

»Ich will damit sagen, dass ich es versuchen würde. Immer vorausgesetzt, dass du es ebenfalls versuchst.«

Wiercia blieb reglos sitzen und starrte weiterhin Marars Gesicht an. Sie traute ihm nicht. Sie war nicht sicher, ob sie das je tun würde. Aber sie war auch nicht sicher, ob es so klug gewesen war, Melyor zu vertrauen. Vieles von dem, was die Herrscherin von Bragor-Nal gesagt hatte, war ihr zunächst vernünftig vorgekommen. Vielleicht ein wenig zu vernünftig. Melyor hatte offenbar auf alles eine Antwort. Es kam Wiercia etwas zu einfach vor, dass Marar tatsächlich seine Verbrechen eingestanden haben sollte, sobald Melyor zum ersten Mal mit ihm allein gesprochen hatte.

Und dann war da noch Melyors Herkunft. Wiercia gab es ungern zu, nicht einmal sich selbst gegenüber, aber auch sie fand die Vorstellung, mit einer Gildriitin verbündet zu sein ... geschmacklos. Es war nicht so, dass es ihr an Toleranz fehlte. Sie hatte nur lieber mit Menschen zu tun, die sie verstand, Menschen, die ihr ähnlicher waren. Es war gut möglich, dass sie übereilt gehandelt hatte, als sie versuchte, Melyor zu vertrauen. Die Herrscherin von Bragor-Nal war eine Mörderin und außerdem Gildriitin. Sicher, Shivohn hatte ihr vertraut, aber Shivohn war tot. Dies war nicht der Zeitpunkt, irgendetwas zu übereilen. Und auch nicht, irgendetwas auszuschließen.

»Du verstehst sicher«, sagte sie schließlich, »dass ich in ein mögliches Bündnis viel weniger einbringen kann als Melyor. Oerella-Nal ist stark und wohlhabend, aber nicht annähernd im gleichen Ausmaß wie Bragor-Nal.«

Bei diesen Worten grinste Marar breit und zeigte weiße Zähne, die für sein schmales Gesicht irgendwie zu groß wirkten. »Dessen bin ich mir bewusst, Herrscherin«, sagte er. »Aber ich glaube, du wärst überrascht, wie viel Stib-Nal zu einem solchen Bündnis beizutragen hat.«

10

Ich habe seit der kälteren Jahreszeit wenig von dir und noch weniger von Shivohn gehört. Ich hoffe, es geht euch beiden gut und euer plötzliches Schweigen hat nichts mit schlechten Nachrichten zu tun. Tatsächlich ist dieser Mangel an Kommunikation wegen der jüngsten Entwicklungen hier in Tobyn-Ser besonders beunruhigend.
Mein Freund Jaryd, von dem ich dir in den vergangenen Jahren so viel erzählt habe, hat sich an einen Adler gebunden und ist nun der erste Adlerweise des Landes seit mehr als vierhundert Jahren. In der Geschichte von Tobyn-Ser ging die Bindung eines Magiers an einen Adler immer einem Krieg voraus, und die anderen Magier im Orden fürchten, dass es diesmal nicht anders sein wird. Viele sind überzeugt, dass in einem solchen Konflikt Lon-Ser unser Feind sein wird, und obwohl ich ihnen versichert habe, dass wir von den Nals nichts zu befürchten haben, frage ich mich, was wohl aus den freundschaftlichen Beziehungen zwischen unseren beiden Ländern werden würde, falls Shivohn oder – Arrick möge es verhüten – dir etwas zustieße.
Ich weiß, dass diese Botschaft einige Zeit brauchen wird, bis sie dich erreicht, und ich bin einigermaßen sicher, dass schon ein Brief von dir auf dem Weg über Arricks Meer ist. Aber falls das nicht so sein sollte, schreib bitte, sobald du kannst, damit ich selbst keine Angst mehr haben muss und meine Kollegen beruhigen kann.
Falkenmagier Orris an Melyor i Lakin, Herrscherin und Steinträgerin von Bragor-Nal, im Frühling des Gottesjahres 4633

Es war schon beinahe vollkommen dunkel, als sie schließlich die Sitzung für diesen Tag beendeten. Jaryd wünschte sich nur, er hätte ihnen etwas bieten können. Er wusste, die Verantwortung lag bei ihm. Er war ihr Oberhaupt. Die Zukunft des Landes ruhte auf seinen Schultern. Aber es gab immer noch so viel, was sie nicht wussten. Seit seiner Ankunft in Amarid waren zwei Wochen vergangen, und er hatte immer noch keine Antwort auf die Botschaften, die er an den Ersten Meister Erland und an Brevyl, den Ältesten der Götter, gesandt hatte. Dem Orden blieb nichts anderes übrig, als zu warten und sich zu fragen, ob Baden vielleicht Recht hatte und sie es nicht mit einem Feind aus einem fremden Land, sondern eher mit einem der Rivalen des Ordens hier in Tobyn-Ser zu tun bekommen würden.

Daher waren ihre täglichen Sitzungen kaum mehr als düsteres Warten auf die Botschafter der Liga und des Tempels gewesen. Und dennoch, als Jaryd den anderen Magiern anbot, keine Versammlungen mehr abzuhalten, bis diese Botschaften eingetroffen waren, sprachen sich alle dagegen aus.

»Wir sollten in der Nähe der Großen Halle bleiben«, hatte Baden gesagt und damit für die überwiegende Mehrheit gesprochen. »Nur für den Fall, dass wir schnell handeln müssen.«

Also trafen sie sich jeden Tag und blieben in der Großen Halle, und wenn die Diener etwas zu essen brachten, aßen sie. Aber sie sprachen wenig und taten noch weniger, und mit jedem Tag, der verging, wuchs Jaryds Unruhe. Es war den Magiern gelungen, Jaryds Bindung an einen Adler geheim zu halten, obwohl sich seit einiger Zeit in der

Stadt Gerüchte über einen neuen Weisen verbreiteten. Aber selbst dieser kleine Erfolg freute Jaryd nicht. Es war nur eine Frage der Zeit, bis ganz Tobyn-Ser erfahren würde, dass es einen Adlerweisen gab. Und Jaryd wusste immer noch nicht, was er den Menschen dann sagen sollte. Er wollte einfach nicht glauben, dass sie mit der Liga oder den Kindern der Götter Krieg führen würden, aber er konnte auch nicht ignorieren, was Erlands und Brevyls Schweigen vielleicht zu bedeuten hatte.

»Dass ich so jung bin, macht es wahrscheinlich auch nicht besser«, sagte er zu Alayna, als sie in ihre Wohnung am Ende der Halle zurückkehrten. »Ein erfahrenerer Weiser wüsste inzwischen vielleicht eine Antwort.«

Sie zuckte die Achseln. »Du bist unser Oberhaupt. Wenn sie dich ignorieren, weil du jung bist, könntest du mit dem gleichen Recht die Liga ignorieren, weil Erland alt ist.«

Jaryd grinste. »Er ist nicht alt, er ist ehrwürdig.«

»Er ist alt«, sagte sie. »Er war schon vor zehn Jahren alt, und das macht ihn älter als alt. Es gibt nicht einmal ein Wort dafür, wie alt er ist.«

Jaryd lachte und schüttelte den Kopf. »Du bist eine kaltherzige Frau. Ich hoffe, ich werde nicht alt und gebrechlich, bevor du es wirst.«

»Lieber nicht«, sagte sie. »Ich bevorzuge nämlich junge Männer.«

Vor der Tür zu Myns Zimmer stand Valya, die Frau aus der Stadt, die sich um Jaryds und Alaynas Tochter kümmerte, wenn die beiden mit ihren Pflichten beschäftigt waren.

»Sie schläft schon«, flüsterte die grauhaarige Frau und lächelte sie zahnlos an. »Sie hat versucht, wach zu bleiben, aber sie war zu müde.«

»Danke, Valya«, sagte Alayna leise. »Wir sehen uns morgen. Schlaf gut.«

»Gute Nacht, Erste.« Sie nickte Jaryd zu. »Weiser.«

Als die Frau davonschlurfte, öffneten Jaryd und Alayna vorsichtig Myns Tür, und das gedämpfte Licht ihrer Cerylle fiel ins Zimmer. Myn lag im Bett und schlief fest. Alayna grinste, und beide schlichen sich ins Zimmer, um Myns Decken zurechtzuzupfen und sie auf die Wange zu küssen.

»Das ist jetzt der dritte Abend, an dem wir das tun«, flüsterte Alayna, nachdem sie das Zimmer wieder verlassen und die Tür geschlossen hatten. »Es gefällt mir nicht, dass ich nicht einmal Zeit habe, ihr gute Nacht zu sagen.«

»Ich denke, sie wird es verstehen.«

Alayna nickte. »Da bin ich sicher, aber es gefällt mir trotzdem nicht. Versuchen wir morgen ein bisschen früher Schluss zu machen.«

»Also gut«, sagte Jaryd und griff nach ihrer Hand. »Falls es irgendwie möglich ist, werden wir das tun.«

Sie kehrten in ihre eigenen Räume zurück, schlossen die Tür hinter sich und zündeten mehrere Kerzen an. Jaryd warf sich aufs Bett, und Rithlar nahm ihre übliche Position oben auf dem breiten Kaminsims ein. Alayna setzte sich neben ihren Mann und hielt seine Hand, aber sie schwiegen. Jaryd war zu müde, um irgendwas zu sagen, obwohl er bezweifelte, dass er würde schlafen können. Er hatte seit ihrer Ankunft in Amarid nicht mehr vernünftig schlafen können.

»Was, wenn es überhaupt nichts zu bedeuten hat, Jaryd?«, fragte Alayna plötzlich.

Er öffnete die Augen und sah sie an. »Wie bitte?«

»Was, wenn deine Bindung überhaupt nichts bedeutet? Was, wenn wir das hier alles umsonst tun?«
»Hältst du das tatsächlich für möglich?«
Sie zuckte die Achseln und strich sich das dunkle Haar aus der Stirn. »Ich weiß es wirklich nicht mehr«, sagte sie. »Ich –« Sie hielt inne, als aus dem Versammlungssaal Geräusche ertönten. Die beiden wechselten einen Blick.
»Das sind vielleicht nur die Diener«, sagte er und setzte sich auf.
Alayna schüttelte den Kopf. »Selbst tagsüber sind sie kaum zu hören. Sie würden um diese Zeit nicht ohne Grund solchen Lärm machen.«
Sie hatte selbstverständlich Recht. Jaryd stand wieder auf und ging auf die Tür zu, aber noch bevor er sie erreicht hatte, klopfte jemand. Jaryd blieb stehen und warf Alayna einen Blick zu. Wieder zuckte sie die Achseln.
»Ja?«, fragte er, nun wieder der Tür zugewandt.
Die Tür ging auf und eine Dienerin spähte zögernd herein.
»Es tut mir Leid, dich so noch spät zu stören, Adlerweiser«, sagte die Dienerin leise. »Aber jemand möchte mit dir sprechen.«
»Wer ist es, Grieta?«, fragte Alayna.
»Eine Frau, Eulenmeisterin. Ich glaube, sie ist von der Liga von Amarid. Sie trägt einen blauen Umhang.«
»Hat sie gesagt, wie sie heißt?«, wollte Jaryd wissen.
»Nein, Weiser, das hat sie nicht.« Die Dienerin schien einen Augenblick nachzudenken. »Sie hat nur darum gebeten, mit dem Eulenweisen sprechen zu dürfen, und ich war nicht sicher, was ich tun sollte.«
Jaryd versuchte zu lächeln. »Schon gut«, sagte er. »Sag ihr, ich komme sofort.«

Die Frau nickte und ließ Jaryd und Alayna allein.
»Es ist schrecklich spät für eine Botschaft«, erklärte Jaryd.
»Ganz deiner Meinung. Glaubst du, es ist jemand, der zu uns zurückkehren will?«
Er schüttelte den Kopf. »Ich weiß es nicht. Das ist durchaus möglich. Aber es könnte natürlich auch eine Attentäterin sein.«
»Das kann doch nicht dein Ernst sein!«
»Ich bin nicht mehr sicher, was ich glauben soll«, erwiderte er.
Wieder griff sie nach seiner Hand. »Soll ich mitkommen?«
»Das wäre das Beste. Ich möchte noch nicht, dass eine Ligamagierin Rithlar sieht, und andererseits möchte ich dieser Frau nicht vollkommen ohne magischen Schutz gegenübertreten.«
Alayna nickte, und die beiden gingen in den Versammlungssaal hinaus. Alayna hatte ihre große Eule auf der Schulter, und Jaryd war sich sehr deutlich Rithlars Abwesenheit bewusst.
Aber als sie die großen Holztore der Halle erreichten, sah Jaryd, dass ihre Besucherin ebenfalls keinen Vogel mitgebracht hatte. Es war eine junge Frau mit langem braunem Haar, das ihr glatt bis auf die Schultern fiel, und mit fein gemeißelten Zügen, die denen von Alayna ein wenig ähnlich waren. Sie hatte einen schlichten Stab mit einem hell golden leuchtenden Stein, und sie trug den blauen Umhang einer Magierin der Liga. Aber es waren ihre Augen, die Jaryds Aufmerksamkeit erregten. Sie waren so blau wie der Himmel an einem kühlen Herbstmorgen, und in ihnen lagen eine Weisheit und eine Kenntnis der Wechselfälle

und Grausamkeiten des Lebens, die weit über die Jahre des Mädchens hinausgingen. Er hatte diese Augen schon einmal gesehen, vor vielen Jahren, als diese junge Frau noch ein Kind gewesen war, verwaist nach einem Angriff der Fremden und misstrauisch gegenüber allen, die die waldgrünen Umhänge des Ordens trugen. Daher wusste er ihren Namen, bevor sie ihn aussprach.

»Ich heiße Cailin.«

»Ja, Cailin«, erwiderte Alayna. »Wir können uns an dich erinnern.«

Die junge Magierin kniff die Augen zusammen. »Sind wir uns schon einmal begegnet?«

»Einmal«, sagte Jaryd. »Vor langer Zeit, als du noch in der Großen Halle gewohnt hast.« *Kurz nachdem deine Eltern und alle anderen Menschen, die du kanntest, getötet worden waren.*

Cailin schaute von einem zum anderen. »Ihr seid diejenigen, die mit Theron in seinem Hain gesprochen haben, nicht wahr?«

Alayna nickte. »Ja.«

»Welcher Stab war der des Eulenmeisters?«, fragte sie plötzlich mit einer Spur von Ehrfurcht in der Stimme.

»Dieser hier«, antwortete Jaryd.

Er hielt ihr seinen Stab hin, damit sie ihn nehmen und betrachten konnte, aber obwohl sie einen Schritt vorwärts tat, um genauer hinzusehen, schien sie das Holz nicht berühren zu wollen.

»Ich heiße Jaryd, und das hier ist Alayna.« Er zeigte auf den Ratstisch. »Sollen wir uns nicht hinsetzen?«

»Danke, nein.« Sie holte tief Luft. »Wer von euch ist der neue Weise?«

Wieder sahen Jaryd und Alayna einander an. »Ich«, sagte Jaryd schließlich. »Alayna ist die Erste des Weisen.«

»Wir haben schon gehört, dass der Orden ein neues Oberhaupt hat«, sagte Cailin. »Ich hoffe, dass Eulenmeister Radomil nichts zugestoßen ist. Nach allem, was ich gehört habe, scheint er ein anständiger Mann zu sein.«

Jaryd zwang sich zu einem Lächeln, obwohl er spürte, wie sich sein Magen verkrampfte. »Danke für deine Besorgnis«, sagte er. »Es geht Radomil gut.«

»Warum bist du dann Eulenweiser geworden?«

»Bist du sicher, dass du dich nicht setzen möchtest, Cailin?«, warf Alayna ein. »Wenn nicht hier, dann in unserer Wohnung?«

Cailin lächelte dünn. »Es gibt hier kaum weniger Vertrauen als in der Halle der Liga«, sagte sie mehr zu sich selbst als zu den anderen. »Danke für eure Freundlichkeit«, fuhr sie einen Augenblick später fort und sah die beiden wieder an. »Aber ich bezweifle, dass ihr noch möchtet, dass ich mich hinsetze, wenn ich erst erklärt habe, wieso ich gekommen bin.«

Sie ging zum Eingang der Halle, öffnete einen der schweren Torflügel und stieß einen einzelnen lauten Pfiff aus.

Beinahe sofort hörte Jaryd das Flattern von Flügeln, und im nächsten Augenblick sah er etwas, das seine Welt auf eine Weise in sich zusammenbrechen ließ, die er sich nie hätte vorstellen können. In der Tür, größer und majestätischer als beinahe jeder Vogel, den er je erblickt hatte, stand ein Adler. Wie Rithlar war auch dieser Vogel dunkelbraun, wenn man von der Rückseite des Halses einmal absah, wo sich Gold ins Gefieder mischte. Der Adler hatte dunkle Augen, was seinem Blick eine Wildheit und Intelligenz verlieh, die Jaryd erschreckt hätten, hätte er nicht bereits das Gleiche von seinem eigenen Adler gekannt. Als er den Vogel ansah und versuchte zu begreifen, was das alles zu bedeuten hatte, musste Jaryd wieder an den seltsamen Traum denken, der ihn in der Nacht vor seiner eigenen Bindung heimgesucht hatte. Er hatte schon vor einiger Zeit begriffen, dass einer der beiden Adler, die er in diesem Traum bei einem Kampf bis zum Tod gesehen hatte, Rithlar war. Hier, so schien es nun, war der zweite Vogel. Wieder schaute er Cailin an und fragte sich, ob sie die Frau aus seinem Traum sein könnte. Aber trotz einer gewissen oberflächlichen Ähnlichkeit kam er schließlich zu dem Schluss, dass sie es nicht war. Es fehlte immer noch ein Stück dieses Rätsels. Es war keine echte Vision gewesen. Das hatte er damals schon gewusst. Aber beim Anblick dieses zweiten Adlers war er gezwungen gewesen, die Möglichkeit in Betracht zu ziehen, dass der Traum zumindest eine gewisse Wahrheit enthielt.

»Ich kann mir vorstellen, wie erschrocken ihr jetzt seid«, hörte er Cailin sagen, obwohl er sich in Wahrheit kaum auf ihre Worte konzentrieren konnte. »Mir ging es ebenso. Um ehrlich zu sein, ich wusste nicht, was ich tun sollte. Aber Erland hat als Reaktion auf das Leuchten des Rufsteins auch die Magier der Liga nach Amarid gerufen, und daher hatte ich das Gefühl, etwas unternehmen zu müssen. Und ich dachte, ich sollte erst hierher kommen, da ein Adlerweiser traditionell Oberhaupt des Ordens wird.«

Jaryd schaute Alayna an, aber sie hatte den Blick noch auf den Vogel gerichtet und schien ihn nicht zu bemerken.

»Wie heißt sie?«, brachte Jaryd schließlich heraus und wandte sich ebenfalls wieder dem Adler zu. Er wusste nicht sicher, was die Bindung eines zweiten Magiers an einen Adler zu bedeuten hatte, aber er hatte gewisse Ideen, und keine davon war sonderlich angenehm.

»Rithel.«

»Und wann hast du dich an sie gebunden?«

»Etwa vor vier Wochen.«

Nach meiner eigenen Bindung, dachte er, obwohl das wenig half, um ihn zu beruhigen.

»Ich weiß nicht, was wir jetzt tun sollen«, begann Cailin abermals mit offensichtlichem Unbehagen. »Möchtest du es den anderen Magiern des Ordens sagen oder soll ich es tun?«

Bei diesen Worten blickte Alayna schließlich wieder auf. »Ihnen was sagen?«

Cailin blinzelte. »Dass es eine Adlerweise gibt. Dass ich Oberhaupt des Ordens sein werde.«

»Deshalb bist du hergekommen?«, wollte Alayna wissen. »Weil du glaubst, wir werden einfach beiseite treten und zulassen, dass die Liga den Orden übernimmt?«

Cailins Miene wurde eisig. »Das habe ich nicht gesagt!« Dann hielt sie inne und holte tief Luft. »Versteh doch«, sagte sie nun ruhiger, »die Götter haben mir einen Adler geschickt, und wir wissen alle, was das zu bedeuten hat. Tobyn-Ser steht ein Krieg bevor. Das hier ist nicht der Zeitpunkt für Kleinlichkeiten und Rivalität. Zumindest im Augenblick müssen wir zusammenarbeiten. Sobald wir den Feind besiegt haben, könnt ihr wieder euer eigenes Oberhaupt wählen.«

»Hast du eine Ahnung, wer unser Feind ist?«, fragte Jaryd.

Cailin wandte sich ab. »Nein. Ich hoffe, Erland und die anderen werden eine Antwort auf diese Frage finden.«

Dann sah sie ihn wieder an. »Und ich wäre auch dankbar für eure Ideen und die eurer Kollegen.«
Jaryd setzte zu einer Antwort an, aber dann hielt er inne, denn ihm war etwas aufgefallen. »Sagtest du, dass du als Erstes zu uns gekommen bist?«, fragte er.
»Ja. Ich –«
»Also wissen Erland und die anderen noch nichts davon?«
Wieder wandte sie sich ab. »Nein. Meine Position in der Liga ist ... nicht mehr das, was sie einmal war.«
»Und du hast geglaubt, dass es dich in eine bessere Position bringen würde, wenn du ihnen als neues Oberhaupt des Ordens gegenübertreten würdest«, stellte Alayna fest.
»Deshalb bin ich nicht gekommen!«, sagte die junge Frau. Sie stand einen Augenblick beinahe reglos da und starrte Alayna an. Dann schüttelte sie den Kopf. »Ich hätte überhaupt nicht herkommen sollen.«
Sie wandte sich ab und ging zurück zur Tür.
»Cailin, warte«, rief Alayna.
Cailin wandte sich mit offensichtlichem Zögern um und schaute Alayna wieder an. Sie wirkte missmutig, aber sie sagte nichts.
Alayna lächelte. »Es tut mir Leid, aber wir mussten sicher sein.«
»Sicher?«, fragte Cailin skeptisch.
»Entscheide du«, sagte Alayna zu Jaryd. »Aber ich glaube nicht, dass uns etwas anderes übrig bleibt.«
»Ich bin ganz deiner Meinung«, sagte er und nickte. Er sah Cailin an. »Komm, und bring auch deinen Vogel mit.«
Cailin warf Alayna einen nervösen Blick zu, aber dann ging sie zusammen mit Jaryd auf die Rückseite der Halle zu.

»Bitte sei hier leise«, sagte Jaryd, als sie sich der Wohnung näherten. »Unsere Tochter schläft nebenan.«
Cailin lächelte. »Wie alt ist sie?«, fragte sie leise.
»Sie ist gerade sieben geworden.«
Das Lächeln der jungen Frau verschwand abrupt, und Jaryd erinnerte sich daran, dass Cailin selbst sieben Jahre alt gewesen war, als die Fremden ihr Zuhause zerstörten.
An der Wohnung angekommen, schob Jaryd die Tür auf und bedeutete Cailin einzutreten. Zögernd ging sie an ihm vorbei, und er folgte ihr nach drinnen. Rithlar, die immer noch auf dem Kaminsims saß, blieb vollkommen reglos hocken und betrachtete Cailin misstrauisch.
Zunächst bemerkte Cailin sie nicht einmal. »Um was geht es denn nun?«, fragte sie und sah sich im Zimmer um. »Ich kann nichts –« Dann endlich bemerkte sie den Adler, keuchte und wich zur Tür zurück, wobei sie beinahe mit Jaryd zusammengestoßen wäre. »Aricks Faust!«, flüsterte sie. Sie fuhr zu Jaryd herum, die Augen weit aufgerissen. »Wie ist das –« Sie hielt inne, als ihr eigener Adler in Sicht kam, auf der Zimmerschwelle landete und gleichgültig zu ihr aufblickte. Sie fuhr erneut herum und starrte Rithlar an. »Aricks Faust!«, sagte sie abermals.
»Sie heißt Rithlar«, sagte Jaryd. »Ich habe mich an sie gebunden, kurz bevor du dich an Rithel gebunden hast.«
Die junge Magierin nickte, starrte aber immer noch Jaryds Adler an. »Das erklärt natürlich auch, wieso ihr den Rufstein benutzt habt.« Dann schwieg sie wieder, stand reglos da und schaute Rithlar an. Schließlich wandte sie sich wieder Jaryd zu. »Was, glaubst du, hat das zu bedeuten?«
»Ich wünschte, ich wüsste es. Der offensichtlichste Schluss

wäre wohl, dass die Liga und der Orden einander bekämpfen werden.«

Cailin wurde bleich und schüttelte den Kopf. »Das will ich einfach nicht glauben.«

Jaryd lächelte dünn. »Ich auch nicht.«

»Dann lasst es einfach nicht zu«, erklang eine dritte Stimme.

Jaryd und Cailin wandten sich zur Tür um, wo Alayna stand und sie anschaute. »Ihr seid beide Adlerweise«, fuhr sie fort. »Du, Jaryd, bist Oberhaupt des Ordens, und du, Cailin, wirst bald Oberhaupt der Liga sein. Nicht einmal Erland würde unter diesen Umständen deinem Anspruch widersprechen. Also liegt es in eurer Hand, einen Krieg zu verhindern.«

»Ist das tatsächlich so?«, fragte Cailin. »Die Götter haben uns Adler geschickt. Wenn sie Krieg wünschen, werden wir vielleicht nichts dagegen tun können.« Sie hielt inne und wandte den Blick ab. »Ich bin nicht einmal sicher, ob ich genügend Einfluss auf den Rest der Liga haben werde, und du erwartest von mir, dass ich mich dem Willen der Götter widersetze?«

»Ich glaube nicht, dass das notwendig sein wird«, sagte Alayna sanft. »Die Götter haben immer Adler geschickt, um Tobyn-Ser zu beschützen, nicht, um das Land zu zerstören. Und ich glaube auch nicht, dass es diesmal anders sein wird.«

Cailin blickte auf. »Was willst du damit sagen?«

»Die Götter haben zwei Adler geschickt, einen zu dir und einen zu Jaryd. Ich denke, sie wollen uns damit sagen, dass die Liga und der Orden sich zusammentun müssen, dass der Feind, dem wir gegenüberstehen werden, nur besiegt

werden kann, wenn alle Magier des Landes sich zusammentun.«
»Das tröstet dich, oder?«, fragte Cailin.
Alayna lächelte. »Ja, so ist es.«
»Mir geht es ebenso«, sagte Jaryd. »Ist es bei dir etwa anders?«
Cailin schüttelte den Kopf. »Wenn du Erland so gut kennen würdest wie ich, würdest du so nicht denken. Er hasst den Orden mit größerer Leidenschaft, als ihr euch vorstellen könnt. Er wird niemals gestatten, dass sich die Liga mit euch zusammentut, ganz gleich, worum es geht.«
»Dann ist es umso wichtiger«, sagte Alayna, »dass du so bald wie möglich deinen rechtmäßigen Platz als Oberhaupt der Liga einnimmst.«
»Ihr begreift die Liga nicht!«, erwiderte Cailin, ging zur Feuerstelle und blickte zu Rithlar auf. Der Adler warf ihr einen kühlen Blick zu und begann sich dann zu putzen. »Erland ist für die Liga, was Amarid einmal für den Orden war. Er hat sie geschaffen, er führt sie, er beherrscht sie. Selbst die jüngeren Magier, von denen man wohl erwarten sollte, dass sie sich in einigen Punkten gegen ihn stellen, beugen sich ihm meistens.«
»Aber sie müssen dir gegenüber ähnlich empfinden«, sagte Jaryd. »Als du dich vor sieben Jahren der Liga angeschlossen hast, nahmen alle in Tobyn-Ser an, dass der Orden innerhalb eines Jahres verschwinden würde.«
Bei dieser Bemerkung drehte sie sich zu ihm um, und der Hauch eines Lächelns umspielte ihre Lippen. Sie wirkte so jung, kaum älter als ein Mädchen. Und dennoch hatten die Götter ihr einen Adler geschickt, genau wie ihm. »Du hast Recht«, sagte sie. »Das haben alle gedacht. Selbst Erland hat

das geglaubt. Deshalb hat er sich so angestrengt, damit ich der Liga beitrete. Aber es kam nicht so, wie man es erwartet hätte. Es gibt den Orden immer noch, wenn er auch nicht mehr so stark ist, wie er einmal war. Aber er ist auch nicht deutlich schwächer geworden.« Sie gab ein leises Geräusch von sich, das vielleicht ein Lachen war, aber sofort danach verschwand ihr Lächeln. »Ich habe sie enttäuscht. Das haben sie sehr deutlich gemacht. Besonders Erland. Er wird seine Macht nicht abgeben, besonders nicht an mich.«

»Aber du hast dich an einen Adler gebunden«, sagte Jaryd. »Es ist ohne Bedeutung, was sie von dir halten. Du bist ihre Adlerweise. Daran kann niemand etwas ändern.«

Cailin machte eine ungeduldige Geste. »Die Liga ist nicht der Orden. Du kannst nicht einfach davon ausgehen, dass eure Regeln auch für uns gelten.«

»Und dennoch –«

»Nein«, sagte sie und schüttelte heftig den Kopf. »Du begreifst das nicht! Selbst als seine Eule gestorben ist, ist es ihm gelungen, Erster Meister zu bleiben. Der Adler hat nichts zu bedeuten. Deshalb bin ich zuerst hierher gekommen. Meine einzige Hoffnung bestand darin, dass ich zum Konklave gehen könnte, nachdem ich bereits Oberhaupt des Ordens war.«

»Nun, das wird offensichtlich nicht der Fall sein«, warf Alayna ein.

Cailin nickte. »Das verstehe ich.«

»Also musst du eine andere Möglichkeit finden.«

»Hast du mir überhaupt zugehört?«

Alaynas dunkle Augen blitzten zornig. »Selbstverständlich. Aber du bist kein Kind mehr, Cailin. Du bist eine Magierin, die sich an einen Adler gebunden hat. Und damit trägst du erhebliche Verantwortung. Die Götter haben dich auserwählt, also sind sie wohl der Ansicht, dass du für diese Aufgabe geeignet bist. Der Rest bleibt dir überlassen.«

Cailin starrte sie lange wortlos an. »In dem, was du da sagst, liegt vielleicht einige Wahrheit«, erklärte sie schließlich. »Vielleicht sogar mehr, als mir lieb ist. Aber du kannst dir wohl vorstellen, dass ich niemals die Gelegenheit hatte, ein Kind zu sein.«

Die beiden Frauen starrten einander längere Zeit an, bevor sich Alayna schließlich abwandte.

»Ich werde tun, was ich kann«, sagte Cailin eisig. Sie schaute Jaryd an. »Arick behüte dich, Adlerweiser. Ich hoffe, wir können zusammenarbeiten, bevor das alles hier vorüber ist.«

»Leb wohl, Cailin«, erwiderte Jaryd. »Wenn wir dir irgendwie helfen können, lass es uns wissen.«

Cailin nickte und ging. Jaryd und Alayna blieben schweigend stehen und lauschten, wie Cailins Schritte von der Kuppeldecke des Versammlungssaals widerhallten. Als die junge Frau die Halle schließlich verlassen hatte, wandte sich Alayna ihrem Mann zu und sah ihn grimmig an. »Ich hätte sie nicht so bedrängen dürfen.«

Jaryd zuckte die Achseln. »Das ist schwer zu sagen. Sie ist so jung.«

»Wir waren auch nicht älter, als wir in den Hain gegangen sind.«

»Ich weiß«, sagte er mit einem Lächeln. »Erinnerst du dich noch, wie jung wir damals waren?«

Alayna lachte leise, aber sie wurde rasch wieder ernst. »Wenn ich Recht habe und wir diesen Feind nicht allein besiegen können, muss sie eine Möglichkeit finden, sich über Erland hinwegzusetzen.«

»Ja«, sagte Jaryd und nickte. »Und als Magier des Ordens können wir ihr dabei überhaupt nicht helfen.«

»Das hier gefällt mir nicht«, sagte Henryk, und das scheinbar zum tausendsten Mal. »Das hier gefällt mir überhaupt nicht.«
Tammen sah ihn einen Augenblick lang an, dann wandte sie sich wieder der Baumgruppe vor ihnen zu. »Das hast du uns bereits mitgeteilt«, erwiderte sie verächtlich. »Wenn du gehen willst, werde ich dich nicht aufhalten.«
Der dunkeläugige Magier verlagerte geringfügig das Gewicht, aber er blieb, wo er war. Tammen war nicht sicher, ob sie erleichtert oder enttäuscht sein sollte.
Sie befanden sich am Westrand von Tobyns Wald, kaum einen Tagesmarsch von der Nordebene entfernt, und wenn Nodin Recht hatte, war dies hier der Ort, an dem sich Peredur, der Erste der Weisen, vor über sechzig Jahren an seinen ersten Vogel gebunden hatte. Aber bisher hatten sie noch keine Spur von dem unbehausten Geist des Eulenmeisters entdecken können.
»Bist du sicher, dass dies die richtige Stelle ist?«, fragte sie Nodin und begegnete dabei kurz seinem Blick, den er in der letzten Zeit offenbar ununterbrochen auf sie gerichtet hatte.
Er runzelte die Stirn. »Das dachte ich zumindest. Es ist lange her, seit ich in diesem Teil des Waldes war. Ich weiß, dass wir in der Nähe sind, aber es ist vielleicht nicht genau die Stelle, die ich meinte.«
Sie verdrehte die Augen und erhob sich von dem umgestürzten Baumstamm, auf dem sie seit der Dämmerung gesessen hatten. »Und wann hattest du vor, das zu erwähnen?«

»Es war mir gerade erst aufgefallen, als du gefragt hast«, antwortete er defensiv.

Sie schnaubte. »Also müssen wir weiterziehen?«

Nodin sah sich um, und die Unsicherheit stand ihm deutlich ins Gesicht geschrieben. »Ich weiß es nicht«, gab er zu. »Ich glaube nicht, dass wir weit von der Stelle entfernt sind, aber –«

»Aber du weißt es nicht sicher?«

»Das war von Anfang an keine gute Idee«, warf Henryk ein und schüttelte den Kopf. »Wir sollten einfach –«

»Henryk!«, rief Tammen und fuhr zu ihm herum. »Wenn ich von dir auch nur noch ein einziges Wort höre ...« Sie hielt inne. Das hier würde sie nirgendwo hinführen.

»Was dann, Tammen?« Henryk war aufgesprungen.

Auch Nodin hatte sich jetzt erhoben. »Hört auf damit.«

»Nein«, sagte Henryk. »Ich habe genug davon, dass sie mir das Gefühl gibt, ein Feigling zu sein. Ihr habt also keine Angst vor den Unbehausten«, sagte er, als sei das eine Tatsache. »Überhaupt keine.«

Tammen begegnete seinem Blick, so gut sie konnte. »Ich bin hier, weil ich glaube, dass die Bewegung Hilfe braucht«, sagte sie schließlich. »Das ist alles, was zählt. Ob ich Angst habe oder nicht, ist ohne Bedeutung.«

»Und was ist mit dir?«, fragte Henryk Nodin. »Hast du auch keine Angst?«

Nodins Blick zuckte kurz zu Tammen. »Wie sie schon sagte«, erklärte er leise. »Das Wichtigste ist, dass die Bewegung Hilfe braucht.«

Henryk wandte sich ab. »Ja, richtig. Die Bewegung.«

Einen Augenblick später drehte er sich wieder um, als wollte er noch etwas sagen, aber in diesem Moment begann ein

seltsames perlfarbenes Licht im Wald zu schimmern wie Fackellicht im Küstennebel.
Die drei Magier wandten sich dem Licht zu und alle schwiegen. Tammens Herz klopfte so heftig, dass sie glaubte, es hören zu können, und ihr Magen fühlte sich kalt und schwer an. Selbst Othba, ihr wunderschöner brauner Falke, der für gewöhnlich so gefasst auf ihrer Schulter saß, stieß einen leisen Ruf aus und grub die Krallen in Tammens Schulter.
Als das Licht näher kam und heller wurde, konnte Tammen in dessen Mitte eine Gestalt erkennen. Es war ein hoch gewachsener, schlanker Mann, und er bewegte sich mit schnellen, zielgerichteten Schritten. Er hatte einen Stab in der rechten Hand, und als er noch näher kam, sah Tammen, dass er einen kleinen Waldfalken auf der Schulter trug. Seine Augen waren so hell wie Sterne, und sein Gesicht war zwar von Falten durchzogen und von weißem Haar gerahmt, aber es wirkte auch irgendwie jung, als hätte das Licht, das aus ihm herausleuchtete, die Jahre vertrieben.
Er blieb vor den drei Magiern stehen und sah sie kühl an. Als sein Blick auf ihr ruhte, hatte Tammen das Gefühl, als durchzöge sie ein kalter Wind bis ins Herz. Dann wandte die Erscheinung sich Nodin zu, und Tammen gestattete sich, wieder zu atmen.
»Du bist Prins Sohn, nicht wahr?«, sagte der Geist mit einer Stimme, die klang wie hoher Wind in den Baumwipfeln.
»Ja, Erster«, antwortete Nodin bleiern und ungelenk. »Ich heiße Nodin. Und meine Begleiter sind Falkenmagierin Tammen und Falkenmagier Henryk. Wir fühlen uns durch diese Begegnung sehr geehrt.«
Peredur sah erst Henryk und dann Tammen an, dann

wandte er sich wieder dem hoch gewachsenen Magier zu.
»Wo sind eure Umhänge?«
Nodin schluckte und warf seinen Begleitern einen Blick zu. »Wir tragen keine Umhänge, Erster. Wir sind freie Magier.«
»Was hat das zu bedeuten?«, fragte der Geist und kniff die hellen Augen zusammen.
»Es bedeutet«, warf Tammen ein, »dass wir weder zum Orden noch zur Liga gehören. Wir dienen einfach nur dem Volk.«
Der Geist spießte sie mit seinem Blick auf. »›Wir dienen einfach nur dem Volk‹«, äffte er sie nach. »Was glaubst du wohl, was ich zweiundfünfzig Jahre lang getan habe? Und ich war Mitglied des Ordens!«
»Ja, Erster«, sagte Nodin rasch. »Selbstverständlich.«
»Und wozu in Aricks Namen braucht das Land nun freie Magier?«
Nodin warf Tammen einen raschen Blick zu, bevor er antwortete. »Vielleicht hast du von der Fehde zwischen der Liga und dem Orden gehört«, sagte er.
Der Geist verzog das Gesicht. »Ja. Das ist alles Unsinn.«
»Uns kommt es genauso vor«, sagte Tammen und gestattete sich ein zaghaftes Lächeln. »Wie können Magier dem Land dienen, wenn sie so sehr damit beschäftigt sind, einander zu befehden?«
Peredur betrachtete sie skeptisch, als gefiele ihm die Tatsache, mit ihr einer Meinung zu sein, nicht so recht. »Weiter.«
Tammen zuckte die Achseln. »Wir haben einen anderen Weg gefunden. Wir dienen dem Land, aber wir nehmen keinen Anteil an den Streitereien.«
»Und wer überwacht Leute wie euch?«, fragte der Geist.

»Wer sorgt dafür, dass keiner von euch gegen Amarids Gesetze verstößt?«

»Wir tun das gegenseitig«, antwortete Tammen. »Genau wie beim Orden und der Liga.«

Der Geist des Eulenmeisters trat einen Schritt vor. »Das genügt nicht! Ihr bildet keine offizielle Körperschaft, also habt ihr keine Methode, um Strafen zu verhängen. Ich wurde von einem Abtrünnigen getötet, einem Mann, der nicht nur die Magie und den Orden, sondern das ganze Land verraten hat. Und trotz aller Regeln und Prozesse, die wir für solche Fälle vorgesehen hatten, war die gesamte Macht aller Magier des Ordens vonnöten, um ihn aufzuhalten. Wie könntet ihr denn einen eurer ›freien Magier‹ aufhalten, der etwas Ähnliches plant?«

Sartol. Er sprach von Sartol. Tammen musste gegen den Drang ankämpfen, zornig zu antworten.

»Die freien Magier haben sich verpflichtet, dem Volk von Tobyn-Ser zu dienen und es anzuleiten, Eulenmeister«, erklärte Nodin mit solchem Stolz, dass Tammen unwillkürlich lächeln musste. »Wir sind Teil einer großen Bewegung – der Volksbewegung –, die versucht, die fremden Einflüsse wieder aus dem Land zu verdrängen, die schon so viel Schaden angerichtet haben.« Abermals schaute er Tammen an, und als er bemerkte, dass sie lächelte, lächelte er ebenfalls.

»Davon habe ich nichts gehört«, sagte der Geist. »Ich habe gesehen, dass Bäume abgeholzt wurden, und ich sah seltsame Waffen in den Händen von Tempelmännern. Aber eine Volksbewegung?« Er schüttelte seinen schimmernden Kopf.

»Aber du hast den Rest gesehen«, sagte Tammen, »die Waffen und die Zerstörung von Tobyns Wald, und dann ist dir doch sicher auch klar, wie viel Gutes eine solche Bewegung haben könnte.«

Der Geist zögerte. »Mag sein«, gab er schließlich zu. »Um was geht es da genau?«

Nodin holte tief Luft. »Unsere Bewegung braucht Hilfe, Erster. Wir freien Magier sind der Liga und dem Orden zahlenmäßig noch unterlegen. Es gibt zu wenige von uns, um gegen die Männer des Tempels zu kämpfen, vor allem nun, da sie Waffen aus Lon-Ser haben. Viele in der Bevölkerung unterstützen uns, aber wir können jene, die das tun, nicht verteidigen.« Er schluckte, und selbst in dem seltsamen Licht ihrer Cerylle und des unbehausten Geistes vor ihnen konnte Tammen erkennen, wie er bleich wurde. »Vor wenigen Tagen sind in einem Dorf namens Prannai sechzehn Menschen gestorben, weil wir nicht stark genug waren, um sie zu beschützen.«

Peredur starrte sie an, und seine Miene war so kalt wie ein Winterwind. »Wenn ihr sie nicht beschützen könnt, habt ihr kein Recht, sie in eure Sache zu verwickeln! Als Magier solltet ihr das wissen!«

»Sie haben uns um Hilfe gebeten!«, sagte Tammen.

»Dann hättet ihr euch weigern sollen!«

Tammen setzte zu einer Antwort an, aber Nodin hielt sie mit einer Handbewegung zurück.

»Du magst vielleicht Recht haben, Erster«, gab er zu. »In unserem Bedürfnis, das Land zu schützen, haben wir vielleicht übereilt gehandelt. Wir sind jung, und wir müssen noch viel lernen. Aber das beweist nur, was ich zuvor gesagt habe. Wir brauchen nicht nur Hilfe, um uns stärker zu machen, sondern auch Anleitung, wie wir der Volksbewegung am besten dienen können.«

Tammen nickte. Wenn er wollte, konnte Nodin ausgesprochen klug sein. »Nodin hat Recht«, sagte sie. »Wir können von dir und den anderen Unbehausten viel lernen. Und außerdem«, fügte sie hinzu und senkte bescheiden den Blick, »entschuldige ich mich für das, was ich vorhin gesagt habe.«

Der Geist warf ihr einen raschen Blick zu, aber seine Miene zeigte nicht, was er dachte. Dann sah er Henryk an. »Was ist mit dir, Magier? Du lässt deine Begleiter reden. Du hast noch kein einziges Wort gesagt. Bist du bereit, dich ebenfalls mit den Unbehausten zu verbünden?«

Der dunkeläugige Mann warf Tammen und Nodin einen Blick zu. »Ich unterstütze die Bewegung aus ganzem Herzen«, antwortete er schließlich und sah dem Geist in die leuchtenden Augen. »Und wenn die Unbehausten uns helfen können, unsere Ziele zu erreichen und das Land zu schützen, ja, dann bin ich bereit, euch als Verbündete zu akzeptieren.«

Peredur grinste. »Gut gemacht, Magier.« Nun wandte er sich wieder an Nodin. »Du hast hier einen guten Freund. Er hat ernste Zweifel an dem, was ihr tut, aber er ist bereit, euch zu unterstützen. Es ist bedauerlich, dass seine Loyalität stärker ist als seine Vernunft.«

»Ich verstehe nicht, was du meinst.«

»Ihr versucht, Kräfte zu nutzen, die ihr nicht im Geringsten versteht, und all das um einer Bewegung willen, die am Ende mehr schaden als helfen wird.«

»Das weißt du doch nicht!«, sagte Nodin.

»Ach ja? Du kannst mich mit deiner Schmeichelei und deiner angeblichen Unterwürfigkeit nicht täuschen. Euch geht es nicht um Anleitung. Ihr wollt die Hilfe der Unbehausten, damit ihr der Macht der Liga und des Ordens und den Waffen des Tempels etwas entgegenzusetzen habt. Das ist alles, worum es euch geht. Diesem Land stehen Gewalt und Aufruhr bevor. Und eure kleine Bande freier Magier wird alles nur noch schlimmer machen. Selbst wenn ich euch helfen könnte, würde ich es nicht tun.«

»Selbst wenn du könntest?«, wiederholte Tammen. »Was soll das bedeuten?«

»Es bedeutet, dass die Unbehausten wenig Einfluss auf eure Welt haben. Es gibt tatsächlich kaum etwas, was ich ohne die Hilfe der anderen Unbehausten für euch tun kann, und seit Sartol einer von uns ist, ist es vollkommen unmöglich geworden, gemeinsam zu handeln.«

»Du kannst also nichts tun? Es gibt keine Möglichkeit für einen unbehausten Magier, auf unsere Welt Einfluss zu nehmen? Ich glaube dir nicht.«

»Glaub, was du willst«, sagte der Geist. »Die Wege zur Macht, die einem einzelnen unbehausten Magier offen stehen, werde ich nicht gehen. Wenn ihr von einem von uns Hilfe wollt, müsst ihr sie anderswo suchen.«

Tammen verkniff sich ein Lächeln. Das war die Bestätigung, nach der sie gesucht hatte. Es gab eine Möglichkeit, und hier am Nordwestrand des Gotteswaldes waren sie nur ein paar Tagesmärsche von dieser Möglichkeit entfernt.

»Und jetzt lasst mich allein«, befahl Peredur. »Ich möchte nicht mehr gestört werden.«

»Aber Erster«, flehte Nodin. »Wir brauchen eure Hilfe. Das Land braucht eure Hilfe.«

»Ich habe dem Land gedient«, sagte der Geist und wandte sich ab. »Mehr als ein halbes Jahrhundert lang habe ich die Menschen geschützt, habe sie geheilt, habe ihre zerbrochenen Zäune und ihre Häuser repariert. Und ich habe es immer mit gutem Gewissen getan, denn ich wusste, als Mitglied des Ordens folgte ich Amarids Fußstapfen.« Noch einmal wandte er sich ihnen zu, und seine Augen schienen irgendwie heller zu strahlen, als wären sie Cerylle und als hätte er ein intensiveres Licht heraufbeschworen. »Ich werde im Tod nichts tun, was meinem Leben treuen Dienens widerspricht. Ganz bestimmt nicht euretwillen.« Wieder wandte er sich ab und ging davon, und diesmal drehte er sich nicht mehr um.

Sie sahen ihm nach, sahen, wie der perlige Schimmer wie Nebel im Dunkeln verschwand, bis sie wieder allein waren und das einzige Licht im Wald von ihren Ceryllen stammte. Tammen hatte das Gefühl, als löste sich etwas in ihrer Brust, als der Geist zwischen den Baumstämmen und Ästen verschwand, und nicht zum ersten Mal fragte sie sich, ob sie im Stande sein würde das zu tun, was sie tatsächlich in diesen Teil von Tobyn-Ser geführt hatte.

»Was jetzt?«, fragte Henryk und fuhr sich mit der Hand durch die dunklen Locken.

Nodin zuckte die Achseln. Er wirkte müde und geschlagen. »Ich weiß es nicht. Es gibt ein paar freie Dörfer in dieser Gegend. Wir sollten vielleicht sehen, ob wir sie der Bewegung zuführen können.« Er spähte in die Richtung, in die der Geist gegangen war. »Ich hatte wirklich geglaubt, dass er uns helfen würde. Erst seit heute Abend«, fügte er mit einem Blick zu Tammen und Henryk hinzu. »Denn als er sagte, die Fehde zwischen der Liga und dem Orden sei Unsinn, habe ich gedacht, es könnte vielleicht funktionieren.«

»Und was, wenn es funktioniert hätte?«, fragte Henryk. »Glaubst du wirklich, wir drei wären im Stande, die Unbehausten zu beherrschen und sie zu benutzen, als wären sie eine Waffe?«

»Ich habe nicht nach einer Waffe gesucht«, antwortete Nodin, »sondern nach einem Verbündeten. Und wenn du so wenig an das glaubst, was wir tun wollten, hättest du vielleicht nicht mitkommen sollen.«

Henryk wich zurück, als hätte man ihn geschlagen, und er wurde rot. Er blieb einige Zeit lang schweigend stehen, dann drehte er sich auf dem Absatz um und ging davon.

»Henryk!«, rief Nodin hinter ihm her. »Ich wollte nicht ...« Er brach ab. Henryk würde nicht zurückkommen, zumindest nicht heute Nacht. Er schaute Tammen an und schüttelte den Kopf. »Ich hätte das nicht sagen dürfen.«

»Das ist doch egal«, erwiderte sie. Tatsächlich war sie froh, dass Henryk gegangen war. Was sie als Nächstes tun mussten, würde ohne Henryk, der sich dagegen aussprach, vielleicht einfacher werden.

»Was sollen wir jetzt tun? Es gibt freie Dörfer im Süden und im Westen.«

»Ich denke, wir sollten nach Norden gehen«, sagte sie.

»Nach Norden? Warum?«

Sie holte tief Luft. »Peredur ist nicht der einzige unbehauste Magier in dieser Gegend. Und es ist möglich, dass ein anderer Geist uns eine andere Antwort geben wird.«

Er brauchte eine Minute. Dann riss er plötzlich die Augen auf und wich sogar einen Schritt zurück. »Sprichst du etwa von Sartol?«

»Ja.«

Er schüttelte heftig den Kopf und befeuchtete sich nervös die Lippen. »Nein«, sagte er schließlich. »Das ist zu gefährlich. Du hast gehört, was Peredur gesagt hat: Sartol hat Peredur und seinen Vogel umgebracht. Er hat das Land verraten.«

»Er hat mir das Leben gerettet! Er hat Wasserbogen gerettet! Ich habe gesehen, wie er es getan hat! Ich habe gesehen, wie er die Männer tötete, die meine Eltern umgebracht haben!«

»Ich weiß«, sagte Nodin. »Aber das hat er getan, um sich selbst zu retten.«

Tammen wandte sich von ihm ab. »Das behauptet der Orden.«

»Tammen –«

»Nein«, sagte sie, »es ist mir egal, was du sagst. Henryk wird ohnehin niemals zustimmen. Ich gehe allein. Du kannst mit ihm zu den freien Dörfern weiterziehen.«

Nodin schwieg lange Zeit, und Tammen blieb reglos stehen, wandte ihm den Rücken zu und wartete. In Wahrheit wollte sie es nicht allein tun. Bei all ihrem Beharren darauf, dass Sartol ihnen helfen würde und dass er nicht der Ausbund des Bösen war, als den ihn die Ordensmagier darstellten, hatte sie dennoch Angst. Peredurs Geist gegenüberzustehen war schlimm genug gewesen, und Sartol war lebendig sehr viel furchterregender gewesen als der Erste.

Nodin war immer noch irgendwo hinter ihr. Sie spürte seine Unsicherheit und dass er sie nicht allein lassen wollte. Zuvor war seine Zuneigung zu ihr eine Last gewesen, aber nun erkannte sie die Möglichkeiten, die darin lagen.

Sie drehte sich wieder um, ging auf ihn zu, stellte sich auf die Zehenspitzen, küsste ihn auf die Lippen und achtete darauf, dass ihre Brüste dabei kurz seinen Körper berührten. »Leb wohl, Nodin«, flüsterte sie. »Du wirst mir fehlen.«

Sie setzte dazu an weiterzugehen, aber er gestattete ihr kaum einen einzigen Schritt.

»Tammen, warte!«

Sie drehte sich zu ihm um und verkniff sich ein Lächeln. Vielleicht hätte sie ihn auch auf eine andere Art überzeugen können, vielleicht war das, was sie getan hatte, falsch gewesen. Aber in gewisser Weise mochte sie ihn tatsächlich. Und sie war lieber mit ihm zusammen als allein.

»Ich gehe mit dir«, sagte er. »Ich will nicht, dass du das allein tust.«

Was würde es schon ausmachen?, fragte sie sich und sah, wie er zu lächeln begann. Welchen Schaden konnte es schon anrichten, wenn sie einige Zeit zusammenblieben?

»Danke, Nodin. Es ist schön, dich bei mir zu haben.«

Er lächelte noch strahlender. Wie falsch konnte so etwas denn schon sein?

11

Seit mehreren Jahren streben die Mitglieder meines Ordens nun zumindest theoretisch eine Versöhnung mit der Liga an. Wir alle erkennen, wie gefährlich diese Kluft zwischen Magiern sein kann, und viele sind auch der Ansicht, dass es die Schuld des Ordens war, dass es überhaupt zu dieser Spaltung kam, und dass es daher unsere Aufgabe ist, die Dinge wieder in Ordnung zu bringen. Ich muss allerdings zugeben, wenn man mir heute die Möglichkeit gäbe, die Magier wieder zu vereinen, hätte ich gewaltige Bedenken. Nach allem, was ich erlebt habe, fällt es mir schwer, mir vorzustellen, dass ein Ligamagier mein Freund oder auch nur ein Kollege sein könnte. Und obwohl die anderen im Orden nicht von der Liga verfolgt wurden wie ich, bin ich sicher, dass ich nicht als Einziger solche Gefühle hege.

Wir werden sehen, ob eine Versöhnung zu meinen Lebzeiten überhaupt in Frage kommt. Die Magier der Liga haben auf unzählige Arten gezeigt, dass sie nichts mit dem Orden zu tun haben wollen. Sollte sich allerdings eine Gelegenheit ergeben, sei es in der nahen Zukunft oder vielleicht in Jahren, glaube ich, dass jene, die sich für eine Wiedervereinigung von Liga und Orden aussprechen, in beiden Gruppen mit Widerstand zu rechnen haben.

Falkenmagier Orris an Melyor i Lakin, Herrscherin und Steinträgerin von Bragor-Nal, im Frühling des Gottesjahres 4633

Baden starrte Jaryd und Alayna an. Ihm fehlten einfach die Worte, und er fragte sich, ob es möglich war, dass zwei Personen gleichzeitig von der gleichen geistigen Verwirrung befallen wurden. Der Totenstille ringsumher entnahm der Eulenmeister, dass die anderen in der Halle sein Staunen teilten. Er wandte den Blick dem riesigen braunen Vogel zu, der neben Jaryds Stuhl hockte, und schüttelte bedächtig den Kopf. Dass sich ein Adler an einen Magier gebunden hatte – und nicht nur an irgendeinen Magier, sondern an seinen eigenen Neffen –, war unglaublich genug. Aber dass es zwei Adlerweise zur gleichen Zeit geben sollte, war einfach nicht zu fassen. Er wusste nicht, ob er ängstlich oder hoffnungsvoll sein sollte, aber auf seltsame Weise konnte er sich einer gewissen Ehrfurcht vor der Situation nicht entziehen. Er hätte nie geglaubt, so etwas zu erleben.

»Bist du sicher, dass du dich vor ihr gebunden hast?«, brach Tramys schließlich das Schweigen. »Hast du dich davon auch wirklich genau überzeugt?«

»Ich weiß nicht, was für einen Unterschied das machen sollte«, sagte Orlanne, bevor Jaryd antworten konnte. »Wenn wir die Liga bekriegen müssen, ist es wirklich egal, wer sich zuerst gebunden hat.«

»Aber wenn es zu einem Krieg mit Lon-Ser kommt«, erwiderte Tramys ernst, »könnte das von entscheidender Bedeutung sein. Der Magier, der sich als Erster gebunden hat, wird die Armee befehligen.« Wieder sah er Jaryd an. »Oder etwa nicht, Adlerweiser?«

Jaryd holte tief Luft und verzog missbilligend das Gesicht. »So weit hatte ich noch nicht vorausgedacht.«

Ein weiterer jüngerer Magier erhob sich. »Wenn die Götter wollen, dass wir zusammen mit der Liga kämpfen, warum sollten sie dann zwei Adler schicken? Sie hätten nur einen geschickt. Und das muss bedeuten, dass uns ein Bürger-

krieg bevorsteht, wie Baden schon vor ein paar Tagen angenommen hat.«
»Unsinn!« Nun stand auch Mered auf. »Sie haben vielleicht zwei Adler geschickt, weil unser Feind diesmal mächtiger ist als jeder, dem wir je gegenüberstanden. Das wird zweifellos der Fall sein, wenn wir gegen Lon-Ser kämpfen müssen.«
Andere nickten.
»Vielleicht ist es auch ein Zeichen dafür, dass wir mehr als einem Feind gegenüberstehen werden«, fügte Neysa hinzu. »Vielleicht werden wir sowohl von Lon-Ser als auch von den Tempeln bedroht. Die Kinder der Götter haben Waffen gekauft.«
Mered warf ihr einen skeptischen Blick zu. »Warum sollten die Götter uns auch nur einen einzigen Adler schicken, wenn wir gegen die Hüter kämpfen?«
Die hoch gewachsene Frau zuckte die Achseln. »Wenn die Kinder der Götter sich in ihrer Goldgier gegen das Volk von Tobyn-Ser wenden, könnte so etwas wohl geschehen.«
Mehrere Magier stimmten ihr lauthals zu, und beinahe sofort begannen die Auseinandersetzungen am Ratstisch.
»Das ist alles viel zu voreilig«, sagte Jaryd laut und brachte die Diskussionen so rasch zu Ende, wie sie begonnen hatten. »Wir wissen einfach nicht genug, um irgendwelche Schlüsse ziehen zu können. Diese Art von Spekulationen bringt uns nicht weiter.«
»Worüber hast du mit Cailin eigentlich genau gesprochen?«, fragte Baden. »Du hast uns von ihrem Adler erzählt, aber mich würde viel mehr interessieren, wie euer Gespräch im Einzelnen verlaufen ist.«
Der Adlerweise lächelte und nickte, als wollte er Baden für

diese Frage danken. »Es war kein einfaches Gespräch«, begann er mit einem raschen Blick zu Alayna. »Cailin glaubt anscheinend, dass der Orden und die Liga sich bei einem kommenden Krieg zusammentun sollten, aber sie ist alles andere als überzeugt, ob der Rest der Liga so etwas akzeptieren wird. Sie ist nicht einmal sicher, ob Erland zurücktreten und gestatten wird, dass sie nun die Liga anführt.«

»Sie haben sie noch nicht zur Adlerweisen gemacht?«, fragte Sonel erstaunt.

»Sie wissen noch nicht einmal, dass sie sich an einen Adler gebunden hat.«

Baden riss die Augen auf. »Was?«

»Nun«, gab Jaryd zu, »inzwischen wissen sie es vielleicht. Aber gestern Nacht wussten sie es noch nicht.«

Sonel schüttelte den Kopf. »Wie ist das möglich?«

»Es sieht so aus, als wäre Cailins Einfluss auf die Liga nicht mehr das, was er einmal war«, erklärte Alayna. »Erland wird selbst von den jüngeren Falkenmagiern in hohen Ehren gehalten, aber Cailin hat ihre Gunst nicht mehr.«

»Aber warum?«, fragte Sonel nach. »Es gab eine Zeit, da bedeutete sie ihnen alles.« Sie war Cailin vor vielen Jahren begegnet, erinnerte sich Baden nun, als sie noch Eulenweise gewesen war und Cailin nur ein Kind, das sich damals an seinen ersten Falken gebunden hatte. Sonel war recht beeindruckt von ihr gewesen.

Alayna lächelte dünn. »Anscheinend geben die Magier der Liga, besonders Erland, Cailin die Schuld dafür, dass der Orden diese letzten Jahre überlebt hat.«

»Das ist doch lächerlich«, sagte Sonel.

»Mag sein«, stimmte Radomil ihr zu. »Aber es ist nicht überraschend. Ich habe Erlands Argumente eigentlich nie verstanden.«

»Wie seid ihr mit Cailin verblieben?«, fragte Baden Jaryd.

Der Magier zuckte die Achseln. »Wir haben kein Abkommen getroffen, wenn du das meinst. Ich wollte den Orden keinesfalls zu etwas verpflichten, ohne mit euch anderen gesprochen zu haben, und Cailin ist nicht in der Lage, im Namen der Liga zu sprechen. Sie hat noch viel Arbeit vor sich, bevor sie überhaupt behaupten kann, über irgendeine Autorität zu verfügen.«

»Gibt es etwas, was wir in dieser Sache für sie tun können?«, fragte Trahn und kraulte den Kopf seiner großen rundköpfigen Eule.

»Das bezweifle ich«, sagte Jaryd. »Ihr Verlust an Ansehen hat einfach mit der Tatsache zu tun, dass der Orden immer noch existiert. Jede Hilfe, die wir ihr geben könnten, würde ihr wahrscheinlich mehr schaden als nützen.«

»Und warum sollten wir ihr überhaupt helfen wollen?«, fragte Tramys. »Mir ist egal, ob Erland seinen Glauben an sie verloren hat, und – verzeih mir, Adlerweiser – mir ist auch egal, ob sie sich an einen Adler gebunden hat. Sie ist eine Magierin der Liga wie all die anderen.«

Orlanne nickte. »Ich bin der gleichen Ansicht wie Tramys. Ich weiß, dass sie als Kind viel durchgemacht hat, aber ich traue ihr nicht über den Weg. Warum ist überhaupt hergekommen? Warum hat sie gehofft, von uns etwas zu erhalten, was sie von der Liga nicht bekommen kann?«

Jaryd zögerte und warf Baden einen kurzen Blick zu, als suche er nach Hilfe. »Sie wusste nichts von meiner Bindung«, sagte er leise. »Und da Adlerweise traditionell Oberhaupt des Ordens werden, einfach durch ihre Bindung,

ist sie hergekommen, weil sie glaubte, sie könne Oberhaupt des Ordens werden und dann zu Erland gehen.«
Erschrockenes Schweigen senkte sich über den Versammlungssaal. Selbst Baden spürte, wie sein Unterkiefer abwärts sackte, obwohl er sich rasch wieder erholte. Cailins Idee war im Grunde ganz vernünftig. Gab es einen besseren Weg, um die Unterstützung ihrer Mitmagier in der Liga zu gewinnen?
»Was für eine Unverschämtheit!«, sagte Tramys empört. »Sie hat tatsächlich geglaubt, dass wir die Farbe ihres Umhangs ignorieren und sie als Weise akzeptieren?«
»Warum nicht?«, wollte Orris wissen, der damit zum ersten Mal an diesem Morgen die Stimme erhob. Alle wandten sich ihm zu. »Wenn wir nicht schon einen Adlerweisen hätten, würden wir genau in diesem Augenblick über diese Sache debattieren. Es hat nie einen Adlerweisen gegeben, der nicht Oberhaupt des Ordens war.« Er zeigte auf Jaryd. »Unter anderen Umständen hätte Cailin einen berechtigten Anspruch auf diesen Stuhl gehabt. Es scheint mir nur ein weiteres Zeichen dafür zu sein, dass wir außerordentlichen Zeiten entgegensehen, wenn wir ihren Anspruch einfach so abweisen können.«
»Aber Orris«, wandte Tramys ein, »wir sprechen hier von Cailin! Sie hat die Liga praktisch zusammen mit Erland gegründet. Ausgerechnet du –«
»Ja, Tramys, ausgerechnet ich kann sie verstehen, und ich kann akzeptieren, was sie getan hat. Sagt dir das nichts?«
Der jüngere Mann schwieg, und einen Augenblick später senkte er seinen Blick.
Orris sah sich im Saal um, als wolle er die anderen herausfordern, sich ihm zu widersetzen. »Es könnte sein, dass

wir Cailin nicht helfen können, zumindest im Augenblick nicht. Wie Jaryd schon sagte, der Rest der Liga erwartete offenbar, dass sie den Orden zerstören würde, einfach indem sie den blauen Umhang anzog. Aber das mag sich irgendwann ändern, und wenn das der Fall ist, sollten wir ihr auf jede erdenkliche Weise zur Seite stehen.«

»Auch wenn das bedeutet, der Liga zu helfen?«, fragte Orlanne.

»Ja. Selbst dann.«

Die junge Frau schüttelte den Kopf, und ihr Blick wurde kalt. »Ich weiß nicht, ob ich mich dazu durchringen könnte. Um ehrlich zu sein, staune ich, dass du auch nur an so etwas denkst. Sie verfolgen dich seit Jahren. Bei den Göttern, sie haben deinen Vogel getötet!«

Baden sah, wie Orris die Zähne zusammenbiss. Das hier war für seinen Freund nicht einfach, das wusste er. Noch vor ein paar Jahren hätte Orris auf derselben Seite gestanden wie Tramys und Orlanne. Tatsächlich, dachte Baden mit einem inneren Lächeln, wäre er ihr Anführer gewesen. Es war ein weiteres Zeichen, wie viel reifer Orris im Laufe der Jahre geworden war, dass er nun der Liga verzeihen konnte. Baden war nicht sicher, ob irgendein anderer Magier im Saal dazu im Stande gewesen wäre, er selbst eingeschlossen.

»Ich weiß, was sie mir angetan haben, Orlanne«, sagte Orris schließlich leise. »Und ich bin nicht bereit, Erland gegenüber Zugeständnisse zu machen. Aber Cailin ist für mich eine ganz andere Sache. Besonders jetzt, da sie Adlerweise ist. Es könnte gut sein, dass die Liga in dem bevorstehenden Kampf unser Feind sein wird. Aber wenn die Götter diese Vögel geschickt haben, um uns ein Zeichen zu geben, dass

Orden und Liga zusammenarbeiten müssen, um Tobyn-Ser zu retten ...« Er zuckte die Achseln. »Ich bin nicht so eitel, dass ich mich den Göttern widersetzen würde, um meine eigene Rachgier zu stillen.« Er warf Baden einen Blick zu und grinste. »Zumindest inzwischen nicht mehr.«

Baden lachte ebenso wie mehrere andere Magier. Aber der Eulenmeister bemerkte, dass Orlanne und Tramys diese Bemerkung nicht komisch fanden.

»Seht ihr, was ich sehe, wenn ich mich in diesem Saal umschaue?«, fragte Tramys, und sein Tonfall war trotz seines traurigen Blicks streng. »Ich sehe Magier, die sich immer noch schuldig fühlen, weil sie vor so vielen Jahren gestattet haben, dass Erland ging. Ihr haltet diesen Orden immer noch für unvollständig; ihr glaubt, er kann nie wieder ganz werden, bevor wir nicht alle erneut in dieser Halle vereint haben.« Er schüttelte den Kopf. »Wir, die wir uns dem Orden nach der Trennung angeschlossen haben, haben das getan, weil wir den Orden als Hüter von Amarids Erbe betrachten. Wir haben uns für den grünen Umhang entschieden. Deshalb sind wir hier. Wir geben euch keine Schuld daran, was Erland getan hat, und wir haben nicht den Wunsch, Ligamagier an diesem Tisch zu sehen. Für uns ist die Liga ein Betrug. Wenn ihre Mitglieder Amarids Erbe in Ehren hielten, würden sie sich an seine Gesetze halten.« Er wandte sich Orris zu. »Es tut mir Leid, Orris, aber so empfinde ich es. Selbst wenn du ihnen verzeihen kannst, was sie dir angetan haben – ich kann es nicht.« Er sah wieder die anderen an. »Aber so sehr wir die Liga hassen, wir akzeptieren auch, dass sie existiert, und es ist Zeit für euch andere, dasselbe zu tun. Diese Versöhnung, auf die ihr wartet, wird es nicht geben. Die Magier der Liga wollen es

nicht, und selbst das Auftauchen von hundert Adlern würde daran nichts ändern.«
Baden hörte die Wahrheit in Tramys' Worten. Als er über den Tisch hinweg Sonel ansah, erkannte er in ihrer Miene, dass es ihr ebenso ging. Er wusste nicht mehr, was er sagen sollte.
Er konnte nur zustimmend nicken, als Alayna Tramys nun bedrückt ansah und ihrer Angst Ausdruck verlieh. »Ich kann nur hoffen, Tramys«, sagte sie, »dass es den Magiern der Liga gelingt, über ihre Feindseligkeit gegenüber dem Orden hinwegzuschauen. Denn wenn du Recht hast und sie es nicht können, dann ist unser Volk dem Untergang geweiht.«

Sie hatte kurz daran gedacht, sich als Erstes an Erland zu wenden. *Vielleicht,* hatte sie gedacht, *wenn ich mit ihm allein spreche, wenn die anderen nicht zuhören, könnte ich ihm klar machen, dass mein Adler mehr darstellt als eine Bedrohung seiner Position in der Liga.* Aber sie brauchte nicht lange, um diese Idee zu verwerfen. Er war ihr gegenüber unter vier Augen niemals ehrlicher gewesen als vor den anderen. Es wäre besser, beschloss sie schließlich, ihn in Gegenwart der anderen Magier mit ihrem Adler zu konfrontieren.
Also sah Cailin am Morgen nach ihrem beunruhigenden Besuch in der Großen Halle von weitem zu, wie ihre Mitmagier in ihren leuchtend blauen Umhängen die Halle der Liga betraten, um das Konklave zu beginnen. Erst als sie sicher war, dass alle anderen drin waren, verließ sie ihr Versteck in der schmalen Gasse und ging auf die großen Tore der Halle zu, während Rithel über sie hinwegflog.

Trotz aller Bemühungen Erlands und der anderen sah der Versammlungsort der Liga schließlich doch ganz ähnlich aus wie die Große Halle des Ordens. Beide Gebäude waren oval, beide hatten blaue Kuppeln und hohe hölzerne Bogentore. Die Halle der Liga hatte Marmorstatuen auf dem Dach statt der glitzernden Kristallfiguren auf der Großen Halle, und die Fenster des Ligagebäudes bestanden aus buntem Glas, aber in jeder anderen Hinsicht sahen sich die Gebäude recht ähnlich. Cailin war diese Ironie nicht entgangen, und sie fiel ihr mit jedem Jahr deutlicher ins Auge.

Als sie die Tore erreichte, holte sie tief Luft, dann öffnete sie das Tor und ging hinein. Rithel hüpfte hinter ihr her und sprang ihr dann auf den Arm, und der Eisengriff ihrer Krallen bewirkte, dass Cailin das Gesicht verzog.

Erland stand am anderen Ende des langen Versammlungstischs und sprach zu den übrigen Magiern, ein breites Grinsen auf dem rosigen Gesicht. Er war groß und hielt sich immer noch aufrecht wie ein junger Mann, so dass sein silberfarbener Bart und das weiße Haar ihn nicht älter aussehen ließen, sondern ihm eher etwas Königliches verliehen. Trotz allem, was er ihr angetan hatte oder was sie von seinen Entscheidungen als Oberhaupt der Liga hielt, konnte Cailin nicht abstreiten, dass er genauso aussah und klang, wie man es von einem Ersten Meister erwartete. Sie spürte, wie sie zu zittern begann, und musste sich anstrengen, sich zu beruhigen. In diesem Augenblick war sie sich intensiv ihrer eigenen Jugend und ihrer zierlichen Gestalt bewusst.

Ich habe mich an einen Adler gebunden, erinnerte sie sich. *Die Götter haben beschlossen, dass ich Oberhaupt der Liga werden soll.*

»Cailin!«, sagte Erland und machte eine einladende Geste.

Alle anderen Magier wandten sich ihr ebenfalls zu. »Wie schön, dich zu sehen! Wir hatten uns bereits gefragt, ob du überhaupt vorhattest zu erscheinen.«

Sie setzte zu einer Erwiderung an, aber bevor sie etwas sagen konnte, bemerkte sie, wie Erland die Augen aufriss.

»Ich sehe, du hast dich auch wieder gebunden. Großartig! Wir hatten von Marcrans Tod gehört, aber wir wussten nicht –«

Er hielt abrupt inne, und Cailin bemerkte zufrieden, wie er kreidebleich wurde.

Sie ging näher zum Tisch, während lautes, aufgeregtes Flüstern den Raum erfüllte.

Erland schwieg immer noch, aber schließlich stand Arslan auf, und das Sonnenlicht, das durch ein Fenster hereinfiel, ließ sein rotes Haar wie eine Flamme aussehen. »Du hast dich an einen Adler gebunden!«, sagte er staunend.

Cailin lächelte. Von allen Magiern der Liga war Arslan am freundlichsten zu ihr gewesen, hatte sie häufig ermutigt, als Erland immer barscher geworden war, und hatte sie offen verteidigt, wenn andere ihre Loyalität in Frage stellten. »Ja«, antwortete sie. »Sie heißt Rithel, und sie ist vor vier Wochen zu mir gekommen.«

Vawnya, eine der jüngeren Magierinnen, stand ebenfalls auf und betrachtete Cailin und Rithel staunend. »Die Götter haben uns eine Adlerweise geschickt!«

»Das ist ein Ordensbegriff!«, verkündete Erland streng.

»Dann eben eine Adlermeisterin«, erwiderte Vawnya. »Es ist immer noch ein Wunder.«

Erland betrachtete Cailin skeptisch. »Stimmt das?«, fragte er. »Oder ist das ein Trick?«

»Also gut, Erland.« Cailin konnte sich nicht bremsen. »Es ist ein Trick. Sie ist nicht wirklich meine Vertraute, sie ist nur ein Vogel, den ich auf meinen Arm gelockt habe, um ein wenig Unruhe zu stiften.«

»Ein solcher Tonfall tut weder dir noch dieser Liga gut, Magierin.«

Sie warf ihm einen zornigen Blick zu. Er hatte sie lange genug wie ein Kind behandelt. »Mein offizieller Titel lautet Adlermeisterin, Erland.«

»Und mein offizieller Titel lautet Erster Meister! Das solltest du lieber nicht vergessen!«

»Ich habe es nicht vergessen, aber es könnte sein, dass deine Zeit als Erster Meister zu Ende geht.«

Der weißhaarige Mann kniff die Augen zusammen. »Was soll das heißen?«

Cailin sah sich in dem großen Saal um und hoffte, dass sich jemand ihrer Sache anschloss; sie wollte es nicht allein tun. Aber niemand schien ihr helfen zu wollen. Selbst Arslan wich ihrem Blick aus. Sie war erst einen Augenblick hier, aber es schien, als hätte sie ihren Anspruch bereits zu weit getrieben. Sie dachte kurz an ihr Gespräch mit dem Adlerweisen und seiner Ersten in der Nacht zuvor. Wenn sie sie jetzt nur sehen könnten, dann würden sie verstehen, was sie versucht hatte, ihnen über die Liga zu sagen!

»Das soll heißen«, verkündete sie schließlich, »dass jeder Magier in diesem Saal weiß, was es bedeutet, wenn die Götter uns einen Adler schicken. Uns steht ein Krieg bevor, und es fällt demjenigen, der sich an den Adler gebunden hat, zu, Tobyn-Ser in diesen Krieg zu führen.«

Das war nicht ganz richtig, das wusste sie, aber ihre einzige Hoffnung bestand darin, dass Erland den Köder schnappen würde, den sie ihm vor die Nase hielt.

»Wir hatten seit über vierhundert Jahren keinen Adlerweisen mehr«, sagte Stepan, einer der leidenschaftlichsten Anhänger Erlands unter den alten Meistern. »Das Auftauchen eines Adlers hat vielleicht gar nichts mehr zu bedeuten.«
Arslan schüttelte den Kopf. »Das glaubst du doch nicht wirklich, Stepan?«
Der ältere Mann zuckte die Achseln. »Ich weiß nicht, was ich glauben soll. Ich weiß allerdings, dass die Regeln der Liga nicht vorschreiben, dass Erland zugunsten von Cailin zurücktritt.« Er starrte Cailin mit einem höhnischen Ausdruck auf seinem breiten teigigen Gesicht an. »Das ist eine Tradition des Ordens.«
»Cailin hat nicht vorgeschlagen, dass Erland zurücktritt«, sagte Arslan. »Sie meinte nur, dass sie –«
»Tatsächlich, Arslan«, unterbrach Cailin ihn, »ist das genau das, was ich vorschlagen wollte.«
Der rothaarige Magier sah sie stirnrunzelnd an und schüttelte den Kopf.
»Wie Stepan uns schon erinnert hat«, sagte Erland, »gibt es nichts in den Regeln, was deinen Anspruch auf meine Position unterstützen würde. Das ist nichts weiter als ein offensichtlicher Versuch, die Macht an dich zu reißen, und es wird nicht funktionieren. Ordensmagier würden es dir vielleicht durchgehen lassen Cailin, aber wir nicht.« Er grinste. »Aber das ist ein guter Gedanke: Warum bringst du deinen Adler nicht zum Orden? Vielleicht machen sie dich zur Adlerweisen.«
Stepan lachte, ebenso wie ein paar andere, aber die meisten Magier blieben reglos sitzen, als warteten sie darauf, welche Wendung diese neueste Konfrontation zwischen den Gründern der Liga nehmen würde.

Auch Cailin gestattete sich ein Lächeln. Erland war ein Furcht einflößender Mann, aber er hatte keinerlei Fantasie. Es war beinahe zu leicht gewesen, ihn zu diesem Punkt zu führen. »Zum Orden zu gehen ist eine gute Idee, Erland. Tatsächlich habe ich das bereits getan.«

Sein Grinsen verschwand, und er starrte sie interessiert an. »Und?«, fragte er plötzlich atemlos.

»Sie haben bereits einen Adlerweisen.«

Cailin hatte erwartet, dass diese Nachricht eine wahre Explosion von Fragen und ungläubigen Protest mit sich bringen würde, und sie wurde nicht enttäuscht. Sie hatte allerdings auch erwartet, dass Erland sie am lautesten der Lüge bezichtigen würde, aber der ältere Mann überraschte sie. Er schien irgendwie zu spüren, dass sie die Wahrheit sagte, und obwohl er dunkelrot wurde, blieb seine Stimme ruhig. Dennoch schnitt sie durch den Lärm wie eine Klinge und brachte die anderen Magier zum Schweigen.

»Wer ist es?«, wollte er wissen. »Sag mir, dass es nicht Baden ist.«

»Nein, nicht Baden, sondern ein jüngerer Mann namens Jaryd.«

»Jaryd?«, sagte Arslan mit großen Augen. »Ist Alayna seine Erste?«

»Ja.«

»Jaryd«, wiederholte Erland. »Er hat uns gesagt, dass so etwas geschehen würde.«

»Wer hat das gesagt, Erster Meister?«, wollte Stepan wissen.

»Baden selbstverständlich«, murmelte der weißhaarige Mann. Dann schüttelte Erland den Kopf und sah sich im Saal um, als wäre ihm jetzt erst aufgefallen, dass die ande-

ren noch da waren. »Ich muss zugeben, das ist eine interessante Wendung«, erklärte er. »Aber es ändert gar nichts.«
»Ach nein?«, fragte Vawnya. »Der Orden hat einen Adlerweisen, und die Götter haben uns ebenfalls einen Adler gesandt. Das muss doch etwas zu bedeuten haben.«
»Da bin ich ganz deiner Ansicht.«
Alle schauten zu einem Stuhl am anderen Ende des Tisches, direkt neben Erland. Und zum ersten Mal an diesem Tag verspürte Cailin so etwas wie Hoffnung.
»Du, Toinan?«, fragte Stepan staunend und mit, wie Cailin dachte, einiger Verzweiflung.
Toinan war Sonels Erste gewesen, bevor die Liga entstanden war, und war als solche, von Erland einmal abgesehen, das geachtetste Ordensmitglied. Mit ihrer Unterstützung würde Cailin eine Chance haben.
»Ja«, sagte die alte Frau. Sie erhob sich und stützte sich dabei schwer auf ihren Stab. Ihr Haar war grau, und ihre dunkelblauen Augen waren in den vergangenen Jahren trüber geworden. Aber ihre Stimme war weiterhin kräftig, und nun hatte sie die Aufmerksamkeit aller. »Ich habe schon lange gelebt – länger als ihr alle, würde ich sagen – und selbst ich habe nie einen Adler auf dem Arm eines Magiers gesehen. Und nun gibt es gar zwei?« Sie schüttelte den Kopf und versuchte zu lächeln, aber ein Hustenanfall unterbrach sie. »Die Götter tun so etwas nicht einfach aus einer Laune heraus«, fuhr sie fort, als sie wieder sprechen konnte. »Darin liegt eine Warnung, ein Hinweis auf die Macht des Feindes, dem wir gegenüberstehen. Wir ignorieren diese Warnung auf eigene Gefahr.«
»Bedeutet das«, fragte Arslan, »dass du glaubst, Cailin sollte uns anführen?«

Erland machte eine ungeduldige Geste und trat vom Tisch zurück. »Das ist keine Entscheidung, die Toinan zustehen würde«, sagte er, und als er sich dann wieder dem Tisch zuwandte, fügte er rasch hinzu: »Oder irgend einem anderen einzelnen Magier.«

»Selbstverständlich nicht«, sagte Arslan. »Aber ich möchte gerne hören, was die Eulenmeisterin zu sagen hat.« Er lächelte, aber das Lächeln drang nicht bis zu seinen Augen vor. »Wir sollten in einer solch wichtigen Angelegenheit alle angehört werden, denkst du nicht auch, Erster Meister?«

»Worauf willst du hinaus?«, fragte Erland leise.

Arslan schüttelte den Kopf. »Auf gar nichts. Aber das hier ist eine Angelegenheit, die über die persönlichen Interessen sämtlicher Mitglieder hinausgeht. Selbst über deine.« Er holte tief Luft und fuhr sich mit der Hand durch sein wirres Haar. »Die meisten hier in diesem Saal haben vor sieben Jahren zusammen mit dir die Versammlung verlassen, weil wir deiner Kritik an Baden und an dem, was er und Orris getan hatten, zustimmten. Du wirst sicher wissen, wie schwer uns das gefallen ist, aber wir haben dir vertraut, und wenn die gleiche Situation noch einmal auftauchen würde, würde ich nicht zögern und dir abermals folgen. Ich bezweifle, dass es den Übrigen anders geht. Aber du hast uns aus der Großen Halle herausgeführt, weil sich Baden und die anderen mehr um ihre eigenen Angelegenheiten und ihr Wohlergehen sorgten als um das Land und sein Volk. Und ich werde nicht einfach tatenlos zusehen, wie Mitglieder dieser Liga das Gleiche tun. Ob das nun Cailin ist oder du.«

Erland sah sich im Saal um, ebenso wie Cailin, und es

schien, als hätte er dieselbe Entschlossenheit in den Gesichtern ihrer Mitmagier entdeckt wie sie.
»Also gut«, sagte der Erste Magier und kehrte zu seinem Stuhl zurück. Er setzte sich hin und sah sich ein zweites Mal um, diesmal mit grimmiger Miene. »Also gut«, sagte er abermals.
»Toinan?«, sagte Arslan zu der alten Frau.
Die Eulenmeisterin zuckte die Achseln. »Wie Erland schon bemerkte, mir steht keine Entscheidung zu. Aber ich will eines sagen: Wir haben einen Ersten Meister, den wir achten, und eine Adlermeisterin, die uns mit einer Botschaft der Götter entgegentritt. Zwei solche Anführer zu haben, kann uns nur stärken.«
Toinan setzte sich wieder hin, ein kleines Lächeln auf den schmalen Lippen.
Einen Augenblick lang herrschte Schweigen, und dann brachen überall Streitgespräche aus.
Und dennoch wusste Cailin bereits, dass Toinan die Lösung gefunden hatte. Die Magier der Liga würden vielleicht den Rest des Tages brauchen, um das ebenfalls zu begreifen, aber sie hatte gehört, wie vorausschauend die Worte der alten Frau waren.
Als sie über den Tisch hinweg Erland ansah, bemerkte sie, dass er sie bereits beobachtete und ebenso wenig wie sie auf die allgemeine Unruhe achtete. Sie bemerkte seinen resignierten Blick, und dann sah sie zu ihrer Überraschung, dass er ihr tatsächlich zunickte, als hätte er bereits erkannt, dass die nun folgende Entscheidung unvermeidlich war.
Wie Cailin erwartet hatte, brauchten die anderen Magier dazu etwas länger. Zu lange, was sie anging. Alles, was die Liga in den letzten Monaten tat, schien zu Auseinan-

dersetzungen zu führen. Ihre Abstimmungen, so hatte sie vor kurzem mit einiger Unruhe bemerkt, erinnerten sehr an das, was sie von den letzten Tagen des Ordens vor der Spaltung gehört hatte.

Am Ende kamen die Magier zu einem Ergebnis. Cailin sollte Adlermeisterin sein und Erland würde Erster Meister bleiben. Und bis zum Ende der derzeitigen Krise – worin immer sie bestehen mochte – würden sie die Liga gemeinsam anführen.

Es war ein guter Anfang, dachte sie, als sie lange nach Einbruch der Dunkelheit die Halle verließ und mit Rithel in den Frieden und die Einsamkeit des Falkenfinderwalds zurückkehrte. Aber es war nicht mehr als das. Sie und Erland waren nun in einer Partnerschaft miteinander verbunden, die sich zweifellos als schwierig erweisen würde. Er hatte nur zugestimmt, die Macht mit Cailin zu teilen, nicht aber auf sie zu hören, und ganz bestimmt nicht, ihrem Wort zu folgen. Cailin bezweifelte nicht, auf wessen Seite sich die anderen schlagen würden, wenn sie und Erland einmal unterschiedlicher Meinung sein sollten – wozu es sicher viele Gelegenheiten geben würde. In gewisser Weise hoffte sie beinahe, dass ihnen ein Konflikt mit dem Orden bevorstand, denn sie wusste, dass es ihr nie gelingen würde, Erland und seine Anhänger davon zu überzeugen, den Orden als Verbündete anzuerkennen.

Nachdem sie eine geschützte Lichtung am Ufer des Larian erreicht hatte, machte Cailin Rast und setzte sich auf einen Felsen. Rithel landete neben ihr auf dem Boden, und Cailin beugte sich vor, um dem Vogel das Kinn zu kraulen. Sie holte ein Stück trockenes Brot und Käse aus dem Umhang und begann zu essen. Aber bevor sie auch nur den zweiten

Bissen heruntergeschluckt hatte, hörte sie, wie eine Männerstimme ihren Namen rief.
Cailin stand auf, und ihr Blut war plötzlich wie das Eiswasser, das neben ihr über Stein und Geröll plätscherte. *Ich habe mich wieder gebunden,* erinnerte sie sich. *Ich mag allein sein, aber ich habe nichts zu befürchten.* Einen Augenblick später kam ein Ceryll in Sicht, und dann sein Besitzer.
»Cailin«, rief Stepan abermals.
Sie dachte daran, sich tiefer in den Wald zurückzuziehen. Selbst wenn sie Stepan vertraut hätte, sie hatte im Augenblick kein Bedürfnis, mit ihm zu sprechen. Aber sie war nun Adlermeisterin und er ein Mitglied der Liga. Sie hatte eine gewisse Verantwortung. Also hob sie den Stab über den Kopf und ließ den goldenen Ceryll heller leuchten.
Kurze Zeit später stand er vor ihr, immer noch schwer atmend. Selbst wenn das rötliche Licht seines Steins sein schwitzendes Gesicht nicht zum Glänzen gebracht hätte, hätte der ältere Mann erschreckend rot ausgesehen. Er beugte sich mit offenem Mund vor, als versuche er, Atem zu holen. Wenn er gekommen war, um sie zu töten, würde er sich vorher erst einmal ausruhen müssen.
»Was willst du hier, Stepan?«
Rithel hüpfte vorwärts, bis sie direkt neben Cailin stand, und stieß ein leises Zischen aus. Stepans kleine Eule zischte in Erwiderung zurück.
Der Eulenmeister richtete sich auf und bedachte sie mit einem kühlen Blick. »Ich möchte mit dir sprechen.«
Ich glaube dir kein Wort, hätte sie am liebsten gesagt. *Und selbst wenn ich es täte, würde ich immer noch nicht hören wollen, was du zu sagen hast.* »Worüber?«

»Du bist die Dinge heute wirklich schlecht angegangen. Du hättest Erland nicht so herausfordern dürfen.«
»Ah, ich verstehe«, sagte Cailin und nickte. »Du bist als Erlands Lakai hier.«
Der Eulenmeister lächelte dünn. »Wohl kaum. Wenn Erland wüsste, dass ich hier wäre, wäre er wohl ... enttäuscht.«
Sie sah ihn skeptisch an.
»Du glaubst mir nicht?«
»Warum sollte ich?«
Er gestand ihr das mit einem Schulterzucken zu.
Sie standen einander schweigend gegenüber. Stepan beobachtete Cailin mit undurchdringlicher Miene. Schließlich holte sie tief Luft.
»Also gut, Stepan«, sagte sie tonlos. »Was hätte ich anders machen sollen?«
Er zeigte auf die Steine am Ufer. »Setzen wir uns hin.«
Sie regte sich nicht, und nach einiger Zeit schüttelte er den Kopf. »Wie du willst, aber ich habe vor, mich hinzusetzen.«
Er ging zum Fluss und ließ sich vorsichtig auf einem der großen Steine nieder. »Du bist jetzt schon seit einiger Zeit Magierin, Cailin, und von Anfang an hast du zur Liga gehört. Wir alle wissen, dass du etwas Besonderes bist, wir alle wissen, dass deine Weisheit weit über dein Alter hinausreicht. Aber du musst immer noch viel darüber lernen, wie du deinen Einfluss und deine Autorität besser einsetzen kannst.«
»Ach ja?«
»Du hast heute eine Gelegenheit verpasst. Du hast dich an einen Adler gebunden und warst vernünftig genug, das bis zu deinem Eintreffen in der Halle zu verbergen. Aber

dann hast du deinen Vorteil aufgegeben, indem du sofort verlangt hast, dass wir zwischen dir und Erland wählen.«

Sie starrte ihn an, denn sie konnte nicht glauben, was sie da hörte. »Und was hätte ich tun sollen?«, fragte sie.

»Du hättest denen, die dich vielleicht unterstützt hätten, eine Chance geben sollen, dir zu helfen.«

»Das verstehe ich nicht.«

Er senkte den Blick und wischte sich den Schweiß von der Stirn. »Du weißt, was Erland uns bedeutet«, sagte er und sah sie schließlich wieder an. »Keiner von denen, die ihm aus dem Orden gefolgt sind, wird je etwas tun, das ihn in Verlegenheit bringen oder ihm wehtun würde.«

»Darum habe ich auch nicht gebeten.«

»Doch, Cailin, das hast du. Und ich verstehe auch, warum. Er hat dich im vergangenen Jahr nicht gut behandelt.« Wieder wandte er den Blick ab. »Das haben wir alle nicht getan. Aber nachdem du deinen Anspruch, Oberhaupt der Liga zu werden, zu einem Angriff auf Erland gemacht hast, wurde es für uns andere unmöglich, dich zu unterstützen. Um ehrlich zu sein, hattest du Glück, dass Toinan diese Idee hatte, sonst hättest du das Konklave vielleicht mit noch weniger verlassen.«

Nun setzte sie sich doch auf einen Stein neben ihn. »Warum sagst du mir das?«

Stepan zögerte. »Weil ich Angst habe«, erwiderte er schließlich. »Ich hätte nie geglaubt, einmal eine Adlerwei…« Er hielt inne und grinste, wenn auch nur kurz. »Ich hätte nie gedacht, je zu erleben, dass sich zwei Magier gleichzeitig an Adler binden. Ganz gleich, was Erland sagt oder was ich selbst gesagt habe – das hat etwas zu bedeuten. Die Götter würden nicht ohne Grund zwei Adler schicken.«

»Also glaubst du, ich sollte Oberhaupt der Liga werden.«
Der Eulenmeister stand abrupt auf. »Das habe ich nicht gesagt.«
Cailin starrte ihn zornig an. »Was denn sonst? Wenn du solche Angst hast, wieso hast du dich mir dann heute widersetzt?«
»Das habe ich dir schon gesagt: Erland ist mein Freund, und er ist der Erste Meister dieser Liga. Ich werde nicht zulassen, dass er von dir oder sonst wem gedemütigt wird.« Er schluckte. »Vielleicht solltest du uns tatsächlich anführen, zumindest so lange, bis wir wissen, warum dein Adler zu dir gekommen ist. Aber du wirst eine Möglichkeit finden müssen, auf subtilere Weise zur Führung zu gelangen. Du kannst es nicht erreichen, indem du dich mit Erland streitest.«
»Aber Erland und ich werden uns bestimmt streiten. Willst du mir damit sagen, dass ich immer nachgeben muss?«
»Nicht im Geringsten. Ich meine nur, du solltest sehr vorsichtig vorgehen.«
Cailin schüttelte den Kopf. »Aber wie –«
»Es steht mir nicht zu, dir das vorzuschreiben«, sagte er beinahe freundlich. »Es wird zweifellos Situationen geben, in denen ich mich gegen dich stelle, und ich habe nicht vor, deiner Sache mehr zu helfen, als ich muss. Aber du bist eine intelligente junge Frau. Ich vertraue darauf, dass du selbst herausfinden wirst, was du tun musst.«
Beide schwiegen nun. Es wurde langsam kalt. Cailin sehnte sich danach, ein Feuer entzünden und in Ruhe darüber nachdenken zu können, was Stepan ihr gesagt hatte.
»Ich sollte jetzt gehen«, erklärte der Eulenmeister schließlich. Er zögerte, dann sagte er: »Es wäre mir lieb, wenn du

niemandem von unserem Gespräch erzählen würdest. Ich will nicht, dass Erland erfährt, dass ich mit dir gesprochen habe.« Er lächelte dünn. »Es sieht so aus, als hätte ich dir damit etwas gegen mich in die Hand gegeben, falls du es je brauchen solltest.«

Cailin stand auf und sah ihm in die Augen. »Ich werde es niemandem sagen«, versprach sie. »Das schwöre ich beim Andenken an meine Mutter und meinen Vater.«

Bei diesen Worten wurden seine Augen groß, und schließlich nickte er.

Cailin zwang sich zu einem Lächeln. »Ich danke dir für deinen Rat, Stepan. Ich denke, ich habe eine gewisse Vorstellung davon, wie viel es dich gekostet hat. Ich bin dir einiges schuldig.«

»Ich habe es für die Liga und für Tobyn-Ser getan«, erklärte er brüsk. »Und wahrscheinlich auch für Erland.«

Sie lächelte abermals, und diesmal war es ein ehrliches Lächeln. »Was immer deine Gründe waren, ich danke dir. Ich werde versuchen, deinen Rat gut zu nutzen.«

»Gute Nacht, Adlermeisterin.« Er warf Rithel, die neben Cailin auf dem Boden stand, einen Blick zu. Und es kam Cailin so vor, als hätte der Eulenmeister dem Vogel zugenickt, bevor er sich umdrehte und wieder in die Stadt zurückkehrte.

Als sie den roten Schimmer von Stepans Ceryll nicht mehr sehen konnte, machte sich Cailin daran, abgebrochene Äste zu sammeln, um ein Feuer zu entzünden. Aber sie suchte nicht lange. Sie war müde, daher beschränkte sie sich auf ein kleines Feuer und ihre bescheidene Mahlzeit. Stepan hatte zumindest mit einer Sache Recht gehabt: Sie hatte tatsächlich keine Erfahrung als Anführerin. Und hier, in der Dunkelheit des Falkenfinderwaldes, allein bis auf den großen Vogel, an den sie sich gebunden hatte, musste sich Cailin ernsthaft fragen, ob ihre Unwissenheit dem Land nicht großen Schaden zufügen würde.

12

Bei all den Veränderungen in meinem Land – und das waren viele – zwingen mich die aktuellen Ereignisse zuzugeben, dass einige Lords und Gesetzesbrecher des Nal weiter dem alten Weg verbunden geblieben sind. Die fortgesetzten Attentatsversuche gegen mich zeigen das deutlich, ebenso wie die Scharmützel, die immer noch mit ärgerlicher Regelmäßigkeit in einzelnen Bezirken ausbrechen. Wie ich dir mehr als einmal gesagt habe, erkenne ich in dieser Hinsicht selbstverständlich auch echte Fortschritte. Ich bin sehr stolz auf das, was ich erreicht habe, aber ich muss zugeben, dass mein Erfolg Grenzen hat.

... Die Gefahr besteht natürlich darin, dass einem von uns etwas zustoßen wird, bevor die Veränderung Lon-Sers vollständig ist. Jibbs Tod, mein eigener oder auch der von Shivohn könnte verheerende Folgen für jede einzelne Person in jedem Block aller drei Nals haben. Der Fortschritt geht stetig weiter, aber die Gefahr, in Chaos und Gewalttätigkeit zurückzufallen, besteht nach wie vor. Es braucht nur eine einzige gut platzierte Bombe, eine Salve Werferfeuer, einen Dolch ...

Melyor i Lakin, Herrscherin und Steinträgerin von Bragor-Nal an Falkenmagier Orris, Tag 1, Woche 11, Winter 3067

Sie waren wieder in den unterirdischen Gängen, auf dem Weg zum Vierzehnten Bezirk, um einen weiteren Kleinkrieg zu beenden, der zwischen zwei rivalisierenden Nal-Lords ausgebrochen war. Es war leicht für Melyor, den Lords und ihren Untergebenen zu befehlen, wie sie ihre

Bezirke führen sollten, sie konnte ihnen sagen, wie sie miteinander Geschäfte machen sollten, aber sie konnte sie nicht zwingen, ihr ganzes Wesen zu ändern. Und so fiel es den Männern der SiHerr zu, die Beschlüsse der Herrscherin in die Tat umzusetzen, ganz gleich, ob die einzelnen Männer mit den Gesetzen übereinstimmten oder nicht.

Unter normalen Umständen wäre das Premel egal gewesen. Für gewöhnlich genoss er diese Vorstöße in die Blocks. Es war schön, wieder einmal nur auf sein umfangreiches Wissen über die Straßen und Gassen und auf seine Instinkte angewiesen zu sein. Hier war er in seinem Element, ebenso wie Jibb. Der Sicherheitschef hätte das niemals zugegeben, das wusste Premel. Jibb hätte so etwas als einen Verrat an Melyor betrachtet. Aber man brauchte ihn nur anzusehen, wie er sich nun durch den Tunnel bewegte, den Werfer in der Hand, die dunklen Augen wachsam, die Zähne zu einem wilden Grinsen gefletscht, um zu erkennen, dass sein Herz immer noch in den Blocks lag. Tatsächlich machte das schon seine Anwesenheit allein hier deutlich. Slevin, sein Vorgänger als Kommandant der SiHerr, hätte sich niemals selbst auf eine solche Mission begeben, sondern es seinen Untergebenen überlassen. Aber nicht Jibb. Und unter normalen Umständen wäre Premel froh gewesen, den dunkelhaarigen Mann an seiner Seite zu haben.

Aber das hier waren keine normalen Umstände. Marar erwartete, dass Premel sowohl Jibb als auch Melyor heute oder morgen tötete. Und um ehrlich zu sein, lieferte ihre heutige Mission Premel eine hervorragende Gelegenheit, zumindest die erste Hälfte dieses Auftrags hinter sich zu bringen. Im Vierzehnten würden sie zweifellos auf Widerstand stoßen. Wenn Jibb von Werferfeuer getroffen wurde, würde das niemanden misstrauisch machen. Solche Dinge geschahen in Bragor-Nal ununterbrochen. Es gab sicherlich eine Möglichkeit, Jibb zu erschießen und die Schuld einem anderen zuzuschieben – einem anderen Gardisten oder vielleicht sogar einem Gesetzesbrecher. Das war nicht das Problem.

Premel hatte nie einen älteren Bruder gehabt, aber er empfand für Jibb das Gleiche, was wohl sein jüngerer Bruder für ihn, Premel, empfunden hatte, bevor er vor mehreren Jahren bei einem Feuergefecht im Zwölften umgekommen war. Premel konnte den Gedanken, einen zweiten Bruder zu verlieren, einfach nicht ertragen. Und dennoch, wenn er sich weigerte, Jibb zu töten, war sein eigenes Leben nichts mehr wert. Seit er vor kurzem mit dem Herrscher von Stib-Nal gesprochen hatte, hatte er immer wieder daran denken müssen, dass ihm nur noch eine einzige Alternative blieb, aber die war so drastisch und gefährlich, dass er sich nicht dazu entschließen konnte. Dann hatte Marar sich wieder mit ihm in Verbindung gesetzt, wieder mit diesem halb wahnsinnigen Blick, und verlangt, dass Premel sowohl Jibb als auch Melyor tötete. Sie hatten seitdem noch einmal miteinander gesprochen, aber nur lange genug, dass Marar fragen konnte, ob Premel die Morde bereits begangen hatte. Premel hatte erklärt, dass sich noch keine Gelegenheit ergeben hätte. Marar hatte das widerstrebend akzeptiert, aber Premel hatte nur wenig Hoffnung, den Herrscher weiterhin vertrösten zu können. Was immer er tat, er würde bald handeln müssen.

Vor ihm hob Jibb die Hand und riss Premel damit aus seinen finsteren Gedanken. Der Sicherheitschef wandte sich den Männern zu und zeigte auf ein kleines blaues Licht an der gewölbten Tunneldecke. Sie hatten den Rand des Vierzehnten erreicht. Premel und die anderen zehn Gardisten drängten sich dicht um ihren Kommandanten.

»Seid jetzt wachsam«, flüsterte Jibb. »Gribons Männer könnten überall sein, und laut den letzten Berichten halten sich Tullis' Eindringlinge ebenfalls in diesem Teil des Bezirks auf.«

Die anderen nickten, ebenso wie Premel nach einem Augenblick des Zögerns nickte. Er holte tief Luft und versuchte sich zu konzentrieren. Wenn man hier in den Tunneln unaufmerksam war, konnte einen das teuer zu stehen kommen.

»Sollen wir uns aufteilen, General?«, fragte einer der anderen Männer leise.

»Darüber habe ich gerade nachgedacht«, sagte Jibb. Er warf Premel einen Blick zu. »Was meinst du?«

Wenn wir uns trennen, dann kann ich dich nicht umbringen. »Ich bin nicht sicher. Es könnte eine gute Idee sein.«

»Aber?«

Die Wahrnehmungsfähigkeit dieses Mannes war wirklich beunruhigend. Premel räusperte sich und zwang seine Gedanken an seinen eigenen Problemen vorbei. »Aber wir haben eine bessere Gelegenheit, ihren Konflikt zu beenden, indem wir eine Gruppe finden und sie überreden zurückzuweichen. Das können wir nur tun, wenn die Leute, die wir finden, davon überzeugt sind, dass sie ohnehin nicht gegen die SiHerr ankommen könnten.«

Jibb dachte einen Augenblick darüber nach und nickte schließlich. »Klingt vernünftig. Wir bleiben zusammen.«

Er ging weiter, und Premel folgte, unsicher, ob er nun erleichtert oder verzweifelt sein sollte. »Alles in Ordnung?«, fragte Jibb kurze Zeit später, während sie weiter durch die Gänge schlichen.

Nein, ich bin ein Verräter. »Ja.«

»Ich dachte, du wärst froh, wieder mal in den Blocks zu sein.«

Diese Wahrnehmungsfähigkeit. »Das bin ich. Es ist nur eine Weile her. Ich muss mich einfach wieder eingewöhnen.« *Und ich versuche zu entscheiden, ob es einfacher wäre, dich umzubringen oder mich umbringen zu lassen.*

Jibb grinste. »Lass dir nicht zu lange Zeit. Tullis und Gribon sind wahrscheinlich nicht so geduldig wie ich.«

Premel versuchte zu lächeln, aber Jibbs Stirnrunzeln nach zu schließen hatte er dabei versagt. Nun wandte sich Jibb wieder nach vorn und sie gingen weiter, nahmen eine Abzweigung nach rechts und kurz darauf eine zweite.

Jibb warf ihm einen weiteren Blick zu und setzte gerade dazu an, etwas zu sagen. Aber in diesem Moment kam am Ende des Korridors ein Mann in Sicht, und obwohl das Licht in diesen unterirdischen Gänge trüb und der Mann kaum mehr als ein Schatten war, konnte Premel erkennen, dass er einen Werfer in der Hand hielt. Ohne innezuhalten, in einer so fließenden Bewegung, als hätte er es zuvor schon tausendmal getan, hob der Mann seinen Werfer und schoss. Rote Flammen zuckten aus seiner Waffe. Ohne auch nur einen einzigen Gedanken tat Premel das Einzige, was er konnte, das Einzige, wozu er je wirklich in der Lage gewesen war. Er stieß einen Warnruf aus, sprang vorwärts, stieß Jibb auf den kalten Zementboden und feuerte gleichzeitig auf den Gesetzesbrecher.

Premel hörte Jibb schmerzerfüllt stöhnen und war nicht sicher, ob der Kommandant getroffen war oder sich nur bei dem Sturz verletzt hatte. Aber im nächsten Augenblick spielte das kaum noch eine Rolle. Dem Mann vor ihnen schlossen sich mehrere seiner Kameraden an, und sie waren alle bewaffnet. Sie nutzten die scharfe Biegung des Tunnels als Schutz und ergossen ihr Werferfeuer in den unterirdischen Gang, bevor sie sich wieder zurückzogen.

Premel und die anderen Gardisten waren gut ausgebildet und konnten hervorragend mit ihren Waffen umgehen. Aber in diesem schmalen Gang konnten sie nirgendwo Deckung finden. Schon bei dem ersten Schusswechsel waren mindestens fünf von ihnen gefallen – Premel konnte es nicht genau sagen, so wie er da auf Jibb lag. Wenn er nach dem Winkel des Gegenfeuers ging, hatten sich die anderen ebenfalls zu Boden geworfen und nutzten die Leichen ihrer Kameraden als Deckung, aber das würde nicht lange helfen.

»Setzt die kleinen Kracher ein!«, sagte Jibb durch zusammengebissene Zähne. Offensichtlich war er tatsächlich getroffen worden. Premel begann zu zittern.

»Klar«, brachte er schließlich mühsam heraus. »Kracher!«, rief er den anderen zu. »Schnell!«

Mehrere Sekunden lang geschah überhaupt nichts, und dann setzten die Männer vor ihnen ihren Angriff fort. Einer der Gardisten rief eine Warnung. Und einen Augenblick später erbebte der Tunnel von einer Explosion.

Zementbrocken fielen Premel auf Rücken und Kopf, und Rauch erfüllte den Korridor. Aber das Werferfeuer hatte aufgehört, und trotz des Klingelns in seinen Ohren konnte Premel von dort, wo ihre Angreifer gewesen waren, nun Schreie hören.

»Greif an«, sagte Jibb mit derselben angespannten Stimme. »Lass sie nicht entkommen.«

»Aber du –«

»Ich kann auf mich aufpassen. Ich habe immer noch meine Waffe und einen gesunden Arm.«

Einen gesunden – »Bist du getroffen?«, fragte Premel, kam auf die Beine und half Jibb, sich hinzusetzen. »Am Arm?«

»Meine linke Schulter.«

Premel sah genauer hin, und selbst in dem schlechten Licht konnte er das Blut auf Jibbs hellblauer Uniform erkennen. Einen Augenblick lang befürchtete er, sich übergeben zu müssen. Er zitterte nun wieder, und er wusste nicht, warum. Er war ein Soldat – und zuvor war er Gesetzesbrecher gewesen – und solche Dinge sollten ihn nicht stören. Aber das hier war Jibb. Das hier war Jibb, den er hätte umbringen sollen.

»Weißt du, zu wem diese Männer gehörten?«, fragte Jibb und wischte sich mit der gesunden Hand den Schweiß von der Stirn.

»Nein.«

Jibb schloss die Augen und lehnte den Kopf gegen die Mauer. »Macht euch auf den Weg. Ich will nicht, dass sie davonkommen.«

Premel schluckte und nickte. »Vorwärts!«, sagte er zu den anderen, wenn seine Stimme auch leicht bebte. »Folgen wir ihnen!«

Die anderen setzten sich in Bewegung, aber Jibb griff nach Premels Bein und hielt ihn zurück.

»Premel.«

»Ja.«

»Danke.«

Premel nickte – irgendwie konnte er sich nicht dazu überwinden, etwas zu sagen – und dann folgte er den anderen Männern.

Der Kracher hatte drei Angreifer getötet und den Rest vertrieben. Und als Premels Hörvermögen langsam zurückkehrte, konnte er hören, wie ihre Schritte in dem Gang vor ihnen verhallten.

Offensichtlich hatten die anderen Männer sie auch gehört, denn nachdem sie zuerst vorsichtig über die herumliegenden Trümmer gestakst waren, rannten sie nun mit gezogenen Waffen den Gang entlang.

Sie konnten die Gesetzesbrecher nicht sehen, und während sie selbst rannten, hörten sie die Schritte nicht mehr, aber Premel wusste, dass er und seine Männer sie nicht einholen konnten. Sobald sie die nächste Abzweigung erreichten, würden ihre Gegner praktisch in Sicherheit sein. Und das geschah sogar schneller, als Premel erwartet hätte. Als er und seine Männer um eine Kurve im Gang bogen, stießen sie auf einen zweiten Tunnel, der scharf nach rechts abbog. Sie blieben stehen, und Premel hob die Hand, um anzuzeigen, dass die Männer still sein sollten.

»Dort!«, sagte er kurz darauf. »Schritte rechts!«

Sie machten sich wieder an die Verfolgung, sahen aber beinahe sofort ein Stück entfernt rote Lichtblitze an den Tunnelwänden.

»Werferfeuer!«, rief einer der Männer.

»Ich sehe es!«

Nun bewegten sie sich vorsichtiger weiter, bis die Gesetzesbrecher schließlich in Sicht kamen. Sie kauerten an der Mündung einer weiteren Abzweigung und feuerten auf einen unsichtbaren Feind. Hin und wieder gingen sie in

Deckung, um den Salven zu entgehen, die vorbeizischten. Bisher hatten sie Premel und die anderen Gardisten nicht bemerkt, und Premel beäugte sie angestrengt, um herauszufinden, zu wem sie gehörten. Zu seiner Überraschung erspähte er bald Tullis selbst, der zusammen mit den Männern kämpfte und mit abgehackten Gesten Befehle gab.

Bisher hatten Premel und die anderen ihre Handlampen nicht benutzt – Jibb hatte befürchtet, sie würden die Gesetzesbrecher auf die Anwesenheit der SiHerr aufmerksam machen, bevor sie nahe genug waren, um sie überwältigen zu können. Aber nun nahm Premel seine Lampe vom Gürtel und richtete den Lichtstrahl direkt auf Tullis.

»Waffen fallen lassen!«, rief er. »Und bleibt, wo ihr seid!«

Tullis fuhr zu ihnen herum und schoss, und seine Männer taten es ihm gleich.

Fluchend ging Premel in Deckung. So würden sie nicht weiterkommen. Sollten sie es doch untereinander auskämpfen!

»SiHerr!«, hörte er Tullis rufen. »Lauft!«

Dann folgte der Nal-Lord seinem eigenen Rat, rannte den Gang entlang, der nach links führte, und drehte sich noch einmal um, um über die Schulter hinweg zu feuern. Premel schoss dreimal nach ihnen, und obwohl er nicht traf, gingen die Salven dicht genug am Hals des Nal-Lords vorbei, dass Tullis sich zu Boden warf.

»Nicht schießen!«, rief er. »Ich ergebe mich!«

Die Gardisten feuerten noch ein paar Warnschüsse über die Köpfe von Tullis' Männern hinweg, und die Gesetzesbrecher ließen schließlich die Waffen fallen. Wenn Tullis aufgab, um sein Leben zu schützen, würden sie ihres nicht aufs Spiel setzen, um ihn zu verteidigen.

Premel ging zu Tullis, der immer noch am Boden lag, und zerrte ihn auf die Füße.

»Die Herrscherin möchte dich sprechen, Tullis«, sagte er, riss den Mann herum und sah ihm in die Augen.

»Was ist mit Gribon?«, fragte der Nal-Lord mürrisch.

»Wir sind hier in Gribons Bezirk. Er ist nicht der Angreifer.«

»Er hat den Kampf begonnen! Ich habe mich nur verteidigt! Wenn ich nicht als Erster angegriffen hätte, hätte er es getan!«

»Das kannst du alles der Herrscherin erzählen«, erklärte Premel kopfschüttelnd. »Mich interessiert es wirklich nicht.«

»Dieses gildriitische Biest hat doch keine Ahnung –« Bevor Premel es auch nur wusste, hatte er dem Mann die Faust in den Bauch gedroschen. Er hatte keine Ahnung, warum. Er hatte Melyor häufiger, als ihm nun lieb war, ganz ähnlich bezeichnet.

»Du sprichst hier von der Herrscherin!«, knurrte er.

Aber nun zitterte er wieder. Zuerst hatte er Jibb das Leben gerettet, und jetzt verteidigte er Melyor, als wäre sie seine Schwester. Er hatte das Gefühl, überhaupt nicht mehr zu wissen, wer er selbst war.

Er zerrte Tullis am Arm weiter. »Gehen wir.«

»Was ist mit den anderen?«, fragte einer der Männer und zeigte auf die Gesetzesbrecher, die sie gefangen genommen hatten.

»Wir bringen sie zum General und hören, was er dazu sagt.«

Der Mann nickte.

Als er über die Schulter hinweg in den anderen Tunnel hineinspähte, sah Premel mehrere von Gribons Männern, die sie beobachteten, die Waffen lässig an den Seiten. »Bringt

sie zurück zu Jibb«, befahl Premel seinem Gardisten. »Ich komme nach.«
»Jawohl!«
Premel drehte sich wieder um und ging auf Gribons Männer zu, wobei er demonstrativ die Waffe wegsteckte.
»Was willst du?«, fragte einer der Gesetzesbrecher, als Premel näher kam. »Wir haben gehört, was du zu Tullis gesagt hast, und du hattest Recht: Er hat angefangen, nicht wir.«
Premel zuckte die Achseln und lächelte. »Ich will einfach nur reden.«
»Wir haben der SiHerr nichts zu sagen.«
Premels Grinsen verschwand so rasch, wie es gekommen war, und er packte den Mann am Kragen und zog ihn näher zu sich heran. »Nun, die SiHerr hat dir etwas zu sagen, oder genauer gesagt deinem Boss. Richte Gribon aus, diesmal ist er noch ohne Schaden davongekommen. Die Herrscherin ist bereit, davon auszugehen, dass er sich nur verteidigt hat. Aber eine einzige Vergeltungsmaßnahme, ein einziger Angriff gegen den Fünfzehnten, und er ist seinen Bezirk los, ebenso wie seine Männer, und die anderen Nal-Lords im Herrschaftsbereich teilen sich sein Gold. Verstanden?«
Der Mann erwiderte Premels Blick mit einem höhnischen Grinsen, aber er schwieg.
Das war unter Bandenmitliedern keine ungewöhnliche Reaktion. Sie fürchteten die SiHerr, selbst wenn sie es untereinander nicht zugaben, aber der Anblick der blauen Uniformen schien sie auch dreister zu machen. Premel hatte es selbst nicht anders gemacht, als er noch Gesetzesbrecher gewesen war, und er hatte es in den vergangenen Jahren häufig beobachten können. Aber nach allem, was an diesem Tag geschehen war, und bei allem, was auf ihm lastete,

explodierte sein Zorn schließlich wie ein Kracher: plötzlich und unkontrollierbar.
Er hielt den Mann immer noch mit einer Hand am Kragen gepackt und drosch ihm nun die Faust in den Bauch, genau wie er es kurze Zeit zuvor mit Tullis gemacht hatte. Aber diesmal riss Premel auch das Knie hoch, als der Mann vornübersackte, und stieß ihn in beinahe derselben Bewegung mit dem Kopf voran gegen die Tunnelmauer. Der Gesetzesbrecher fiel mit einem Übelkeit erregenden Geräusch zu Boden und blieb reglos auf dem Zement liegen.
»Arricks Faust!«, flüsterte einer seiner Kumpane und starrte Premel an, als wäre er ein Alptraumgeschöpf. »Ich glaube, du hast ihn umgebracht!«
Premel sah den an, der gesprochen hatte, und dann die anderen beiden, die noch standen. »Ich habe ihn gebeten, eine Botschaft zu überbringen. Er hat sich geweigert. Wird sich jetzt einer von euch freiwillig melden zu tun, was er nicht tun wollte, oder muss ich mit allen so umgehen?«
»Nein!«, rief der Erste rasch. »Wir werden es Gribon sagen.«
Premel nickte. »Gut.« Sein Zorn war wie weggewaschen, und nun war er vollkommen erschüttert und hatte Angst, den Mann tatsächlich getötet zu haben. Als der Gesetzesbrecher sich wieder rührte und zu stöhnen begann, seufzte er erleichtert.
»Bringt euren Freund zum Arzt«, sagte er, »und haltet euch aus den Tunneln fern.« Er wartete nicht auf eine Antwort. Er ließ sie einfach stehen und kehrte zurück zu Jibb und den anderen. Ihm war übel. Es war nicht so, als hätte er nie zuvor einen Mann zusammengeschlagen. Als Gesetzesbrecher hatte er häufig viel Schlimmeres getan. Aber irgend-

wie war das hier anders. Er hatte es nicht vorgehabt. Er hatte einfach angegriffen, ohne nachzudenken, ohne sich bremsen zu können.
»Ich weiß nicht einmal, wer ich selbst bin«, flüsterte er in dem trüb beleuchteten Gang. Und eine Stimme in seinem Kopf antwortete: *Du bist ein Verräter. Du wirst deine Herrscherin und deinen besten Freund für Geld umbringen.*
Er schüttelte den Kopf. »Nein.« Er sagte es so laut, dass es von den Mauern widerhallte.
Dann bist du ein toter Mann. Dafür wird Marar sorgen. Eine andere Wahl gibt es für dich nicht. Verräter oder Leiche.
»Nein.« Es musste eine andere Möglichkeit geben. Und das führte ihn selbstverständlich zurück zu der Alternative, an die er zunächst gedacht hatte, damals in der Nacht, nachdem er mit dem Herrscher von Stib-Nal gesprochen hatte. Es war keine sonderlich gute Möglichkeit. Schon der Gedanke daran verursachte ihm Gänsehaut. Aber es war alles, was ihm geblieben war. Er hatte lange überlegt, um andere Möglichkeiten zu finden, aber es gab keine. Er saß in der Falle.
»Und du bist selbst hineinspaziert«, sagte er zu dem dunklen Tunnel.
Vor sich im Gang sah er Trümmer, rings um die Leichen der Gesetzesbrecher verstreut, die bei der Explosion umgekommen waren. Gleichzeitig hörte er auch Stimmen, und als er über die Trümmer hinweggeklettert und um die Ecke gebogen war, sah er Jibb. Der Sicherheitschef saß immer noch an die Wand gelehnt. Er sprach mit zweien der Gardisten, die sich über ihn beugten und auf die anderen Überlebenden und die Leichen ihrer Kameraden zeigten. Als Jibb

Premel hörte, drehte er sich um und winkte ihm mit der gesunden Hand zu, dann wandte er sich wieder um die Gardisten.

»Wir lassen die Leichen in die Leichenhalle dieses Bezirks bringen«, sagte er. »Die Herrscherin wird sie später abholen lassen.«

»Jawohl, General«, sagte einer der Männer, dann gingen die beiden davon.

Jibb wandte sich Premel zu, als dieser näher kam. »Da bist du ja«, sagte er. Er klang nicht mehr ganz so schwach. »Wieso hast du so lange gebraucht?«

Premel hockte sich neben Jibb und sah sich die verwundete Schulter des Generals genauer an. »Ich musste Gribons Männern noch eine Botschaft für ihren Anführer mitgeben. Ich habe keine Lust, bald wieder hierher zurückzukehren.«

»Gute Einstellung.«

»Wir müssen dich zum Arzt schaffen. Das da sieht nicht gut aus.«

Jibb verzog das Gesicht. »Schon in Ordnung. Kein Problem.«

»Ich habe nicht gesagt, es würde ein Problem geben. Aber du musst dich immer noch darum kümmern.«

Der General nickte zu den anderen Männern hin, als hätte er Premel nicht gehört. »Sie haben mir erzählt, wie du Tullis erwischt hast. Gut gemacht.«

Premel spürte, wie er rot wurde. »Danke.«

»Erst rettest du mir das Leben, und dann erwischst du einen abtrünnigen Nal-Lord. Du entwickelst dich wirklich zum Helden.«

Premel wandte den Blick ab, denn er konnte es nicht ertra-

gen, Jibb anzusehen. »Wir sollten uns auf den Weg machen.« Er stand auf und half Jibb vorsichtig auf die Beine.
»Du hast Blut an der Uniform«, sagte der General und biss die Zähne zusammen, als er sich erhob. »Ist alles in Ordnung?«
Premel schaute auf sein Hemd, das einige Blutflecken aufwies. Es musste von dem Gesetzesbrecher stammen, den er zusammengeschlagen hatte. »Ja, mir geht es gut. Einer der Gesetzesbrecher, mit denen ich gesprochen habe, war nicht so kooperativ, wie ich wollte.«
Jibb zog die Brauen hoch. »Du warst in dieser kurzen Zeit ja wirklich sehr beschäftigt.«
Premel versuchte sich zu einem Lächeln zu zwingen, aber es gelang ihm nicht.
»Bist du sicher, dass alles in Ordnung ist?«
»Ja, General. Aber wir sollten dich jetzt hier rausbringen.«
Diesmal nickte Jibb.
Premel schnippte mit den Fingern und winkte zwei Männer zu sich, die dem General helfen sollten. Einen Augenblick später machten sie sich auf den Weg, aber Premel blieb noch einen Moment stehen, sah sich ein letztes Mal das Durcheinander im Tunnel an und schüttelte den Kopf. Es hätte viel schlimmer enden können. Jibb hätte umkommen können. *Du hättest ihn töten können.* Zum zweiten Mal schüttelte er den Kopf und versuchte, einen klaren Gedanken zu fassen. Dann folgte er den anderen.
Aber noch auf dem Weg konnte er nichts anderes hören als Jibbs Stimme. *Du entwickelst dich wirklich zum Helden.*
Der General hätte nicht weiter von der Wahrheit entfernt sein können.

Es war immer noch hell draußen, aber Melyor war schon bei ihrem dritten Glas Wein. Normalerweise trank sie nicht so früh und nicht so viel, aber es war ein ungewöhnlicher Tag gewesen. Sie wollte gar nicht daran denken, dass Wiercia sich wieder weigerte, mit ihr zu sprechen, oder dass sie von Spionen erfahren hatte, dass Marar Gold und neue Waffen anhäufte. Das war zweitrangig.

Jibb wäre beinahe umgekommen. Die Verletzung an seiner Schulter war schwer – das hatte ihr ihr Leibarzt, zu dem sie den Sicherheitsmann sofort geschickt hatte, soeben berichtet. Er hatte sogar befürchtet, dass Jibb vielleicht nie wieder im Stande sein würde, seinen Arm zu bewegen. Gut, es war der linke Arm, aber dennoch ...

Und dann waren da die fünf Männer, die nie wieder zurückkehren würden.

Sie leerte ihr Glas und goss sich ein weiteres ein.

So sollte es einfach nicht sein. Sie hatte sich selbst und alle Mittel, die ihr als Herrscherin zur Verfügung standen, eingesetzt, um Bragor-Nal zu verändern, um der Gewalttätigkeit ein Ende zu machen. Die Menschen sprachen von der Zeit der Festigung, jener Ära der Bürgerkriege, die das Land vor mehreren hundert Jahren beinahe ein Jahrhundert lang verwüstet hatten, als von einer tragischen Episode in der Geschichte von Lon-Ser. Aber als Auswirkung dieser Zeit hatte Bragor-Nal seine eigene »Festigungszeit« erfahren. Wie sonst konnte man den ununterbrochenen Krieg beschreiben, der weiterhin zwischen den Ober-Lords, Nal-Lords und Gesetzesbrechern des Nal tobte? War sie denn die Einzige, die begriff, wie gefährlich das war? War sie die Einzige, die dem ein Ende machen wollte? Manchmal kam es ihr so vor. Trotz all ihrer Anstrengungen klammerten sich zu viele Nal-Lords und Gesetzesbrecher störrisch an den alten Weg. Ihre Oberlords Dob, Bren und Bowen behaupteten, sie bei ihren Anstrengungen, dem Blutvergießen ein Ende machen zu wollen, zu unterstützen, aber wenn das wirklich ihre Absicht war, würden sie diese Scharmützel nicht dulden. Dob war der Einzige, der es offenbar ernst meinte, und er hatte leider wenig Einfluss auf seine Kollegen.

Sie fuhr sich mit der Hand durch das bernsteinfarbene Haar und trank einen weiteren Schluck Wein. Sie würde Tullis den Bezirk abnehmen und ihn zehn Jahre ins Gefängnis stecken. Sie würde jeden seiner Gesetzesbrecher fünf Jahre einbuchten und Tullis' Gold unter seinen Nachbarn, darunter auch Gribon, verteilen, beschloss sie mit einigem Widerstreben. Sie würde auch dafür sorgen, dass Bowen, Tullis' Oberlord, weniger erhielt, wenn sie das nächste Mal den Herrschaftsbereichen die üblichen Summen zuteilte. All das half nicht viel, das wusste sie, besonders da fünf ihrer Männer tot waren. Es war allerdings besser als nichts, und Melyor hielt es für wichtig zu zeigen, dass es sich nicht mehr auszahlte, dem alten Weg entsprechend vorzugehen.

Sie warf einen Blick zu ihrem Stab, der an der Wand neben ihrem Schreibtisch auf der anderen Zimmerseite lehnte, und fragte sich unwillkürlich, ob sie vielleicht mehr Erfolg gehabt hätte, wenn sie keine Gildriitin wäre. Wenn sie einfach nur Melyor i Lakin wäre, die versuchte, das Nal zu verändern, und nicht Melyor i Lakin, die Steinträgerin – hätten sie ihr dann zugehört? Das war selbstverständlich eine sinnlose Frage, aber sie fand einen gewissen Trost in der Vorstellung, dass sich alle gegen sie stellten und sie umbringen wollten, weil sie dieses Vorurteil gegen Gildriiten

hatten, und nicht, weil sie glaubten, Melyors Ideen bezüglich des Nal seien nichts wert.
Sie hob das Glas erneut an die Lippen, aber dann hielt sie inne. Dieses Selbstmitleid und die Trinkerei würden sie nicht weiterbringen. Sie stellte das Glas auf einen Beistelltisch am Bett und ging zu ihrem Schreibtisch und dem Sprechschirm, der sie mit Jibbs Büro verband. Nach den unzulänglichen Berichten, die sie von den überlebenden Gardisten erhalten hatte, hatte Premel offenbar nicht nur Jibb das Leben gerettet, sondern war auch verantwortlich für die Verhaftung von Tullis und seinen Männern. Aus irgendeinem Grund hatte der Mann ihr nicht direkt Bericht erstattet, aber es war Zeit, sich bei ihm zu bedanken. Falls Jibbs Wunden ihn längere Zeit davon abhalten sollten, die SiHerr zu führen, würde Premel sein Nachfolger sein, und seit Melyor Steinträgerin war, war die Situation zwischen ihnen angespannt gewesen.
Aber bevor sie noch den Sprechschirm einschalten konnte, hörte sie ein Klopfen an der Tür.
»Wer ist da?«, rief sie.
»Premel.«
Sie grinste, ging zur Tür und öffnete sie.
Der Sicherheitsmann sah bleich aus und jünger, als sie ihn in Erinnerung hatte. Er hatte Blut auf seiner blauen Uniform, und er schaute Melyor kurz an, bevor er den Blick wieder abwandte. Melyor wusste, dass Jibb Premels bester Freund war – das war das Einzige, was sie und Premel gemeinsam hatten. Zweifellos machte sich der Mann Sorgen um den verwundeten General.
»Hast du einen Augenblick Zeit, Herrscherin?«
»Selbstverständlich, Premel. Komm herein.«

Er sah sich um, als wollte er sich überzeugen, dass niemand aus dem Flur ihn sah, und dann betrat er ihr Zimmer.

»Ich wollte ohnehin gerade mit dir sprechen«, sagte Melyor und schloss die Tür hinter ihm. »Sieht so aus, als hättest du einen hektischen Tag hinter dir.«

»Ja, Herrscherin.« Er ging im Zimmer umher und wich immer noch ihrem Blick aus. Dann ging er zu ihrem Schreibtisch und blieb dort einen Augenblick lang stehen, um den Stab und den leuchtenden scharlachroten Stein anzustarren.

»Ich möchte dir danken, Premel. Es heißt, du hättest Jibb das Leben gerettet.«

Bei diesen Worten blickte er ruckartig auf und riss die Augen auf, als hätte sie ihn bei einer Lüge ertappt.

Und plötzlich spürte Melyor, wie sich ihr Magen zusammenzog. Etwas stimmte hier nicht. Sie tastete unwillkürlich zu ihrem Oberschenkel und dem Werfer, der dort angeschnallt war. Zum Glück hatte Premel den Blick wieder abgewandt und bemerkte es nicht.

»Ich kann dir wirklich nicht genug danken.« Sie versuchte angestrengt, lässig zu klingen. »Ich habe Jibb sehr gern, Premel. Wahrscheinlich genauso gern, wie du ihn hast.«

Endlich begegnete er ihrem Blick. »Das weiß ich, Herrscherin. Ich weiß, du hättest das Gleiche getan, wenn du an meiner Stelle gewesen wärst.«

»Das ist sehr nett von dir.«

Er tat die Bemerkung mit einer Geste ab und begann, wieder umherzuwandern.

Ganz langsam, um ihr Misstrauen nicht zu verraten, begann auch Melyor sich zu bewegen. Sie musste zu ihrem

Schreibtisch gelangen, falls sie nach ihren Leibwachen rufen wollte.
»Und was kann ich für dich tun, Premel?«, fragte sie. »Immerhin bist du zu mir gekommen.«
Er blieb stehen und sah sie wieder an. Er atmete schwer, und Melyor erwartete beinahe, dass er im nächsten Augenblick zum Werfer greifen würde. Aber stattdessen wandte er den Blick erneut ab. »Ich bin nicht sicher«, sagte er, und seine Stimme war kaum mehr als ein Flüstern.
Wieder legte sie die Hand an den Griff ihrer Waffe. »Was meinst du mit nicht sicher?«
Er schüttelte den Kopf. »Ich weiß überhaupt nichts mehr – warum ich hier bin oder ob du helfen kannst. Überhaupt nichts mehr.«
Melyor wartete schweigend ab. Sie wusste nicht, was sie mit Premels seltsamem Verhalten anfangen sollte, aber sie erkannte, dass seine Verwirrung echt war.
»Ich brauche deine Hilfe, Herrscherin«, sagte er schließlich. Er hörte auf, hin und her zu gehen und sah sie an. »Ich habe großen Ärger.«
»Ich werde dir helfen, so gut ich kann, Premel. Das weißt du. Ich habe mich immer um die Männer gekümmert, die für mich arbeiten.«
Er lachte ein wenig schrill und schüttelte den Kopf. »Ich wäre an deiner Stelle nicht so großzügig. Noch nicht.«
»Ich verstehe nicht, was du meinst.«
Er holte tief Luft. »Du hast dich vielleicht gefragt, wie es dem Attentäter, der auf der Treppe vor deinem Fenster gestorben ist, gelungen ist, so nahe zum Palast zu gelangen.«
Sie starrte ihn an. Einen Augenblick zuvor hatte sie sich

noch gefragt, ob er vorhatte, sie zu töten. Sie hätte also nicht überrascht sein sollen. Aber das hier war etwas anderes. In gewisser Weise war es schlimmer. Sie wusste, sie sollte etwas sagen, brachte aber zunächst kein Wort heraus.

»Du?«, sagte sie schließlich.

»Ja.«

Irgendwie hatte sie plötzlich den Werfer in der Hand und winkte damit zu einem Stuhl neben ihrem Bett. »Setz dich!«, befahl sie mit eisiger Stimme.

Er gehorchte ohne ein Wort und ließ sie nicht aus den Augen.

»Warum, Premel?«

»Man hat mir sehr viel Gold angeboten, viel mehr, als ich mir je hätte vorstellen können –«

»War es Marar? Hat er dich rekrutiert?«

Premel schluckte. »Ja.«

Melyor setzte sich auf die Schreibtischkante, schüttelte den Kopf und holte tief Luft. »Du hast mir immer noch nicht gesagt, warum«, sagte sie nach einiger Zeit.

»Doch. Das Gold –«

Sie brachte ihn mit einer abrupten Geste zum Schweigen. »Das meine ich nicht. Marar hat dir Gold angeboten, damit du ihm hilfst, mich zu töten, und du wolltest reich sein. Das verstehe ich. Was ich nicht verstehe, ist, wieso du wolltest, dass ich sterbe.« Einen Augenblick lang befürchtete sie in Tränen auszubrechen, aber dann schob sie ihre Gefühle beiseite. *Das ist nicht der richtige Zeitpunkt,* sagte sie sich. *Später, wenn du allein bist.* »Was habe ich dir getan?«, drängte sie weiter. »Ich habe dir Arbeit gegeben, als dich sonst keiner wollte, und dich mit mir in den Goldpalast genommen, als ich Herrscherin wurde.«

Er wandte den Blick ab. »Es ist schwer zu erklären.«
»Versuch es trotzdem.«
Er rutschte auf dem Stuhl hin und her. »Als du Gildriitin wurdest –«
»Ich war immer Gildriitin, Premel. Dass ich diesen Stab bekommen habe, hat nichts geändert. Ich habe nur allen erzählt, was ich schon lange wusste.«
»Nein!«, sagte er. »Das stimmt nicht! Es hat dich verändert! Du hast versucht, das Nal zu etwas zu machen, was es nicht ist! Es war, als wolltest du, dass wir ein zweites Oerella-Nal werden.«
»Wäre das denn so schlimm?«, fragte sie.
Er starrte sie angewidert an. »Die Melyor i Lakin, der ich vor all diesen Jahren die Treue geschworen habe, hätte nicht einmal im Traum daran gedacht, eine solche Frage zu stellen.«
Sie wollte widersprechen, aber dann hielt sie inne. Schließlich nickte sie. »Du hast Recht, das hätte sie nicht getan. Ich nehme an, ich habe mich verändert, und ich habe versucht, auch das Nal zu verändern.«
»Es brauchte nicht verändert zu werden.«
»Nein? Du hast heute erst wieder gesehen, was das bedeutet, Premel. Hat es dir gefallen? Wir haben fünf Männer verloren, und Jibb wäre beinahe der sechste gewesen. Wir haben drei von Tullis' Männern getötet, und ich kann noch nicht einmal zählen, wie viele bei dem Feuergefecht zwischen den Gesetzesbrechern umgekommen sind. Möchtest du wirklich so leben?«
Er sah aus, als wollte er etwas sagen, aber Melyor ließ es nicht zu. »Was braucht es noch, Premel? Wie viele müssen noch sterben, bevor du dieser Veränderung eine Chance

gibst? Oder geht es nicht um Zahlen? Hätte dich Jibbs Tod vielleicht überzeugt?«

Seine Augen blitzten zornig, und einen Moment lang sah es so aus, als wollte er sie schlagen. Aber dann starrte er nur auf seine Hände nieder. »Ja«, sagte er leise.

Sie hätte beinahe laut gelacht, obwohl sie nicht sagen konnte warum. »Na wunderbar«, erklärte sie schließlich kopfschüttelnd.

Er schwieg, und sie blieben lange Zeit so sitzen.

»Warum bist du also zu mir gekommen, Premel?«, fragte sie schließlich. »Du sagtest, du hättest großen Ärger und bräuchtest meine Hilfe. Warum soll ich dir nach all dem helfen? Du hast all das Gold bekommen – warum kaufst du dich nicht einfach frei?«

»So einfach ist das nicht. Ich sitze in der Falle. Diese ganze Sache ist außer Kontrolle geraten, und ich weiß nicht mehr, wie ich da rauskommen soll.«

»Warum sollte mich das interessieren? Warum lass ich dich nicht einfach gehen und überlasse dich Marar?«

»Wenn du mich gehen lässt«, sagte Premel bitter und blickte wieder auf, »wird Marar einen anderen finden. Ich bin nicht der Einzige in der SiHerr, der ihm auf solche Weise helfen will.«

Melyor spürte einen Schmerz in der Brust, und zum zweiten Mal fürchtete sie, weinen zu müssen. Er hatte selbstverständlich Recht. »Also gut. Aber du hast mir immer noch nicht gesagt, wieso du hergekommen bist. Welchen Ärger hast du genau?«

Premel zögerte, aber nur kurz. »Marar will, dass ich auch Jibb töte. Er sagt, wenn Jibb je erfahren sollte, dass er hinter deiner Ermordung steckt, wäre sein eigenes Leben in

Gefahr. Jibb würde keine Ruhe geben, bis er dich gerächt hätte.« Wieder hielt er inne und starrte ihr weiterhin in die Augen. »Er hat Recht. Und das weißt du.«
Sie nickte. Es klang tatsächlich alles ganz vernünftig. »Also hättest du mich töten lassen, wurdest aber zimperlich, als es darum ging, Jibb umzubringen?«
Er wurde rot.
»Schon gut«, sagte sie. »Du brauchst das nicht zu beantworten, aber sag mir eines: Was erwartest du von mir? Wie soll ich dir jetzt helfen?«
Premel zuckte die Achseln. »Einfach nur, indem du es weißt. Marar hat gedroht, mich zu verraten, wenn ich euch nicht beide töte. Nun, da du es weißt, hat seine Drohung keinen Wert mehr. In gewisser Weise bin ich bereits draußen.«
»Außer, dass ich dich als Verräter hinrichten lassen könnte.«
Er war mutig, das musste sie ihm lassen. Er wandte den Blick nicht ab. Er blinzelte nicht einmal. »Wenn du dich dafür entscheidest, werde ich mit Freude sterben. Zumindest bin ich derjenige, der es dir gesagt hat. Zumindest habe ich Marar nicht gewinnen lassen.«
Sie lächelte. Dafür zu sorgen, dass Marar nicht gewann, war in letzter Zeit zu ihrem liebsten Hobby geworden. Das wollte sie ihm gerade sagen, als ein weiteres Klopfen an der Tür sie aufhielt.
Premel starrte zur Tür und wurde bleich.
»Wer ist da?«, fragte Melyor.
»Ich bin es.« Jibbs Stimme.
Sie stand auf. »Komm rein.« Die Tür ging auf, und der große kräftige Mann kam herein. Er hatte den Arm in einer

Schlinge und trug zivile Kleidung: eine dunkle Hose, ein helles Hemd, weiche Lederschuhe. Er war blass, aber er lächelte. Und das Lächeln wurde zu einem breiten Grinsen, als er Premel sah.

»Ich hatte gehofft, euch beide hier anzutreffen.«

»Wie geht es dir?«, fragte sie besorgt.

Er zuckte die Achseln und verzog dann das Gesicht. »Der Arzt meint, im Augenblick wäre alles in Ordnung. Er ist immer noch nicht sicher, ob die Schulter heilen wird, aber er sagt, es sieht jetzt besser aus, als er am Anfang glaubte. Dennoch, ich werde einige Zeit nicht arbeiten können.« Er wandte sich Premel zu. »Und ich denke, das macht dich vorübergehend zum Kommandanten der SiHerr.« Er grinste. »Wie hört sich das an, Oberst?«

Premel senkte den Blick und leckte sich nervös die Lippen. Er schaute Melyor einen Moment lang an, beinahe flehentlich.

»Nein«, sagte sie. »Das ist deine Geschichte.«

»Was ist los?«, wollte Jibb wissen. »Was für eine Geschichte –« Er hielt inne und bemerkte zum ersten Mal, dass Melyor den Werfer in der Hand hatte. »Was ist hier los?«

»Sag es ihm«, verlangte Melyor. »Du willst meine Hilfe? Dann sag es ihm zuerst.«

Premel starrte sie einen Moment lang an, dann nickte er.

»Er soll mir was sagen?« Jibbs Stimme war nun eisig, und er schaute von einem zum anderen.

»Dass ich ein Verräter bin«, sagte Premel. »Dass Marar mich rekrutiert hat, um ihm beim Attentat auf die Herrscherin zu helfen. Dass ich dafür verantwortlich war, dass der Bombenleger überhaupt so nahe an den Goldpalast herangekommen ist.«

Jibb starrte Premel an, als hätte der Gardist sich selbst auf irgendeine Weise verstümmelt, als hätte er sich einen Arm abgerissen und ihn auf den Boden geworfen. Nach langer Zeit wandte er sich an Melyor. »Sagt er die Wahrheit?«

Sie nickte.

Der General schaute Premel wieder an und ging einen ungelenken Schritt vorwärts, so dass er direkt vor dem Mann stand.

»Steh auf«, befahl er.

Premel warf Melyor einen Blick zu, dann tat er, was man ihm gesagt hatte. Als beide standen, war Premel ein wenig größer als Jibb, aber in diesem Augenblick schien der General der größere Mann zu sein. Sie standen einige Zeit lang da und starrten einander an. Und dann schlug Jibb zu, so schnell, dass Melyor zusammenzuckte.

Premel taumelte rückwärts, fing sich aber rasch wieder. Ein leuchtend roter Fleck erschien beinahe sofort oben an seiner Wange. Einen Augenblick später schlug ihn Jibb abermals. Diesmal sank Premel auf die Knie. Er blutete aus dem Augenwinkel und musste mehrmals blinzeln, als versuche er, einen klaren Kopf zu bekommen. Aber nach ein paar Sekunden kam er auf die Beine und stand erneut vor Jibb. Und wieder schlug Jibb zu. Premel fiel zu Boden und blutete aus einer Risswunde am Wangenknochen. Er lag einen Moment lang reglos da, dann kämpfte er sich auf einen Ellbogen hoch.

»Steh auf!«, sagte Jibb.

Melyor bemerkte, dass sie zitterte, und verschränkte die Arme vor der Brust. »Jibb, das reicht jetzt.«

»Steh auf!«, sagte er stattdessen zu Premel, ignorierte Melyor einfach und ballte abermals die Faust.

»Ich sagte, das reicht, General!«
Endlich sah Jibb sie an. »Du und ich, wir sind uns vor langer Zeit einig geworden, dass ich bei der Disziplinierung meiner Männer freie Hand habe.«
Sie erinnerte sich. Es lag viele Jahre zurück. Sie hatten an dem Tag darüber gesprochen, als sie sich kennen gelernt hatten, als sie nur ein unerfahrener Nal-Lord gewesen war und er ein dreister Unabhängiger. Dies war die einzige Bedingung gewesen, die er gestellt hatte, als er zustimmte, für sie zu arbeiten. »Ja«, gab sie zu, »aber –«
»Dann lass mich meine Arbeit machen!«
»Nein, diesmal nicht.«
Er setzte zum Widerspruch an, aber sie hielt ihn mit erhobenem Finger zurück. »Er hat versucht, mich umzubringen, Jibb. Marar hat ihn bezahlt, damit er mich umbringt.«
»Ja! Und dafür verdient er Schläge! Er verdient den Tod!«
»Mag sein«, sagte Melyor. »Aber jetzt noch nicht. Ich brauche ihn, um Marar in die Falle zu locken.«
Jibb regte sich einige Zeit lang nicht und starrte ihr nur in die Augen. Schließlich seufzte er, und es sah aus, als sackte er ein wenig in sich zusammen. Er setzte sich auf den Stuhl, auf dem Premel noch ein paar Minuten zuvor gesessen hatte, und schließlich nickte er. »Also gut.«
Premel setzte sich langsam hin und berührte vorsichtig den Schnitt an seinem Auge. »Wie soll das passieren?«, fragte er Melyor. »Ich tue alles, was du willst, aber was?«
Sie schüttelte den Kopf. »Ich weiß es noch nicht.« Sie hätte am liebsten einfach eine Armee über die Grünwasserberge geführt und Stib-Nal wie einen Käfer zerdrückt. Aber das Letzte, was sie wollte, war ein Krieg mit Oerella-Nal, und sie zweifelte nicht daran, wie Wiercia auf eine solche

Aggression reagieren würde. »Ich weiß es noch nicht«, sagte sie erneut. »Aber mir wird schon etwas einfallen. So oder so, ich werde ihn vernichten.«

Bei diesen Worten blickte Jibb auf, und er schaute so eifrig drein, wie Melyor es seit ihren Tagen in den Blocks nicht mehr gesehen hatte.

13

Trotz der Sorgen meiner Mitmagier und deines Schweigens in der letzten Zeit bin ich weiterhin überzeugt, dass Lon-Ser keine Gefahr für unser Land darstellt. Ich glaube, dass Jaryds Adler gekommen ist, um uns gegen einen anderen Feind zu helfen. Aber wer kann das sein? Wenn die Götter einen Adler geschickt haben, muss es sich um einen Furcht erregenden Feind handeln. Viele im Orden haben spekuliert, dass ein Bürgerkrieg bevorsteht, ähnlich eurer Festigungszeit – ein Standpunkt, den das Auftauchen eines zweiten Adlers in Tobyn-Ser noch realistischer erscheinen lässt. Dieser Vogel hat sich an Cailin gebunden, die junge Frau aus der Liga, von der ich dir so viel erzählt habe.

Noch nie zuvor gab es in unserem Land zwei Adlerweise. Die meisten können sich nicht einmal annähernd vorstellen, was das bedeuten könnte. Aber ich glaube, ich weiß es. Ich glaube, dass Tobyn-Ser einem so überwältigend mächtigen und zerstörerischen Feind gegenübersteht, dass die Götter beschlossen haben, ein Adler allein würde nicht genügen ... Wenn ich Recht habe, dann wird es wichtiger sein denn je, dass die Liga und der Orden zu einer Übereinkunft gelangen. Denn wenn die Magie sich einem solchen Feind nicht vereint stellt, kann kein Adler der Welt uns helfen.

Falkenmagier Orris an Melyor i Lakin, Herrscherin und Steinträgerin von Bragor-Nal, im Frühling des Gottesjahres 4633

Als Junge hatte Nodin zusammen mit seinem Onkel, einem Hausierer, den er sehr gern gemocht hatte, die Nordebene kreuz und quer durchreist. Sie waren überall gewesen, auch am Ostrand der Ebene, wo sie an Tobyns Wald grenzte, und nördlich des Dhaalismin. Nodin hatte diese Gegend als nicht anders als den Rest der Ebene in Erinnerung: bevölkert von schwer arbeitenden Bauern und begrenzt von niedrigen Hügeln und kleinen Gruppen windgepeitschter Eichen.

Als er sich nun umsah, während die Sonne am westlichen Himmel auf die Gipfel des See-Gebirges zusank, dachte Nodin, dass diese Ebene immer noch ganz ähnlich aussah wie vor so vielen Jahren. Sie verfügte immer noch über eine subtile, verstörende Schönheit; hohes Gras schwankte im ununterbrochenen Wind, und kleine Dörfer mit ihren bescheidenen, niedrigen Häusern ragten hier und da über dem Grasmeer auf.

Der Unterschied bestand darin, dass die Dörfer nun verlassen, die Häuser verfallen, die Felder vernachlässigt waren. Denn elf Jahre zuvor hatte hundert Meilen von hier ein Mann, der kurz davor stand, von den Magiern des Ordens getötet zu werden, sich selbst zum ungebundenen Magier gemacht und war daher einer der Unbehausten geworden, dazu verurteilt, auf ewig zusammen mit dem Geist seines ersten Vogels am Ort ihrer Bindung zu verweilen. Dieser Vorfall hatte schließlich die Menschen am Ostrand der Ebene aus ihren Häusern vertrieben. Denn Jahrzehnte vor dem Tod dieses Mannes hatte er sich hier an seinen ersten Falken gebunden. So war es gekommen, dass dieses Land nun am Tag dem Wind gehörte und nachts Sartols Geist.

»Bist du sicher, dass dies der richtige Ort ist?«, fragte Tammen.

Nodin schüttelte den Kopf. »Nein, das bin ich nicht. Ich

habe nie behauptet, viel über Sartol zu wissen. Ich dachte, du wüsstest es.«

Sie kniff die Lippen zu einer dünnen Linie zusammen, schwieg aber.

So war es schon den ganzen Tag gewesen. Es kam Nodin beinahe so vor, als hätten die Ereignisse des vergangenen Abends nie stattgefunden, als hätte er das alles nur geträumt. Nur dass die Erinnerung daran, wie sie sich geliebt hatten, viel zu lebendig für eine Vision war. Er spürte immer noch ihre Lippen auf seinen, er konnte immer noch den Geschmack ihrer Haut schmecken und sehen, wie ihr Gesicht im Feuerlicht ausgesehen hatte, die geschlossenen Augen, der geöffnete Mund, als seine Lippen über ihren Körper glitten. Der Rhythmus ihrer Bewegungen war an diesem Tag ebenso Teil von ihm gewesen wie sein Herzschlag und sein Atem. Ja, es war ein Traum gewesen, aber ein Wachtraum. Es war tatsächlich geschehen.

Sie benutzte ihn nur. Er wusste es. Sie brauchte ihn – sie hatte Angst, sich Sartol allein zu stellen. Deshalb hatte sie ihm gestattet, sie zu lieben, nicht weil ihre Gefühle sich verändert hätten. Er war zu klug, sie nicht zu durchschauen, und selbst wenn er dümmer gewesen wäre, hätte Henryk, der sich ihnen schließlich doch wieder angeschlossen hatte, ihn rasch darauf hingewiesen, bevor er in die Nacht davonging, um sie allein zu lassen. Aber wenn dies die einzige Möglichkeit für ihn war, sie zu haben, dann sollte es eben so sein. Er hatte es sich lange genug verweigert. Vielleicht würde sie im Laufe der Zeit lernen, ihn zu lieben, wie er sie liebte.

»Es weiß also keiner von euch, ob das hier der richtige Ort ist?«, fragte Henryk ungeduldig und angewidert, so wie er beinahe jeden Tag seit Prannai geklungen hatte.

»Es ist der richtige Ort«, sagte Nodin leise. Er zeigte auf die verlassenen Bauernhäuser. »Sieh dich doch um. Die Leute, die hier gewohnt haben, wurden nicht vom Wetter vertrieben.« Er warf Tammen einen Blick zu. »Bist du immer noch sicher, dass du das tun willst?«

Sie nickte, obwohl er bemerkte, dass sie die Arme verschränkt hatte, als wäre ihr kalt.

»Also gut. Dann entzünden wir ein Feuer und essen etwas. Die Sonne wird bald untergehen.«

Weder ihre Mahlzeit noch ihr Feuer halfen sonderlich. Sie hatten nicht viel Hunger, und bei dem wenigen Holz, das man auf der Ebene fand, mussten sie sich damit zufrieden geben, ein paar Bretter von den verfallenen Zäunen in der Nähe zu verbrennen. Sie hatten kurz daran gedacht, Holz von einem der verlassenen Häuser zu nehmen, aber Henryk hatte sich dagegen ausgesprochen.

»Ich weiß, dass sie wahrscheinlich nicht zurückkommen werden«, erklärte der dunkelhaarige Magier. »Aber es wäre einfach falsch.«

Tammen erklärte, Henryk sei ein Idiot, aber Nodin stimmte ihm zu. Sie ließen die Häuser in Ruhe.

Dann saßen die drei Magier in nervösem Schweigen an ihrem Feuer und sahen zu, wie die Sonne hinter den Bergen verschwand und die Sterne über ihnen an einem tief dunkelblauen Himmel zu leuchten begannen.

»Was wollen wir ihm sagen?«, fragte Nodin schließlich.

Tammen zuckte die Achseln. »Das Gleiche, was wir zu Peredur gesagt haben.«

Henryk schüttelte den Kopf und lachte schrill. »Genau. Immerhin hat es schon beim ersten Mal so gut funktioniert.«

»Das hatte nichts mit dem zu tun, was wir gesagt haben«,

erwiderte Tammen. »Er hätte uns ohnehin nicht geholfen. Er war Erster der Eulenweisen des Ordens, als er getötet wurde. Er hätte jede Hilfe, die er uns geben könnte, als Verrat am Orden betrachtet.« Sie fuhr sich durch das hellbraune Haar und verzog verärgert den Mund. »Er war einfach eine schlechte Wahl.«

»Nein«, sagte Henryk. »Das hier ist eine schlechte Wahl. Wir sollten nicht hier sein. Ich glaube, wir befinden uns in großer Gefahr.«

»Wir sind das doch alles schon durchgegangen«, sagte Tammen. »Wenn du nicht hier bleiben willst, dann geh. Aber ich möchte nicht mehr darüber sprechen.«

Einen Augenblick lang sah es so aus, als würde Henryk tatsächlich gehen, aber dann seufzte er tief und warf das letzte Zaunbrett aufs Feuer.

Nodin schaute nach Westen, wo die letzten Reste des Tageslichts immer noch orangefarben schimmerten wie Kohlen in einem niedergebrannten Feuer. Sein grauer Falke stieß einen leisen Ruf aus, und er kraulte ihm das Kinn. Der Vogel rief ein zweites Mal, und Nodin spürte, wie er eine Gänsehaut bekam. *Er ist hier.*

Er hörte, wie Tammen nach Luft schnappte.

»Dort«, flüsterte Henryk.

Nodin wandte sich nach Osten, Tobyns Wald und dem sich nähernden Licht zu, und sah eine schimmernde Gestalt, die an den Überresten des Dorfes vorbei auf sie zukam. Er konnte erkennen, dass es sich um den Geist eines Mannes handelte, eines hoch gewachsenen Mannes mit einem großen Falken auf der Schulter und einem Stab in der Hand. Er und sein Vogel waren von einem hellgelben Schimmer durchdrungen, die Farbe von Sand, den das goldene Licht

der untergehenden Sonne berührt. Als der Mann, oder genauer gesagt, als Sartols Geist näher kam, stellte Nodin fest, dass er nun mehr vom Gesicht erkennen konnte, genau wie bei Peredurs Geist ein paar Tage zuvor.
Bei allem, was er über Sartols Leben wusste oder zu wissen geglaubt hatte, hatte Nodin erwartet, der Mann würde Furcht erregend aussehen. Immerhin hatte Sartol Peredur und die Eulenweise Jessamyn getötet und den Fremden bei ihren Angriffen geholfen. Er hätte keinen so gut aussehenden Mann erwartet wie den, der jetzt auf sie zukam, das dunkle Haar grau gesträhnt, die gemeißelten Züge vom Wetter gezeichnet wie die eines Seemanns. Der Geist lächelte und breitete freundlich die Arme zum Gruß aus, was seinem Ruf vollkommen widersprach. Nur seine Augen ließen Nodin stutzten. Sie leuchteten hell und intensiv wie Fackeln und machten es unmöglich zu erkennen, was hinter dem Lächeln lag. Es war bei Peredurs Geist ganz ähnlich gewesen, begriff Nodin, nur dass die Augen des Ersten von der Farbe her weißer gewesen waren. Aber in dieser Nacht hatte es ihn nicht so verstört, vielleicht, weil er Peredur als Kind gekannt hatte oder vielleicht, weil er so viel über Sartols böse Taten wusste.
Er warf Tammen, die neben ihm stand, einen raschen Blick zu, konnte aus ihrer Miene aber wenig schließen. Sie beobachtete, wie Sartol auf sie zukam, und obwohl sie offensichtlich ein wenig zitterte, war ihr sonst nichts anzumerken. Henryk andererseits wirkte verängstigt, hatte die dunklen Augen weit aufgerissen und war kreidebleich geworden. Einen Augenblick lang schaute er Nodin an und schüttelte den Kopf, als wollte er ein letztes Mal sagen, dass dies keine gute Idee war. Dann wandten sie sich beide wieder dem Geist zu.

Sie war wieder ein Kind, die Brandwunden an ihrem Hals schmerzten, ihr Gesicht war schmutzig von Tränen und Schweiß, und das Bild ihrer Eltern und Schwestern, die in Flammen aufgingen wie Holz in einer Feuerstelle, war auf ewig in ihren Geist eingebrannt. Sie konnte das Feuer riechen. Fleisch, Holz, ihr eigenes Haar. Alles schien zu brennen. Jemand trug sie auf dem Arm, lief so schnell, dass sie auf und ab hüpfte. Sie wusste, dass es ein Mann war, sie wusste allerdings nicht, wer.

Aber plötzlich blieben sie stehen, trotz der Magier und schwarzen Vögel, die sie verfolgten. Denn vor ihnen standen zwei weitere Magier, einer schlank und mit schütterem Haar, der andere dunkelhaarig und kräftig gebaut wie ein Held aus einem von Cearbhalls Dramen. Und wie ein Held tat dieser Magier, was der andere nicht hatte tun wollen oder können: Er hielt seinen Stab vor sich ausgestreckt und beschwor ein strahlendes, hellgelbes Feuer herauf, mit dem er die Männer, die ihr Dorf zerstört und ihre Eltern getötet hatten, niederstreckte.

Wieder und wieder sah sie es im Geist: wie sich das Feuer im letzten Augenblick gegabelt hatte, beide Angreifer zu Boden geworfen und sie in Flammen hatte aufgehen lassen. Sie konnte die Schreie der anderen hören – sie hörte sich selbst ebenfalls schreien, obwohl sie nicht wusste, warum –, und dann drängten sich alle um diesen Mann, drängten sich dicht an ihn, um ihm dafür zu danken, dass er sie gerettet und ihre Lieben gerächt hatte.

Sie hatte diese Bilder in finsteren Träumen, aus denen sie schwitzend und atemlos erwachte, tausendmal gesehen. Aber nie waren sie so klar und vollständig gewesen. Denn niemals in all den Jahren seit dieser schrecklichen

Nacht hatte sie diesen Mann wiedergesehen, diesen Helden, diesen hoch gewachsenen, kräftigen dunkelhaarigen Mann.
Bis zu diesem Abend. Er schimmerte in einem weichen gelben Licht, als wäre er selbst magisches Feuer. Und der Vogel auf seiner Schulter war nicht die große Eule, an die sie sich aus Wasserbogen erinnerte. Aber das Gesicht hätte sie überall wiedererkannt. Das hier war der Mann, der ihr das Leben gerettet hatte.
Sie blieb reglos stehen, während er näher kam, und fürchtete, selbst wenn sie nur einatmete, würde sie weinen müssen. Sie hatte sich so oft gewünscht, ihre Eltern noch ein einziges Mal sehen zu können. Aber das hier war beinahe genauso gut.
»Ich grüße euch!«, sagte Sartols Geist, die Arme immer noch weit ausgebreitet. Der große Falke auf seiner Schulter betrachtete Tammen und ihre Begleiter kühl. »Wir haben euch bereits erwartet.«
Henryk und Nodin wechselten einen Blick.
»Tatsächlich?«, fragte Nodin.
»Selbstverständlich. Nachdem euer Gespräch mit Peredur so schlecht verlaufen war, nahm ich an, dass ihr als Nächstes zu mir kommen würdet.«
Tammen lächelte, obwohl ihr Herz hektisch schlug und ihre Hände zitterten. »Dann weißt du, wieso wir hier sind«, sagte sie mit einem Beben in der Stimme.
»Ja. Ich muss sagen, ich hielt Peredur für eine schlechte Wahl. Ein Mann von seinem Charakter würde sich nie einer Bewegung wie der euren anschließen. Er könnte niemals so mutig, so vorausschauend sein.«
Sie konnte kaum glauben, was sie da hörte.

»Du weißt von unserer Bewegung?«, fragte Nodin. »Wie ist das möglich? Peredur wusste nichts davon.«

»Jene unter uns, die sich entschließen, die Welt der Lebenden zu beobachten, sind dazu im Stande. Mir ist eure Bewegung schon seit einiger Zeit bekannt. Ihr verdient Lob für das, was ihr getan habt; ich denke, ihr liefert dem Volk von Tobyn-Ser eine gute Alternative zum Orden und zur Liga.«

»Wie passend«, flüsterte Henryk.

Das Lächeln des Geistes wurde breiter. »Ah, du glaubst mir nicht.«

»Ich finde es einfach nur seltsam«, erwiderte Henryk. »Peredur hatte keine Ahnung von der Bewegung und du behauptest, uns nicht nur zu kennen, sondern unsere Arbeit zu bewundern.«

»Daran ist nichts Seltsames«, sagte Sartol. »Ich habe mich, noch während ich dem Land diente, stets selbst nach einer Alternative zum Orden gesehnt, aber die Möglichkeit ergab sich nie. Und was Peredur angeht«, fügte der Geist schulterzuckend hinzu, »nun, selbst als Lebender neigte er nicht zu zukunftsweisendem Denken.«

»Hast du ihn deshalb getötet?«

»Henryk!«, fauchte Tammen und fuhr zu ihm herum.

Sartols Lächeln verschwand, und das Feuer in seinen glühenden Augen schien heller zu werden. »Vergiss nicht, mit wem du sprichst, Magier!«, sagte er in einem Tonfall so glühend und fest wie frisch geschmiedetes Eisen. »Ich bin vielleicht nie Weiser gewesen, nicht einmal Erster, aber ich war Eulenmeister, noch bevor du zur Welt kamst, und zu meiner Zeit war ich mächtiger als jeder andere damals lebende Magier.«

»Wir bitten um Verzeihung, Eulenmeister«, sagte Tammen

rasch und mit immer noch zitternder Stimme. »Er hat es nicht böse gemeint. Wir kommen in Freundschaft. Wir wollten dich nicht beleidigen.«
Sartol starrte Henryk noch einen Augenblick wütend an, dann wandte er sich wieder Tammen zu. »Selbstverständlich«, sagte er, und erneut erhellte das Lächeln dieses so angenehm männliche Gesicht. »Ich kann euch verstehen. Zweifellos habt ihr alle ... Dinge über mich gehört, darüber, was ich angeblich getan habe. Ihr habt großen Mut gebraucht, hierher zu kommen.«
»Tatsächlich, Eulenmeister«, sagte Tammen, »wollte ich schon seit einiger Zeit herkommen. Ich stamme aus Wasserbogen. Ich habe gesehen, wie du unser Dorf vor den Fremden gerettet hast.«
»Ja?«, fragte Sartol freundlich. »Dann weißt du also, dass die Magier des Ordens die schrecklichsten Lügen über mich verbreitet haben, um ihren eigenen Verrat zu bemänteln.«
Sie nickte. »Deshalb sind wir zu dir gekommen. Du bist vielleicht der Einzige, der verstehen kann, wieso wir sowohl gegen den Orden als auch gegen die Liga sind.« Sie zögerte. »Und vielleicht möchtest du uns sogar helfen.«
»Euch helfen?«
»Die Volksbewegung wird inzwischen überall im Land unterstützt, aber es gibt nur wenige freie Magier. Wir können weder gegen die Liga noch gegen den Orden ankommen, und nun, da die Tempel Waffen aus Lon-Ser erhalten, können wir es nicht einmal mit ihnen aufnehmen.«
Der Geist nickte. »Ah ja, die Tempel. Ich habe auch davon einiges gesehen.«
»Dann wirst du verstehen, wie verzweifelt wir sind.«
Sartol runzelte die Stirn und ging scheinbar gedankenver-

loren ein paar Schritte weiter. Er blieb einige Zeit stehen, hatte ihnen den Rücken zugewandt, den Kopf leicht gesenkt, und hielt seinen Stab fest umklammert. Sein Falke saß vollkommen reglos auf seiner Schulter, und selbst der Wind, der über die Ebene fegte, zerzauste weder die Federn des Vogels noch das Haar des Magiers.

Tammen hielt die Luft an. Wenn Sartol ihnen nicht helfen würde, dann wusste sie nicht, was sie noch tun sollte.

»Also gut«, sagte er schließlich und wandte sich ihnen wieder zu. »Ich werde euch helfen.«

»Danke, Eulenmeister«, sagte sie und die Erleichterung fühlte sich an wie ein kühler Wind an einem Sommernachmittag. »Ich wusste, du würdest uns nicht im Stich lassen.«

»Ich bin froh, etwas zu eurer Bewegung beitragen zu können, meine Liebe. Was für eine bessere Möglichkeit gäbe es für mich, die Macht zu nutzen, die ich immer noch besitze?«

»Wie wirst du uns helfen können?«, fragte Henryk.

Sartol runzelte die Stirn, als verwundere ihn die Frage. »Selbstverständlich auf jede Weise, die mir möglich ist.«

»Das habe ich nicht gemeint. Peredur sagte, die Möglichkeiten der Unbehausten, auf die Welt der Lebenden einzuwirken, seien beschränkt, und das wenige, was sie tun könnten, müssten sie gemeinsam tun, mit der Zustimmung aller. Er deutete sogar an, dass eine solche Zusammenarbeit unter denen von deiner Art unmöglich geworden ist, seit du dich zu ihnen gesellt hast.«

»Peredur ist ein Dummkopf«, erklärte Sartol verärgert. »Und wie ich zuvor sagte, er war nie sonderlich schlau oder kreativ.«

»Du kannst uns also helfen?«, fragte Tammen.

»Ja.«
Sie sah Nodin an und lächelte triumphierend. »Ich wusste es!«
»Ich brauche allerdings auch eure Hilfe«, fügte der Geist hinzu.
Tammen sah ihn an. »Wie meinst du das?«
»Peredur hat zum Teil Recht. Ich kann meine Macht nicht so einsetzen, wie ich es als Lebender konnte. Es ist nicht so einfach.«
»Aber du hast doch gesagt –«
Er lächelte entwaffnend. »Ich habe gesagt, ich würde euch helfen, meine Liebe, und das werde ich tun. Aber ich bin kein Magier mehr. Ich bin ein Unbehauster, und die von meiner Art sind nicht nur durch Therons Fluch eingeschränkt, sondern auch schlicht durch das Wesen der Magie.«
»Was brauchst du also von uns?«
Sartols Lächeln wurde breiter. »Eigentlich nur eine Kleinigkeit, nichts weiter.«

Nodin hatte plötzlich das Gefühl, als stünde seine ganze Welt auf Messers Schneide. Er beobachtete den Geist intensiv und wartete darauf, dass er Tammens Frage beantwortete. Er konnte sehen, dass Sartol innerlich mit etwas kämpfte. Es dauerte einen Augenblick, bis er begriff, um was es ging. Aber dann wusste er es. Der Geist kämpfte gegen das Bedürfnis zu lachen an, gegen eine Welle von Heiterkeit. Nodin spürte, wie ihm eiskalt wurde, als wäre ihm einer der Unbehausten mit dem Finger über den Rücken gefahren. Er wollte Tammen warnen. Er wollte sie packen und wegzerren. Aber er wusste, es war zu spät. Sie hatten eine Lawine von Ereignissen ausgelöst, und er hatte keine Ahnung, wie sie sie aufhalten sollten. Er konnte nur zusehen und zuhören und hoffen, dass Tammen erkennen würde, welchen Fehler sie gemacht hatte.

Der Geist hatte immer noch dasselbe wohlwollende Lächeln auf den Lippen, und nun machte er einen Schritt vorwärts. Er kam nur ein kleines Stück näher, aber Nodin spürte plötzlich das Bedürfnis zurückzuweichen.

»Ich brauche Zugang zu deinem Ceryll«, sagte Sartol.

Tammen starrte ihn an, als glaube sie nicht so recht, was sie da gehört hatte. »Mein Ceryll?«

»Ja.«

»Das ist nicht dein Ernst«, sagte Henryk. »Du kannst doch nicht erwarten, dass wir dir gestatten, unsere Cerylle zu benutzen!«

Das Lächeln des Geistes verschwand. »Ich erwarte es tatsächlich. Ihr seid hierher gekommen, weil ihr meine Hilfe wollt, und ich helfe euch gern. Aber ich kann wenig tun, ohne dass ihr mir im Gegenzug behilflich seid. Wie ich euch erst einen Augenblick zuvor sagte, ist meine Macht eingeschränkt. Wenn ihr wollt, dass ich euch helfe, müsst ihr zunächst einmal *mir* helfen, damit wir Grenzen überschreiten können, die der Fluch mir auferlegt.« Er sah alle drei ernst an. »Und außerdem«, fuhr er fort, »wieso sollte ich euch vertrauen, wenn ihr mir so wenig vertraut?«

Henryk starrte ihn an. »*Wie bitte?* Du willst uns glauben machen, dass unser Mangel an Vertrauen dich kränkt?«

»Das reicht jetzt, Henryk!«, sagte Tammen. Sie wandte sich Sartol zu und holte tief Luft. »Was genau hast du gemeint, als du sagtest, du bräuchtest Zugang zu meinem Ceryll?«

»Es ist schwierig zu erklären«, erwiderte der Geist. »Wir

Unbehausten existieren als reine Magie und nichts weiter. Wir sind Verkörperungen von Macht, aber wir sind auch durch Therons Fluch an den Ort unserer ersten Bindung gefesselt.« Er zeigte auf seinen eigenen Ceryll. »In meinem Reich ist dieser Ceryll echt, aber in eurer Welt existiert er nicht. Also brauche ich deinen Ceryll, um die Macht, die ich immer noch besitze, zu konzentrieren. Ohne das habe ich keine Möglichkeit, meine Macht in eure Welt zu bringen, und kann diesen Ort nicht verlassen.«

»Tammen«, flehte Henryk, »du denkst doch nicht wirklich daran, ihm das zu gestatten.«

»Was hält dich davon ab, unsere Cerylle auch ohne unsere Zustimmung zu benutzen?«, fragte sie und ignorierte Henryk einfach.

Sartol schüttelte den Kopf. »Nichts. Überhaupt nichts.« Er lächelte sie an. »Wäre ich wirklich das Ungeheuer, für das dein Freund mich hält, hätte ich es längst getan.«

Tammen warf erst Henryk und dann Nodin einen Blick zu, der zu sagen schien: *Seht ihr? Ich habe euch doch gesagt, dass wir ihm trauen können.*

»Würde es dich stören, Eulenmeister«, fragte Nodin, »wenn wir das kurz miteinander besprechen? Du hast uns viel zu denken gegeben, und wir möchten über dein Angebot in Ruhe nachdenken.«

»Ja«, stimmte Henryk zu. »Ich würde vielleicht eher mitmachen wollen, wenn ich die Gelegenheit hätte, mit meinen Freunden darüber zu sprechen.«

Tammen öffnete den Mund, zweifellos um Einspruch zu erheben, aber Nodin brachte sie mit einem wütenden Blick zum Schweigen, bevor er sich wieder Sartol zuwandte.

Der Geist beobachtete sie mit zusammengekniffenen Augen.

Nodin konnte sehen, wie er die Zähne zusammenbiss, aber ansonsten schien er lange Zeit nicht zu reagieren. »Also gut«, sagte er schließlich mit einem dünnen Lächeln. »Ihr wisst ja, wo ihr mich finden könnt.«

Er drehte sich um und ging durch das verfallene Dorf zurück, und sein gelber Schein wurde in der Nacht schwächer, so wie der Schein der Sonne vor einiger Zeit verblasst war.

Nodin drehte sich um, ging in die andere Richtung und bedeutete seinen Begleitern, dass sie ihm folgen sollten, aber er sagte nichts, bis sie weit von den alten Bauernhäusern entfernt waren und Sartols Geist nicht mehr sehen konnten.

»Um was, in Arricks Namen, ging es da eigentlich?«, fragte Tammen wütend, als sie endlich stehen blieben. »Er war bereit uns zu helfen!«

»Ich weiß nicht, wozu er bereit war«, sagte Henryk. »Aber ich habe das Gefühl, dass uns zu helfen nicht zu seinen Plänen gehört.«

Nodin nickte. »Ganz deiner Meinung. Er hat irgendeinen Plan. Ich bin ganz sicher. Er war viel zu gierig, sich unserer Cerylle zu bemächtigen.«

»Ihr Idioten! Habt ihr denn nicht gehört, was er gesagt hat? Wenn er unsere Cerylle benutzen wollte, hätte er es jederzeit tun können.«

Nodin zögerte, aber nur einen Augenblick. »Ja, Tammen. Ich habe gehört, was er gesagt hat. Aber ich glaube ihm nicht.«

»Nun, ich schon! Und es ist mir gleich, was du glaubst oder nicht glaubst! Ich werde zurückgehen und ihn suchen, bevor er es sich anders überlegt.«

»Tammen, tu das nicht!«, sagte Henryk. »Ich weiß, dass du

dort, wo wir einen Schurken sehen, den Mann erblickst, der dir das Leben gerettet hat. Aber ist es nicht ein wenig zu schön, um wahr zu sein, dass er so viel über uns weiß und dass er so willig ist, uns zu helfen, und eine Möglichkeit kennt, um all die Einschränkungen herumzukommen, die Peredur erwähnt hat? Es war einfach zu perfekt. Ist dir das nicht aufgefallen?«

Sie starrte ihn an und sah in dem seltsam gefärbten Licht ihrer Cerylle bleich und jung aus. Und dann schüttelte sie langsam den Kopf. »Wisst ihr, was ich denke?«, sagte sie schließlich trotzig. »Ich denke, ihr beiden habt Angst vor dem Erfolg.«

»Wie bitte?«, sagte Nodin. »Das ist doch Unsinn!«

»Tatsächlich? Hier stehen wir und sind kurz davor, uns mit jemandem zusammenzutun, der der Bewegung eine Kraft geben kann, wie sie der Tempel, die Liga und der Orden bereits haben, und es kommt mir so vor, als suchtet ihr nur nach Gründen, um Sartols Hilfe abzulehnen!«

»Das ist nicht wahr«, sagte Nodin. »Wir sind einfach nicht sicher, ob es klug wäre, Sartol die Gelegenheit zu geben, seine Macht in unserer Welt zu benutzen.« Er legte ihr die Hand auf die Schulter, aber sie schüttelte sie ab. »Ich weiß, dass du ihm vertraust«, fuhr er fort und versuchte, den plötzlichen Schmerz in seinem Herzen zu ignorieren. »Ich verstehe sogar warum. Aber Henryk und ich können nicht einfach alles andere ignorieren, was wir über ihn wissen. Er hat Peredur und Jessamyn getötet, und er hat den Fremden geholfen. Kannst du uns wirklich übel nehmen, dass wir vorsichtig sind?«

Ihre Blicke begegneten einander, und Nodin konnte kaum mehr atmen. *Ich liebe dich,* wollte er sagen. *Ich will dich nicht verlieren.* Aber er schwieg und wartete.

»Nein«, sagte sie schließlich. »Ich nehme es euch nicht übel. Aber ich weiß, dass ihr euch irrt, was ihn angeht, dass die Dinge, die der Orden über ihn sagt, nicht der Wahrheit entsprechen. Und selbst wenn ihr euch nicht überwinden könnt, seine Hilfe anzunehmen – ich kann es.«

Damit drehte sie sich um, als wollte sie zu Sartol zurückkehren.

»Tammen, nein!«, sagte Nodin und packte sie am Arm.

Sie sah seine Hand an, und ihre Miene wurde hart. »Lass mich los!«

»Nein. Ich werde nicht zulassen, dass du das tust.«

Sie schnaubte. »Du wirst es nicht zulassen? Was bildest du dir ein? Eine gemeinsame Nacht macht dich nicht zu meinem Mann oder meinem Herrn! Du kannst mich von überhaupt nichts abhalten!«

Nodin spürte, wie er rot wurde. Plötzlich war er sich intensiv Henryks Anwesenheit bewusst. Er schloss die Augen. »Tammen –«

»Nein!«, sagte sie und riss sich los. »Ich gehe! Ihr beiden könnt tun, was ihr wollt.«

Sie ging weiter, aber Nodin folgte ihr. Sie fuhr herum und richtete den Stab auf ihn, ließ ihren blauen Ceryll bedrohlich glühen. »Tu das nicht, Nodin! Ich lasse mich von dir nicht aufhalten, also solltest du mich lieber gehen lassen.«

Er sah, dass ihre Hände zitterten, aber nicht mehr als seine eigenen. Schließlich breitete er hilflos die Arme aus, nickte und verfluchte die einzelne Träne, die ihm über die Wange lief.

Sie hatte sie offenbar bemerkt, denn einen Augenblick später lächelte sie traurig. Nodin glaubte, vielleicht sogar Tränen in ihren Augen entdeckt zu haben. Es war schwer zu sagen. Aber sie sah ihn nur kurz an und dann flüsterte sie: »Es tut mir Leid.« Sie sprach so leise; wenn er nicht ihre Lippenbewegung gesehen hätte, hätte er geglaubt, dass es nur der Wind war, der über das Gras der Ebene wehte.

Dann drehte Tammen sich um und ging abermals auf die Dorfruinen zu, wo sie Sartol zurückgelassen hatten.

Nodin sah ihr nach und hatte das Gefühl, als kniete jemand auf seiner Brust. *Ich liebe dich.*

»Und wir lassen das einfach zu?«, wollte Henryk wissen. »Wir lassen einfach zu, dass sie ihm ihren Ceryll gibt?«

»Was sollen wir denn tun?«, antwortete Nodin leise. »Es ist ihr Leben. Wir können sie nicht davon abhalten, wenn sie es wirklich tun will.«

»Da irrst du dich!«, sagte Henryk so leidenschaftlich, dass Nodin sich erstaunt zu ihm umdrehte. »Es mag ihr Leben sein, Nodin, aber sie gibt Sartol Zugang zu ihrem Ceryll, und damit gefährdet sie jeden einzelnen Menschen in Tobyn-Ser!«

Er hatte Recht. Nodin wusste das sofort. »Aber wie sollen wir sie aufhalten?«

»Auf jede erdenkliche Weise.«

»Ich kann ihr nicht wehtun, Henryk. Und ich kann auch nicht zulassen, dass du es tust. Verstehst du das?«

Henryk wandte sich ab, aber er nickte. »Wir müssen eine andere Möglichkeit finden.«

Einen Augenblick später rannten sie durchs Gras hinter Tammen her, zurück zu der Stelle, wo sie Sartols Geist begegnet waren. Aber sie waren noch nicht sehr weit gekommen – nicht annähernd so weit, wie sie sollten –, als sie die schimmernde Gestalt des Eulenmeisters sahen. Tammen hatte ihn bereits erreicht.

»Ich dachte, wir wären viel weiter von ihm weggegangen«, sagte Nodin.

Henryk rang nach Atem und versuchte Nodin, der längere Beine hatte, einzuholen. »Das stimmt auch«, sagte er. »Sartol muss uns gefolgt sein.«

Sie rannten weiter, so schnell sie konnten. Aber irgendwie wusste Nodin, dass sie den Geist nicht rechtzeitig erreichen würden.

Und als wollte er ihm Recht geben, ging Sartol genau in diesem Augenblick auf die junge Frau zu und streckte die Hände nach ihrem Ceryll aus.

»Nein!«, rief Nodin.

Aber es war zu spät. Im nächsten Augenblick blitzte gelbes Licht auf der Ebene auf, als hätte sich die Sonne selbst vom Himmel gelöst und wäre vor ihnen gelandet. Nodin und Henryk blieben stehen und schirmten die Augen ab. Als sie wieder hinsehen konnten, war der Geist verschwunden. Tammen stand allein in dem verlassenen Dorf. Ihr großer brauner Falke war nirgendwo zu sehen, aber Sartols geisterhafter Vogel saß auf ihrer Schulter, als hätte er sich sein ganzes Leben lang dort befunden.

Er hatte gewusst, dass sie kommen würden. Mit jedem Tag, der in seinem Gefängnis aus Licht verging, war diese Überzeugung gewachsen, bis das Gefühl so intensiv geworden war, dass die Stunden zwischen Morgen- und Abenddämmerung beinahe unerträglich wurden. Er hatte verfolgt, wie sie nach ihrem Gespräch mit Peredur Tobyns Wald durchquert hatten, und er hatte ihnen innerlich zugeschrien, sie sollten sich beeilen. Sein unendlich langes Warten sollte ein Ende finden, und dennoch zogen sich

diese letzten paar Tage langsamer dahin als die vorangegangenen elf Jahre.
Aus den vagen Bildern, die er gesehen hatte, und den Fragmenten von Gesprächen, die ihn durch das Netz aus Gedanken erreichten, das die Unbehausten miteinander verband, hatte er erfahren, dass diese drei jungen Leute freie Magier waren und dass sie Hilfe für ihre Volksbewegung suchten. Aber erst als sie die Nordebene erreichten, erkannte er, dass sich eine Frau in der Gruppe befand. Und erst als sie mit ihm sprach, hatte er begriffen, dass sie diejenige war.
Es war wie ein unerwartetes Geschenk. Eine Frau würde viel weniger Verdacht erregen als ein Mann; sie würde ihm gestatten, seinen Plan viel weiter zu verfolgen, bevor er sich verriet, indem er seine Macht benutzte. Dass die Frau aus Wasserbogen stammte, kam ihm beinahe wie unglaubliches Glück vor. Dass sie ausgesprochen attraktiv war, machte die Aussicht auf das, was kommen sollte, noch verlockender. Hätte er es nicht besser gewusst, dann hätte er geschworen, dass die Götter auf seiner Seite standen.
Ihre Begleiter waren ein Störfaktor, aber nicht mehr. Unter anderen Umständen hätte es ihn alarmiert, dass sie sich so abrupt wieder von ihm abgewandt hatten. Aber diese Frau – Tammen – hatte sich schon lange entschlossen. Vor langer Zeit hatte er ihr das Leben gerettet, und an diesem Abend hatte er mit seinen sorgfältig eingesetzten Halbwahrheiten und bescheidenen Lügen ihr Vertrauen gewonnen. Er hatte die Volksbewegung schon seit einiger Zeit beobachtet, allerdings nur, weil er sie als Mittel zu seinen eigenen Zwecken verwenden wollte. Die Einschränkungen, die ihm durch Therons Fluch auferlegt waren, verlangten,

dass er ihren Ceryll benutzte, wenn auch nicht so, wie sie glaubte, und nicht, damit er ihr helfen konnte, gegen die Hüter und die anderen Magier im Land zu kämpfen. Und er hätte ihre Cerylle tatsächlich jederzeit benutzen können, aber nur, um sie auf der Stelle zu töten. Um sich den Zugang verschaffen zu können, den er brauchte, benötigte er ihre Zustimmung.

Aber sie glaubte ihm, oder genauer gesagt, sie glaubte an ihn, und nichts, was ihre Begleiter sagen konnten, hätte sie davon abbringen können. Er musste ihr einfach nur die Gelegenheit geben, sich ihm auszuliefern. Also folgte er ihr, selbstverständlich in gewisser Entfernung. Er war nicht dumm. Aber er folgte ihr, und bald schon sah er, dass sie wieder auf ihn zukam, mit grimmig entschlossenem Blick. Sie wurde langsamer, als sie ihn näher kommen sah, und schien ein wenig ins Wanken zu geraten.

Er lächelte und hob die Hand zum Gruß. »Ich hatte gehofft, dass du zurückkommen würdest.« Er runzelte die Stirn. »Wo sind deine Freunde?«

»Sie kommen nicht«, erklärte sie mit bebender Stimme.

»Das tut mir Leid. Ich hoffe, ich habe niemanden beleidigt.« Er blieb vor ihr stehen. Ihr hellbraunes Haar wehte leicht im Wind, und ihre Augen glitzerten in seinem geisterhaften Schimmer. Sie war wirklich eine recht schöne Frau.

Sie warf einen kurzen Blick über die Schulter zurück, als erwartete sie, dass die anderen jeden Augenblick am Horizont auftauchten. »Nein, Eulenmeister, das hast du nicht getan«, sagte sie schließlich, sah ihn wieder an und holte tief Luft. »Sie sind ... sie sind einfach nicht sicher, ob wir dir trauen können.«

»Ich verstehe. Und was ist mit dir?«

Sie zuckte die Achseln und versuchte zu lächeln. »Ich bin hier.«
»In der Tat.«
»Und was machen wir jetzt?«
Er musste sich anstrengen, um nicht loszulachen. Elf Jahre lang hatte er darauf gewartet. Elf Jahre der Isolation und dieses unerträglichen Lichts. »Es ist eigentlich ganz einfach. Wenn du bereit bist, werde ich meine Hände auf deinen Ceryll legen, und damit platziere ich mein Wesen, meine ganze Existenz als reine Magie, in diesem Stein.« Das entsprach zum Teil der Wahrheit – tatsächlich plante er, seine Macht durch ihren Stein zu bündeln und damit ihren Körper zu übernehmen. »Zu diesem Zeitpunkt werden wir miteinander auf eine Weise verbunden sein, wie sie nur wenige zuvor erlebt haben.« Das stimmte, aber sie würde es falsch verstehen. »Ich werde nicht mehr unabhängig von dir existieren. Mein Leben wird unweigerlich an deines gebunden sein.« Abermals die Wahrheit. Ihr Körper würde zu einem Gefäß für seine Macht und sein Bewusstsein werden. Solange sie lebte, würde er sich in ihr aufhalten. Und sie würde ewig leben.
Tammen schauderte ein wenig.
»Ist alles in Ordnung?«, fragte er.
»Ja. Sicher.« Sie kaute auf der Unterlippe. »Und sobald das vorüber ist, wirst du diesen Ort verlassen können? Du wirst uns helfen können?«
»Meine Liebe, sobald dies vorüber ist, werden wir beide überall hingehen können, und alle Macht, über die ich verfüge, wird durch deinen Ceryll fließen.« Vollkommen wahr. Sie dachte nach. Und während sie das tat, bemerkte er, dass ihre Begleiter sich näherten. Sie hatten nicht mehr viel Zeit.

Beeil dich!, wollte er sie anschreien. *Ich werde nicht zulassen, dass du mir alles verdirbst!*
Aber im nächsten Augenblick nickte sie schon, und es gelang ihr sogar zu lächeln. »Also gut«, sagte sie. »Ich bin bereit.« Sie war mutig. Das musste er ihr lassen.
»Schließ die Augen. Und streck den Stab mit dem Ceryll zu mir aus.«
Sie tat, was er gesagt hatte. Die anderen Magier kamen in Sicht.
»Gewährst du mir Zugang zu deinem Ceryll, freiwillig und ohne Bedingungen?«
»Ja.«
Er griff nach dem schimmernden blauen Stein.
»Nein!«, rief einer der Magier.
Er lachte. Nun konnten sie nichts mehr tun.
Tammen riss die Augen auf, aber selbst sie war nun machtlos und konnte ihn nicht mehr aufhalten. Sie hatte ihre Zustimmung bereits gegeben. Er legte die Hände auf ihren Kristall, und gelbes Licht schoss so plötzlich und hell aus dem Stein, dass selbst er die Augen schließen musste – er, der so lange nichts anderes als Licht gekannt hatte.
Dann benutzte er den Ceryll als Portal zu ihrem Geist und drang in sie ein. Sie schrie und tastete nach ihrem Falken, versuchte Sartol mit Hilfe ihrer Macht abzuwehren. Aber es war zu spät. Wieder lachte er, und indem er seine Macht benutzte und sie durch ihren Ceryll schickte, tötete er den Vogel mit einer Explosion, die so gewaltig war, dass sie nichts zurückließ, nicht einmal Asche. Genau wie das Feuer, das ihn vor all diesen Jahren in der Großen Halle getötet hatte, nichts zurückgelassen hatte.
Als es einen Augenblick später auf der Ebene wieder dunkel

wurde, ließ sich Miron, der Vogel seiner Jugend, auf seiner Schulter nieder. Oder genauer gesagt auf Tammens Schulter. Sie waren jetzt eins. Er spürte, wie sie gegen ihn ankämpfte. Er hörte ihre Schreie, aber er gestattete ihr nicht, laut zu werden.

Du kannst nicht gegen mich ankommen, sagte er. *Dieser Körper gehört jetzt mir. Er wird niemals sterben, er wird niemals Schmerz erleiden. Aber er wird dir auch nie wieder gehören.*

Warum tust du das?, schluchzte sie.

Er sah, wie ihre Freunde näher kamen, und beschloss, sich mit ihr abzugeben, bis sie ihn erreicht hatten. Danach würde er ihr nicht einmal mehr gestatten, mit ihm zu sprechen.

Weil ich es kann, antwortete er. *Weil du es zugelassen hast. Und weil dies mein einziger Weg zur Rache war. Aber deine Freunde haben uns nun beinahe erreicht, und ich kann es mir nicht leisten, deine Stimme im Kopf zu haben, wenn sie noch näher kommen.*

Du wirst mich nie zum Schweigen bringen, sagte sie. *Nicht endgültig. Es ist mir gleich, ob du der mächtigste Magier in der Geschichte von Tobyn-Ser warst, du wirst mich nicht besiegen können! Ich werde einen Weg finden –*

Genug!, fauchte er und traf sie mit der vollen Macht seiner Magie. *Ich habe dich besiegt. Du kannst nichts tun, um dich zu retten. Und nur, damit das klar ist: Ich war nicht der mächtigste Magier in der Geschichte dieses Landes, solange ich noch lebte – ich spreche hier von meinem ersten Leben –, aber ich werde es bald sein. Und selbst wenn alle Magier von Tobyn-Ser sich mir vereint entgegenstellen, werden sie mich nicht besiegen können. Das verdanke ich dir. Ich habe nichts mehr zu befürchten.*

Er gestattete ihr nicht einmal zu antworten. Zweifellos schluchzte sie wieder und flehte um Gnade. Aber er würde ihren Gedanken nie wieder lauschen.

Ihre Freunde hatten ihn beinahe erreicht, und er lächelte und sah sie näher kommen. *Du solltest ihnen sagen, dass sie davonlaufen sollen,* neckte er sie und quälte ihren Geist mit seinem Lachen. *Du solltest sie anflehen, sich zu retten, solange sie es noch können.*

Beinahe hätte er laut gelacht. Das würde ihm gefallen. Und das war erst der Anfang, die ersten Schritte auf einem Weg, der ihn schließlich zu Baden und Trahn und Orris führen würde, und selbstverständlich zu Jaryd und Alayna. *Aber ich will nichts übereilen,* sagte er. *All das wird geschehen, wenn die Zeit gekommen ist. Zuerst sind diese beiden dran. Nach elf langen Jahren ist die Rache endlich mein.*

Sie konnte nichts tun. Sie konnte nicht einmal schreien. Es war, als hätte Sartol ihren Geist und ihr Herz unter Felsblöcken begraben. Nur, dass sie alles spüren konnte – Schmerz, Trauer, Demütigung. Sie spürte Sartols Lachen wie eine Klinge, die sich in ihre Brust bohrte. Aber sie konnte all dem keinen Ausdruck verleihen. Othba, der einzige Vogel, den sie je gehabt hatte, war tot, ausgelöscht von magischem Feuer aus ihrem eigenen Ceryll. Und sie konnte nicht einmal um ihn weinen.

Du wirst mich nie zum Schweigen bringen, hatte sie behauptet. *Du wirst mich nicht besiegen können.* Sie hätte über ihre eigene Dummheit gelacht, wenn sie es gekonnt hätte. Sie war zum Schweigen gebracht worden, und sie war besiegt. Von dem Mann, der ihr das Leben gerettet hatte. Sie gehörte nun ihm. Vollkommen. Er befand sich in

ihr, vergewaltigte ihren Körper und ihren Geist. Und sie konnte nichts anderes tun, als jedem seiner Befehle zu gehorchen, als wäre sie eine Puppe.
Sartol hatte ihr Leben und ihr Dorf gerettet. Er hatte die Fremden getötet, die ihre Eltern umgebracht hatten. Und das hatte er getan, obwohl sein Begleiter, ein Ordensmagier, versucht hatte, ihn aufzuhalten. Wegen ihm war Tammen eine freie Magierin geworden, sie hatte aus ihrem Hass gegen den Orden etwas Positives gemacht und sich erlaubt, ihren Selbsthass zu überwinden, den sie zunächst empfunden hatte, als sie Magierin geworden war. Alles, was sie heute war, alles, was sie in ihrem Leben erreicht hatte, war diesen drei Menschen zuzuschreiben: Sartol und ihren Eltern, deren Leben er nicht hatte retten können.
Und in einem einzigen Augenblick war es dem Geist des Eulenmeisters gelungen, alles zu zerschmettern, woran sie geglaubt hatte. Er hatte alles, was sie geglaubt hatte, über diese Nacht in Wasserbogen vor elf Jahren zu wissen, über das Schicksal ihrer Eltern, über den Orden und die Fremden, über die Magie und vor allem über sich selbst, mit einem einzigen Schlag zunichte gemacht. Sie wollte ihn zerstören. Sie wollte schreien. Wenn sie sich doch nur das Leben hätte nehmen können, statt zum Werkzeug seiner Eroberung von Tobyn-Ser zu werden!
Nodin und Henryk hatten sie nun beinahe erreicht und betrachteten sie misstrauisch. Sie wollte ihnen eine Warnung zuschreien, wollte ihnen sagen, sie sollten davonlaufen und die Welt wissen lassen, dass Sartol auf dem Weg war. Stattdessen hob sie die Hand zum Gruß.
Wie heißen die beiden?, wollte der Eulenmeister wissen.

Sie versuchte, ihren Geist zu verschließen, und einen Augenblick später verspürte sie quälenden Schmerz, ihr Geist versengt von Feuer. Und sie wusste, dass sie gleichzeitig lächelte.

Widersetz dich mir nicht. Es tut dir nicht gut, und es wird dir nur Leid bringen. Und wie um das zu beweisen, tat er ihr abermals weh, bis sie sich am liebsten die Augen ausgerissen hätte, nur um an den Schmerz zu gelangen.

Dann hörte es auf. *Nodin und Henryk. Danke.*

Sie wusste nicht einmal, dass sie es ihm gesagt hatte.

»Nodin, Henryk, wie schön, euch wiederzusehen.«

»Tammen?«, sagte Nodin und kniff die Augen zusammen. »Bist du das?«

»In gewisser Weise ja.«

»Was hast du mit ihr gemacht?«, fragte Henryk barsch. »Wo ist ihr Falke?«

Er hat sie getötet! Genau wie er euch töten wird! Flieht! Holt Hilfe!

Selbst Sartol konnte sie nicht hören. Sie war nahe genug an Nodin, um nach seiner Hand zu greifen, aber sie hätte genauso gut tausend Meilen entfernt sein können.

»Sartol und ich sind jetzt miteinander verbunden«, hörte sie sich sagen. Sie tippte an ihre Schläfe. »Sein Wissen und seine Weisheit befinden sich hier, und sein Wesen ist in dem Ceryll eingeschlossen – seht ihr, wie er sich verändert hat?«

Sie wollte unbedingt wissen, wovon Sartol da sprach, und als könnte er ihre Gedanken lesen – oder vielleicht, weil er es für eine weitere Folter für sie hielt –, ließ er sie nach unten blicken und den Stein anschauen. Er war immer noch blau, beinahe unverändert. Aber in seiner Mitte, wie eine Kerzenflamme in blauem Nebel, war ein Funke gelben

Lichts zu sehen. Sie wollte schreien. Erst Othba und nun ihr Stein. Er hatte ihr wirklich alles genommen.

»Was meinen Falken angeht«, tat Sartol weiter so, als wäre er Tammen, »es geht ihr gut. Sie hat mich verlassen. Obwohl Sartol und ich zwei sind, können wir uns, solange wir verbunden sind, nur an einen Vogel binden. Also haben wir Othba gehen lassen.«

Nodin und Henryk wechselten einen Blick.

»Nun«, sagte sie vergnügt, »wohin gehen wir jetzt? Wir haben Sartol auf unserer Seite; was sollen wir tun?«

»Nein«, sagte Henryk tonlos. »Wir gehen nirgendwohin. Ich glaube dir nicht. Ich sehe Sartols Licht in deinen Augen, Sartols Vogel auf deiner Schulter, Sartols Ceryllfarbe in deinem Stein. Und du willst mich glauben machen, dass du immer noch nur Tammen bist? Vergiss es. Es wird nicht funktionieren. Und jetzt sag mir, was du mit ihr gemacht hast.«

Sie zuckte die Achseln. »Also gut«, sagte Sartol gelangweilt. »Es wäre einfacher gewesen, wenn ihr beiden mit mir gekommen wärt. Aber ich werde es auch allein schaffen.«

Tammen spürte, wie sie den Stab hob, und sofort traf eine Salve magischen Feuers, gelb und blau miteinander verbunden wie Bänder im Haar eines kleinen Mädchens, Henryk in die Brust und warf ihn zu Boden. Tammen wusste ohne hinzusehen, dass er tot war.

Nodin schrie auf und riss seinen Ceryll hoch. Ohne jegliche Anstrengung errichtete Sartol einen Schild der Macht, der blau und gelb schimmerte wie das Meer in der Mittagssonne. Aber Nodin wehrte sich nicht. Er hatte Tränen in den Augen. Tammen wusste, er sah immer noch sie, Tammen, vor sich, und nicht Sartol. Und er liebte sie.

Also drehte sich der Magier stattdessen um, um zu fliehen, und sein grauer Vogel flatterte in die Luft. Und vollkommen lässig, als hätte sie alle Zeit der Welt, richtete Tammen unter Sartols Führung ihren Stab auf das Geschöpf und tötete den Vogel mit einem zweiten Blitz magischen Feuers.

»Wo hast du dich an deinen ersten Vogel gebunden, Nodin?«, hörte sie sich rufen. »Wo wirst du die Ewigkeit verbringen?«

Nodin rannte, so schnell er konnte, auf den Fluss zu, aber der Weg war weit, und es gab keine Möglichkeit, Deckung zu suchen.

Tammen war hilflos, und sie glaubte, den Verstand zu verlieren. Sie war nie in Nodin verliebt gewesen. Sie wussten das beide, und es war für ihn eine Quelle großen Schmerzes gewesen. Aber nun begriff sie, dass sie ihn auf ihre eigene Weise doch geliebt hatte, und in diesem Augenblick hätte sie gerne ihr Leben gegeben, um seines zu retten.

Zum dritten Mal zwang Sartol sie, den Stab zu heben. Tammen versuchte, die Augen zu schließen, und als das nicht ging, schloss sie ihren Geist gegenüber dem ab, was sie tun sollte. Aber selbst dieser Trost wurde ihr verweigert. Ein dritter Blitz magischen Feuers ging von ihrem Ceryll aus, traf Nodin in den Rücken und riss ihn in einem Flammenwirbel zu Boden. Das Letzte, was Tammen sah, bevor Sartol sich umdrehte und begann, nach Osten auf Tobyns Wald zuzugehen, war Nodin, der sich wie ein Fisch auf dem Trockenen hin und her warf und versuchte, die Flammen zu löschen, die seinen Umhang und sein Haar verzehrten.

Du fragst dich vielleicht, wo wir hingehen, sagte Sartol

unterwegs zu ihr, und seine Worte trafen ihren Geist wie Sturmböen. *Wir sind auf dem Weg nach Amarid. Dort sind ein paar Leute, die ich schon seit vielen Jahren töten möchte, und dort gibt es einen Stein, der mir einmal beinahe gehört hätte. Es ist an der Zeit, dass ich ihn mir hole.*

14

Nachdem ich genügend Vorsichtsmaßnahmen getroffen habe, um dafür zu sorgen, dass unsere Korrespondenz geheim bleibt, kann ich dir nun sagen, was in den letzten Tagen hier geschehen ist. Shivohns Nachfolgerin als Herrscherin von Oerella-Nal ist die ehemalige Legatin Wiercia. Du erinnerst dich vielleicht an sie – sie ist diese recht streng aussehende Frau, die uns damals aus dem Gefängnis zu Shivohns Palast gebracht hat. Wiercia und ich hatten einen schwierigen Start, und ich fürchte um die Allianz zwischen unseren Nals. Zum größten Teil kommen diese Spannungen von den Umständen ihres Aufstiegs zur Macht und den erfolgreichen Anstrengungen von Shivohns Mörder, es so darzustellen, als wäre Bragor-Nal für den Tod der Herrscherin verantwortlich.

Ich habe schon die ganze Zeit geglaubt, dass Marar, Herrscher von Stib-Nal, sowohl hinter dem Anschlag stand, der Shivohn tötete, als auch hinter der Bombe im Goldpalast, die mich beinahe umgebracht hätte, aber ich hatte es nicht beweisen können. Bis jetzt. Einer von Jibbs Männern hat gestanden, für Stib-Nal gearbeitet zu haben, und mir berichtet, er habe den Befehl, sowohl Jibb als auch mich zu töten. Leider kann ich Wiercia nicht einmal dazu bringen, auch nur mit mir zu sprechen, und ihr erst recht diesen Beweis von Marars Lügen nicht zugänglich machen. Ich weiß nicht genau, was Marar sich von meinem Tod oder von der Feindseligkeit erhofft, die er zwischen Bragor-Nal und Oerella-Nal nährt. Ich weiß nur, dass er sich als erheblich gefährlicherer Feind erweist, als ich je angenommen hätte.

Melyor-i-Lakin, Herrscherin und Steinträgerin von Bragor-Nal, an Falkenmagier Orris, Tag 1, Woche 7, Frühjahr 3068

Sie saßen zusammen am Fenster in ihrem Zimmer und schauten auf den Palasthof hinaus, wo Premel die Gardisten drillte. Melyor konnte spüren, wie Jibb sich anspannte, und wusste, dass es nur eine Frage der Zeit war, bis er wieder anfangen würde, auf und ab zu gehen.

»Hast du immer noch nichts von Wiercia gehört?«, fragte er schließlich und brach damit das ausgedehnte Schweigen.

Melyor schüttelte den Kopf. »Nicht seit diesem Abend nach der Ratssitzung.« Sie schnaubte. »Und von Marar habe ich auch nichts gehört. Es kann durchaus sein, dass sie sich inzwischen gegen mich verbündet haben und Kriegspläne schmieden.«

»Das bezweifle ich«, sagte Jibb. »Wiercia ist zu vorsichtig, und Marar hat keine Anzeichen an den Tag gelegt, dass er je so etwas Waghalsiges tun würde. Er ist damit zufrieden, Verräter und Attentäter zu rekrutieren. Das passt viel besser zu ihm.«

Einen Augenblick später stand er auf und begann, wieder hin und her zu gehen. »Er sollte nicht da draußen sein«, murmelte er und zeigte aufs Fenster. »Er sollte im Gefängnis sein, und jeder dieser Männer, die er da herumkommandiert, sollte wissen, was er getan hat. Das sind wir ihnen schuldig.«

»Du hast Recht, das sind wir ihnen schuldig. Und vielleicht werden wir es ihnen irgendwann sagen. Aber was ist mit Premel, Jibb? Was schulden wir ihm?«

Der General starrte sie an, als hätte sie den Verstand verloren. »Premel? Wir schulden ihm gar nichts! Außer vielleicht einer Hinrichtung!«

»Er hat dir das Leben gerettet. Und er hat mir gestanden, was Marar plant, statt seine Befehle einfach auszuführen. Das sollte man nicht vergessen.«

»Es wäre ihm beinahe gelungen, dich zu töten«, sagte Jibb. »Und wenn Marar keine Angst gehabt hätte, dass ich ihn umbringe, hätte Premel weiter nach einer Möglichkeit gesucht, dich zu töten. Er hätte inzwischen Erfolg haben können.«

Sie lächelte. »Oh, das bezweifle ich. Ich höre, der Kommandant der SiHerr ist ein sehr fähiger Mann.«

»Ich meine das ganz ernst, Melyor. Es ist eine Sache, ihn nicht ins Gefängnis zu werfen, aber eine andere, ihn wieder raus zu den Männern zu schicken, erst recht als ihr Kommandant. Es ist durchaus möglich, dass diese ganze Geschichte nur ein Trick war, den Marar sich ausgedacht hat, damit wir in unserer Wachsamkeit nachlassen.«

»Das kann schon möglich sein«, sagte sie schulterzuckend. »Aber ich habe nicht das Gefühl, dass er nur so getan hat, als ob, als er das Geständnis ablegte. Und was den Rest angeht«, fuhr sie fort und schaute wieder aus dem Fenster, »konnte ich nicht anders. Ich will nicht, dass Marar von unserem Verdacht weiß, zumindest im Augenblick noch nicht. Und wir wissen nicht, wie gut seine Spione sind.« Es genügte zu wissen, dass er noch andere Spione in Bragor-Nal hatte, darunter jene, die Marars Gold ins Nal gebracht und es Premel übergeben hatten. Sie und Jibb kannten inzwischen die Namen dieser Personen, konnten es aber nicht wagen, sie zu verhaften. »Wenn er erfahren würde, dass du verwundet bist«, schloss sie, »und dass ich in deiner

Abwesenheit die SiHerr einem anderen als Premel überlassen habe, würde ihn das misstrauisch machen.«

Der hoch gewachsene Mann bewegte die Schulter vorsichtig, als hätten ihn ihre Worte daran erinnert, dass er immer noch Schmerzen hatte. »Ich kann immer noch nicht glauben, dass der Mistkerl mich wirklich getroffen hat.«

»Es hätte schlimmer kommen können, Jibb«, sagte sie. »Wenn Premel nicht da gewesen wäre, wäre es auch schlimmer gekommen.«

»Warum verteidigst du ihn? Er hat dich verraten!«

Sie stand auf und ging zu ihrem Schreibtisch, wo wie üblich ihr Stab an der Wand lehnte. »Findest du, dass ich mich sehr verändert habe, Jibb?« Sie griff nach dem Stab, drehte sich um und sah den General wieder an. »Glaubst du, dass ich jetzt sehr anders bin als früher, bevor ich Gwilym und Orris begegnet bin?«

Er errötete ein wenig, als sie den Namen des Zauberers erwähnte, und wandte den Blick ab. »Ich weiß es nicht. Wahrscheinlich.«

»Es ist schon in Ordnung. Ich will es wissen.«

Wieder sah er sie an, dann holte er tief Luft. »Also gut. Ja, du hast dich verändert. Und zwar sehr.«

»Zum Schlechteren?«

»Ich bin nicht sicher, ob ich dazu etwas sagen kann. Du bist nicht mehr so gnadenlos wie früher. Du kannst dich besser beherrschen. Du bist weiser. Das sind alles gute Dinge.«

»Aber?«

Er wandte einen kurzen Moment den Blick ab, und ein verlegenes Lächeln umspielte seine Mundwinkel. »Aber du bist auch vorsichtig geworden. Zu vorsichtig. Du bist so damit beschäftigt, alles stets richtig zu machen und dafür zu sorgen, dass absolut nichts die Veränderungen behindert, die du für das Nal planst, dass du ... unentschlossen und manchmal sogar schwach wirkst.«

Sie nickte und versuchte, ihm nicht zu zeigen, wie sehr diese Worte ihr wehtaten. Immerhin hatte sie ihn gebeten, ehrlich zu sein. »Und was ist mit den Veränderungen? Hast du auch dagegen etwas?«

Er verzog das Gesicht. »Ich habe gegen nichts etwas, was du tust, Melyor. Es steht mir nicht zu, und selbst wenn es das täte, würde ich es mir nicht anmaßen. Das solltest du inzwischen wissen.«

»Aber du denkst, es sei keine gute Idee gewesen, das Nal verändern zu wollen.«

»Doch. Ich glaube, das Nal muss sich verändern, wenn es überleben will. Der alte Weg, Cedrychs Weg, hätte uns zerstört. Und wenn wir wirklich daran interessiert sind, den Frieden mit den Zauberern in Tobyn-Ser zu wahren, müssen wir einen anderen Weg finden.«

Sie konnte kaum glauben, was sie da hörte, und wollte verzweifelt gerne überzeugt sein, dass er die Wahrheit sagte. »Danke«, flüsterte sie. »Das musste ich hören.«

»Deshalb habe ich es nicht gesagt.«

»Ich bin froh, das zu wissen.«

»Wenn ich ganz ehrlich zu dir sein soll, muss ich sagen, dass ich glaube, dass du zu ungeduldig bist. Du kannst neue Gesetze machen und die Leute bestrafen, wenn sie sie brechen, aber du kannst sie nicht dazu zwingen, ihre Haltung zu ändern. Du musst Geduld haben. Die Männer in den Blocks haben ihr ganzes Leben nach einer einzigen Art von Regeln gelebt, und nun hast du diese Regeln verändert. Sie werden einige Zeit brauchen, um sich daran zu gewöhnen. Und einige werden sich nie daran gewöhnen können.«

Sie nickte und schaute wieder aus dem Fenster. »Du hast Recht. Ich werde versuchen, daran zu denken.«

»Aber du hast mir immer noch keine Antwort gegeben«, erinnerte er sie. »Was hat all das damit zu tun, dass du Premel verteidigst?«

Sie fuhr sich mit der Hand durchs Haar. »Er hat mir gesagt, er habe Marar geholfen, weil er glaubte, dass ich das Nal zerstöre. Er sagte, ich würde versuchen, aus Bragor-Nal ein zweites Oerella-Nal zu machen, und er sagte auch, es gäbe andere in der SiHerr, die ähnlich empfinden.«

Jibb nickte widerstrebend. »Das entspricht wahrscheinlich der Wahrheit. Aber es entschuldigt nicht, was er getan hat.«

»Nein. Aber vielleicht bedeutet es, dass ich zum Teil für das verantwortlich bin, was geschehen ist. Vielleicht habe ich zu viel von ihnen erwartet.«

»Das ist lächerlich. Premel ist ein Verräter. Er verdient dein Verständnis und deine Schuldgefühle nicht. Und er hat zweifellos nichts getan, um deinen Schutz zu verdienen.«

»Das stimmt nicht«, sagte sie. »Er hat dir das Leben gerettet. Dafür werde ich ihm immer dankbar sein.«

Jibb tat diese Bemerkung mit einer Geste ab, aber er sah Melyor dabei nicht an.

»Das kannst du nicht ignorieren, Jibb. Was immer du davon halten magst, was er getan hast, du kannst nicht abstreiten, dass er dich gern hat.«

»Er hat eine seltsame Weise, das zu zeigen«, erklärte Jibb mit gequältem Blick. »Du warst nicht die Einzige, die er verraten hat.«

»In gewisser Weise schon. Denn mir ist vollkommen klar,

dass es Marars Befehl war, dich umzubringen, der ihn schließlich bewogen hat, zu mir zu kommen. Hast du in diesen drei Tagen, seit du erfahren hast, was er getan hat, je daran gedacht, wie schwer es ihm gefallen sein muss, es mir zu gestehen?«

Er starrte sie an. »Nein«, gab er schließlich zu. »Wahrscheinlich nicht.«

»Vielleicht solltest du das tun. Vielleicht würdest du dann begreifen, was du ihm bedeutest.«

Jibb schüttelte den Kopf; er schien sich nicht recht wohl zu fühlen. »Daran möchte ich lieber nicht denken. Es wäre leichter, wenn ich ihn einfach nur bestrafen könnte.«

Melyor lächelte. »Wann war das letzte Mal, dass ich dir irgendetwas leicht gemacht habe?«

Jibb lachte.

»Denk darüber nach, Jibb. Sprich mit ihm. Trotz allem, was er getan hat, ist er im Grunde ein anständiger und loyaler Mann. Und ich bin überzeugt, wir werden seine Hilfe noch brauchen, bevor das alles hier vorüber ist.«

Er presste die Lippen zu einer dünne Linie zusammen, wie jedes Mal, wenn sie ihn bat, etwas zu tun, was er nicht tun wollte. Es war wirklich ungerecht von ihr, dachte sie mit innerlichem Grinsen. Er konnte ihr einfach nichts abschlagen.

»Also gut«, sagte er schließlich. »Ich werde darüber nachdenken.«

»Danke.« Sie lächelte ihn an. »Weißt du«, sagte sie, »ich bin beinahe froh, dass du verwundet wurdest.«

Er zog die Brauen hoch. »Wie bitte?«

»Das hier war das längste Gespräch, das wir seit Jahren geführt haben. Es hat mir gefehlt. Du hast mir gefehlt, Jibb.«

»Ich weiß«, sagte er leise. »Es hat mir auch gefehlt.«
Sie ging zu ihm und griff nach seiner Hand. »Wirst du mir je verzeihen?«
Er runzelte die Stirn. »Was verzeihen?«
»Dass ich Orris liebe.«
»Das habe ich dir schon lange verziehen«, sagte er und schaute auf ihre Hände. »Ich habe nur nie aufgehört, dich zu lieben.«
Sie holte tief Luft und wusste nicht, was sie sagen sollte. Es wäre leichter gewesen, wenn er einfach wütend auf sie gewesen wäre. »Es tut mir Leid«, flüsterte sie nach einiger Zeit.
Sie sahen einander in die Augen und er lächelte. »Das ist nicht notwendig.«
Während sie schweigend dastanden, hörten sie, wie Premel den Befehl zum Beenden des Drills gab.
»Er wird jetzt gleich raufkommen«, sagte Jibb, ließ ihre Hand los, und seine Miene wurde wieder missmutig. »Ich bin nicht sicher, ob diese Verhöre uns helfen. Wir haben nicht viel von ihm erfahren.«
»Nein«, stimmte sie zu. Die Verhöre waren ihre Idee gewesen, eine Art von Kompromiss, der Jibb beruhigen sollte, nachdem sie sich geweigert hatte, Premel ins Gefängnis werfen zu lassen. Wann immer Premel außer Dienst war, musste er sich bei Melyor zum Verhör melden. »Aber zumindest wissen wir immer, wo er ist«, erklärte sie schließlich. »Ich hatte eigentlich angenommen, du wolltest dich vor allem aus diesem Grund weiter mit ihm treffen.«
Jibb nickte.
»Außerdem«, fuhr sie grinsend fort, »habe ich das Gefühl, dass sich Premel nach diesen Verhören fühlt wie ein junger

Gesetzesbrecher, der wegen Trunkenheit festgenommen wurde. Und das gönne ich ihm.«

Er grinste ebenfalls. »Da hast du Recht.«

Einen Augenblick später klopfte es an der Tür.

»Herein«, rief Melyor.

Die Tür ging auf, und Premel trat ein. Er war rot im Gesicht und seine Uniform hatte Schweißflecken. Er warf Melyor einen kurzen Blick zu, als er zu dem Stuhl ging, auf dem er für gewöhnlich während des Verhörs saß. Aber er sagte nichts, und er sah Jibb nicht einmal an.

»Wie war die Ausbildungsstunde?«, fragte Melyor.

»Sehr gut, Herrscherin«, antwortete er und setzte sich hin.

»Gut.« Sie sah Jibb an und zog die Brauen hoch. »Wo sollen wir heute anfangen?«

Der General schüttelte den Kopf. Seine Miene war bei Premels Eintreffen grimmig geworden. »Ich weiß es nicht«, sagte er tonlos.

»Kehren wir zu dem Gold zurück«, schlug Melyor nach kurzem Schweigen vor. »Wie viel hast du bisher von ihm erhalten?«

»Zweiundzwanzig Barren, Herrscherin.«

»Zweiundzwanzig Barren«, wiederholte sie leise. Er hatte ihr das schon einmal gesagt, ein oder zwei Tage zuvor, aber es fiel ihr immer noch schwer, es zu glauben. Das war viel mehr, als sie Jibb in einem ganzen Jahr zahlte, und nach allem, was Premel gesagt hatte, ging sie davon aus, dass Marar auch einen Mann in Wiercias Sicherheitskräften bezahlte. Sie ging zum Fenster und fuhr mit dem Finger zerstreut über die Kante ihres leuchtenden roten Steins. »Woher bekommt er all das Gold?«

»Das weiß ich nicht«, antwortete Premel.

Bei diesen Worten blickte sie auf. »Das hätte ich auch nicht angenommen. Ich habe nur laut gedacht.« Sie hielt inne und erinnerte sich noch einmal an ihr letztes Gespräch mit Marar. Er hatte davon gesprochen, dass er sich mehr Wohlstand verschaffen wollte, dass er mit seiner Position in Lon-Ser nicht zufrieden war. *Ich habe nicht alles, was du hast,* hatte er geklagt. *Ich habe nicht einmal, was Wiercia hat. Nicht einmal annähernd.* Und dennoch warf er mit Gold um sich wie ein betrunkener Nal-Lord. Sie schaute Premel wieder an. »Du hast gestern gesagt, dass Marar es sich anders überlegt hatte, was meinen Tod anging, dass er beschlossen hatte, ich sei für ihn lebendig wertvoller als tot, ja?«

»Ja, Herrscherin.«

»Hat er dir gesagt, warum?«

»Nein. Er erklärt mir selten etwas. Er gibt mir Befehle, und er gibt mir Gold. Aber das ist alles.«

»Willst du dich etwa beschweren?«, wollte Jibb wissen.

Premel rieb sich nervös die Hände und starrte sie an. »Nein, General. Ich beantworte nur die Fragen der Herrscherin.«

»Dann tu es ohne das Selbstmitleid. Das interessiert uns nämlich nicht.«

»Ja, General.«

Melyor wünschte sich, dass Jibb etwas ungezwungener mit dem Mann umginge, aber sie würde vor Premel nichts darüber zu ihm sagen. Und im Augenblick konzentrierte sie sich ohnehin auf etwas anderes. Dieses Gold stellte den Schlüssel zu allem dar, begriff sie plötzlich. Sie wusste nicht, woher solche Intuition bei ihr kam, aber in den Jahren, seit sie ihren Stein erhalten hatte, verließ sie sich beinahe so sehr darauf wie auf den Blick. Intuition war, das hatte sie vor langer Zeit begriffen, nur ein weiterer Teil dessen, was es bedeutete, Gildriitin zu sein.

»Was ist denn?«, fragte Jibb und starrte sie fragend an.

»Ich denke gerade an Marar. Ich habe zuletzt kurz nach der Ratssitzung mit ihm gesprochen, und er hat sich mit mir in Verbindung gesetzt. Ich hatte bisher nicht weiter darüber nachgedacht, aber ich glaube, er wollte mir ein Bündnis vorschlagen.«

»Ein Bündnis?«, fragte Jibb skeptisch. »Aber er hat versucht, dich zu töten.«

»Ja. Und dann ist er zu der Ansicht gekommen, dass es ein Fehler gewesen wäre.« Sie sah Premel an. »Richtig?«

Der Mann nickte. »Das hat er mir gesagt.«

»Wenn wir herausfinden könnten, wieso er es sich anders überlegt hat«, erklärte sie, »wenn ich nur wüsste, warum er sich mit mir an –«

Sie hielt inne, unterbrochen von einem Piepsgeräusch, das von Premels Gürtel kam. Sie und Jibb starrten den Mann beide an. Premel war so weiß geworden wie die Wände in Melyors Zimmer.

»Was war das?«, fragte sie.

Premel schluckte nervös, dann nahm er einen Handkommunikator vom Gürtel und reichte ihn ihr.

Das Gerät piepste ein zweites Mal.

»Das ist keiner von unseren«, sagte sie.

»Nein, Herrscherin«, erwiderte Premel. »Ich habe ihn zusammen mit meiner ersten Zahlung erhalten. Auf diese Weise setzt sich Marar mit mir in Verbindung.«

Jibb packte Premel vorne am Hemd und riss ihn vom Stuhl. »Warum hast du uns nicht zuvor davon erzählt?«

»Ich habe nicht daran gedacht«, erklärte Premel überraschend ruhig. »Ich trage das Ding an meinem Gürtel. Die meiste Zeit denke ich nicht mal daran, dass es überhaupt da ist.«

»Ich glaube dir kein Wort!«

»Schon gut, Jibb«, sagte Melyor.

Jibb warf ihr einen von diesen Blicken zu und setzte zum Widerspruch an. Aber stattdessen starrte er Premel nur wütend an und schob den Mann wieder auf seinen Stuhl zurück.

»Und was wird jetzt passieren?«, fragte Melyor.

Premel befeuchtete seine Lippen. »Normalerweise gehe ich, wenn er sich meldet, in mein Zimmer und benutzte meinen Sprechschirm, um mich mit ihm in Verbindung zu setzen.«

»Also los«, sagte sie und ging zur Tür.

»Warte!« Premel sah sie erschrocken an. »Er wird wissen wollen, ob du schon tot bist.« Sein Blick schoss zwischen Melyor und Jibb hin und her. »Ob ihr beide schon tot seid.«

»Ich bin noch nicht tot«, sagte Melyor. »Und du?«

Jibb schüttelte den Kopf.

Sie schaute Premel wieder an. »Die Frage kommt mir nicht besonders kompliziert vor.«

»Aber –«

Melyor spürte, wie ihre Geduld nachließ. »Du musst eben irgendetwas erfinden, Premel. Lüg ihn an. Das sollte nicht so schwierig sein. Du hast uns lange genug angelogen.«

Premel senkte den Blick. »Ja, Herrscherin«, sagte er bedrückt.

»Oder noch besser«, sagte sie, da ihr in diesem Augenblick etwas eingefallen war, »erzähl ihm, du hättest alles vorbereitet. Du würdest dich morgen um uns beide kümmern.«

»Morgen?«, fragten die beiden Männer gleichzeitig. Sie sahen einander an, und Jibb runzelte die Stirn.
Melyor musste sich ein Lächeln verkneifen. »Ja. Und jetzt gehen wir in Premels Zimmer. Und denkt ein bisschen schneller, Jungs. Wir brauchen einen Plan.«

Das Warten kam Marar unendlich lange vor, obwohl er inzwischen eigentlich daran gewöhnt sein sollte. Premel hatte sich in der letzten Zeit immer erst mit einiger Verspätung auf seinen Ruf gemeldet. Das sagte ihm überhaupt nicht zu. Er würde dem Mann deutlich machen müssen, dass zweifellos auch ein anderes Mitglied von Melyors Sicherheitskräften daran interessiert wäre, sich so viel Gold zu verdienen, selbst wenn es Premel nicht mehr reizen sollte.
Der Herrscher war sich inzwischen darüber im Klaren, dass Premels Widerspenstigkeit begonnen hatte, als er ihn angewiesen hatte, Jibb zu töten. Offenbar fühlte sich Premel der Aufgabe nicht gewachsen. Vielleicht würde er angesichts seines Versagens, Melyor beim ersten Versuch zu töten, auch nicht im Stande sein, sich um die Gildriitin zu kümmern. Marar war so erfreut gewesen, dass es ihm gelungen war, Jibbs Stellvertreter zu rekrutieren, dass er sich nie gefragt hatte, ob Premel der richtige Mann für diese Aufgabe war. Der Gardist hatte das Gold nur zu gern genommen, und er hatte immer wie jemand gewirkt, der Melyor zutiefst ablehnte. Andererseits hatte Premel seit mehr als zehn Jahren zu Jibbs Sicherheitsteam gehört. In so langer Zeit baute man zweifellos ein gewisses Maß an Loyalität auf, vielleicht mehr, als selbst Gold ausradieren konnte.
Es war enttäuschend, weil Marars Pläne in anderer Hinsicht

recht gut verliefen. Er hatte seit dem Abend der Ratssitzung noch zweimal mit Wiercia gesprochen, und obwohl die Herrscherin von Oerella-Nal sich noch zu keinem Bündnis verpflichtet hatte, hatte sie sich doch recht interessiert an der Idee gezeigt. Und sie legte keine Anzeichen an den Tag, sich wieder an Melyor wenden zu wollen. Wenn man dann noch hinzufügte, dass der Sicherheitsmann aus Oerella-Nal, den er rekrutiert hatte, sehr aufmerksam war – immerhin hatte er vorsorgen wollen, falls sich Wiercia in der Zukunft als nicht umgänglich erwies – und er zusätzlich gerade von Gregor die letzten Berichte über Goldlieferungen aus Tobyn-Ser erhalten hatte, konnte Marar sein Entzücken wirklich kaum bremsen. Das einzige Problem war Premel.

Wie als Reaktion auf diesen letzten Gedanken erwachte Marars Sprechschirm plötzlich zum Leben und zeigte das Gesicht des Gardisten. Der Mann sah noch bleicher aus als sonst. Ein nervöser Blick lag in seinen grauen Augen, und er wirkte überraschend jung und verwundbar, als wäre der große Goldreif in seinem linken Ohr nur ein Witz. Irgendetwas war geschehen.

»Du hast mich gerufen, Herrscher?«, sagte er.

»Ja, und zwar schon vor einiger Zeit«, erwiderte Marar ungeduldig.

»Ja. Ich ... es tut mir Leid. Es war nicht einfach, mich loszureißen.«

»Premel, ich frage mich wirklich, ob du immer noch der richtige Mann für diese Aufgabe bist. Sollte ich mich nach jemand anderem umsehen, der mir hilft?«

Der Mann schüttelte den Kopf und schluckte. »Nein, Herrscher. Es ist alles in Ordnung. Alles ist in Ordnung.«

»Gut. Ich hoffe, dass ich nicht wieder warten muss, wenn ich das nächste Mal mit dir sprechen möchte.«
Premel nickte, aber er schwieg.
»Und?«, sagte Marar schließlich. »Berichte. Hast du dich schon um sie gekümmert?«
»Noch nicht. Aber morgen um diese Zeit sollten sie tot sein.«
Der Herrscher zog in echter Überraschung die Brauen hoch. »Morgen?«
»Ja. Jibb und Melyor werden in die Blocks gehen, um mit einem Nal-Lord zu sprechen, der der Herrscherin Ärger gemacht hat. Ich habe mich mit einem Unabhängigen in Verbindung gesetzt, der dafür sorgen wird, dass ein Feuergefecht beginnt, und ich werde dabei sein, um dafür zu sorgen, dass Melyor und Jibb es nicht überleben.«
»Aber Jibb ist doch verletzt! Warum sollte er dabei sein?«
»Tatsächlich, Herrscher, ist genau das der Grund, weshalb Melyor sich persönlich um die Sache kümmern wird. Ansonsten würde Jibb es für sie erledigen. Aber da ich nun für die SiHerr zuständig bin, fühlt sie sich nicht wohl dabei zurückzustehen. Und wo sie hingeht, da geht auch Jibb hin.«
Marar nickte. »Ich muss sagen, Premel, ich bin angenehm überrascht. Nach unseren letzten Gesprächen hatte ich schon fast angenommen, dass du unwillig oder nicht in der Lage bist, meine Befehle auszuführen.« Er lächelte. »Ich freue mich, dass ich mich geirrt habe.«
Einer von Premels Mundwinkeln zuckte ein wenig, aber ansonsten reagierte er nicht. Und zum zweiten Mal hatte Marar das deutliche Gefühl, dass etwas nicht stimmte.
»Was ist los, Premel?«, fragte er. »Gibt es etwas, was du mir sagen willst?«

Der Gardist verzog das Gesicht. »Also gut. Mir gefällt diese ganze Sache einfach immer noch nicht. Ich begreife nicht, wieso du so darauf versessen bist, Jibb töten zu lassen, oder auch Melyor. Vor einer Woche wolltest du noch, dass sie am Leben bleibt.«

»Du brauchst dich nicht um meine Gründe zu kümmern, Premel. Das geht dich nichts an. Du tust einfach, was ich dir sage, und freust dich an deinem Gold, und dann kommen wir gut miteinander zurecht. Ist das klar?«

»Vollkommen. Ich sage ja nur, dass es leichter für mich wäre, deinen Befehlen zu folgen, wenn ich sie begreife. Ist das so unvernünftig?«

Der Herrscher kniff die Augen zusammen. Etwas stimmte hier ganz entschieden nicht. »Nein. Aber früher hat dich so etwas nie interessiert.«

Premel zögerte, dann schüttelte er den Kopf und versuchte zu lächeln. »Du hast Recht. Vergiss einfach, dass ich es erwähnt habe.«

Unwahrscheinlich. »Selbstverständlich, Premel.«

Marar beugte sich vor, um den Schirm abzuschalten.

»Herrscher.«

Er hielt inne und lehnte sich wieder zurück. »Ja, Premel?«

Der Gardist holte tief Luft. »Ich bin lange Zeit nicht mehr bezahlt worden. Ich glaube ... ich glaube, du schuldest mir noch drei Barren Gold.«

Marar lächelte. Darum ging es also. »Ja, ich weiß. Wie ich dir schon sagte, ich habe mir Gedanken gemacht, ob du fähig genug bist. Du hast mich bei diesem Gespräch allerdings ein wenig beruhigt.«

»Heißt das, du wirst mich jetzt bezahlen?«

»Bald. Sobald ich weiß, dass Jibb und Melyor tot sind,

schicke ich dir, was ich dir schulde. Du kannst es als Belohnung für einen gut ausgeführten Auftrag betrachten.«

»Aber das entspricht nicht unserem Abkommen. Wir haben einen Zeitplan für die Zahlungen festgelegt.«

Marar spürte, wie seine Züge erstarrten. »Premel, du bildest dir anscheinend ein, unersetzlich zu sein. Das bist du nicht. Es würde mir nichts ausmachen, dich an Melyor zu verraten und einen anderen zu finden, der deine Stelle einnimmt. Ich schlage vor, dass du das beim nächsten Mal nicht vergisst, wenn du das Bedürfnis hast, dich bei mir über Änderungen hinsichtlich unseres Abkommens zu beschweren.« Er beugte sich wieder vor und hielt den Finger über den Schalter. »Gibt es sonst noch etwas zu besprechen?«

Premel starrte ihn noch einen Augenblick wütend an, und seine Wangen verfärbten sich rot, als hätte Marar ihn vor seinen engsten Freunden getadelt. Aber als er schließlich sprach, klang er demütig. »Nein, Herrscher.«

»Gut. Ich werde wieder mit dir sprechen, wenn sie tot sind. Und nicht vorher.«

Der Herrscher drückte auf den Knopf und unterbrach das Gespräch. Dann lehnte er sich wieder zurück und schüttelte den Kopf. Er hatte wirklich keine Zeit für solchen Unsinn, und es gefiel ihm nicht, was er gerade an Premel bemerkt hatte. Der Mann hatte sich seltsam verhalten. Vielleicht war er wirklich nur aufgeregt wegen der Bezahlung, aber die Geschichte, die er darüber erzählt hatte, mit Melyor und Jibb ins Nal zu gehen, hatte Marar ein wenig skeptisch gemacht. Das schien beinahe zu einfach, um wahr zu sein.

Der Herrscher war gezwungen, die Möglichkeit in Erwägung zu ziehen, dass er einen Ersatz für Premel finden

musste, ganz gleich, ob der Mann die beiden nun umbrachte oder nicht. Er wurde einfach zu unberechenbar. Er stellte zu viele Fragen und zweifelte zu viele Befehle an. Und dabei hatte er bisher für sein Gold noch nicht sonderlich viel geleistet.
Marar nickte. Die Zeit für eine Veränderung war gekommen. Zum Glück hatte er bereits eine Liste mehrerer Männer in Melyors SiHerr, von denen er glaubte, sie rekrutieren zu können.
Und es gab auch noch einen anderen Mann, den er vor ein paar Monaten angeworben hatte. Es war kein Gardist. Er konnte nicht, wie Premel, mit Waffen umgehen. Aber Marar bezweifelte nicht, dass auch dieser Mann auf seine Weise nützlich sein würde. Vielleicht war es Zeit, wieder einmal mit ihm zu sprechen.

Der Schirm war leer, und Premel lehnte sich erschöpft zurück, schloss die Augen und holte tief Luft. Er fühlte sich vollkommen ausgelaugt, wie nach einem heftigen Feuergefecht.
»Ich glaube nicht, dass es uns gelungen ist, ihn zu täuschen«, sagte er müde. »Ich bin ziemlich sicher, dass er Verdacht geschöpft hat.«
»Das mag schon sein«, stimmte Melyor zu. »Aber deine Beschwerde wegen des Goldes hat ihn offenbar verwirrt. Das hat ihm vermutlich einen Grund gegeben, dem er deine Unruhe zuschreiben konnte. Das war schlau von dir, Premel. Gut gemacht.«
»Danke, Herrscherin.« Er musste sich ein Lächeln verkneifen – wie seltsam, dass ihr Lob ihn immer noch so freuen konnte – und warf Jibb einen Blick zu.

Der General jedoch schaute ihn nicht einmal an, was wenig überraschend war. So war es, seit Premel seinen Verrat gestanden hatte. Wenn man davon absah, dass er ihn geschlagen und bedroht hatte, schien Jibb nichts mehr mit ihm zu tun haben zu wollen. Und eigentlich konnte Premel ihm das kaum übel nehmen. Melyor andererseits hatte ihn erstaunlich gut behandelt. Es schien beinahe, als akzeptierte sie, was er getan hatte, als verstünde sie seine Gründe, als wäre sie bereit, über seine Verbrechen hinwegzusehen. Noch vor ein paar Tagen hätte er solches Mitgefühl verachtet und als weiteren Beweis ihrer Schwäche betrachtet. Eine echte Herrscherin von Bragor-Nal hätte ihn auf der Stelle hinrichten lassen. Nur eine Gildriitin hätte sich so angestrengt, nicht nur sein Leben zu retten, sondern auch anderweitig auf ihn Rücksicht zu nehmen. Das hätte er sich zumindest eingeredet.

Aber nachdem er nun in den Genuss ihres Mitgefühls, ihrer Gnade und – wagte er, das zu hoffen? – ihrer Vergebung gekommen war, konnte er all das nicht mehr so leicht abtun. Vielleicht hatten die Veränderungen, die er in den letzten Jahren bemerkt hatte, sie doch nicht so viel schwächer werden lassen. Zweifellos bewirkte die Art, wie sie ihn in diesen letzten drei Tagen behandelt hatte, nicht, dass er schlechter von ihr dachte. Im Gegenteil: Es machte ihn demütig und bescheiden. Er hatte sie verraten. Aber statt ihn zu bestrafen, hatte sie eine Möglichkeit gefunden, seinen Verrat zu ihrem Vorteil zu nutzen. Und indem sie das tat, hatte sie ihm ein unendlich großzügiges Geschenk gemacht: eine Chance, sich zu bewähren. Er selbst hätte so etwas niemals fertig gebracht, und offenbar wäre auch Jibb nicht in der Lage dazu gewesen. Vielleicht,

nur vielleicht, war Melyor ja stärker und weiser als sie beide zusammen.
Schon der Gedanke verblüffte ihn. Er stellte seine ganze Welt auf den Kopf. Und er zwang ihn, darüber nachzudenken, dass die Veränderungen, die Melyor für das Nal geplant hatte, vielleicht doch nicht ganz so dumm waren. Was seinerseits wieder bedeutete, dass er wirklich ein Idiot gewesen war, als er sie verraten hatte.
Vielleicht ging es ja genau darum. Indem sie ihn nicht bestrafte, hatte sie ihm gestattet, selbst zu diesem Schluss zu kommen. Sie hätte ihn töten oder ins Gefängnis werfen können – beides hätte ihr als Herrscherin zugestanden. Aber seine öffentliche Hinrichtung hätte jene, die gegen sie standen, nur weiter verärgert. Und im Gefängnis hätte er nur vor sich hin gebrütet, sein Hass gegen sie wäre gewachsen, und mit ihm der Glaube, dass es richtig gewesen war, sie zu verraten. Stattdessen hatte sie begonnen, sich seine Hochachtung zu verdienen. Zum zweiten Mal. Er war viel größer als sie und kräftiger gebaut, aber in diesem Augenblick fühlte er sich neben ihr wie ein Kind.
»Und was machen wir jetzt?«, fragte Jibb schließlich.
Melyor zuckte die Achseln. »Wir müssen ein Feuergefecht inszenieren. Und ich nehme an, danach muss es so aussehen, als wären du und ich tot.«
»Das kann doch nicht dein Ernst sein!«, sagte der General empört. »Wie weit werden wir das treiben? Machen wir Premel zum Herrscher und lassen ihn eine Allianz mit Marar schmieden? Vielleicht sollten wir zulassen, dass die beiden Oerella-Nal angreifen und das ganze verdammte Land in einen Bürgerkrieg stürzen!«
Melyor bedachte ihn mit einem säuerlichen Blick. »Be-

ruhige dich, Jibb. Ich werde die Angelegenheit schon in der Hand behalten. Aber ich möchte, dass Premel wieder bezahlt wird, damit wir uns den Kurier schnappen können. Ich möchte wissen, wo das Gold herkommt.«

»Kommt es denn nicht aus Stib-Nal?«

»Das bezweifle ich«, sagte die Herrscherin. »Wenn ich Agenten in anderen Nals bezahle, dann tue ich das durch Kaufleute und weitere Agenten. Ich schicke das Gold selten selbst.«

Jibb grinste. »Herrscherin!«, sagte er in gespieltem Entsetzen. »Du hast Agenten in anderen Nals?«

Sie lächelte müde, wurde aber sofort wieder ernst. »Und wer soll unser aufrührerischer Nal-Lord sein?«, fragte sie. »Irgendeine Idee?«

Jibb zögerte keinen Augenblick. »Jemand in Dobs Herrschaftsbereich. Er ist der einzige Oberlord, dem ich vertraue, den richtigen Mann zu finden.«

Premel grinste in sich hinein. Vor sieben Jahren, als Melyor Jibb ihren Bezirk überlassen hatte, hatte Dob Jibb angegriffen und ihm den Bezirk abgenommen. Das war ihm zwar nur mit Hilfe von Cedrych gelungen, dem Oberlord, der beinahe das Nal übernommen und Melyor getötet hätte, aber das änderte nichts an der Tatsache, dass Jibb Dob die Schuld gegeben hatte und den Mann töten wollte. Es war nur ein Zeichen dafür, wie sehr sich die Dinge zwischen ihnen verändert hatten, dass Jibb Dob nun als den vertrauenswürdigsten Oberlord in Bragor-Nal bezeichnete. Darin lag eine Lektion, begriff Premel. Eine weitere Lektion über die Vorteile von Veränderungen.

»Einverstanden«, sagte Melyor. »Ich setze mich mit Dob in Verbindung und organisiere alles. In der Zwischenzeit solltest du zwei Einheiten deiner besten Männer für diese Sache auswählen. Wir werden ein sehr gefährliches Spiel spielen. Und ich möchte nicht, dass jemand Fehler macht.«

Jibb nickte. »Selbstverständlich.«

Melyor ging auf die Tür zu, aber dann blieb sie stehen und drehte sich noch einmal zu Jibb um. »Nimm Premel mit. Er wird auch morgen mit uns gehen, deshalb sollte er dabei sein, wenn du die Einheiten zusammenstellst.«

Der General betrachtete Premel mit offensichtlichem Widerwillen. »Ich wüsste nicht, warum«, sagte er. »Wir geben ihm vielleicht die Gelegenheit, einen seiner Mitverräter ins Spiel zu bringen.«

»Das wissen wir doch beide besser, Jibb. Selbst wenn andere in der SiHerr von Marar bezahlt werden, würde er es Premel nie verraten. Es ist viel sicherer für Marar, wenn jeder Agent sich für den Einzigen hält. Außerdem kennt Premel die Männer beinahe ebenso gut wie du. Er kann dir bei der Auswahl helfen.«

»Aber –«

»Die Männer erwarten, dass ihr beide zusammenarbeitet, Jibb, besonders da du verwundet bist. Wenn du ihn nicht mitnimmst, werden sie nur misstrauisch werden. Und einer dieser anderen Verräter, um die du dir so viele Gedanken machst, könnte Marar davon berichten.«

Jibb presste die Lippen zusammen. Aber dann nickte er.

Melyor lächelte, wenn auch das Lächeln nicht ihre Augen erreichte. »Gut. Erstattet mir Bericht, wenn ihr fertig seid. Bis dahin sollte ich wissen, welchen Bezirk wir besuchen.«

Einen Augenblick später war sie verschwunden, und zum

ersten Mal, seit er zugegeben hatte, dass er ein Verräter war, war Premel mit Jibb allein. Als ihm das klar wurde, spürte er, wie sein Mund trocken wurde, und er blickte zu dem General auf.

Er bemerkte, dass Jibb ihn bereits mit für seine jungenhaften Züge ungewöhnlich strenger Miene beobachtete, und eine Sekunde lang fragte sich Premel, ob der dunkelhaarige Mann ihn wohl umbringen wollte. Sie hatten nun schon seit, wie Premel glaubte, sehr langer Zeit geschwiegen, und starrten einander an.

Endlich wandte Jibb sich ab. »Steh auf«, sagte er.

Premel stand von seinem Stuhl auf und merkte, dass seine Knie zitterten.

Der General wies auf die Tür, und beide Männer verließen Premels Zimmer und gingen schweigend den Flur entlang zum Heber, der sie zurück zum Übungsgelände des Palasts bringen würde. Das Warten auf den Heber schien eine Ewigkeit zu dauern, und selbst nachdem sie in der Kabine waren und vom Wohnbereich der Gardisten weggetragen wurden, sprachen sie weiterhin kein Wort.

Aber kurz bevor sie das Übungsgelände erreichten, drückte Jibb plötzlich einen Knopf und hielt den Heber an.

»Warum hast du es getan?«, wollte er wissen und drehte sich so rasch zu Premel um, dass der Gardist zurückwich. »Warum hast du dich nach all diesen Jahren gegen sie gewandt?«

Premel starrte ihn an. »Ich weiß es nicht.«

»Du weißt es nicht?«, wiederholte Jibb verächtlich.

»So meine ich das nicht«, sagte Premel und schloss für einen Moment die Augen. »Selbstverständlich weiß ich es. Ich habe es wegen der Dinge getan, die sie mit dem Nal gemacht hat, und weil sie Gildriitin ist. Aber ich kann es mit diesen Gründen nun nicht mehr rechtfertigen.«

»Warum nicht? Sie ist immer noch Gildriitin. Sie versucht immer noch, das Nal zu verändern.«

»Ich weiß. Aber das kommt mir jetzt alles nicht mehr so schlimm vor.«

Jibb wandte sich ab. »Ich glaube dir nicht. Du würdest wahrscheinlich alles sagen, um deinen Hals zu retten.«

»Ich erwarte auch nicht, dass du es verstehst«, sagte Premel leise.

»Wenn dir nicht gefallen hat, was sie tut, dann hättest du die SiHerr verlassen und in die Blocks zurückkehren sollen. Ein Mann mit deinen Fähigkeiten hätte in jedem Bezirk Arbeit finden können. Selbst wenn die Dinge sich verändern, kann ein Nal-Lord oder ein Oberlord immer jemanden brauchen, der mit Messer und Werfer umgehen kann. Aber dich an Marar zu verkaufen!« Jibb fehlten einen Augenblick lang die Worte, und er schüttelte den Kopf. »Als du mit ihm gesprochen hast, konnte ich immer nur denken ›Und an diesen Mistkerl hat er Melyor verraten?‹«

»Ich habe es nicht für Marar getan. Ich habe es für Gold getan.«

»Marars Gold!«, zischte Jibb. »Hier geht es um mehr als um Gier! Es ist schlimmer als das. Du hast uns alle verraten. Melyor, mich, den Rest der Garde!« Zum zweiten Mal schüttelte er den Kopf. »Wie sollen wir dir jetzt noch trauen?«

Ich habe dir das Leben gerettet, wollte Premel sagen. *Bedeutet das denn gar nichts?* Aber selbstverständlich sagte er nichts. Er wagte es nicht. Stattdessen wandte er sich einfach ab und murmelte: »Ich bin nicht sicher.«

»Ich auch nicht, Premel. Du warst der beste Mann, den ich hatte, und du hast alles weggeworfen.«
Sie blieben einige Zeit so stehen, und beide schienen darauf zu warten, dass der andere etwas sagte.
»Kann ich dich etwas fragen?«, sagte Premel schließlich.
Jibb starrte ihn einen Augenblick an. »Wahrscheinlich.«
»Wenn du sie nicht lieben würdest, wärst du dann mit der Art, wie sie das Nal regiert, einverstanden?«
Jibb wurde rot und er ballte die Fäuste, aber einige Zeit gab er keine Antwort. Als er es schließlich tat, klang er erstaunlich zurückhaltend. »Ja«, sagte er. »Aber ich habe lange gebraucht, um das zu begreifen. Sie ist klüger als wir, Premel. Das solltest du inzwischen wissen. Sie sieht Dinge, die uns anderen entgehen. Deshalb war sie im Stande, Cedrych zu besiegen. Deshalb ist sie Herrscherin.«
Premel nickte, und es gelang ihm sogar zu lächeln. »Ich habe eine Weile gebraucht, aber ich beginne es nun auf ähnliche Weise zu sehen.«
»Es ist ein bisschen spät.«
»Tatsächlich, General?«, wagte Premel zu sagen. »Die Herrscherin scheint nicht dieser Ansicht zu sein. Nur du.«
Jibb starrte ihn wütend an. »Die Herrscherin ist manchmal ein wenig zu nachgiebig.«
Premel schüttelte trotzig den Kopf. »Nein. Du kannst nicht alles haben. Wenn sie Recht hat, was das Nal und die Veränderungen angeht, dann musst du auch akzeptieren, dass sie in meiner Sache Recht hat.«
»Wage es nicht, mir zu sagen, was ich tun muss!«, sagte Jibb mit lauter Stimme. Wieder einmal fragte sich Premel, ob der General ihn gleich schlagen würde, aber stattdessen

begann er in der kleinen Heberkabine hin und her zu gehen; mit hektischen Bewegungen, den Blick auf den Boden gerichtet. »Du bist ein Verräter! Wegen dir wäre Melyor beinahe getötet worden – du bist zum Teil für den Tod von dreien meiner Männer verantwortlich! Und du fragst dich, wieso ich nicht bereit bin, dir zu verzeihen?«
»Ich habe dir auch das Leben gerettet, und als Marar mir befohlen hat, dich zu töten, habe ich stattdessen beschlossen zuzugeben, was ich getan hatte.«
Jibb blieb vor ihm stehen, und diesmal schlug er tatsächlich zu; mit der Rückseite der gesunden Hand traf er Premels Wange. Premel taumelte rückwärts, richtete sich aber rasch wieder auf.
»Sprich nie mehr darüber, dass du mir das Leben gerettet hast!«, sagte Jibb und zeigte mit dem Finger auf ihn. »Hier geht es nicht um mich! Hier geht es um Melyor und was du ihr angetan hast!«
»Warum nimmst du es dann so persönlich?«
Jibb machte einen bedrohlichen Schritt auf ihn zu, aber Premel wich nicht von der Stelle.
»Weil sie meine Herrscherin ist«, sagte Jibb. »Und weil sie meine Freundin ist. Und weil sie beides auch für dich war und du immer noch das Gold vorgezogen hast. Das kann ich dir nie verzeihen, selbst wenn sie es kann.« Er hielt inne und fuhr sich mit der Hand durch das wirre, dunkle Haar. »Aber was schlimmer ist, du warst mein Freund. Ich habe dir ihre Sicherheit anvertraut, weil du wusstest, wie viel sie mir bedeutet, und weil ich dachte, du würdest sie um jeden Preis retten wollen, genau wie ich es tun würde.«
Premel stand vollkommen reglos dar und kämpfte gegen

die Tränen an. Er überlegte verzweifelt, was er sagen sollte. Aber es gab nichts zu sagen, zumindest nichts, was etwas bewirken würde. Am Ende spielte es keine Rolle, ob Melyor ihm eine neue Chance geben würde. Es war Jibb, dessen Respekt er sich wünschte, und den hatte er für immer verloren.

»Das ist es also?«, brachte er schließlich heraus, zwang die Worte an dem Kloß in seinem Hals vorbei. »Das ist alles? Es gibt keine Möglichkeit, dein Vertrauen wiederzugewinnen?«

Jibb starrte ihn einen Augenblick lang an, dann schüttelte er den Kopf. »Mir fällt keine ein.«

Premel nickte und schluckte. »Also gut. Kannst du mich zumindest vor den Männern ... höflich behandeln?«

»Ich werde es versuchen.«

Premel nickte abermals, dann zeigte er auf die Knöpfe an der Wand des Hebers. »Wir sollten uns lieber auf den Weg machen.«

Jibb sah ihn noch einen Augenblick an, dann drückte er den Halteknopf zum zweiten Mal. Die Kabine wurde ruckartig hochgerissen, und einen Augenblick später blieb sie wieder stehen und die Tür glitt auf. Dennoch, beide Männer blieben, wo sie waren.

»Was immer das auch für dich bedeutet, Jibb«, sagte Premel, »es tut mir Leid.«

Der General wandte den Blick ab. »Ich wünschte, ich könnte dir glauben.«

Jibb verließ den Heber und ging den Flur entlang zu den Trainingsräumen. Und Premel folgte ihm, denn er wusste nicht, was er sonst tun sollte. Sein Gesicht tat immer noch weh, wo der General ihn geschlagen hatte, und er konnte sich vorstellen, wie sich dort ein blauer Fleck bildete, den alle sehen konnten wie ein Schild, auf dem stand: »Ich bin ein Verräter. Ich habe euch alle verraten.« Es war tatsächlich recht angemessen. Es war ein Abzeichen, das er ebenso verdient hatte wie Marars Gold.

15

Mein Freund Crob, der Kaufmann aus Abborij, den ich schon früher erwähnt habe, steht neben mir, während ich diesen Brief beende, und wartet darauf, ihn auf den ersten Teil seiner langen Reise nach Bragor-Nal mitzunehmen. Es freut mich zu wissen, dass meine Nachricht an dich bald auf dem Weg sein wird, und dennoch erinnert es mich einmal mehr an etwas, das ich oft versuche zu vergessen: Wir sind so weit voneinander entfernt. Das stört mich nicht nur aus den offensichtlichen Gründen, sondern auch, weil ich deine Hilfe bei einer sehr dringenden Angelegenheit brauche, einer, die deine sofortige Aufmerksamkeit verlangt.

Jemand in deinem Land liefert den Tempeln von Tobyn-Ser Waffen. Nach allem, was du mir über Tobyn-Ser und seine Handelsgüter gesagt hast, bin ich einigermaßen sicher, dass es sich dabei um einen Verstoß gegen die Gesetze deines Landes handelt. Dennoch, der Waffenhandel geht weiter. Man hat diese Waffen benutzt, um Menschen zu töten und die Hüter zu schützen, während sie unser Land zerstören ...

Ich glaube nicht, dass du oder Shivohn so etwas gestatten würdet, aber der Anführer von Lon-Sers drittem Nal, dessen Namen ich vergessen habe, scheint mir jemand zu sein, der so etwas tun könnte. Offensichtlich fällt es mir und meinen Mitmagiern zu, die Hüter davon abzuhalten, größeren Schaden anzurichten. Aber solange ihr beide, du und Shivohn, nicht dafür sorgen könnt, dass diese Waffen euer Land nicht verlassen, werden unsere Anstrengungen hier wenig nützen.

Falkenmagier Orris an Melyor i Lakin, Herrscherin und Steinträgerin von Bragor-Nal, im Frühling des Gottesjahres 4633

»Es gibt einen Adlerweisen! Das neue Oberhaupt des Ordens ist ein Adlerweiser!«

»Dann stimmt es also. Uns steht ein Krieg bevor!«

Und eine dritte Stimme: »Das ist nicht alles. Ich habe gehört, die Liga hätte auch eine Adlerweise. Und dass sich die Magier der Liga und die Hüter zusammengetan haben, um den Orden zu vernichten.«

»Dann gibt es also Bürgerkrieg!«

»Das ist doch Wahnsinn!« Wieder die erste Stimme. »Erland und Cailin würden so etwas nicht tun!«

»Ach nein? Sie versuchen doch seit Jahren, den Orden loszuwerden.«

Orris, der hinten in der Gaststube des Adlerhorstes saß und die Gespräche belauschte, die durch das Gasthaus schwirrten wie Fliegen durch einen Stall, wusste nicht, ob er über das, was er da hörte, lachen oder in die Große Halle zurückeilen und Jaryd vor der wachsenden Panik in den Straßen von Amarid warnen sollte.

Tatsächlich war er relativ sicher, dass Jaryd bereits Bescheid wusste. Sie hatten am Morgen dieses Tages miteinander gesprochen, als Orris Jaryds Erlaubnis erbeten hatte, seinen Brief an Melyor abzuschicken. Normalerweise hätte er natürlich nicht gefragt, sondern sie einfach um Hilfe gebeten. Aber die Zeiten waren gefährlich, und sie wussten immer noch nicht, gegen wen sie im kommenden Krieg kämpfen würden. Wenn alle Ordensmitglieder darüber abgestimmt hätten, dann hätte Orris vielleicht nicht um Melyors Hilfe bitten dürfen. Aber Jaryd gab den anderen einfach keine Gelegenheit, es zu verhindern.

»Bestimmte Dinge werden am besten vom Adlerweisen allein beschlossen«, hatte er gesagt und dabei müde und abgehärmt ausgesehen. »Du vertraust ihr.« Das war eine Feststellung, aber Orris wusste, dass sein Freund eine Bestätigung brauchte.

»Ja«, sagte Orris. »Selbst wenn unser Feind aus Lon-Ser kommt, wird es nicht Melyor sein. Das kann ich dir versprechen.«

Jaryd nickte. »Also gut. Dann schick deinen Brief. Und lass es mich wissen, sobald du etwas hörst.«

»Selbstverständlich.« Orris lächelte ihn an, aber Jaryd schien selbst zum Zurücklächeln zu müde zu sein. »Ist alles in Ordnung?«, fragte der Falkenmagier.

»Mir geht es gut. Ich bin nur müde.«

»Wo ist Alayna?«, fragte Orris und sah sich im Zimmer des Weisen um.

»Sie ist bei Myn. Ich denke, sie sind in den alten Teil der Stadt gegangen. Ich hätte sie gerne begleitet – seit wir hier sind, hatte ich kaum Gelegenheit, Zeit mit Myn zu verbringen –, aber irgendwie habe ich mich bei dem Gedanken, die Halle zu verlassen, nicht gut gefühlt.« Er zuckte die Achseln. »Ich will lieber hier bleiben, für den Fall, dass irgendetwas passiert.«

»Trotzdem, du musst hin und wieder hier raus. Du wirst uns nichts nützen, wenn du zu erschöpft bist, um uns zu führen.«

»Du hast Recht. Bisher wollte ich Rithlar nur ungern mit hinaus auf die Straße nehmen, aber ich bin nicht sicher, ob das noch zählt.« Zu diesem Zeitpunkt hatte Orris nicht weiter über Jaryds letzte Bemerkung nachgedacht, aber als er nun den Gesprächen lauschte, die um ihn herum stattfanden, begriff er.

»Entschuldige, Falkenmagier«, sagte einer der Männer, die sich gerade miteinander unterhalten hatten. »Wir haben uns gefragt, ob du uns etwas über den Adlerweisen sagen kannst.«

Orris blickte von seinem Bier auf und schaute zu den drei Männern am Nachbartisch hinüber. Zwei von ihnen waren jung, einer mit dunkler Haut, braunen Augen und langem schwarzem Haar, der andere kräftiger, mit bleichem Gesicht und Haar so blond wie Orris' eigenes. Der dritte Mann war ebenfalls blond, aber sein Haar war von Silbersträhnen durchzogen und sein Gesicht faltig und wettergegerbt, als hätte er den größten Teil seines Lebens in der Sonne gearbeitet. Es war der ältere Mann, der ihn angesprochen hatte.

»Was möchtet ihr denn wissen?«, fragte Orris.

Der ältere Mann zuckte die Achseln. »Zuerst einmal seinen Namen.«

Sie würden es ohnehin erfahren. Alle würden es erfahren. Und es sollte lieber auf diese Weise geschehen, in einem beiläufigen Gespräch, als in Krisenzeiten, wenn die Liga, die Tempel oder jemand anders die Gelegenheit haben würden, Lügen zu verbreiten. »Er heißt Jaryd. Und seine Frau Alayna ist die Erste des Weisen.«

»Jaryd und Alayna«, wiederholte der Mann leise. »Das sind die jungen Leute, nicht wahr? Die, die mit Theron gesprochen haben?«

»Ja, das stimmt.«

»Wir haben immer angenommen, dass ihnen Großes vorbestimmt ist.«

Orris lächelte den Mann an. »Wir auch.«
»Stimmt es, dass die Liga auch eine Adlerweise hat?«, fragte der dunkelhäutige Mann.
Der Magier zögerte, aber nur einen Augenblick. »Ja. Aber ich glaube, sie bezeichnen sie als Adlermeisterin.«
»Wer ist es?«
»Cailin.«
»Cailin?«, wiederholte der ältere Mann und riss die Augen auf. »Aber sie ist so jung! Sie sind beide noch jung.« Er seufzte. »Meine Zeit geht so schnell vorüber! Es gibt zwei Adlerweise im Land, einer von ihnen ist jung genug, um mein Sohn zu sein, und die andere könnte fast meine Enkelin sein.«
Orris lächelte voller Mitgefühl. Es hatte in der letzten Zeit oft Tage gegeben, an denen er sich alt vorgekommen war und dieser Mann war mindestens zwanzig Jahre älter als er.
»Erwartest du, dass die Liga und der Orden einander bekriegen?«, fragte der zweite junge Mann.
Orris sah ihn einige Zeit lang an und versuchte einzuschätzen, was er in den hellen Augen seines Gegenübers sah. Es war dieser Mann gewesen, der mit der wilden Geschichte eines Bündnisses zwischen der Liga und den Tempeln begonnen hatte, und Orris sah ihm an, dass er die ganze Sache genoss. »Ich glaube, Jaryd und Cailin werden alles tun, was in ihrer Macht steht, um das zu verhindern.«
»Aber die Götter haben entschieden –«
»Ach ja?«, fragte Orris. »Kennst du dich mit solchen Sachen genau aus? Ich nämlich nicht.«
»Nun, natürlich nicht«, sagte der Mann und klang plötzlich nervös. »Ich meine, ich weiß selbstverständlich nichts mit

absoluter Sicherheit. Aber die Götter haben zwei Adler geschickt. Das muss doch etwas bedeuten.«

»Da bin ich ganz deiner Meinung«, sagte Orris. »Und die Magier der Liga und des Ordens versuchen immer noch herauszufinden, was es bedeuten könnte. Bis dahin glaube ich, dass es uns allen am besten dient, wenn wir es vermeiden, wilde Gerüchte zu verbreiten. Wir wollen die Leute doch nicht unnötig verängstigen, oder?«

Der Mann zögerte, dann schüttelte er den Kopf.

»Hast du irgendwelche Ideen, was diese beiden Adler bedeuten, Falkenmagier?«, fragte der alte Mann nach einem kurzen, unbehaglichen Schweigen.

Orris behielt den jüngeren Mann noch einen Moment länger im Auge und beobachtete, wie dieser zusehends unruhiger wurde. »Ideen habe ich schon«, sagte er schließlich, wieder an den älteren Mann gewandt. »Aber mehr ist es nicht. Nur Ideen. Es wäre ebenso unangemessen für mich, darüber zu sprechen, wie es für deinen Freund hier war.«

Der ältere Mann nickte. »Ich verstehe. Kannst du uns zumindest sagen, wer wahrscheinlich unser Feind sein wird?«

Orris runzelte die Stirn. »Auch darüber kann ich nur spekulieren, und das lasse ich lieber bleiben.«

Der Mann sah seine Begleiter an und verzog säuerlich das Gesicht.

»Ich will nicht ausweichen«, sagte Orris. »Wirklich nicht. Wir wissen es einfach noch nicht.«

Das schien die drei Männer nicht zu überzeugen.

»Aber ich sage euch eines«, fuhr Orris einen Augenblick später fort. »Cailin und Jaryd haben inzwischen zweimal miteinander gesprochen, und sie planen, sich bald wieder zusammenzusetzen. Und ich stehe mit Leuten in Lon-Ser in Verbindung, von denen ich weiß, dass sie unsere Freunde sind. Es mag sein, dass die Adler eine Art Warnung waren, und nachdem wir die Warnung erhalten haben und uns mit unseren alten Feinden zusammengesetzt haben, ist es uns vielleicht gelungen, einen Krieg zu verhindern.« Er war nicht sicher, ob er das glaubte, aber in den letzten Tagen war ihm aufgefallen, dass das Auftauchen von Jaryds und Cailins Adlern mehr bewirkt hatte, um die Beziehungen zwischen Orden und Liga zu verbessern, als alles andere, was im Laufe der letzten sieben Jahre passiert war. Das wollte nicht viel heißen – am Ende hatten sich die beiden Adlerweisen nur miteinander unterhalten. Aber es war besser als nichts. Er hoffte nur, dass die Männer am nächsten Tisch nicht bemerkten, dass er einen potenziellen Feind ausgelassen hatte. Aber er hätte es besser wissen sollen.

»Was ist mit den Hütern?«, fragte der dunkelhäutige Mann. »Wer redet mit denen?«

Orris dachte daran zu lügen, aber dann überlegte er es sich rasch anders. »Ich weiß es nicht«, gab er zu. »Ich bin nicht sicher, ob jemand mit ihnen spricht.«

Der ältere Mann zog die Brauen hoch. »Jemand sollte es tun, wenn die Geschichten, die ich gehört habe, stimmen.«

»Du sprichst von den Waffen«, sagte der blonde Mann.

»Ja, Tret«, erwiderte der ältere Mann mit einer Spur von Ungeduld. »Ich spreche von den Waffen.« Wieder sah er Orris an. »Sind diese Geschichten ebenfalls wahr?«

Der Magier nickte. »Ich fürchte, ja.«

»Dann sind deine Freunde in Lon-Ser also nicht so verlässlich, wie du uns gerne glauben machen möchtest.«

Orris starrte den Mann an und fragte sich, ob er versuchte, Streit anzufangen. Aber das schien nicht der Fall zu sein. Er hatte einfach eine Bemerkung gemacht und nichts weiter. Und um ehrlich zu sein, er hatte Grund dazu. »Das stimmt nicht ganz«, sagte Orris so vorsichtig wie möglich. »Meine Freunde sind recht zuverlässig, aber Lon-Ser ist ein großes Land, und sie haben Feinde, die weder sie noch wir kontrollieren können.«

Der Mann hielt seinem Blick stand. »Ich verstehe. Danke für deine Offenheit, Falkenmagier. Ich heiße Delsin, und ich muss dir sagen, dass ich ein Ligamann aus einer Ligastadt bin. Aber ich respektiere es, wenn jemand ehrlich zu mir ist, ganz gleich, welche Farbe sein Umhang hat.«

»Danke, Delsin«, sagte der Magier und versuchte zu lächeln. Die Fragen der Männer hatten ihn beunruhigt, und je mehr er darüber nachdachte, desto ängstlicher wurde er. Soweit er wusste, hatte sich niemand mit den Hütern in Verbindung gesetzt, und sie hatten Zugang zu Waffen aus Lon-Ser, was hieß, dass sie bald eine ebenso große Gefahr darstellen würden wie die Liga und die freien Magier. Plötzlich hatte er das Bedürfnis, diese Angelegenheit mit Jaryd zu besprechen und ihn zu drängen, auch Cailin darüber zu informieren.

Er stand auf. »Ich muss gehen. Es war angenehm, mit euch zu sprechen. Ich heiße Orris, und wenn ich je etwas für euch tun kann, lasst es mich wissen.«

Delsin runzelte die Stirn. »Ich hoffe, ich habe dich nicht beleidigt, Falkenmagier.«

Orris seufzte. Er hatte noch nie sonderlich gut mit Menschen umgehen können. »Überhaupt nicht. Aber du hast mich auf viele Dinge aufmerksam gemacht, die ich so

bald wie möglich mit dem Adlerweisen besprechen möchte.«
Das brachte den Mann zum Strahlen. »Danke, Falkenmagier. Ich bin froh, wenn ich helfen kann.«
»Und ich danke dir. Arrick behüte euch alle.« Der Magier nickte den beiden jüngeren Männern zum Abschied zu, rief dann Kryssan auf seine Schulter und verließ eilig das Gasthaus. Es war spät – Jaryd, Alayna und Myn saßen wahrscheinlich schon beim Abendessen –, aber da die Tage nun länger wurden, war es immer noch hell genug, dass er sich in den Seitenstraßen und Gassen zurechtfand, ohne seinen Ceryll heller leuchten zu lassen. Er bewegte sich schnell, denn er wollte unbedingt mit Jaryd sprechen. Das Gespräch mit den drei Männern spulte sich immer wieder in seinem Kopf ab, und er achtete kaum darauf, wohin er ging.
Erst als er in einiger Entfernung vom Adlerhorst war, fiel ihm etwas auf. Er blieb abrupt stehen, und sein Herz begann schneller zu schlagen. Er war vollkommen allein auf einem kleinen Platz zwischen schmalen Gassen, zu weit vom Gasthaus entfernt und noch nicht nahe genug an der Großen Halle. Er war seit seiner Ankunft in Amarid vorsichtig gewesen, hatte darauf geachtet, stets in offenen Bereichen zu bleiben und wenn möglich mit anderen Ordensmagiern zusammen unterwegs zu sein. Denn die Liga war hier, und trotz seiner Warnung gegenüber dem jungen Ligamagier, den er in Tobyns Wald getroffen hatte, bezweifelte er nicht, dass Erland und seine Verbündeten ihn immer noch töten wollten.
Er sah sich rasch um, versuchte sich zu orientieren und den schnellsten Weg zur Hauptstraße der Stadt zu finden. Aber inzwischen war es zu spät.

»Ich rieche einen Verräter«, erklang eine Männerstimme hinter ihm.
Orris fuhr herum und sah einen Magier in einem blauen Umhang, der aus einer anderen Gasse kam. Der Mann hatte langes dunkles Haar und ein kantiges Gesicht. Er grinste boshaft. Sein Ceryll war von dunklem Orange, der Farbe eines Herbstmonds, der tief am Himmel steht, und der große dunkle Falke auf seiner Schulter sah ganz ähnlich aus wie Anizir, die ein Ligamagier vor mehreren Jahren getötet hatte.
»Ich rieche einen Feigling«, sagte ein zweiter Mann.
Orris drehte sich abermals um. Zwei weitere Ligamagier tauchten auf, aus derselben Richtung, aus der er gekommen war. Offensichtlich hatte man ihn verfolgt. Beide Männer waren jung – tatsächlich erkannte er einen als denjenigen, dem er in Tobyns Wald begegnet war – und sie grinsten ebenfalls.
Er wusste, er war selbst schuld an dieser Situation. Er konnte sich immer noch hören, wie er dem jungen Mann gesagt hatte, er wäre der Letzte, und der nächste Ligamagier, der ihn angreifen würde, würde sterben. Orris lachte beinahe bei der Erinnerung an seine eigene Dummheit. Er hatte nicht daran gedacht, dass sie vielleicht drei auf einmal schicken würden.
Kryssan zischte leise und hob die Flügel. Einer der Männer lachte.
»Sieht aus, als hätte dein Vogel Angst, Magier«, sagte der mit dem orangefarbenen Stein. Er lachte abermals. »Und du auch.«
»Ich finde das alles sehr interessant«, erklärte Orris und war froh zu hören, dass seine Stimme fest geblieben war.

»Ligamagier bezeichnen mich immer als Feigling, und dennoch ist es die Liga, die drei Männer ausschickt, um einen Einzelnen anzugreifen.« Er warf dem jungen Mann, den er im Gotteswald besiegt hatte, einen Blick zu. »Wenn ich mich recht erinnere, habe ich dich ziemlich verprügelt.« Der Mann wurde feuerrot und machte einen drohenden Schritt auf Orris zu.

»Warte!«, sagte der erste Magier. »Er versucht nur, dich zu ködern. Wir werden gemeinsam vorgehen, wie geplant.«

»Ich kann ihn auch allein besiegen!«, antwortete der junge Magier, den Blick immer noch auf Orris gerichtet.

»Ja, das haben wir bereits festgestellt«, erklärte Orris grinsend. »Erinnerst du dich?«

Der Mann richtete den Stab auf Orris, und sein meergrüner Ceryll leuchtete. Orris duckte sich, Kryssan zischte abermals, und der kleine graue Falke des anderen Magiers stieß einen krächzenden Schrei aus.

»Ich habe dir doch gesagt, du sollst warten!«, rief der andere Magier.

Einen Augenblick lang zögerte der junge Mann, aber dann senkte er den Stab wieder und bedachte Orris mit einem finsteren Blick.

Orris drehte sich zu dem Mann mit dem orangefarbenen Stein um.

»Und was ist mit dir?«, fragte er. »Hast du den Mut, gegen mich zu kämpfen, oder brauchst du die Hilfe dieser Kinder?«

Der Mann fletschte die Zähne zu einem wilden Grinsen. »Ich würde alles dafür geben, allein gegen dich zu kämpfen. Dich zu töten wäre eine der großen Freuden meines Lebens.« Er schnaubte. »Aber ich habe Befehle.«

»Wessen Befehle?«, fragte Orris. »Wer hat euch gesagt, was ihr tun sollt?«
Wieder lächelte der Mann. »Selbstverständlich die Adlermeisterin. Wer denn sonst?«
Orris schüttelte den Kopf. *Unmöglich,* wollte er sagen. *Cailin würde so etwas nicht tun.* Er wusste nicht, worauf er diese Feststellung stützte. Alles, was er über sie wusste, hatte er von anderen gehört. Sie waren einander nie begegnet. Aber irgendwie hielt er sie für jemanden, der die Liga verändern, der über alles hinweggehen konnte, was Erland getan hatte, um Amarids Erbe zu besudeln. Es kam ihm undenkbar vor, dass sie diese Männer ausgeschickt haben sollte.
Er wollte das gerade zu dem langhaarigen Magier sagen, aber bevor er sprechen konnte, nickte der Mann seinen beiden Gefährten zu, und dann hob er den Stab und ließ einen Strahl orangefarbenen magischen Feuers auf Orris zurasen. Orris setzte dazu an auszuweichen, aber dann fielen ihm die beiden Magier hinter ihm ein, und er umgab sich und Kryssan mit einem Schild bernsteinfarbener Macht. Die orangefarbene Flamme krachte mit solcher Wucht in seinen Schild, dass Orris beinahe zu Boden gefallen wäre, und im nächsten Augenblick trafen auch grüne und silberne Flammen von den anderen beiden Magiern die Barriere. Orris sank auf ein Knie nieder, und er keuchte von der Anstrengung, die es brauchte, um den Angriff abzuwehren. Kryssan stieß einen schrillen Schrei aus. Aber ihr Schild hielt.
»Wie lange kannst du uns schon aufhalten, dummer kleiner Magier?«, rief der langhaarige Mann ihm zu. »Wir haben es nicht eilig.«

Orris schwieg. Er hatte die Augen geschlossen und goss seine gesamte Kraft in den Schild, der ihr magisches Feuer blockierte. Und er wusste bereits, dass es nicht genügen würde. Die Jüngeren waren nicht sehr stark – er hätte jeden von ihnen problemlos abwehren können, vielleicht sogar beide gleichzeitig. Aber der Magier mit dem orangefarbenen Ceryll war etwas anderes. Er wäre auch allein ein schwieriger Gegner gewesen. Zusammen mit seinen Begleitern war er viel stärker, als Orris verkraften konnte.
Kryssan schrie zum zweiten Mal, und Orris öffnete ein Auge, um sie anzusehen. Sie hatte den Schnabel aufgerissen, als würde sie hecheln, und saß geduckt da, das Gefieder ein wenig zerzaust, die Augen beinahe geschlossen. Sie wurde schnell müde.
Ebenso wie er. Sein Gesicht war schweißnass. Die Muskeln in seinen Beinen und Unterarmen begannen zu beben, und ihm wurde schwindlig.
»Gib auf, kleiner Magier«, sagte der Anführer der Ligamagier. »Du kannst unmöglich gewinnen.«
»Niemals!«
»Wenn du jetzt aufgibst und es uns zu Ende bringen lässt, verspreche ich dir, dass deinem Vogel nichts geschehen wird.«
Orris öffnete die Augen. »Ist das dein Ernst?«
Der Mann lächelte kurz und seine Augen glitzerten im magischen Feuer. »Ja. Wir werden sie gehen lassen.«
Aber Orris sah die Miene des Mannes und wusste es besser. Er hatte vor, Kryssan als Erstes zu töten und Orris zum Unbehausten zu machen, der in alle Ewigkeit zusammen mit Theron und Phelan umhergeisterte.
»Du lügst!«, brüllte Orris. »Du solltest lieber hoffen, mich zu

töten, denn wenn du es nicht tust, werde ich dich jagen wie ein Tier.«

»Eine leere Drohung, Verräter. Das weißt du ebenso gut wie ich.«

Der Mann hatte Recht. Noch während Orris Luft holte, um seinen Trotz herauszuschreien, spürte er, wie sein Schild nachgab. Die Hitze ihres Feuers brannte bereits auf seinem Gesicht und seinen Händen.

Es tut mir Leid, Liebes, sandte er Kryssan zu. *Du musst enttäuscht von mir sein.*

Sie schmiegte sich an ihn und sandte ihm ein Bild des Ortes, an dem sie sich gebunden hatten, einer Stelle an der nördlichen Küste von Leoras Wald.

Orris öffnete die Augen wieder, sah die drei Magier noch einmal an und frage sich, ob es eine Möglichkeit gab, wenigstens einen von ihnen mitzunehmen, wenn er starb. Und daher bemerkte er, wie die drei Männer aus dem Gasthaus eine der Gassen entlangkamen.

»Was ist hier los?«, rief Delsin, als er den Hof erreicht hatte. »Warum greift ihr diesen Mann an?«

»Das geht dich nichts an, alter Mann!«, sagte der langhaarige Magier und unterbrach seinen Angriff dabei nicht einmal. »Und jetzt geh, bevor du und deine Freunde Schaden nehmen.«

»Drohst du mir etwa, Sohn Amarids?«

Diesmal senkte der Magier seinen Stab, und einen Augenblick später taten seine Gefährten es ihm gleich.

Vollkommen erschöpft ließ Orris seinen Schild sinken. Er beäugte die anderen Magier weiterhin misstrauisch, aber er wusste nicht einmal, ob er den Schild wieder errichten könnte, falls sie ihn abermals angriffen.

»Es hat nichts mit dir zu tun«, sagte der Ligamagier, der ein falsches Lächeln aufgesetzt hatte.
»Das mag sein«, erklärte Delsin. »Aber ihr scheint es darauf abgesehen zu haben, diesen Mann hier zu töten.«
»Er ist ein Feigling und ein Verräter!«, sagte der junge Magier, den Orris im Wald besiegt hatte. »Er hat den Tod verdient!«
Delsin schüttelte den Kopf. »Ihn zu töten verstößt gegen Amarids Gesetze. Sogar ich weiß das.«
»Das ist nicht ganz richtig«, sagte der langhaarige Magier. »Die Zusatzverordnungen der Liga gestatten uns, unsere Macht gegen andere Magier einzusetzen, wenn dies im Zusammenhang mit unserem Eid, dem Volk von Tobyn-Ser zu dienen, geschieht.«
Delsin kniff die Augen zusammen. »Davon habe ich noch nie gehört.«
»Es stimmt«, sagte Orris. »Das ist eines der Dinge, die die Liga vom Orden unterscheiden. Wir versuchen, uns an die Gesetze des Ersten Magiers zu halten, sie suchen nach Möglichkeiten, sie so zurechtzubiegen, dass sie ihre Verbrechen rechtfertigen können.«
Der jüngere Magier schrie ihn wütend an: »Halt den Mund, Verräter!«
»Selbst wenn es stimmt, was ihr mir sagt, verstehe ich immer noch nicht, wie es dem Land dienen soll, diesen Mann zu töten.«
»Ich werde meine Zeit nicht damit verschwenden, es dir zu erklären«, sagte der langhaarige Magier. »Das geht dich nichts an.«
»Nun«, erklärte Delsin, »ich habe gerade beschlossen, dass es mich doch etwas angeht.«

Der Magier starrte ihn wütend an und packte seinen Stab so fest, dass seine Knöchel weiß hervortraten. Dann wandte er sich an Orris. »Jetzt wird wieder einmal richtig deutlich, wie feige du bist, Magier. Du lässt es zu, dass diese Männer ihr Leben aufs Spiel setzen, um dich zu retten.«

»Nein«, entgegnete Orris ruhig. »Ich würde sterben, bevor ich gestatte, dass ihr ihnen Schaden zufügt. Aber ich nehme an, sogar die Gesetze der Liga erlauben nicht, unschuldige Menschen zu töten.«

»Du Mistkerl!«, sagte der Magier. Und dann bewegte er sich so schnell, dass Orris keine Zeit hatte, sich zu verteidigen, und schwang seinen Stab und traf Orris in die Seite.

Orris fiel zu Boden, und der Ligamagier holte aus, um ihn abermals zu schlagen.

Aber Delsin trat ihm in den Weg. »Genug!«, sagte er. »Du hast genug getan. Jetzt geh!«

Wieder fletschte der Magier die Zähne, und Orris fürchtete schon, er würde auch Delsin schlagen. Aber dann wandte er den Blick ab. Er nickte den anderen Magiern zu und sie gingen davon. Aber bevor sie in eine der Gassen einbogen, drehte er sich noch einmal zu Orris um. »Das hier ist noch nicht vorüber, kleiner Magier! Wir werden uns wiedersehen. Darauf hast du mein Wort.«

Dann waren sie verschwunden.

Orris kam mühsam auf die Beine und holte tief Luft. Seine Seite schmerzte, aber er glaubte nicht, dass der Schlag ihm eine Rippe gebrochen hatte. »Danke«, sagte er zu Delsin. »Du hast mir das Leben gerettet.«

»Es war nicht richtig von ihnen, dich auf diese Weise anzugreifen. Es macht mich traurig, dass Magier der Liga so etwas tun.« Er warf Orris einen forschenden Blick zu. »Bist du schwer verletzt? Sollen wir Hilfe holen?«

»Nein, danke. Es geht schon.«

Delsin nickte. »Also gut.« Er zögerte, dann sah er Orris in die Augen. »Warum hat er dich Verräter genannt?«

Der Mann hatte ihm das Leben gerettet, und er hatte kurze Zeit zuvor von Ehrlichkeit und Respekt gesprochen. Dem Magier blieb gar nichts anderes übrig. »Ich war derjenige, der den Fremden wieder zurück nach Lon-Ser gebracht hat. Ich brauchte ihn als Führer, und damals glaubte ich auch, ihn als Beweis zu brauchen, dass die Männer, die unser Land angegriffen hatten, aus Lon-Ser kamen.« Er zuckte die Achseln. »Erland und seine Freunde haben das als Verrat betrachtet und mich als Verräter gebrandmarkt.«

Delsin riss bei Orris' Geständnis die Augen auf, aber ansonsten war ihm keine Regung anzumerken. Seine beiden Begleiter wechselten einen kurzen Blick, aber auch sie reagierten nicht weiter.

Sie schwiegen für scheinbar lange Zeit und sahen ihn abschätzend an, als hätten sie ihn nie zuvor gesehen.

»Es hat Mut gebraucht, uns das zu sagen«, erklärte Delsin schließlich.

»Es hat Mut gebraucht, diese Männer davon abzuhalten, mich zu töten. Ich war der Ansicht, dass du zum Dank das Gleiche verdienst.«

Der Mann nickte. »Dürfen wir dich zur Großen Halle begleiten, Falkenmagier?«

Orris lächelte. »Das ist freundlich von euch, aber –«

»Diese Magier sind immer noch da draußen«, sagte Delsin. »Du solltest nicht allein sein.«

Er hatte Recht, und obwohl Orris sich dumm vorkam, dieses

Angebot anzunehmen, wäre er noch dümmer gewesen, es abzulehnen.

»Also gut. Danke.«

Schweigend legten sie den Rest des Weges zurück. Bis sie die Halle erreicht hatten, war dieses Schweigen recht unbehaglich geworden, aber Orris war immer noch dankbar für ihre Gesellschaft.

»Ich danke euch noch einmal«, sagte der Magier, als er auf der Treppe vor dem Kuppelgebäude stand. Das war, wenn man bedachte, was der Mann für ihn getan hatte, kaum angemessen, aber er wusste nicht, was er sonst sagen sollte.

»Arrick behüte dich, Falkenmagier«, sagte Delsin. »Wenn es mehr Leute wie dich im Orden gibt, muss ich über meine Unterstützung der Liga vielleicht noch einmal nachdenken.«

»Arrick behüte dich ebenfalls, Delsin. Dich und deine Freunde.«

Orris drehte sich um und wollte die Treppe hinaufgehen, aber bevor er einen Schritt machen konnte, rief ihm einer der anderen Männer etwas zu. Also drehte er sich wieder um und wartete.

»Man hat uns gesagt, der Fremde sei in Lon-Ser gestorben«, sagte der dunkelhäutige Mann. »Warst du derjenige, der ihn getötet hat?«

Orris seufzte. Es war eine alte Wunde, aber sie schmerzte immer noch. Er hatte Barams Leben retten wollen, und dennoch war es der Tod dieses Mannes gewesen, der Orris Trotz gegenüber dem Orden für einige akzeptabel machte.

»Der Fremde hat sich selbst umgebracht«, sagte er. »Ich habe ihn stürzen sehen, aber ich habe ihn nicht getötet.«

Der Mann starrte ihn nachdenklich an. »Zumindest ist er

tot«, sagte er schließlich. Er blieb noch einen Augenblick stehen, dann nickte er Orris zum Abschied zu und ging mit seinen Freunden davon.
Orris sah ihnen nach, kraulte Kryssans Kinn und schüttelte traurig den Kopf. Nach so vielen Jahren quälte es ihn immer noch. Nach einiger Zeit sah er sich um, als erwartete er die Ligamagier wieder zu entdecken. Aber die Straße war leer. Er rieb sich die Seite, dann stieg er die Treppe zur Großen Halle hinauf. Er hatte Jaryd viel zu erzählen.

Cailin starrte ihre Hände an, die sie gefaltet in den Schoß gelegt hatte. Die beiden Adler saßen reglos wie Statuen auf dem großen Steinsims über der Feuerstelle des Weisen, beäugten einander misstrauisch und schienen dennoch getröstet durch die Gegenwart des anderen Vogels. *Sehr ähnlich wie die Magier, an die sie sich gebunden haben,* dachte sie und verkniff sich ein Lächeln.
Ein Teil von ihr hatte immer noch das Gefühl, dass ihre Gespräche mit Jaryd so etwas wie einen Verrat an der Liga darstellten. Es ging nicht darum, dass sie ihm irgendetwas gesagt hätte, das geheim bleiben sollte. Tatsächlich verriet sie nichts, was nicht mit ihren Pflichten als Adlermeisterin zusammenhing. Dennoch, sie wusste, dass Erland und die anderen mit ihren Gesprächen nicht einverstanden gewesen wären. Und es gefiel ihr nicht, sich jedes Mal wie eine Diebin hereinzuschleichen, wenn sie und der Adlerweise sich trafen.
Aber sie wusste auch, wie wichtig es war, dass sie und Jaryd einander alles mitteilten, was sie über mögliche Feinde wussten – und dafür, wie die Magier der Liga und des Ordens darauf reagierten, dass es zwei Adler in Amarid

gab. Und sie musste zugeben, dass sie es genoss, mit Jaryd zu sprechen. Trotz der unterschiedlichen Farben ihrer Umhänge hatten sie viel gemeinsam. Cailin glaubte nicht, dass der Adlerweise der Liga schaden wollte, und nachdem sie mehr Zeit mit Alayna verbracht hatte, war sie in Bezug auf Jaryds Frau zu dem gleichen Schluss gekommen. Manchmal kam es Cailin so vor, als hätte sie mehr mit dem Adlerweisen und seiner Ersten gemeinsam als mit irgendwem in der Liga. Ganz sicher glaubten sie ebenso wie sie selbst, dass ein Krieg zwischen den beiden Magiervereinigungen nur zu einer Katastrophe führen konnte. Erland und die anderen sahen das anders.

Und genau das wollte sie Jaryd gerade mitteilen.

»Cailin?«, fragte er besorgt. »Ist alles in Ordnung?«

Sie zwang sich zu einem Lächeln. »Ja. Alles in Ordnung. Was hast du gerade gesagt?« Sie erinnerte sich an seine Frage, aber sie war nicht so begierig darauf, sie zu beantworten. Wieder einmal, wie schon so oft in den vergangenen Monaten, war es ihr eher peinlich, den blauen Umhang zu tragen.

»Ich habe gefragt, wie offen Erland für die Idee sein würde, alle Magier von Tobyn-Ser zu einem Gespräch über die mögliche Bedeutung unserer Bindungen zusammenzubringen. Es kommt mir irgendwie dumm vor, dass wir die gleichen Debatten getrennt voneinander führen. Und es eröffnet vielleicht eine Möglichkeit, ein wenig mehr Vertrauen zwischen der Liga und dem Orden herzustellen.«

»Haben die Magier des Ordens dem bereits zugestimmt?«, fragte sie.

Er zögerte. »Nein, noch nicht.«

»Habt ihr schon darüber gesprochen?«

Wieder antwortete er sehr zurückhaltend. »Ich habe die Möglichkeit mehreren einzelnen Magiern gegenüber angesprochen. Aber ich wollte erst mir dir reden, bevor ich es der Versammlung vorlege.«
Sie grinste. »Nun, dann solltest du vielleicht noch ein bisschen länger warten.«
»Erland hielt nichts davon?«
»Ich habe es nicht einmal erwähnt.« Der Weise setzte dazu an, etwas zu sagen, aber sie hielt ihn mit erhobenem Finger zurück. »Ich habe schon versucht, es dir zu erklären, aber du verstehst es einfach nicht. Erland hat kein Interesse daran, die Beziehungen zum Orden zu verbessern. Nur wenige Magier in der Liga haben das. Sie trauen dir nicht.«
»Sie trauen mir nicht?«
Cailin schüttelte den Kopf. »Nicht dir im Besonderen. Sie trauen keinem, der einen grünen Umhang trägt. Seit ihrer Gründung hat die Liga sich durch ihre Feindschaft gegenüber dem Orden definiert. Sie existiert, um euch zu überwachen, um zu verhindern, dass der Orden zu mächtig wird. Du kannst nicht erwarten, dass sie sich einfach umdrehen und den Orden akzeptieren, weil wir beide uns an Adler gebunden haben.«
Jaryd sah sie lange an. »Und was ist mit dir?«, fragte er schließlich. »Du sprichst von Erland und den anderen immer als ›sie‹ – bedeutet das, dass du uns vertraust?«
Sie zuckte die Achseln und wandte den Blick ab. »Ich bin hier oder nicht?«
»Ja. Aber dir ist nicht recht wohl dabei.«
»Ist das denn wichtig?«
»Ja, Cailin, das ist es.«
Sie sah ihn wieder an.

»Alayna und ich haben den Gedanken an ein Treffen mit allen Mitgliedern der Liga noch nicht öffentlich gemacht, weil wir nicht glauben, dass die Mehrheit des Ordens zustimmen wird. Das Misstrauen gegen die Liga ist im Orden so ausgeprägt wie das gegen den Orden in der Liga.«

»Das bezweifle ich«, sagte sie. Aber sie schauderte. Das war das Letzte, was sie zu hören erwartet hatte.

»Also gut«, gab Jaryd zu. »Das mag eine Übertreibung sein, aber keine große. Das Misstrauen existiert auf beiden Seiten, und wenn wir uns darüber hinwegsetzen wollen, müssen wir sehr entschlossen sein, den Frieden zu wahren.«

»Das bin ich.«

»Aber du machst dir immer noch Gedanken darüber, was Erland und die anderen sagen würden, wenn sie sähen, dass du hier bist.«

Sie rutschte unbehaglich auf dem Sessel herum. »Und? Sollte ich das denn nicht tun? Du rätst mir, die Liga zu verraten, aber ich sehe nicht, dass du bereit wärst, mit dem Orden das Gleiche zu tun. Du hast nicht einmal mit ihnen darüber gesprochen, dich mit uns zusammenzusetzen, und dennoch fällst du ein Urteil über mich?«

»Ich bitte dich nicht, irgendwen zu verraten, Cailin«, sagte er leise. »Und ganz bestimmt fälle ich kein Urteil. Ich bitte dich nur, deine Liebe für das Land über deine Bedenken zu stellen, was Erland von unserem Treffen halten würde. Es gibt Magier im Orden, die glauben, dass ich ihr Vertrauen missbraucht habe, aber das ist mir egal. Ich treffe mich trotzdem mit dir, und ich berichte dem Orden über jedes dieser Gespräche. Ich würde dich nicht bitten, so etwas zu tun, wenn ich nicht ebenfalls dazu bereit wäre. Aber«, sagte er seufzend, »ich begreife, dass deine Umstände andere sind, und ich will nicht abstreiten, dass du dich in einer schwierigeren Situation befindest.«

Cailin schwieg. Sie hatte gehört, wie sie einen Augenblick zuvor geklungen hatte. Kindisch und nörglerisch und ganz bestimmt nicht so, wie sich eine Adlermeisterin anhören sollte. Diese Tatsache wurde durch Jaryds Ruhe noch hervorgehoben. In diesem Augenblick hätte sie alles gegeben, um anderswo sein zu können, und sie zog es vor, lieber gar nichts zu sagen, statt sich noch weiter in Verlegenheit zu bringen.

Offenbar verstand er ihr Schweigen falsch. »Ich weiß, wie schwer das für dich sein muss, Cailin. Ich versuche nicht, das abzustreiten.«

Bei dieser Bemerkung lächelte sie und schüttelte den Kopf. »Nein, Jaryd, ich glaube nicht, dass du weißt, wie schwer es ist. Das weiß niemand. Niemand könnte es.« Sie stand auf und ging zum Kaminsims. »Du weißt, dass ich mit Hass auf den Orden aufgewachsen bin«, sagte sie und warf einen Blick zu Rithel.

»Das weiß jeder.« Sie wandte sich wieder Jaryd zu. »Aber wusstest du auch, dass ich euch so sehr gehasst habe, dass ich mich selbst hasste, als ich mich an meinen ersten Vogel band?« Ihre Augen brannten bei der Erinnerung. Vor ihrem geistigen Auge sah sie Marcran, und seine bunten Federn schimmerten in der Herbstsonne wie am Tag ihrer Bindung. »Wusstest du«, fuhr sie trotz der Tränen fort, die ihr über die Wangen liefen, »dass ich mich monatelang geweigert habe, meine Macht zu benutzen, weil ich dachte, Magierin zu werden bedeutete einen Verrat am Andenken meiner Eltern?«

Sie sah den Kummer in seinem Blick und musste ein

Schluchzen unterdrücken. Im Augenblick konnte sie Mitgefühl wirklich nicht ertragen.

»Cailin –«

Sie schüttelte den Kopf so heftig, dass die Tränen spritzten. »Nein. Es ist egal. Du kannst nichts sagen, um es besser zu machen.« Sie schluckte und bemühte sich, sich zu fassen. »Aber sag mir nicht, dass du weißt, was ich empfinde, oder dass du verstehst, wie schwer es für mich ist. Du tust es nicht. Niemand tut es. Denn niemand hat durchgemacht, was ich durchgemacht habe.«

Sie wusste, all das klang hoffnungslos selbstmitleidig. Aber sie wusste auch, dass sie die Wahrheit sagte.

Er zuckte hilflos die Schultern. »Ich weiß nicht, was ich sagen soll.«

»Schon gut«, brachte sie mühsam heraus. »Du brauchst nichts zu sagen.« Sie wischte sich mit dem Ärmel die Tränen ab und zwang sich, mit dem Weinen aufzuhören. »Ich sollte jetzt gehen.«

»Möchtest du nicht hier bleiben und mit uns zusammen essen? Alayna und Myn sind bald wieder zurück. Ich bin sicher, dass Myn dich sehr gern kennen lernen würde.«

Cailin schüttelte den Kopf. »Danke, aber ich habe eine Verabredung.« Das war eine Lüge, aber das Letzte, was sie im Augenblick brauchte, war die Gesellschaft eines sieben Jahre alten Mädchens.

Jaryd lächelte sie an. »Ich verstehe.«

Und sie erkannte, dass er das wirklich tat. War es denn so offensichtlich?

»Komm bald wieder«, sagte er. »Bitte.«

Sie nickte und ging zur Tür.

Aber bevor sie sie erreicht hatte, hörte sie Stimmen von

draußen. »Es wäre mir lieber, wenn niemand mich sehen würde«, sagte Cailin zu Jaryd.

»Es sind wahrscheinlich nur Alayna und Myn.«

Aber noch bei diesen Worten hörte er die Stimme eines Mannes von der Kuppeldecke widerhallen.

»Ich werde nachsehen«, sagte er.

Er ging an ihr vorbei in den Versammlungssaal, schloss die Tür hinter sich, und Cailin hörte, wie er jemanden begrüßte. Einen Augenblick lang blieb sie, wo sie war, aber dann ging sie, obwohl sie nicht recht wusste, warum, zur Tür zurück und drückte ihr Ohr gegen das Holz.

»... gleich drei von ihnen«, hörte sie den Fremden sagen. »Alle drei von der Liga. Wenn nicht zufällig ein paar Männer vorbeigekommen wären, mit denen ich vorher im Adlerhorst gesprochen hatte, hätten sie mich wahrscheinlich umgebracht. Aber im Augenblick brauche ich zumindest deine Heilkraft.«

»Wo?« Das war Jaryds Stimme, die sehr erschrocken klang.

»An der Seite.«

Kurzes Schweigen, dann keuchte jemand schmerzerfüllt.

»Es sieht schlimmer aus, als es ist«, sagte der Mann. »Ich glaube nicht, dass etwas gebrochen ist. Er hat mich mit dem Stab geschlagen.«

»Das sehe ich. Hast du dich denn nicht geschützt?«

»Sie hatten mich bereits mit magischem Feuer angegriffen. Er hat mich geschlagen, nachdem sich die Männer, die ich erwähnt habe, eingemischt hatten. Ich war nicht darauf vorbereitet.«

Cailin hatte genug gehört. Sie schob die Tür auf und ging hinaus in die Halle. »Wer hat dich geschlagen?«, wollte sie wissen. »Wer waren diese Männer?«

Jaryd blickte verblüfft auf, aber Cailin konzentrierte sich ganz auf den anderen Mann. Er war groß und kräftig gebaut, mit langem blondem Haar, dunklen zornigen Augen und einem kurz geschnittenen, borstigen Bart. Er hatte Umhang und Hemd ausgezogen, und sie sah den langen blauen Fleck an seiner Seite.

»Adlermeisterin Cailin«, sagte Jaryd, »das hier ist Falkenmagier Orris. Er ist ein guter Mann, dem man vertrauen kann.«

Sie brauchte einen Moment. »Orris?, wiederholte sie, warf Jaryd einen raschen Blick zu und sah dann wieder den anderen Mann an. »Du bist Orris?«

Er beäugte sie misstrauisch. »Ja, Adlermeisterin.«

»Du bist derjenige, der den Fremden nach Lon-Ser zurückgebracht hat.«

Sie sah etwas über sein Gesicht zucken, vielleicht einen schmerzerfüllten Ausdruck, vielleicht so etwas wie Bedauern. Es war schwer zu sagen, und es war so rasch verschwunden, wie es gekommen war, und ließ nur Müdigkeit zurück.

»Ja«, sagte er leise. »Das bin ich.«

Sie war nicht sicher, was sie in diesem Augenblick bewegte. Vielleicht ging es darum, was sie in seinen dunklen Augen gesehen hatte – Augen, in denen nun kein Zorn mehr lag – oder vielleicht war es ihr Wissen darüber, was die Magier ihrer Liga diesem Mann angetan hatten. Aber selbst sie war überrascht über ihre nächsten Worte: »Dann haben wir dir für den Frieden zu danken, der nun zwischen Tobyn-Ser und Lon-Ser herrscht.«

Es kam ihr fast so vor, als hätte Leora selbst ihre Hände auf das Gesicht des Mannes gelegt, so sehr begann er zu strahlen. »Ich hätte nie geglaubt, das von einem Ligamitglied zu hören«, flüsterte er. »Danke.«

Sie schüttelte den Kopf. »Bitte bedanke dich nicht. Nimm nur meine Entschuldigung für das entgegen, was dir die Liga in den vergangenen Jahren angetan hat.« Sie spürte, wie ihre Gesichtszüge sich verhärteten. »Hatte einer der Männer, die dich heute Abend angegriffen haben, langes Haar und ein schmales, kantiges Gesicht?«

»Ja.«

»Das dachte ich mir. Er heißt Kovet. Und wahrscheinlich war er mit Brinly und Dirss zusammen.«

Orris zuckte die Achseln. »Ich kenne ihre Namen nicht, aber einer von ihnen hat schon einmal versucht, mich zu töten, zu Beginn des Frühjahrs in Tobyns Wald.«

Sie nickte. »Das ist Brinly. Ich habe von deiner Begegnung mit ihm gehört. Deshalb haben sie diesmal drei geschickt.«

Er grinste bedauernd. »Darauf bin ich auch schon gekommen. Das nächste Mal werde ich mich nicht so aufplustern.«

Sie lächelte, obwohl sie unwillkürlich dachte, dass ihr Verrat an der Liga nun vollkommen war. Dieser Mann hier war der verhassteste Feind und trotzdem unterhielt sie sich mit ihm über die Ligamagier, die ihn an diesem Abend angegriffen hatten. Wenn Erland in diesem Augenblick hereingekommen wäre, hätte er nicht gewusst, wen er als Erstes töten sollte.

»Du solltest noch etwas wissen, Adlerweise«, fuhr der große kräftige Mann einen Augenblick später fort und betrachtete sie dabei forschend. »Kovet behauptet, du hättest befohlen, mich anzugreifen.«

Cailin spürte, wie ihr vor Zorn heiß wurde, als flösse statt

Blut magisches Feuer durch ihre Adern. Aber sie strengte sich an, es vor den anderen zu verbergen. Das hier war eine Angelegenheit, die im Versammlungssaal der Liga besprochen werden sollte, nicht in Anwesenheit von Ordensmagiern.

»Ich schwöre dir beim Andenken an meine Eltern, dass das nicht stimmt«, war alles, was sie sagte.

Orris lächelte. Er sah recht gut aus, wenn er nicht gerade mürrisch das Gesicht verzog. »Ich habe ihm eigentlich nie geglaubt.«

Jaryd hatte seinen Adler zu sich gerufen, und nun legte er die Hände auf Orris' Seite. »Von nun an will ich, dass du nicht mehr allein in die Stadt gehst«, sagte der Weise, während er den Mann heilte. »Du solltest immer jemanden vom Orden dabeihaben.«

»Ist das ein Befehl, Adlerweiser?«, erwiderte Orris heiter.

Jaryd lief rot an und grinste. Aber er nickte auch. »Ja. Und wenn du dich widersetzt, hetze ich Alayna auf dich.« Er trat einen Schritt zurück, und Cailin sah, dass der blaue Fleck verschwunden war.

»Das ist allerdings eine furchtbare Drohung«, sagte Orris zu Cailin und zwinkerte ihr zu.

»Ich habe das gehört!« Alayna kam, gefolgt von ihrer Tochter, aus einem anderen Zimmer in die Halle hinaus. »Und wenn du dumm genug bist, nicht auf Jaryd zu hören, dann hast du verdient, was ich mit dir mache.«

Orris zog die Brauen hoch, und Cailin musste unwillkürlich lächeln. Eigentlich hätte sie diese Menschen hassen sollen, aber sie war absolut nicht in der Lage dazu.

»Lassen wir die Scherze einmal beiseite«, fuhr Alayna einen Augenblick später fort und schaute erst Jaryd und dann

Cailin an. »Ihr beiden solltet vielleicht darüber nachdenken, wie leicht diese Stadt zu einem Schlachtfeld werden könnte, wenn Orris in Begleitung von Ordensmagiern unterwegs ist und Banden von Ligamagiern nach ihm suchen.«
»Es gibt vielleicht einen Weg, das zu verhindern«, sagte Cailin.
Alle schauten sie an, aber sie hatte den Blick weiter auf Orris gerichtet.
»Du sagst, ein paar Männer hätten dich vor Kovet und den anderen gerettet.«
»Ja.«
»Wurden sie tatsächlich Zeugen des Angriffs?«
Er nickte.
»Gut. Glaubst du, du könntest sie wiederfinden?«
Der Magier zögerte. »Mag sein. Sie waren im Adlerhorst, aber ich weiß nicht, ob sie dort auch wohnen. Und ich weiß nicht, wie lange sie in Amarid bleiben werden. Ich hatte das Gefühl, Delsin könnte ein Hausierer sein.«
Sie kaute einen Augenblick auf der Unterlippe. »Es macht vielleicht keinen Unterschied, aber in dem Fall werde ich rasch handeln müssen.« Sie schaute Jaryd an. »Ich muss gehen«, sagte sie zum zweiten Mal an diesem Abend. »Ich hoffe, wir können bald wieder miteinander sprechen.«
»Ich ebenfalls.«
»Bevor du gehst«, sagte Orris, »solltest du vielleicht noch wissen, dass Delsin und seine Begleiter wissen wollten, ob sich jemand von der Liga oder dem Orden mit den Hütern in Verbindung gesetzt hat. Das scheint mir eine gute Frage zu sein.«
Jaryd stieß einen leisen Pfiff aus. »Es ist eine gute Frage, aber ich muss zugeben, dass ich wenig Verbindungen zu

den Hütern habe. Ordensoberhäupter waren bei den Kindern der Götter nie sonderlich beliebt.«

»Ich kann vielleicht auch dabei behilflich sein«, sagte Cailin.

Jaryd lächelte. »Für eine, die behauptet, als Anführerin nicht sonderlich gut zu sein, lädst du dir zweifellos eine Menge Verantwortung auf. Ich danke dir, Adlermeisterin.«

Cailin spürte, wie sie rot wurde. Sie wandte sich ab und pfiff nach Rithel. Aber bevor der Adler sie erreichte, spürte Cailin ein Zupfen an ihrem Umhang. Sie drehte sich um und sah Jaryds und Alaynas Tochter vor sich stehen. Das Mädchen war sehr hübsch; sie hatte das lange, dunkle Haar ihrer Mutter und Jaryds graue Augen.

»Bist du der andere Adlerweise?«, fragte die Kleine.

Cailin blickte zu Jaryd auf. Kinder bewirkten immer, dass sie sich unbehaglich fühlte. »Ja, das bin ich.«

»Wie heißt du?«

»Cailin.«

Das Mädchen starrte sie weiterhin an, und schließlich räusperte sich Cailin. »Äh ... und wie heißt du?«

»Ich heiße Myn. Glaubst du, du und mein Papa, ihr würdet einander bekriegen?«

»Myn«, sagte Jaryd, trat einen Schritt vor und legte dem Kind die Hand auf die Schulter. »Das ist wirklich keine gute Frage, Liebes.«

Myn drehte den Kopf, um ihn anzusehen. »Aber du hast mir gesagt, was Adler bedeuten, und ich dachte, ich sollte sie einfach fragen, ob sie glaubt, dass ihr Feinde sein werdet.«

Der Adlerweise setzte dazu an, etwas zu sagen, aber Cailin

hielt ihn zurück, indem sie die Hand hob und den Kopf schüttelte.

»Schon gut.« Sie blickte auf Myn hinab und lächelte. »Die Antwort lautet nein. Ich glaube nicht, dass dein Papa und ich Feinde sein werden. Tatsächlich ist es dafür schon zu spät.« Sie sah Jaryd an und dann auch Orris und Alayna. »Wir sind bereits Freunde geworden.«

Das Abenteuer geht weiter in

Die Chroniken von Amarid 6:

Der Frieden von Lon-Tobyn

Danksagungen

Wenn ein Autor das Glück hat, von liebevollen Menschen umgeben zu sein, die ihn unterstützen, neigen seine Danksagungen dazu, sich zu wiederholen. Bei mir ist das ebenso.

Wieder einmal danke ich also Harold Roth, meinem Agenten und langjährigen Freund; Tom Doherty, der weiterhin an mich und meine Arbeit geglaubt hat; Jim Frenkel, meinem Lektor, für seine Freundschaft, seine Weisheit und seinen Humor; Jims phantastischen Leuten, besonders Kristopher O'Higgins und Seth Johnson; Karen Lovell, Jennifer Hogan, Jim Minz und all den anderen wunderbaren Menschen bei Tor; meinen Freunden Alan Goldberg und Chris Meeker, die wie immer die Entwürfe dieses Buches gelesen haben, und meinen Geschwistern Bill, Liz und Jim und ihren Familien, die mir weiterhin die Liebe und Ermutigung geben, die unsere Familie so lange ich denken kann zu etwas Besonderem gemacht hat.

Wie immer gilt mein größter Dank meiner Frau Nancy Berner und unseren (nun) zwei Töchtern, Alex und Erin. Nancy ist meine aufmerksamste Kritikerin, meine beste Freundin, und von ihr erhalte ich meine wichtigste Inspiration. Ohne ihre Liebe, ihr Lachen und ihre stetige Unterstützung würde LonTobyn immer noch ausschließlich in meinem Kopf existieren. Alex und Erin andererseits haben so gut wie keine Ahnung, womit Daddy sein Geld verdient. Aber offenbar lieben sie mich sowieso, und dafür bin ich dankbarer, als ich je in Worte fassen könnte.

D.B.C.

Diana Marcellas

Mutter Ozean, Tochter See

Lange lebte das Hexenvolk der Sharia friedlich mit dem Seevolk zusammen, das sich an den Küsten des Sharia-Landes angesiedelt hatte.
Doch die Angst der einfachen Leute vor den besonderen Kräften der Hexen wuchs – und gipfelte in einem schrecklichen Kampf, an dessen Ende sich nur wenige Sharia-Frauen retten konnten.

Die junge Brierley ist eine der letzten Nachfahrinnen ihres einst so stolzen Volkes. Unerkannt lebt sie in einer der feindlichen Städte – bis eines Tages ihr Geheimnis entdeckt wird und für Brierley eine gefahrvolle Reise beginnt ...

Eine herausragende neue Stimme der weiblichen Fantasy
in der Tradition von Marion Zimmer Bradley und
Ursula K. LeGuin.

Knaur

J. V. Jones

Das Schwert der Schatten 1

Das dunkle Herz der Nacht

Das Schwert der Schatten 2

Im Schatten von Spire Vanis

»Lassen Sie es mich klar und deutlich,
für heute und immer sagen: *Das Schwert der Schatten*
ist die beste Sage, die ich jemals gelesen habe.«
Betsy Mitchell

»Eine exzellente Autorin.
Besser kann man nicht schreiben.«
Robert Jordan

Knaur

Lawrence Watt-Evans

Die Obsidian-Chroniken 1

Sommer der Drachen

Die Obsidian-Chroniken 2

Die Drachenbrüder

Die Obsidian-Chroniken – Lawrence Watt-Evans' groß angelegte Saga um die Magie der Drachen. Epische Fantasy in der Tradition von Robert Jordan und Anne McCaffrey!

»Eine großartige Saga, die das Zeug zum Klassiker hat – von einem Autor, der sich hier endgültig als Meistererzähler des Genres erweist.«
Publishers Weekly